池莉经典文集

看麦娘

北京出版集团公司
北京十月文艺出版社

自　序

　　写作半辈子，苦苦思索近十年，笨拙的我，这才明确地发现：文学其实是一个关于绝望的故事。

　　这是我从去年到今年十几个月的日子里，第六次毙掉此前的自序，第七次重新提笔。冬日午后，是世上所有时间里最静肃的一段光阴。今天的静肃尤其令人眩晕，连头顶的云层也晕晕地荡开，忽然，强有力的阳光英雄般凯旋，覆盖大地的一瞬间是如此金光通透又静美无声。这样的冬日午后，也许没有什么特别之处。然而对于我，一种神圣的悸动突如其来，仅此一刻的世界，它就成为了我的：一束巨大的光芒从苍穹缝隙里探照下来，偏偏就是要穿透我的身体。穿透，强烈而细密的震颤无法停息，直至我奔到书桌前写下我向自己索要了许多年的答案：文学是一个关于绝望的故事。

　　好了。我安静了。我明白了。我可以垂首静思与默默写作了。现在的人类实在庞大，可怜我们每一个人都被深深裹挟，掷于人人同样的生活，而不管个人是否情愿。那些无数的千百年的被裹挟感和不情愿，就是我们根深蒂固的绝望——再不用多说什么。

　　揣摩绝望以及绝处逢生的可能性，这才是我写作根源的根源！

　　我不指望文学能够消灭或者创造什么，但我相信文学足以发现与发泄。发现与发泄大约是我们与绝望相处的最好方式了。一个人只要活着，就必须对付绝望；只要对付绝望，生命就会显露

1

真实与美的生动姿态；只要生命能够生动地真实与美，文学的可能性就会无穷无尽。

这套文选，应能证明我的写作。因此，我的选编特意以写作的年轮排序，每部小说题头还简略地附记了写作当时的情形；第九卷则选编了有别于小说的文字：散文、诗歌和文论；我想这些文字多少能够传达我的一种真实与立体。就这样，这套文选像一条河，静静流淌过来，由文字自己发出自己的絮语，诉说从前，诉说往后。

池莉

2009 年 12 月 2 日 一个星期三的午后

目 录 · Contents

乌鸦之歌   1

看麦娘   64

有了快感你就喊   142

托尔斯泰围巾   237

金盏菊与兰花指   329

香烟灰   351

后记   397

《乌鸦之歌》记忆:1999 年 4 月 15 日—2000 年 8 月 20 日写于汉口;首发于 1999 年第 9 期《上海文学》。每一个人都有家族史。每一个人的家族史都是个人记忆而非历史真实。正因为如此,个人的东西便变得深远与广阔,崭新与细腻,可以进入更多的个人心灵。

乌 鸦 之 歌

1

——我虚构了这篇小说。我想坦率地承认我为什么虚构。不虚构就没有办法说实话。实话就像攀援植物,只有在别人的大树上,才能够开放自己的花朵。

我虚构这篇小说,只是为了送给自己的一个梦幻,并以此怀念我那些早逝的亲人。我要与你说一些简单的话。不累人,不劳心的话。说出口就听得懂。就像那首《乌鸦之歌》。那么,从哪里说起呢?

不知道这么说对不对?——谁都没有完满的人生。谁心的最里面都有遗憾。这种遗憾不是那些平常的遗憾,也不是那些大大小小的不如意，是一种很具体又很隐约的疼痛，是一种很模糊又很长久的难受，这遗憾想要倾诉却又无法倾诉，它轻于鸿毛却又重于泰山。人生携带着这种遗憾慢慢走过去，就像携带着自己缠绵的影子。纵然阳光再灿烂，蓦然惊回首的一瞬间，无意中大睁的瞳孔，流露出的总是一抹苍凉，这苍凉本身，就是那种遗憾。

我现在的努力，就是想寻找我的遗憾散落在什么地方。我知道，这不是什么新鲜的做法。许多人做过。现在轮到我了。人生不是你自己可以驾驭的。到了什么时候该是什么状态，你就是什么状态。不要自以为是，轻视别人的过程。简单的事情才是你永远逃避不了的事情。简单才纯粹，纯粹才永恒。

我想像狗一样，自己舔自己的伤口。

我不知道我是否做得到。

2

我曾经有过一个妹妹，在 60 年代的大饥荒中，她死在了我手足无措的怀抱里。我说不准那是 1960 年，还是 1961 年，还是 1962 年。我说不准她有多大，一岁？两岁？或者三岁？因为我自己也很小，小到好像应该记不住什么事情的程度。但是我记住了妹妹的死。

我记得那是一天清早，和我睡在一个被窝里的妹妹惊醒了我。她尖尖的小手抓痛了我的不知什么地方。我们的床上没有大人，这是可以肯定的。一般有大人的话，我就会夸张地尖叫和向大人告状。一旦没有大人，孩子在瞬间就变成了大人。我没有去顾及自己的疼痛，首先感觉到的是妹妹的异常。妹妹的抓挠动作十分异常，失去了主体控制，盲目又凶狠。我的妹妹，好像她还不大会走路，瘦小得跟被遗弃的小猫一样。

那个清早，在灰白色的光线里，她使劲地抓挠着我。她浑身都在抽搐。她的小手小得不像是手，是小爪子，又尖又苍白，又紧急又绝望。我被妹妹的样子吓坏了。我觉得她是生了急病了。我哭起来。我一再地试图把她搂进自己的怀里。我记得我曾经大声地叫喊过。外公，外婆，妈妈，爸爸，大姨，三姨，小瑷姨婆，连福姨婆，六姨，七姨，甚至五姨和舅舅，我都呼喊过。我的呼喊没有回音。

那是在我外公的家里。我外公的家对于一个孩子来说是一幢豪宅。它有前后两进，有楼上楼下，有天井和厅堂，有一排一排的厢房。厨房在最后面。厨房出去是一个很大的园子。园子里有花草树木。有一口小池塘。池塘旁边有一畦一畦的蔬菜。老垂柳下面有一块可以当板凳坐的磨刀石。园子里还有一个自家的厕所。厕所有木板门和竹编门帘，风经常把它们吹得哐哐响。一个小孩子在一个卧室里头的呼喊穿透不了这幢屋子。

总之，那个时刻没有大人出现。大人经常不在我们孩子的世界里，尤其是当孩子需要他们的时候。大人和大宅子对于孩子来说都太复杂，我从来不敢也不会去探究他们。我慌乱之极。我妹妹在我的怀里抽搐着，挣扎着，衣服扣子全扯开了。她隆起的肋骨一根一根清晰可见，肋骨和肋骨之间是深深的凹陷。她是一个皮包骨头的小人儿。我使劲去扣妹妹衣服的纽扣。我的手一再试图握住她的小手。她的手是垂死挣扎的小动物。我捉不住它。我一边哭泣着。

我们两个小孩子在清晨灰白色的光线里滚作一团，枕头掉到地上。妹妹死盯着窗台。窗台上有一只洋铁皮子的饼干盒。我忽然明白了。妹妹是饿极了。我赶紧扑将过去，将饼干盒拿过来，给了妹妹。妹妹拍打着饼干盒，竭尽全力地吐出了一个字：吃！这是在我的记忆里她人生唯一的一句格外清晰的话语。她说"吃"的时候，是那么热切地望着我，眼里充满近乎讨好的微笑。

可是，没有吃的。这是一只空洞的饼干盒。我们家的大人已经好久好久没有装进去饼干了。盒子上画的是一个骑着马的洋人。这个洋人曾经很神气，马鞍是金闪闪的，他的头发也是金闪闪的，眼睛是碧蓝的，斗篷上镶着繁复华丽的花边。当我跪在妹妹身边拼命拍打和摇晃这只饼干盒的时候，它上面的图案已经斑斑驳驳。在妹妹饿死的这一天清早，我和妹妹愤怒的指甲彻底摧毁了这个洋人。最后，我还是撬开了饼干盒的盖子，从饼干盒里倒出了若有若无的饼干渣，认真地填进了妹妹的小嘴里。妹妹失望了。她的眼帘难过地垂下了。肥皂泡一样的唾沫从妹妹口里涌了出来。我用床单替她擦掉唾沫。她却接着涌出了更多的唾沫，还有痰，多得我无法擦掉和制止。

大人们在哪里！妹妹的小手渐渐地安静了下来。我把它握在了手里。我发现它渐渐地冰凉着。揣在我的怀里也温暖不了它。大人在哪里！为什么大人总是在孩子需要他们的时候，他们不在。而当孩子不需要他们的时候，他们总是出现！

我的记忆之链在这里断掉了。

后面的一些片断是零碎的。我母亲在发疯地哭号。她不能动弹，她躺在床上，一条腿裹满了白色绷带，被架在空中，支架上还吊着一只很大的秤砣。她生病了。

外婆和家里的其他女人都在哀哭。一边哀哭一边照样做家务事情，这样就使得她们的哀哭很像在哼小调。

我外公在园子里做木工活。他在给我的妹妹打造棺材。我妹妹穿着枣红色小花朵新棉衣，躺在一块从门上卸下来的门板上。他们把她放在大厅的一侧。外公用锅灰抹黑了她的小脸。据说小孩子的脸被抹黑了，她就找不到回家的路了。这样对于其他的孩子比较安全。否则，她人小不懂事，莽莽撞撞地跑回来跟大家亲热。鬼的亲热凡人就受不了了。

最后的记忆片断是我外公把装着妹妹的小棺材扛在肩上，一声不响地走出了大门，他的手里还提着一只铁锹。邻居的几个小孩子鬼鬼祟祟地靠近我，问我你们家出了什么事情？我记得我说：我妹妹死了。我还记得我说这句话的时候非常冷静。我记得街道上的青石板泛着柔和的光，屋檐下的雕花板上有几只麻雀在跳跃，对面邻居家的衣服就晒在我们家大门口的场子上，三只脚的竹子架杩颜色醉红醉红，上面有一个洞眼，是春天里一只顽强的黄蜂钻出来的。这一切都为我的记忆证明着：我说过我的妹妹死了。说得很冷静。

木匠的儿子用正在变声的公鸭嗓子严肃地告诉我们：死了就是不能活了。我这才意识到问题的严重性。

3

中间有很长的一段时间，我似乎放下了我妹妹。似乎是忘记了这件事情或者说忽略了这件事情。特别是后来看到了许多文字记载，说是我国 60 年代的大饥荒，饿死了成千上万成千上万的人。我把年幼的妹妹放到国家的一个统计数字里面去，她就显示不出什么来了。个体总是可以令人触目惊心，而整体总是可以把一切大而化之。在不短的时间里，我习惯蜷缩于整体之中。蜷缩于统计数目之中。比如我是一个女性，而不是一个女人。

可是，忽然有那么一天，妹妹出现了。那是我成年以后。有一次我在商店里购物，买了一件盒装曲奇饼。在我挑选商品的时候，在售货员将曲奇饼放在我面前的时候，我都一如平常。可是当我抱起那盒曲奇饼，我的体内突然升起了寒战：我挑选的是一只金属点心盒，它上面的图案是一个神气的洋人在骑马。他金发碧眼，披着斗篷，全身装饰得金碧辉煌。我是在无意中挑选上这只点心盒的。货架上的盒装点心有几十个花色品种，我选来选去，最后选定的就是这只点心盒。这只点心盒从货架上脱离出来之后，迎着我飘移过来，直到占满我的全部视线。当我的手指一触及到点心盒蓦然产生冰凉的金属感，我便一下子回到了60年代的那个清晨。我是多么急于把这只装满了奶油曲奇饼的点心盒送到我妹妹面前。此时我能够轻而易举地打开点心盒使我深刻地感到从前我的无力。我慌张起来。

我快步离开了商店，没有等候售货员的找零，因为我不可遏制的热泪已经充满了眼眶。售货员赶到商店门口，在我的身后高声叫道：同志——你的钱。我觉得售货员的声音发生在另外的时间，既微弱又隔膜，我根本不用接茬。一时间我回不了头。我在滑翔。我已经滑翔到了60年代。80年代的泪水一发不可收拾，源源不断地朝着60年代垂落。我的妹妹在死去二十多年以后附在一只点心盒上回到了我的身边。

我把曲奇饼点心盒放在窗台上。把盒盖松松地搭在盒子上面。直到来年的春雨打湿了我的窗台，曲奇饼发霉了，我才把它们处理掉。至此，我才明白，妹妹已经不再饥饿，她不再要吃点心。只是她要提醒我，她从来就没有离开过我的生活。

妹妹就在我的生活里面。多少年来，我对于食物有一种高度自觉的珍惜。现在，在我的家里，谁要是不把碗里的米粒彻底吃干净，我就会不高兴，我就会很招人生厌地背诵古人的诗句：谁知盘中餐，粒粒皆辛苦。我家里的大人和小孩子都嘲笑这种简单的诗歌，我不嘲笑。如果它不简单明了就流传不到今天。简单之美不是人人都能够欣赏得了的。我家里有人书读得很多，这不说明任何问题，许多人书读得越多越复杂越矫情。我之所以引用诗句，是要回避谈论我妹妹的死。诗句更抽象。餐桌上的剩菜我决不轻易地倒掉，我会一餐接着一餐地把它吃干净。我绝对地容忍不了饕餮者。有一次我出访，有幸见到了一个据说是非常著名的小说家。可是在不止一次的宴会上，我发现这位小说家是一个饕餮之徒。其吃进食物的种类和数量远远超过了其身体的需要。这样的人再著名，我也会十分地蔑视和厌恶。肯定没有作家会想到一个作家的吃态也会影响其作品的销售量。宴会是我永远的愁。巨大的浪费常常使我克制不了自己的情绪。我会突兀地沉下脸来，呆坐着，不再伸箸。我也知道什么叫做入乡随俗。一般我都会尽最大的努力不去扫大家的吃兴。但是总有少数时候怎么也克制不了。每当这些时候，只有一个念头顽强地盘旋在我的脑子里：如果不是这样的浪费，世界上有许多孩子就不会饿死。无疑，我这是刻舟求剑，是没有多少道理的。在这个世界上，永远有人大吃大喝，也永远有人因为饥饿而死。如果没有人忍受过饥饿，就永远不会有人热爱吃喝。可是我的感情上就是过不去。我的妹妹毫无痕迹地潜伏在我的身体里，左右着我的世界观，使我这个人有时候傻乎乎的不开窍。而我自己，一点办法也没有。我当然很愿意自己随随和和，泼泼辣辣，容易成为别人的朋友。

我的妹妹才活了一两年或者两三年，总之，她很短促。可我发现，在事实上，她一直活着。一个生命是不容易消亡的。因为我活在这个世界上，我妹妹也就活着。只是她摒弃了肉体的新陈代谢过程，不要吃饭和排泄。她活跃在一个纯粹的精神世界里，就在肉体世界的另一面，与我如隔窗纸。

现在我懂得该怎么做了。无论如何，我都要去厨房找一点吃的东西给我的妹妹，或者喂她喝一点糖盐水。无论如何，我也要奔跑出去，把大人们叫回来，不管他们在哪里。无论如何，我应该抢救妹妹。我应该吸出堵塞在她呼吸道里的痰。口对口地吸痰不是很难做到的事情。可是，一切都不曾有人教过我。在最近的电视里，我看见一只母豹子把她很小的孩子带出去。她把猎物从树丛里追赶出来，让自己的小豹子去捕猎。她还故意把小豹子推下山坡，要求它自己爬上来。小豹子一次又一次地跌倒，细弱的四肢因为要使出过分的力量而颤抖。看上去小豹子是那么可怜。但是最后，小豹子会变得非常矫健。母豹子是对的。当孩子幼小的时候，她的天职就是训练自己的孩子。人类在这一点上不如动物，许多母亲都在忙于别的很多事情，她们的压力太大了。母豹子就不会受到别的压力。现在想想都怕人，已经是20世纪60年代，在一个大城市里，一个大家庭里面饿死了一个最小的孩子。怎么就会让一个幼儿严重地营养不良呢？怎么就能够让她活活地饿死呢？

现在懂了又怎么着呢？一切都没有用了。妹妹已经死了。

令人不安的是，死亡不是一种完全的消失。妹妹从来就没有远离。外公在她脸上抹再厚的锅灰也不管用。现在她是一个精灵，无所不知，无所不至。我时时刻刻感觉得到她，不管我是否愿意，她时时刻刻都在我的潜意识之中，而我的感觉和歉意她却无法知晓。或者说是我以为她无法知晓。或者说她无法使我感知她是否知晓。反正对于我来说，结果都一样，生者活着，死者就活着。我的不安将一生一世。

4

再说我的外公吧。

是我妹妹的遁身凸现出了我的外公。

从我妹妹消失于人群的那一刻起，我外公就从人群中凸现了出来，朝我凸现了出来。那一天我们家的大人基本上都在哀哭。我的外公没有哭。他与众不同。他做实际的事情。他把一间房门的门板卸了下来，用两只长条凳子搭成一张铺。他为妹妹穿上新衣服。他把妹妹抱到铺板上躺下。他用菜油调和锅灰。他为妹妹把脸抹黑，就像化妆。

我与别人家的小孩子一道，攀在我家后门的门框边，一只脚里一只脚外，一连几个小时地看着外公给妹妹张罗。外公的脸色冰冻着。我不敢和他说话。我光是掺和在邻居家的孩子中间，偷眼看着外公。外公扎着高高的绑腿，不知从哪儿扛来了木料。他用锯子锯木头，呼呼地有节奏地响，锯末子纷纷洒落，散发出松木的香气，就像舅舅拉二胡时候发出的松香。外公用这种有香气的木头给妹妹做了一副棺材。他不慌不忙地做着木工活，很细致地弹墨线。外公使我有一种依靠感和充实感。长久的哀哭使我空虚。我相信外公可以做出一副很好的很舒服的棺材。

我有一点骄傲地对着邻居小孩子们的耳朵说：你们看着，我外公肯定能够做出很好的棺材。

孩子中总有嫉妒我的，他们悄声回敬我说：那可不一定。你外公不是木匠。

我说：不是木匠有什么关系？

木匠的儿子权威地说：不是木匠就做不好棺材。

我说：那就等着看！

孩子们说：那就等着看吧！

我们就这样等着，攀在门框边，目不转睛地看着。外婆她们一边抽泣一边走动着，做饭，洗菜，给座钟上劲。爸爸在房间，安慰妈妈。安慰完了就走了，去他的单位做他的工作，他总是很忙。我生怕我的外公做不好妹妹的棺材。后来的结果是我外公做好了棺材。他做得很好。做完之后，木匠出现了。木匠歉意地说：我来晚了，我能够帮什么忙吗？我的外公摇头。木匠绕着棺材走了一圈，他用巴掌四面拍了拍棺材，发出一种嘭嘭的健康的声响。木匠说：好！做得好！您可以当我的师傅。

外公还是没有答理这个饶舌的木匠。木匠一定发现自己过于饱满的兴致不合时宜，便讪讪地退在一旁。木匠一般都比较聪明。而我的外公得到了木匠的佩服。

我用含着悲伤的胜利眼神扫视周围的孩子。木匠的儿子飞快地溜了。其他孩子对我很服气。我的胜利来源于我的外公。我的外公没有辜负我的信赖。我认为外公的确是很了不起。我的视线不再离开他。我目送外公扛着棺材走出街道。他一只手里拎着铁锹，锹刃的寒光一闪又一闪，渐行渐远。居委会的太婆照例检查了我们家。她手里拿着一块值日的木牌子，在我们家转了一圈，照例说了一番例行公事的话：灶门口扫干净，水缸挑满，沙袋子准备好。不过她的声音显然有所哀悼。我的妹妹都饿死了，她们每天都还说这么几句空泛的话。我外婆与她点了点头。居委会的太婆消失在街道上。这是我的街道，我在等我的外公。

我坐在我的家门口，等候着外公回来。不知等待了多久，他的身影才出现在老远的街道那一端。我从屋檐下站了起来，迎着他走过去。我走得犹豫而且羞涩。那边过来的就是外公一个人，提着那把孤零零的铁锹。街道两侧的屋顶在他的身后交错着，干枯虬结的树枝阴森地挺立在黑色屋脊后面。外公就是从那样的街道上走了过来，肩上没有了棺材，只有一把铁锹。这边迎过去的就是我一个人。我知道我的妹妹被外公埋葬了。他也知道他埋葬了我的妹妹。就在那同一个时刻，同一条街道上，我们心里有着同样的痛楚，并且同时都知道对方心里有什么。

我们一老一少就这么穿越街道，走向对方。有雾霭在街道上游动。邻居的家门一扇紧连着一扇，模糊不清。只有间或传出的叹息和啜泣与雾霭一道缭绕在我们身旁。对于年幼的我来说，此前所有的一切都是一个模糊不清的庞然大物：街道，城市，树木，天空，邻居，包括我们家里所有的大人。大人是同一种东西。他们终日忙忙碌碌。他们喜欢唉声叹气。他们在夜晚背着孩子们窃窃私语，仿佛每天都有重大的事情需要商议，实际上还是一年四季，春去冬来，日出日落。只有我外公从这个庞然大物里走了出来。他明晰地朝我走了过来。我开始奔跑。跑到中途，我的小腿发颤起来。我渴望抚慰与倾诉，又羞于抚慰和倾诉。外公是一个大人，而我是一个孩子。我的人生里没有类似的经验支持我继续跑下去。我的头与脸都胀大起来，我要掉头跑掉才好。我甚至指望外公像所有的大人那样对我的内心感受视而不见。我将照常长大成人，照常尊重老人和孝顺老人，但是这一切并不等于我没有跑掉。

我的外公明晰地朝我走了过来。他的气息飘然而来，牢固地笼罩了我。他的眼睛明确地看着我。接着他抱起了我。我在他的怀抱里有一刻是呆呆的，继而我突然大放悲声。外公的手指有力、干燥和粗糙。他用他的手指擦去了我的泪水。他紧紧地抱着我，走过了漫长的青石板街道，那是我独自一个人不能胜任的距离。

5

接着，我开始发现令我难过的现实。这现实以前就存在着。只是我开始介入。

我大姨对我外公的看法是：他是一个酒鬼。这代表了许多人的看法。大姨是我们家最有权威的人。她是一个医生。她说话的口气总好像别人都是病人，而只有她才能拯救对方。大姨结了婚也还是长期回娘家吃饭。她吃不来别处的饭菜。大姨在解放前夕就与大姨夫结了婚。大姨夫是共产党的干部，他的级别是十五级。我们家的人说起"十五级"的时候总是既自豪又充满敬畏感。其实谁也不懂"十五级"的具体内容。大姨夫和大姨不同，他只是在节假日偶尔到外公家来吃一顿饭。对大家他都很客气，摸摸小孩子的头，与我父亲谈谈时事政治，与外公喝一小杯酒。言谈举止之间，对外公多少有一些恨铁不成钢的埋怨。解放后不久，大姨夫曾经准备培养外公入党，做市里总工会的干部。外公不争气，在上海接受培训的时候做了一些出格的事情，被人家委婉地送回来了。

六姨七姨一直对大姨不满。但是她们也认为我外公是一个讨厌的老头，她们经常说外公喝酒把家里喝穷了。她们穿的衣服总是没有同学的好。往酒里屡水，往往都是由她们两人来干。

三姨则赤裸裸地仇恨外公。她在背地里说：一个老不死的！三姨在她的众姐妹中长得最漂亮。外公对她的管理最严格。外公一旦喝醉酒就找三姨的碴，长短都是她的不是。所以三姨对外公从来没有一个笑脸。

二姨没有立场，人云亦云，一点脾气都没有，非常热爱她的会计工作，她就是我的母亲。由于她过分热爱工作，积极要求进步，没有时间带我，便长期把我放在我外公家里。问题在于，她从来也不主动表示对外公的好感和支持。外公在没有喝酒的时候任劳任怨，我母亲她就像没有看见。

五姨患有先天性的蜘蛛病，四肢细长，善于攀爬，在我们的大宅子里悄无声息地出没。五姨对所有的人都比较公平，为人也比较讲道理，唯独对外公不好。外公是她的医生，从小就让她吃药。中草药的一罐罐汤药让五姨喝怕了。五姨见了外公就躲。

我舅舅排行老四，是外公外婆的独生儿子，是祖宗的传人和香火，是家里最最重要的人物。外公对舅舅十分宠爱。舅舅对外公特别客气。舅舅在家里拥有单独的房间。在家里的时候他喜欢待在他自己的房间看书写字。他一直是学校的优等生，酷爱读书，小学的时候连跳两级。舅舅看见外公喝酒也不说什么，只是微微皱眉。外公在园子里练功练得虎虎生风，舅舅一般都不会出去观看。天气晴好，鸟语花香，舅舅乐意拉二胡。他一拉就把自己拉得前仰后合，如痴如醉。当外公一日三餐都喝得醺醺大醉的时候，舅舅采取了眼不见为净的政策。舅舅把他自己的时间都安排在了学校里。他是学校乒乓球队的种子选手。他还经常参加学校文娱晚会的表演。他总是表演一段同样的相声，相声的名字叫做《打电话》。那时候我外公家还远远没有电话。舅舅在家里练习相声的时候，给我们的感觉很好，就好像我们家已经有了电话一样。他关在他自己的房间，高声模仿两个人在电话里的对话：喂，喂喂，你找谁？喂，我找啰唆。舅舅打电话打得很像真的，逗得我和六姨七姨捧腹大笑。但是我依然发现他对外公的态度不是我希望的态度。舅舅喜欢对他的同学说：我父亲是一个好人。他说我父亲，不说我爹。同时还说我母亲，不说我娘。谁都感觉得到我外公不喜欢"我的父亲是一个好人"这种书面语言的评价。其实外公的大碗喝酒，卖弄武功以及不断地行侠仗义都与舅舅不无关系。他太想成为儿子心目中的英雄。但是舅舅就是他自己的那个样子。他从小就被培养成了知识分子。一个典型的中国知识分子。我外公在他的有生之年肯定是没有弄懂我舅舅的。他白白地努力和伤心了，我舅舅是一个只会说，也只愿意说"我父亲是一个好人"那种话的人。

在1966年之前，以我的年龄，我考虑不了更多的问题。舅舅对外公的暧昧态度虽然对我有所影响，但并不妨碍我喜欢外公。年幼的时候，我最为忽略的是外婆对外公的态度。还有小瑗姨婆和连福姨婆对外公的态度。从表面上看，他们是我们家彼此关系最为淡漠的几个人。外婆操持和忙碌着家里日常的一切。对于外公的行为举止似乎视而不见。外公练功，外婆在一边做刺绣或者做针线活，她总是做得聚精会神，好像外公根本不存在。外公出门的时候，一般在厅堂里大声说"我走了"，回家之后也是在厅堂里说一声"我回来了"。外公打招呼的时候似乎也没有具体的针对性，外婆也无须应答。外公不喝酒，外婆会觉得不对劲。外公喝得太多，外婆也认为不对劲。她既给外公买酒，又偷偷在酒里羼水。在很长的时间里，我根本就不觉得外婆对于外公有什么意义。小瑷姨婆和连福姨婆是我外婆的表妹。两个穷亲戚。依靠我们家的大宅子搭了一间小屋，在里面居住过活。她们对于外公更没有什么意义。外婆的意志就是她们的意志。外婆在做刺绣的时候她们也会在她身边做刺绣，对于外公噼里啪啦地练功，她们好像也是司空见惯，不以为然。

当然，所有的人都害怕外公。只要他大发雷霆，谁都乖乖地听从他的调遣。他愿意把家里的一张桌子劈了，他就劈了。外公不喝酒是一个非常温和的男人，绅士一般呵护家里的女人。喝了酒就彻底地变成了另外一个人。

现实生活使我难过。我不满意大家这么对待外公。我觉得外公不是一个酒鬼，至少不仅仅是一个酒鬼。就算是酒鬼又怎么样呢？他是一个多么了不起的人。他会武功，会中医，会做木工活，会种植中草药，高兴的时候会唱歌。谁都不敢惹他。作为一个男人，这就是很了不起。邻居的孩子们在"文化大革命"的高潮时期，曾经私下里严密地审问我，问我说你外公怕不怕毛主席？我的回答是不知道。孩子自己猜测说：平时可能是怕的，一喝酒就肯定不怕了。我只好说：可能吧。邻居的孩子们狡黠地吓唬我说：你的外公可能当过土匪。我装模作样地笑。我的外公没有当过土匪。可我很乐意孩子们这么猜测。土匪的外孙是没有人敢欺负的。实际上，在 1966 年之前，我根本就没有想过我外公是一个什么人的问题。而在我妹妹夭折之前，我对我的外公毫无知觉，他是大人群体中的一个。

现在，我是多么多么地想要他知道，知道我对他真正的认识和评价，想要他知道我对他深深的歉意。我想要他知道，有他这么一个人在我的生命中存在过，我是多么荣幸！我以为，一个人对于另外一个人，是不能够滥用"荣幸"这个词的。"荣幸"这个词，现在流落在社交场合，被极端地庸俗化了。我对我外公所说的"荣幸"，绝不是社交场合上的陈词滥调，而是"荣幸"原初的意思。"荣幸"的原初意思在我看来，它饱含着由衷的欢欣与敬意，饱含着被对方激发的新鲜感和衷心的快乐；小鹿一般的惴栗，春天盛开的花朵一般荣华。人与人之间，我们可以是伴侣，可以是朋友，可以是师生，可以是爱人，可以是手足，可以是骨肉；我们可以说我爱你，我喜欢你，我敬佩你，我服从你，我心疼你，我珍惜你，唯独说"我深感荣幸"是最不容易的。不到一定岁数的人没有资格这么说。因为你没有见识过许许多多的人，你就无法鉴别这个人对于你意味着什么。疼痛的源头大概就是在这里。当我走过了漫漫长路，冲破了重重认识上的限制，懂得了许多早已发生早先却不懂的事情。我寻到了你的门前，而你，却已经锁上大门，外出旅行了。那是永无归期的旅行。你的门已经变成了墙，挡住了我所有的愿望。那是没有形体的墙，它隔断了一切的可能。我与你再也无法交流。你一定以为你白疼了我一场。你远行的时候一定充满了悲观和沮丧。可是事情不是这样的！不是的！我的认识会改变，会提高，会飞跃。

一切的人生痛苦，是不是都在这里呢？事实的真相总是发生在前面，在非常遥远的前面，理解这件事情并且知道应该做一些什么，总是在后面。在很后很后的后面，还要通过许多旁枝末节的细节，那种理解才会点点滴滴渗透过来。伴随产生的就是那种无法抚摸的生生的疼痛。

　　我的将来是不是还要为今天付出代价呢？我真是一个傻子。

6

　　如果说是妹妹的夭折使外公走进了我的世界。那么1966年冬天，在那个大雪初霁的夜晚发生的流血事件，则是我对自己有这么一个外公深感荣幸的最初原因。

　　雪是早几天就开始下了。下到这一天的午后，雪就停了。几天的积雪使户外一片皎洁。我们一些孩子贪婪地在雪地里玩耍，一直到大人的呼唤声变得愤怒了才很不情愿地回了各自的家。在晚饭的餐桌上，我惊喜地发现外公没有出现。这就意味着晚饭之后我又可以外出了。毫无疑问地，外公一定又是在江边的好义酒馆喝酒。如果没有我去把他拽回家，他就会永远地喝下去。

　　1966年的时候，一个小孩子单独出门是没有什么危险的。夜晚的大街上，汽车极少。沿路也没有什么小摊贩，更谈不上什么人贩子。在街上走动的人们也都是有户口的城市居民，大家都互相认识，不说话也互相面熟。那时候的城市不大，就像一个大家庭，你在自己所居住的城市里，夜再深也走不出陌生感来。我便很快地来到了雪地上。我专门寻找没有足迹的雪地，用胶鞋的后跟碰在一起，模仿拖拉机的履带痕迹。拖拉机是我童年的时髦。我们的儿歌里唱道：爹爹跑，胡子翘；奶奶跑，呵呵笑；姐姐跑，似飞鸟；弟弟跑，摔倒了。你要问他为啥跑？为啥跑？嘿！东方红拖拉机开来了！

我来到了好义酒馆。我的外公果然就在里面喝酒。看见我，外公笑了。外公对酒馆里面的酒客们自豪地介绍说：这是我的外孙女。

我不知道我有什么值得外公自豪的，也不知道我有什么值得外公这么郑重其事地对他人介绍的，我才是一个几岁的孩童。一个平凡的没有任何异秉的孩童。不像我的舅舅读书可以连跳两级。不像我的五姨会飞檐走壁。也不像我六姨吃鱼不吐鱼骨头。不过外公的自豪使我深感愉快和兴奋。在他这里，我总是一个重要的人物。给我重要感，这个很重要。

我亲切地挨着外公坐下来。这是我们家里的人谁都不会做的事情。我们家谁都不愿意紧挨着喝酒的外公坐下。我愿意。外公很高兴我愿意挨着他坐。他对于我的信赖表现极大的谢意。他对我的奖赏就是在我的手掌心里放上一撮油炸花生米。我吃完了油炸花生米之后，他再给我几片卤顺风或者什么别的卤菜。偶尔，外公会用筷子蘸上几滴白酒。我就会很配合地把舌头伸出来。这是我的六个姨一个舅坚决不干的事情。我外公休想强迫他们蘸上一星半点的酒。我却愿意顺从外公。我让外公的酒从筷子尖上滴到我的舌尖上。我感觉扑哧一声，一把火燃烧起来，从我的口腔迅速蔓延到咽喉。我的眼睛里咕咚一声冒出了水花，一双眼睛顿时水花凌凌的。酒馆的人们都笑了起来。外公非常得意。为此，他是那么宠爱我。酒对我无所谓，关键是外公会因此更加宠爱我。

一般说来，我吃完了手心里的东西就不再要了。外公给我我也不再要了。我想让外公多吃一点菜。外公夸耀地对周围的人说：你们看我的外孙多有孝心。

我在一边安静地等待着，不一会儿我就说：外公，我要回家。

通常外公都会同意我的要求，牵着我的手，我们回家。这时天色还不是太晚，外公的酒也不是喝得太多，他还可以流畅地走路。我很成功。

这一天的晚上与通常的情况有所不同。我来到好义酒馆的时候，外公的桌子上已经围坐着四个陌生人。外公把我介绍给这四个陌生人说：这是我的外孙女。

四个陌生人立刻一片声地对我啧啧称赞。外公很得意。外公告诉我说他们是外地来找他看病的。四个外地人连忙说：是的是的。四个外地人都是乡下人的样子，都很年轻，背着小包裹和油布雨伞。他们围着我的外公，买了不少的酒菜，请我外公吃酒。他们一边劝酒，一边阿谀奉承，歌颂我外公的丰功伟绩。说我外公武功盖世，声名远扬，江湖无人不知无人不晓；说我外公的医术高明得简直就是神仙，手到病除，药到病除，方圆几省的病人都在慕名而来。我外公听得分外高兴，假装谦虚的样子大声说哪里哪里。实际上已经非常地飘飘然，频频邀请在一边凑热闹的酒客们干杯喝酒。

在这种情况里，我比我外公还要飘飘然。本来我就觉得我的外公与众不同。我的外公就是与别人不一样。大姨总是说：真糟糕，酒鬼一个，简直丢人。实际情况并不是这样。大姨要是能够到好义酒馆里来看看就好了。我的外公每天早起练功。在后面的院子里，把胸脯拍得噼啪作响。外公练功的时候赤膊着胸膛，腰间紧紧缠着一条老长老宽的蓝色布带，小腿扎着绑腿，脚蹬千层底黑色布鞋。外公精瘦精瘦的个子，天生的板刷头。每天早上坚持练功。毫不费力地劈叉。独腿站立，另一条腿可以用手掰起来竖在脑袋旁边。外公每天练功的那一块场地，平平坦坦，寸草不生，雨天都不起泥泞，结实得跟水泥地面一样。同时，我外公还懂医术。他是市中医院跌打损伤科的医生。除了他不习惯按时上下班之外，他几乎是一个神医。经常有许多人找到家里来要求看病。外公在家里也随时应诊。治愈的病人不计其数。夏天的半夜里，经常有邻居抱着哭喊的孩子来我们家求诊，这些孩子是从乘凉的竹床上摔下来的。任何时候，我外公都会立刻起床替他们治疗。外公治疗的时候连灯都不用打开，摸捏几下，孩子们脱臼的胳膊咯吱一声就归位了。所以，我对四个外地人的话非常赞成，拍手叫好。我就是很希望大姨她们能够见到这个场面。遗憾的是大姨她们永远也见不到。她们绝对不会到好义酒馆里来。最初是由她们姐妹几个轮流来好义酒馆叫外公的，外公一律地将她们驱赶了回去。她们站在酒馆的门口大声地叫嚷：不要喝了好不好啊！赶快回家好不好！真烦人哪你知道不知道！外公对她们都很不客气。三姨的胳膊还被外公摔伤过。以后就没有谁来寻找外公了，直到我的才能偶尔被家人发现。

就这样，我和我外公轻易地掉进了一个险恶的陷阱。那天我忽略了自己的职责。我得意忘形，吃多了花生米和卤菜。外公当然就喝多了，喝得连路都不会走了。还是好义酒馆的伙计提醒了我，说你外公今天晚上都喝了三斤多了，再喝的话，你能够把他背回家吗？四个外地人抢过来说：我们把师傅送回家！我们把师傅送回家！

外公却固执地认为他能够走路。他说：笑话！他甩开大家搀扶他的手，几个大步就冲出了好义酒馆。等我们赶出去一看，外公扑倒在大街上，鼾声已经升起。幸亏地上有厚厚的积雪，外公才得以保全干净和体面。我们让外公在雪地里休息了一会儿，才动身回家。外公钢铁一样沉重，四个外地人用了很大的力气才把他扶了起来。

夜已经比较深了。天上有一轮明月。大街上人烟稀少。家家户户都关紧了门窗。我们一行人拐进了小巷。深深的小巷已经沉睡，一点点鸡鸣狗吠的声音都没有。小巷的青石板又结上了薄冰，十分滑溜。四个外地人簇拥着外公，大家都在踉踉跄跄。大家一边踉踉跄跄，还一边说话，四个外地人不肯停歇地奉承我外公，显得有一点傻头傻脑。我根本就没有注意到四个外地人在交换密谋的眼光。忽然，四个外地人把外公强行地架到了一个死胡同里头。我大叫：你们走错路了！在这一瞬间外公就已经惊醒。他本能拉开了护身的架势，只见四个外地人像四只口袋一样从外公身边抛开。其中有一个人摔倒。但他一个鱼跃飞快地爬了起来，身手格外敏捷，一看就是一个练家子。显然他们是来暗算外公的。他们的音调顿时变了，凶狠而无情：听好了，我们与你前世无冤后世无仇，只要你交出刘氏练功图谱，我们就饶你一死！把他们的架势一看，再把他们这话一听，我真是吓得魂不附体。外公！我叫道：我们怎么办？

外公没有理睬我。他全力以赴地与四个外地人打斗着。雪地上一片嘈杂的沙沙声。明月依然冷静地挂在天上。这是我的人生中亲睹的一场惊心动魄的打斗。外公的英雄本色使我大开眼界。

7

那是 1966 年的冬天。有一个极大政治运动已经开始。那就是著名的无产阶级文化大革命。我的六姨和七姨立刻投身于轰轰烈烈的革命运动。她们参加了红卫兵长征队,已经在大串联的热潮中到过了北京,并接受了毛泽东主席在天安门广场上的接见。她们回家以后就再也不谈别的什么了。她们整天干革命,在家里吃饭的一点时间就大唱京剧革命样板戏。在北京清华大学念书的舅舅居然都走出了书斋,写回家的信每一封都洋溢着火热的革命激情。就在那几天,我的外婆上街买菜的时候被红卫兵剪掉了发髻。外婆是哭着回家的。可是几个姨全都举双手赞成红卫兵的革命行动。并且使劲地夸奖外婆的短发好看。搞得外婆一副失去了主见的样子,丧魂失魄的。一个破四旧立四新的革命运动在我们家很是热烈地开展起来,因为还有小瑗姨婆和连福姨婆的发髻没有剪掉,我的几个姨都很想由她们亲手剪掉象征四旧的发髻。我们家里的斗争异常激烈,所有话题全都紧密地联系着中国的前途和人类的命运。晚饭失去了往日的平和,大姨与六姨七姨争论得异常激烈。大姨是保皇派,六姨七姨是造反派。她们都认为自己是毛主席无产阶级革命司令部的人,而对方是资产阶级司令部的人。她们争着争着就摔了筷子。外婆和稀泥说:大家都是毛主席的人。大姨,六姨和七姨又共同表示对外婆的愤怒。我是一个生在新社会,长在红旗下的孩子。我对革命运动有着习惯性的顺从。有一点是毋庸置疑的,这就是:我们都在关心和进行着一场事关重大的革命运动。我正在寻找机会,想和外公谈谈革命运动的事情。就在这样的历史背景下，我外公遭遇了四个外地人的袭击。他们要抢夺的竟然是一本什么刘氏练功图谱。我的脑子一下子无法适应和分析面前的情形。我不知道我该做些什么。我在雪地上蹦跳着，急促地叫道：外公！外公！外公！

只见外公身影一闪便贴在一面墙壁上，他抢占了有利地形，令四个外地人无法对他形成包围之势。这一闪之下，武功高低立见分晓。四个外地人稍一愣神，便又一拥而上。雪地里，五条黑影又打成一团。又是电闪雷鸣的一阵厮杀，四个外地人再一次地败下阵来。这一个回合，他们中间有两个人弯着腰，不能够动弹，哎哟哎哟地哀叫。另外两个人退出几步远，不甘罢休地跃跃欲试。外公豪迈地放声大笑起来。外公的笑声在寂静的雪夜里十分瘆人。

附近的人家亮起了灯光。我得到了提醒。我朝灯光奔过去，双手拍打着别人的家门。我叫道：有坏人了。有坏人了。事实上我的声音很微弱。事后这家人说他们根本没有听到我的任何声音。他们是因为听见了猫头鹰的号叫才开灯查看的。可是开灯之后仔细倾听，又什么声音都没有了。

猫头鹰的号叫其实就是我外公的笑声。那是一种非常的笑声，与平时完全不同。外公笑完之后主动出击，他步态游移但又能准确地打击那两个尚能支撑的外地人。两个外地人吭哧吭哧地与外公过招。几个回合下来便鲜血飞溅。外地人半是哀求半是威胁地说：师傅啊，别打了！我们也是受人之托。您老人家就把东西交出来吧，别逼我们下毒手啊。

外公说：你们敢！

这时候，两个外地人从他们背在胸前的小包裹里掏出了酒瓶。他们举着酒瓶就往我外公的头上砸，就像普通地痞打赖皮架那样。我外公对这种卑鄙的暗算已经躲闪不及，他"嗨"地吼了一声，硬接了下来。玻璃酒瓶哗啦碎了。我外公双手提拳，直挺挺地屹立在雪地上。鲜血像一匹深色的缎子从他的头顶上缓缓地滑落下来。我冲上去踢咬外地人。他们一再地把我甩开，慌乱地去搀扶他们弯腰呻吟的同伴。他们要逃跑了。

吱呀一声，有人家开门了。有人惊呼着。男人们提着马灯，急急走了过来。

外公给狼狈逃窜的四个外地人留下了话。他说：对不起，下手重了一些。告诉你们师傅，说这就是我给他的答复。你们如果想要活命，日后再来找我。不找我，一辈子残废。

四个外地人在人们的眼皮底下跑掉了。我一再地呼吁人们抓住他们。我告诉人们：他们是坏人，他们打人，打人是犯法的呀。

没有人重视我的话。我的声音总是那么微弱。从小就是。引不起任何人的注意。

人们当然认出了我的外公。他们看见我外公血流满面，他们惶恐地呼叫着我外公的名字。他们要求我外公说话，问他是否要抓住那几个外地人。人们叽叽喳喳的声音与他们在雪地上踩出的响声紧张了整个空气。四个外地人衣衫零乱，咻咻喘气，仓皇逃窜。我外公一直没有发话。等着我外公发话的人们焦急而又茫然。我外公没有说话是因为他中了毒。直到四个外地人逃得没有了踪影，我外公突然直挺挺地倒在了地上。

那些玻璃酒瓶里面装的是毒药。我外公的额头和眉骨有大小九道伤口，嘴唇已经发紫，话也说不出来了，他心里却是异常清醒，当人们准备抬他去医院的时候，他用眼睛指出了他要去的方向，那是我们的家。

人们没有想到要拂逆外公的意愿。他们相信我外公自有他的道理。

8

把我外公抬回家的动静闹得太大了。几个强壮的男人轮流换班。他们为了步调一致，哼呀嗨哟地唱起了号子。担架是好心人贡献出来的一块门板。门板上面的铜吊环随着人们的脚步丁零当啷响。泼辣的妇女自告奋勇地提着马灯在前面照明。不怕血的妇女跟在外公身边，用几条毛巾捂住他的伤口。我被一个性急的人牵着手，他一路都在小跑。所有的脚步都匆忙、杂乱，互相踩着脚跟，热气腾腾；马灯摇晃趔趄，多次几乎摔倒。雪粒和薄冰毫无规则地到处飞溅。人们互相指挥和互相埋怨，大呼小叫着，莽撞地搅乱了静静的有雪的冬夜。整条街道都醒了。居民们纷纷地开门，裹着棉袄追过来看热闹。

后面追上来的人已经无法了解真实情况。人们按照习惯性的思维方式传播着信息。大多数人都以为是造反派和保皇派打起来了。几天之后，信息反馈到我们家的时候已经是这样的了：某某造反派组织与某某保皇派组织进行革命大辩论，大家都认为是自己在誓死保卫毛主席。争论到不可开交的地步就动了手。谁知造反派早有准备，在酒瓶里装了毒药当着手榴弹。因此某某组织的某某人当场就被毒死了。

我外公听了这些谣言觉得很可笑。我大姨说：你还笑？你算是给"文化大革命"开了一个好头了。这是别有用心的人在煽动，有人就是想要制造流血事件。以后就有好戏看了。

没有料到的是事情的发展趋势不幸被我大姨言中。不久之后，人民武装部就受到了某个组织的冲击，枪支弹药被抢劫一空，派别之间的巷战从此拉开序幕。但是外公坚信他打的那一架没有误导"文化大革命"。外公就此开始写情况说明，寄给北京中南海。寄出去的情况说明没有回音他就再写再寄。这项工作一直持续到他去世。外公在大是大非面前是决不含糊的。

那天晚上，跑在前面的人已经到我们家报了信。我们家两扇沉重高大的大门大大地敞开了，堂屋里的电灯，马灯和蜡烛都亮了起来。我的外婆慌忙地扣着皮袄的盘扣，那盘扣长长的一溜，在紧急情况下，迅速地扣拢是那么的不可能。因此她是那么焦急和绝望。六姨和七姨跑在了外婆前面，她们的穿着倒是非常迅速。不仅军装的腰间扎好了武装带，连毛主席像章和红卫兵的袖章都佩戴得十分整齐。我了解她们。我感觉在她们的灵魂深处，一定有把毛主席像章和红卫兵袖章当做一种装饰品的思想意识。她们总是佩戴得格外精心，佩戴的地方也与一般人不一样，那种佩戴容易使人注意到她们的身体曲线。当然，这些话我是从来没有明说的。我的六姨和七姨迎着大伙跑过来，就像两个英姿飒爽的文工团团员。小瑗姨婆和连福姨婆小屋里的马灯也迅速地点亮。她们一定也起床了，一定火急火燎地在门后边踱着小脚，等待着众人的离开。她们是决不会在大庭广众之下出现在我外公身边的，这是她们多年来的习惯。

我大姨在任何时候都是家里的主心骨。她有一副坚定冷静的面容。当时她的丈夫正是本城市本区的党委书记。尽管已经有造反派提出要打倒他，可是在邻居街坊和一般老百姓心目中，瘦死的骆驼永远比马大。我大姨一出现，她把她天生带有波浪感的短发往耳后那么一捋，我家大门口的嘈杂声就安静了下来。

我大姨问：怎么回事？

受了高度惊吓的我已经被五姨抱在怀里。我只是一个劲地抽噎。有人抢着回答：有四个年轻的外地人打师傅一个人。

我大姨扭头对正在扣盘扣的外婆说：又是打架。现在是什么时候！是什么时代啊！

人群中有不少人掩嘴窃笑。六姨七姨说：笑什么笑？有什么好笑的！

就在我大姨强掩她的轻蔑和不耐烦，对外婆说又是打架的时候，我外公被抬过来了。场子上的人们纷纷闪开，让出了一条通道。我大姨连忙查看了外公的伤情。之后，大姨的脸色就更严肃了：走，我们必须马上去医院！

外婆看着外公。外公用更严肃的脸色否决了大姨的决定。

大姨说：不行！搞得不好是要死人的！

外婆看着大姨，说：那好吧。

外公表示了他强烈的反抗。他挣扎着，一个翻身滚到了地上，摔得"嗵"的一声。众人大哗。

我的外公就是没有去医院。他让人把他放到了自己的床上，然后服用了他自己药柜里的一种黑色的药水。外婆用酒精度数极高的粮食酒为外公擦洗了伤口。六姨七姨为他到屋后的院子里采来了一种新鲜的草药。外公自己嚼碎了草药，敷在自己的伤口上。六姨和七姨在采药的时候极其的不情不愿。大姨则一直坐在一边冷眼旁观，用眼睛梢子瞅着外公。她坚持认为一定要送医院。她认为这种土法治疗违背了科学。她说这一次不比以往任何一次，弄不好要死人的。大姨一再地说要死人，外婆实在忍不住了，才敢表现出她的不高兴。外婆说：他死了岂不正好？他死了你们大家就清净了！

外婆这么一句话，阻止了所有其他的建议。

外公昏睡了两夜又一天。在这个漫长的昏睡过程中，大姨和六姨七姨与外婆再次地发生激烈的争吵。二姨三姨加入了她们的行列。女儿们都是有文化的人，她们坚持要相信科学，坚持要把外公送到医院抢救。外婆则坚持要按外公自己的意愿行事。外婆说：他自己就是一个医生，他已经给自己下了药。

大姨说：他是一个什么医生？中医生。又没有在正经的医学院学习过。

外婆气恼了，说：谁说他没有学习过？他从小就学。从前是把先生请到家里来的，一天三块大洋，包饭，礼拜天送两泡鸦片膏。人家先生一直教到你爹把我娶进了门，一直教到你和老二都出了生。要不是解放了，新社会了，兴许先生还在我们家呢！你的医学院才读了几年？知道天有多高地有多厚！

六姨七姨两个狂热的红卫兵接受不了外婆的说法。她们尖叫起来：妈呀，你小一点声音好不好？这么可耻的资产阶级生活方式还好意思讲出来！

小瑗姨婆和连福姨婆不多话，但是她们毅然地加入了外婆的战线。在外婆维持着一家老小的日常生活的时候，她们俩轮流着，整夜整日地守护在外公的床头。她们把厚重的夏布蚊帐垂了下来，掖在厚厚的被子下面。她们穿着鼓鼓囊囊的大襟棉袄，外面罩一件黑色毛线背心，尖尖的小脚放在床前的踏板上，怀里揣一只紫铜烘炉，谁的话她们都听不进去。她们一夫当关，万夫莫开。

第三天的早上，我的外公醒来了。他撩开蚊帐，用平常的健康的声音对连福姨婆说：你坐在这里干什么？

我外公彻底地苏醒过来了。起床后，一口气吃了八个荷包蛋。吃了八个荷包蛋之后就去园子里练功。他的一条腿还是可以轻松地举到头部。外婆，小瑗姨婆和连福姨婆恢复了她们的刺绣。

我被我外公震撼了。我为他深感骄傲。我在邻居的小孩子中到处传播我外公的事迹。直到有一天，六姨七姨逮住了我。她们揪着我的衣领，训斥我：够了！你知道不知道害羞呀！他那么大一个人了，还打架？都新社会了，还打架？这是很丢脸的事了。

打架不分是非对错，要分年龄大小和什么时代吗？她们肯定地教育我说：就是！

那么，发动二战的希特勒有多大年纪？没有谁有兴趣给我解释。

大姨在一天的晚餐上发表了郑重其事的讲话：我求你们了！"文化大革命"运动已经到了非常关键的时候了。我们家这件事情就到此为止吧。不要因为爹的这种私人的小事，让我们都成为被历史嘲笑的对象。

大姨说这话的时候，外公在好义酒馆。

9

但是，事情本身不可能到此结束。我有一点幸灾乐祸。事情本身就像暗中安装了滑轮，它的移动和发展根本不以某些人的意志为转移。

不久，有一位号称我外公师弟的胡姓人求见。胡姓人的一只眼球镶的是狗眼。狗眼不会动。他提着两瓶酒，一只老母鸡，毕恭毕敬地站在我家大门口。我外公没有说让他进来，他就没有敢进来。胡姓人是来赔礼道歉的。他赔礼道歉的目的是要求我外公为他的四个徒弟疗伤。我外公对他哼了一声，转身走了。我抢过胡姓人的酒，摔在大门口的石板上。我们家大门口酒香四溢。

过了几天，胡姓人又来了。还是提了两瓶好酒和一只老母鸡。另外他的身后带着两个乡下妇女。乡下妇女一人牵着一个挂鼻涕的小孩子。这两个妇女一见外公，纳头便拜，两个小孩子也被妇女摁在地上，给我外公连连地磕头。我外公一把太师椅，当堂坐着，两手放在大腿上。

胡姓人急得连连求饶，说：师兄大人大量，大人大量，就饶了我这一次吧。看在人家的妻子儿女分上，把他们治好吧。这是新社会了，江湖是养不活人了，人家一家老少要靠他们壮劳力来养活啊！

妇女儿童便在旁边使劲地哭泣哀求。

我的六姨七姨率领一群红卫兵来了。他们提着糨糊桶，夹着一卷一卷的纸，高唱着革命歌曲，来到我家熬糨糊写大字报。六姨七姨一看家里的情形，又羞又气。她们对外公很不客气。把外公拉到房间，气愤地质问：为什么？你为什么老是要搞这种封建社会的江湖勾当？你让我们在红卫兵战友面前无地自容，知道不知道啊？外公此时没有喝酒，他温和地笑笑，不辩解。

外公依从了六姨七姨的要求，赶紧打发胡姓人走路。但是他还是不肯放弃他最基本的原则，他还是要把他们的江湖恩怨做一个了断。

他问胡姓人：图谱可是你的？

胡姓人连忙说：不是的。

六姨七姨叫道：爹呀！还说这些废话干什么嘛！

外公对胡姓人说：师傅当着大家的面传给了谁？

胡姓人说：传给了师兄您。

六姨七姨跺脚：爹呀！

外公对胡姓人说：你说你混账不混账？

胡姓人说：混账混账。

外公说：往后还敢不敢了？

胡姓人说：不敢了不敢了。

六姨悲愤地对七姨说：走，今天我们首先就写爹的大字报！

外公不介意六姨的话，继续对胡姓人说：好吧。回去让他们来吧。鸡你给我拿回去！酒你也给我拿回去！

胡姓人爬起来，拍着屁股上面的灰尘，走了。

六姨七姨刷了一张外公的大字报，封住了他的卧室门。第二天就被我外婆不当心撕破了。大姨并不赞成到处乱贴大字报这种做法。她虽然不敢明确表态，但是她对外婆给予了亲切的鼓励：在自己家里，当然是随便走动了。没有关系的，妈。

隔了不几日，四个年轻的外地人就来了。其中两个还是痛苦地弯着腰，另外两个面部发青，浮肿，一副有气无力的样子。他们一来就跪倒在我家大门口。我外婆只是斜了他们一眼，就忙自己的去了。外公在园子里练功，很久不去理睬他们。邻居街坊奔走相告，看热闹的人们又像那天晚上一样挤满了我们家门口的场子。这一天大姨在家里。她正在吃她的早点：豆浆、油条和一只荷包蛋。大姨端着豆浆来到园子里，对外公说：爹，你不记得我说过这件事情已经结束了吗？

早上外公没有喝酒。他看了大姨一眼，渐渐地收住了功夫。外公来到了大门口。首先在两个弯腰者身上点了几下穴道，然后扔给另外两个人几服草药。弯腰者当场就慢慢地直起了他们的腰。他们惊喜万状，复又跪地叩谢。围观的群众自发地爆发出热烈的掌声。

只有我大姨的气愤难以平复。她找了一个我外公没有喝酒的时候，非常严厉地批评他：这么大年纪的人了，还不知道自重！现在我和我爱人都被揪斗了，我们的前途从此完蛋了！看看现在我们这个家里，还不够糟糕吗？弟弟下放到了西北的农场，他可是清华大学的高才生，是科学家的料子啊！六妹和七妹两个人傻乎乎的，为了图一时的表现，造自己姐夫的反，抄自己姐夫的家，还要和我们划清界限，断绝关系。断绝就断绝，我怕什么？我相信群众相信党，事情总归有一天要弄清楚的。可是我们都是你的亲生女儿啊！她们这么胡闹你管不管，你痛心不痛心！还有三妹，马上要下放农村了，户口都从城市下掉了。五妹有病，是一个指望不上的人。现在我们的整个国家大搞运动，我们的党到底会向何处去呢？修正主义分子时时刻刻伺机颠覆我们的无产阶级专政。我们到底应该怎么做呢？爹呀，在这个伟大的时代里，我们要思考，要去做的事情太重大了。你何必还与人争夺什么练功图谱？这不是很可笑吗？如果人们不把你看作一个酒鬼，不把你这事情看作一个笑话，看他们不整死你。你省省吧！

饭桌上寂静无声。我突然把筷子啪地放下。我吃好了。我怕大姨。她说的话怎么就这么沉重和宏大呢？难道外公应该把师傅传给自己的图谱拱手让给那个无耻的狗眼？

大姨恐怕没有想到，正因为外公的武艺高强，正因为外公喝了酒就会天地不怕，在我们这个城市里，就没有人敢动手殴打大姨夫。大姨夫是我们市里挂得上号的走资派，他在被批斗的时候最多是被架架飞机，踢踢屁股。而排名在他前后的走资派们，有的却被打断了腰椎，有的被拔光了牙齿，有的遍体鳞伤地跳楼自杀。外公在好义酒馆里，一脚踏着凳子，一手拍着胸脯，说：你们听好了，搞革命可以，搞武斗不可以。我的大女婿如果少了一根指头，我老头子决不罢休！

饭桌上一片寂静。外公自己决不为自己辩解。外婆对牵涉到国家大事的事情一律沉默寡言。以我那个时候的年纪，我无论如何理解不了大姨的逻辑。大姨真的不知道外公对于她意味着什么吗？她是那么聪明。

我实在觉得恶心，只好啪地放下筷子。大姨注意地看了我一眼，眼里满是猜疑的阴霾，是外婆解释说：她吃好了。

10

现在，就不能不说说小瑗姨婆和连福姨婆的事情了。

在我是孩子的时候，大人们都很忙。白天上班，晚上开会学习，一年四季有运动。没有大人肯把孩子当一个人。没有大人与你促膝谈心，告诉你他们的真实经历和内心感受。我被寄托在外公家里。大人们的责任是要让我吃饱穿暖。让我吃饱穿暖的直接负责人是外婆，小瑗姨婆和连福姨婆。外婆口袋里有钱，她买菜做饭。晚上炖红枣白莲汤或者银耳汤。当然，连福姨婆也经常过来做一道两道菜。逢年过节小瑗姨婆和连福姨婆都过来，一起做菜一起吃饭。平时小瑗姨婆和连福姨婆不和我们一个锅灶吃饭。她们吃斋。她们主要是负责我们家的针线活。也就仅仅是二十几年前，一个家庭的针线活还是如此的大量。一年四季的服装都是自己动手缝制，尤其是内衣。新袜子不能够直接穿在脚上，是要翻底的。要密密地纳了袜底，翻上到新袜子的脚底上，这样才够结实。那时候，房门是有门帘的，蚊帐是有帐帘的，马桶是有桶帘的，小孩子是有猫猫鞋的和肚兜的，鞋子是分了鞋底和鞋面的。那时候，鞋底要纳千层底。男人的鞋面是哔叽呢。姑娘的鞋面是灯芯绒。小孩子的要绣吉祥物。老人的要绣寿字花或者牡丹花。那时候，须得女人去布匹商店扯布料。男人要派力司，女人要丝绸，姑娘要时髦的大花布，小孩子要一面绒或者双面绒。我们家的外婆，小瑗姨婆和连福姨婆永远都是很忙碌的。孩子们说的话都是她们忙碌之中的耳边风。

从我记事的那一天起，我的外婆和我的小瑗姨婆还有连福姨婆，她们就坐在后院的阳光下做针线。后院里的太阳好像就是属于她们的，总是遂着她们的心愿，每天准时出来，明亮而温和。她们的天空只有微风。老粗老粗的垂柳在她们身旁摆动。她们的柳条针线筐放在绣墩上，里面是绣花丝线，那些丝线的颜色梦幻一般多彩，精致得让人不敢相信和不敢触摸。肥厚的鸡血藤在她们的椅子背后茂盛地生长，蚯蚓把鸡血藤下面的土拱得十分蓬松，土地因此显得肥沃和细腻。篱笆边是一排高大健壮的美人蕉，开放着火红娇艳夸张的花朵，年年岁岁地开放。这样的景致一持续就是好多年。这是平和，富庶，慵懒的景致。这景致使人平和而慵懒，不会去多想什么。我就从来没有想到过这景致的由来，或者这景致为什么不是那景致。为什么我有一个外婆和两个姨婆。而别人家却不是这样。

后来出了问题，我才注意到异乎寻常的细节。外婆总是与小瑗姨婆和连福姨婆一块在园子做针线。但是我的外婆是从我们家里走到园子的。而小瑗姨婆和连福姨婆是从她们小屋的后门来到园子的。园子里特意开了一个侧门。侧门在美人蕉的掩映之下，不注意的话就不容易看出来。侧门窄窄的，进出都被仔细地带上，令孩子们感到神秘。不过侧门那边没有什么，就是小瑗姨婆和连福姨婆的小屋。这就是说，园子的侧门简直就是为她们而开设的。既然她们和我们家是亲戚，既然她们和外婆是姐妹，为什么还要有这么多规矩呢？她们为什么就不可以住在我们家呢？还有，小瑗姨婆和连福姨婆为什么都没有老伴？没有儿女？为什么她们说话一个是下江口音？一个是天门口音？她们俩是亲姐妹吗？她们和外婆是亲姐妹吗？她们为什么吃斋？这些都是非常可疑的问题。我们要高度警惕地质问：这种现象正常吗？这里面到底有什么不可告人的原因和勾当？——造反派的一份大字报提出了这样的问题。

那一天，我在好义酒馆外面的墙壁上看到了这份大字报。我遭到当头一棒。大字报无情地粉碎了我的平和和慵懒，把一个可怕的现实撕裂在我的面前。我们家就是和别人家不同，这是事实。不同是不正常的。来历不清也是不正常的。不正常就意味不正确。不正确就意味着不光彩。不光彩就意味着污浊和下流。我的思维就是这样流动的。当时时代的思维就是这样地流动。我的眼睛蒙上了一层灰翳。耻辱和气愤使我在阳光下也直打哆嗦。外婆和我妈都曾经轻描淡写地对我说：姨婆就是外婆的妹妹呗。他们蒙哄和欺骗了我！我恨他们！

我有两天没有回家吃饭。我抄着手在城郊游荡。实在饿了就偷采桑树上的桑枣，吃得满口血红。我不能够原谅他们。当孩子们需要他们的时候，他们总是不在！失去孩子，他们的忙碌有什么意义？

我在深夜里去抄录那份大字报，五姨与我不期而遇。五姨的蜘蛛病使她如鬼魅一般翩翩而至。她是来撕毁关于我们家的大字报的。五姨的病态最适合在"文化大革命"中撕毁大字报。她甚至故意动作迟钝，引诱别人来抓她。没有人能够抓得住她，她比蜘蛛还要灵巧。她每天深夜都在铺天盖地的大字报中间大胆地游弋，撕毁关于我们家的所有大字报。她走遍了这个城市的每一个角落。"文化大革命"期间，我们全家人都对五姨充满了敬意和感激。"文化大革命"对于五姨来说是刻骨铭心的。那是体现她个人价值的最高潮时段。她的疾病在那个时候不再是疾病，而是一种绝技。时代造就英雄。

五姨说：我抓住你了。你为什么不回家吃饭？

我说：你看清楚了大字报的内容吗？

五姨说：我明白了。你是因为大字报不吃饭？傻瓜。要是因为别人写了你的大字报，你就气得不吃饭，那大姨早就饿死了。

我向五姨指出：这不是大姨那样的问题！这是小瑗姨婆和连福姨婆的问题，是我们家的问题，是历史问题。关键还在于，我们自己家里的人为什么不告诉我们事情的真相！

五姨大为惊诧，嘿嘿！你这个孩子！

嘿嘿！你这个孩子！你这个孩子为什么这样。我这个孩子不想这样，可是我由不得自己。五姨听见有人来了，是悄悄跑动的脚步声。有人企图抓住五姨。五姨在逃遁之前对我说：你要是不回家吃饭，你就永远不知道事情真相。

五姨要么不说话，要么出言不凡，意味深长。不健全的只是五姨的肉体。

我回家吃饭了。我闷声不吭地吃饭，耐心地等待机会。终于有一天，机会来了——我大姨在陪斗中小产了。

大姨小产之后，被批斗的任务也还相当繁重。不时有各种组织的造反派把她从床上叫起来参加各种批斗会。大姨失血过多，消瘦得只剩下一把骨头了。我外公做主把我大姨藏到了乡下。

外公借了一辆人力车，径直把车拉进了区委宿舍，上楼把大姨托了下来放在车里。区委的造反派询问说：这是谁批准的？

外公说：我的女儿快要病死了。她死在我家里我没有话说。她要是死在外面，我决不罢休。

大姨责备地看着外公，但她已经没有气力说话。

11

所谓乡下，就是连福姨婆的老家。我们家里的人是从来没有谁提起过连福姨婆的老家的，包括连福姨婆自己。这就是我们家神秘的地方之一。为了保护大姨的生命，这个神秘的地方对我暴露出来了。我被指派跟随连福姨婆和三姨，护送大姨去乡下。

我们走水路。从汉口起程，要在汉江里逆水行舟一天一夜。他们指派我的目的主要是为大姨作掩护。给人造成老的老小的小的感觉。很像是老人带孩子去走亲戚。另外，我的水性很好。我小学三年级的时候就横渡过长江。我在长江里就像一只江豚。我乐意去任何神秘的地方。

靠外公的朋友帮忙，我们一行四人坐上了一艘运煤的驳船。我们在汉江里逆水而上，夕阳在前方，又圆又大又红，让人不胜感慨。煤粉在驳船里堆成一座小山包，靠后面的拖船推动。我们在拖船上。大姨躺在船长的床铺上，姨婆坐在她的身边打盹。船长的床铺上油迹斑斑，枕头旁边有新旧相间的血迹，是被船长掐死的臭虫的血液，或者说是从臭虫肚子里流出来的船长的血液。船舱里一股浓烈的机油和体臭混合的味道。大姨要不是小产，她肯定是不会愿意睡在船长的舱房里的。大姨要求床单洁净，平坦，保持太阳的香气。我和三姨坐在甲板上。甲板上有篷。蓬头垢脸的船员腼腆地从我们身边经过。拖船的震动强烈而有节奏，使我们觉得自己一直处于激动之中。我们望着远方和两岸。一切都很新鲜。江上的风总是很大，不停地吹拂着我们的短发。也不停地把煤粉往我们脸上和身上涂抹。我和三姨很快就成了黑人。我们彼此笑话对方。发现我们的牙齿都非常洁白。我预感到有事情要发生。果然三姨叹了一口气，故弄玄虚地对我说：你不知道我们是去哪里吧？她不需要我回答。在寂寞的甲板上，三姨与外界隔绝，不再有一群年轻人热烈地围绕在她身边。她只能与我说话。她会告诉最隐秘的东西的。果然三姨盯着我说：我们这是去连福姨的家乡呀！

一定是五姨把大字报的事情告诉了三姨。在我们这个家里，总有一些秘密的消息在私下里迅速传递。三姨对我没有长辈的架子。她只是有一点嫉妒我。原因是外公最喜欢我，最不喜欢她。三姨半吐半露地诱惑我说：我只是想告诉你，我们要把大姨送到连福姨的家乡去休养。我们都是第一次来这里。到了乡下，就看你的本事了。你不是到哪里都招人疼吗？看人家告诉你还是不告诉你连福姨的事情。

什么事情？

三姨说：我什么都不知道，我也不想知道。漂亮女人就是喜欢故弄玄虚。

三姨把她黑牡丹一样漂亮的脸蛋仰起来，江水和蓝天衬托着她，她用格外洁白的牙齿咬着很重的音调说：造反派的大字报是有道理的，你的外公不是什么好东西。

我扭头看着滚滚江水。三姨在我脑后拍了一下，挑衅地说：我恨他！

第二天中午，连福姨婆的家乡到了。这里是一片似乎丰饶又似乎荒凉的土地。无边无际的田野和湖泊。芦苇在风中呼啦啦地飘。野鸭惊起，成群地飞慌张地飞。有一团团绿树的地方就是村庄。连福姨婆在乡间小路上走得非常带劲。狗是最先吠起来的。接着有呆头呆脑的人出现在村头。人们看清楚了是我们之后，忽然就生动起来了。热闹起来了。大群的人涌过来了。吃惊的眼睛张得比嘴巴还大。连福姨婆从口袋里掏出水果糖，见人发一颗。发糖的时候连福姨婆的眼泪从眼角流了下来。许多老人也从眼角流下了眼泪，有人攥着连福姨婆的手不放。有人攥着大姨的手不放。有人把新婚的缎子棉被抱过来，垫在石碾上，请大姨坐下。请大姨坐的老人对大姨说：大小姐啊！

三姨别有用心地用胳膊肘拐了我一下。大小姐，旧社会的称呼。我的心激烈地跳荡，悄悄地接近我们家神秘的私家地道。

12

结果根本用不着我费心。我在第一天晚上的睡梦中就被乡下的人们闹腾醒了。他们聚集在连福姨婆的家里,喝一种自酿的米酒。回忆往事。谈古论今。天上地下。家长里短。男人不断地抽着劣质的香烟,大声地咳嗽,吭吭地吐痰。女人们纳鞋底。每一针都要在发际上摩擦一下。棉索子被拉得刷刷作响。女人手里的活计动静都不大,却是很深入的很顽强的,超脱在嗡嗡嘤嘤的说话声之外,有特立独行的意味,很像一种乐器,耽于超然物外的演奏。旅途的劳累,还有这种乡村音乐的安抚,我很快就睡着了。死沉死沉地睡了一会儿,蓦然地在众人的嘈杂声中醒来。

在乡下,事情根本没有那么神秘和严重。政治色彩也没有那么浓厚。"文化大革命"离这里并不遥远但却改变了风格,显得十分日常生活化。人们众口一词地说我外公好,说我大姨好,也说我大姨夫好。我大姨夫曾经给他们弄到过购买拖拉机的指标。他们当着所有女人的面,直截了当地说粗话。说城市里面有一些造反的人是扯鸡巴淡。扯鸡巴淡!他们是吃饱了饭撑的!打倒当官的就是自己想当官!你不想当官你打倒他干什么?最多提个意见不就行了?这还不是秃子头顶的虱子——明摆着。乡下人很相信自己的推论。乡下妇女也信赖地冲着他们点头。三姨一直捂着嘴巴笑。很新鲜。乡下和城市就是不一样。

一切都被他们明摆着了。连福姨婆的故事用不着我费心打听。我光是支棱着耳朵就成。他们把神秘都回忆出来了。一遍又一遍,津津乐道。事情并不复杂:连福姨婆姓桂,名叫桂连福。

40

桂连福当年是这一带乡下最漂亮的姑娘。这一带的土地都被我外公购买了。我外公与别的地主不一样。他常年居住在城市里，对佃户没有苛刻的要求。他是一个外行的地主，收租子十分随意，农民想给多少给多少。他每年最多来乡下一次到两次。来了也不睡懒觉，每天早晨起来，在田野里练功。朝霞薄雾，外公翩翩舞动，出神入化。一身白色丝绸的练功服，飘飘欲仙，让乡下人看得发呆。外公吃饭也不奢华，不要求佃户杀猪宰羊。只是好吃一种鸡。用荷叶包裹之后，用黄泥巴封了，用灶膛里的余烬烘烤的叫花鸡。一个拥有几百亩土地的地主，只是吃几只鸡，广大佃户非常尊敬和爱戴他。桂连福家里家大口阔，租种的土地特别多，所以他们家感觉自己占地主的便宜也特别多。桂连福的父母对我外公的感恩戴德简直到了无以复加的地步。每次我外公来到乡下，桂连福家就抢着把自己家里的母鸡送过来。有一次桂连福抢过了她父亲手里的鸡。她想要亲手替外公做那种叫花鸡。她怀抱着母鸡，走到村头，看见了在旷野里练功的外公。她看得忘记了自己的存在。直到村里人过来提醒她。后来吃饭的时候，桂连福在一边斟酒，我外公吃得酒热耳酣，好不高兴，称赞桂连福说：鸡好，酒好，人更好。

从此，桂连福就不再理睬任何提亲的人了。全村的人都猜中了桂连福的心事，说这就是癞蛤蟆想吃天鹅肉了不是？这就是灯草跳进秤盘里——以为自己有斤两了不是？桂连福的父母深受舆论的压力，开始对桂连福软硬兼施，打骂并举，甚至公开在村子里举着鞋底追赶桂连福。桂连福寻死觅活，就是不从。就在桂连福已经年过三十，成了一个老姑娘的时候，世道突然发生了翻天覆地的变化。新中国就要成立了！

我外公抢在新中国成立之前处理了他在乡下置的地产。他接受了我大姨夫的建议，彻底地放弃了那片土地。把它白白送给佃户，就当是从来没有购买过一样。大变当头，舍财免灾，这是在所难免的。划定家庭成分是子孙万代的事情。不然，大姨和大姨夫结婚都会受到很大的阻力。我外公在新的时代面前，高瞻远瞩，当机立断，决定逃避"地主"这顶帽子。我外公的决定一宣布，我外婆当场就晕倒过去。我外婆终身都没有想通这么一个道理：为什么一个人要从富人变成穷人？为什么穷人就是好人？为什么要证明自己是一个好人，就必须将几辈人艰苦创业积累起来的财富全都断送掉？

　　在我外公的抢救下，我外婆苏醒了。她醒来之后就吐了一口鲜血。多年之后，我外婆死于咯血。她只活了五十年。她伴随着我的外公。她料理了外公的丧事之后，从墓地回来的当晚就开始大咯血，不到半个小时就停止了呼吸。我外婆的丧事是她的父母主持的。他们是白发人送黑发人，惨不忍睹。我外婆以上的四代人都是过了古稀之年，寿终正寝的。街坊邻居都议论，说我外婆死得真是没有道理。

　　我外公决定的事情是不容更改的了。我外婆唯一的要求就是，她要去乡下看看那片土地。我外婆也是坐船去的。我外公为我外婆的这一次出行包租了裕洋轮船公司的一艘客轮。大姨夫坚决反对这种过于招摇的做法。在这个问题上，我外公没有考虑他的建议。

　　客轮靠码头，有几乘青色小轿等候在岸上。村里来了不少的人迎候在轿子的旁边。他们是主动来的，自己带着干粮，半夜出发，正好第二天中午赶到码头上。看到我外婆的第一眼，他们惊呆了。我外婆是一个长相有一点洋化的美人。窄长脸，凹眼眶，高且直的鼻梁，眼眸在重叠的眼皮里头掩映着。当她缓缓抬起头，眼皮像窗帘一样缓缓收拢，眼眸便像深夜的星星跃上天幕。我外婆固执地拒绝了时髦的新派服装。女人对世界的意见总是首先反映在她自己的服装上。她穿的是早年的大襟式软缎夹袄，高高的衣领，衣领上的三粒纽扣是纯金的，打造成梅花的式样。她还带上了另一副纯金纽扣，式样是万字花。纽扣是她最喜欢的装饰，她根据耳环和心情来更换衣服上的纽扣。她衣领上的金纽扣随着她的移动而金光闪烁。乡下人一定会觉得穿旗袍和羊毛外套的小瑗姨婆更加漂亮。也会觉得在列宁服上翻出雪白的衬衣领口的大姨更加像一个城市姑娘。但是她们不能不被我外婆的气派所慑服。什么样子的女人是太太？我们算是见识到了。这才是太太！乡下人回去以后在村里到处宣扬。自卑得桂连福终日泪水涟涟，躲在自己家的灶房里，根本不敢出门。

我外婆长久地流连在田野上。小瑗姨婆和大姨左右跟着她。外公在村头远远望着她们，什么话都不说。倒是村里人还比较懂事，天上掉下馅饼使他们既欣喜又觉得很是愧疚。对外公外婆一行人百般地领情和百般地敬重。在我外公和外婆起程回家的时候，我们家的前佃户们集体赠送给我外公外婆一份礼物。这份礼物的内容之一是二十只大母鸡。之二是两扇新鲜的猪肉。之三是一个承诺——只要有他们存在，我外公家就有一个可靠的大后方。之四是桂连福。不是说新政府让家里辞退了所有的佣人吗？让桂连福去给老爷太太做叫花鸡。桂连福是自愿的。是在老爷家讨一口饭吃，就是家人一般了。

那一天，桂连福是被梳洗打扮得干干净净带去叩见我外公和外婆的。桂连福生得眉是眉，眼是眼。胸前的一把大辫子乌黑浓厚，捏得出油来。她一见到我外公，脸唰的一下成了一块红缎子。我外公的脸上也露出了十分的不自在。我外婆心里什么都明白了。我外婆说：那就再住一夜吧。

我外婆主要是被桂连福的义气所感动。人家桂连福在你们家富贵荣华的时候没有攀龙附凤，悄悄地在乡下吃苦受穷，耽误了青春；现在你们家倒霉了，破财了，人家却不嫌弃你们家，自觉自愿地来给你家做终身的用人！我外婆还是比较深明大义的。我外婆认为对桂连福最大的肯定和酬谢就是让她达到自己的理想。所以，我外婆决定在乡下再住一夜。这一夜要表明我们家对桂连福的认可，重视和接纳。

据说当时我外公顿时满面喜色。

桂连福从此加入了我们的家庭。

桂连福是一个乡下姑娘，伦理纲常全然不懂。我外婆的宽宏大量除了使她感激涕零，剩下的还是感激涕零。她一心想要报答我的外婆，但是她不知道怎么去做。小瑷姨婆自然就成为了桂连福的老师。

小瑷姨婆是见过大世面的人。人家曾经沧海。人家立地成佛。

这个村庄的许多人对小瑷姨婆的印象颇深。他们记得小瑷姨婆的旗袍垂到了脚面，烫发蓬松得惊人，全是大卷大卷的花朵。小瑷姨婆说话柔声细语，软得像三月的春雨。不过她不爱说话，笑一笑就是了，一笑嘴角就挑起一个小酒窝。

三姨过来了。看见我眼睛睁得大大的，她附在我的耳边说：别听乡下人瞎说。如果真的是这样，那你的外公就犯法了。

我看着三姨。她还有更恶毒的话要说。果然三姨说：我说过你外公不是好东西吧？他还一直看不惯我。现在我明白了，说不定我是小妈养的。你觉得我长得像连福姨还是像小瑗姨？

乡下的故事没有使我觉得我的外公不是好东西。那时候我还不懂"再住一夜"的含义。我忽略了"再住一夜"的引申意义。我对于这段往事有着自己的判断：首先我觉得这段故事生活气息非常浓厚，情节感人，以后可以写小说。另外我觉得我更进一步地了解了我的外公。他把土地送给农民，这种做法非常了不起，非常有胸怀。将心比心的话，我是做不到的。最后，久久不能够消散的是我外公在清晨的田野上练功的样子。多么潇洒啊！桂连福作为一个年轻姑娘，对这么一个男子产生爱慕之情，这是非常自然的。

我的三姨一点都不像别的人。她的身材与外公一模一样，长相简直就像是和外婆一个模子倒出来的。

我的大姨在乡下的茅舍里安详地熟睡。每天都喝鸡汤和红糖水，完全沉浸在她的休养之中。她当然知道一切。从前她和小瑗姨婆陪着外婆来过这里，与自己的土地诀别。她穿着列宁服，翻着雪白的衬衣领子，与大姨夫新婚燕尔。她怎么可以对我们装得像什么都不知道的样子呢。我总以为，"文化大革命"整她没有完全整错。

13

小瑗姨婆的来历是另外的一个故事。这个故事比较传奇和惊险，就像真的故事。乡下人对小瑗姨婆的故事更感兴趣。

时间肯定是在旧社会。也肯定比桂连福的故事发生得要早一些。那时候，我外公已经练就一身武艺，在长江沿岸经营着好几家货栈和客栈，是汉口码头上的一个重要人物。

往事总归有许多的版本。连福姨婆含笑不语，一任她的乡亲在那里争论得脸红脖子粗。总之，故事的大意是这样的：某一天，我外公正在巡视自己的客栈。汽笛一声，到了一班南京的客轮。南京秦淮河上的当红艺妓小瑷就在这艘客轮上。她被人绑架了。几个带枪的便衣军人把她押送到了汉口。说是军界的某师长要娶她为妾。艺妓小瑷一直伺机逃跑。一般客轮开放闸口的时候，乘客总是争先恐后地涌着上岸。小瑷趁机钻进了人群。小瑷在人群中乱钻一气，弄得自己披头散发，脸上的口红胭脂横七竖八。她没头没脑地跑啊跑。跑到我外公的客栈里，山穷水尽了。便衣军人挥舞着手枪，气急败坏地追踪而来。

客栈里突然乱套了。我外公说；这是怎么回事？

小瑷扑通一声就给我外公跪下了。她磕头如捣蒜。她连声呼救。我外公看她乱七八糟的模样，以为是一个疯女人。这时，几个军人的吆喝声从门外传来。小瑷绝望地瘫倒在地。我外公立刻明白了。他闪电般地拎起了艺妓小瑷，隐没在客栈深处。军人们以职业化的速度封堵了客栈的前后门和窗户，然后开始进行卷地毯式的搜索。我外公背着手，带着随身小厮踱了过来。我外公温文尔雅地对军人说：欢迎光临。请问长官有何见教？

其中一个暴躁的军人拿枪顶住了我外公的脑门，说你他妈的装什么洋？有人看见一个女人跑进了你的客栈。

外公说：女人？什么样的女人？

军人说：你他妈少给我来这一套。赶快给我把人交出来，不然我的枪是要走火的。

外公说：长官，你要什么东西都好说。你先把枪拿开好不好。我这个人就是怕枪。

外公捏住了军人拿着枪的手。外公的出手非常之快，快得军人还没有来得及作出任何动作。军人的手不甘心地在外公的手掌中徒劳地挣扎了一下，他立刻就明白他遇上了什么样的对手。力量的较量永远是男人之间最根本的较量。

外公这才变了脸色，对军人说：长官，不是随便什么人都可以在码头上混饭吃的。我这里是规规矩矩的客栈，谁要搜查都得出示搜查证。

这种场面和对话都很像解放以后拍摄的电影里面出现的场景。新社会的人民公社以后，有关方面时常为农民放映露天电影。这个村庄前后放映过《南征北战》、《地道战》、《铁道游击队》、《野火春风斗古城》等反映战争年代革命斗争的电影。乡下人一定受到了极大的潜移默化。在他们的叙述中，我的外公好像是一个共产党的地下党员，以码头客栈老板的身份在作掩护。

我外公不是共产党员。本来解放以后他是有机会入党的。组织上曾经把他送到上海去参加工会干部培训班。可是外公在上海闹了两件影响不好的事情，组织上就提前把他送回来了。回来后就不再考虑他当工会干部的事情。外公还是做中医医生去了。外公在上海闹的一件事情是喝多了酒，跑到百乐门去跳舞。上海是一个复杂的城市，百乐门还有舞女。外公一点警惕没有就与舞女跳舞了。第二件事情就是在红房子吃西餐的时候发现了一个小偷。他把小偷抓住打了一个半死，在餐厅追打小偷的时候损坏了餐厅的四扇大玻璃，一只餐桌，五把椅子以及二十几副餐具。上海人很恼火。上海人认为发现了小偷叫警察就行了，怎么可以擅自追打呢？外公入党的机会就这样失去了。

当年我的外公虽然不是共产党员，但是在国民党的匪兵迫害民间女子的时候，他表现得非常机智和勇敢。这机智和勇敢可以令见多识广的小瑗倾倒，可见我外公的表现肯定是不一般的。由于外公的出面干涉和周旋，几个军人的搜索只有草草收场。小瑗从她藏身的灶膛里爬了出来，洗干净了脸。原来小瑗是一个极其妩媚的妙龄女子。小瑗款款地给外公道了万福，发自肺腑地说她此生总算遇见了一个男子汉。外公安排小瑗在客栈里住了下来，让她首先休养生息，然后再作回去的打算。小瑗琴棋书画样样精通，猜拳行令也很拿手，对我外公曲意奉迎，百般体贴，一心一意要跟我外公过日子，说什么也不肯再回秦淮河。小瑗也是丝毫不计较我外公是否已经娶妻生子，小瑗表示：只要我外公收留她，别说做小，做牛做马都行。否则，她就往长江里头一跳，了此残生。

我外公能够拒绝小瑗吗？连福姨婆失声说：那怎么可能！有个别的乡下人发出猥亵的笑声。连福姨婆生气了：只有你们才笑得出来！你们也配！你们哪里知道人家对待女子的那份心肠！人家是会心疼女人。人家是会欣赏女人。你们算是托了一个男人身，多长了一截肉而已！

这一段对话终于使我捕捉到了我外公的真实形象。他不再是共产党的地下工作者。他是他自己，一个非常懂得怜香惜玉的男人。他有令女人着迷的地方。乡村夜晚的闲话，劣质的香烟熏得人不得不觑着眼睛。一些方言我听不懂。一些话语实在粗俗。可我还是欣喜若狂。我喜欢这样的夜晚。没有人顾及我的存在，没有人会注意到因为有未成年人在场而假装正经，伪装高洁。我被一团温热，随意，直白，裸露的气氛所包围。我从这气氛中清楚地看见了我的外公。一个还不是酒鬼的外公。还看见了世界上许多别的事物，别的语言，别的准则。这是我人生的第一次奇遇。我对乡下夜晚的闲话充满了兴趣和感激。

我外公当然没有拒绝小瑗。一个决心从良的艺妓理当受到尊重和支持。

小瑗进入我们家没有桂连福那么顺利。我外婆不愿意。因为小瑗毕竟是一个青楼女子。再怎么好也总归是肮脏了一些。小瑗这个女子有志气。她就在客栈居住了下来。洗去红妆，素面朝天。特意去宝通寺请来菩萨一尊，开始吃斋念佛，悔过自新。渐渐地还替外公管理起客栈的日常工作，把客栈治理得井井有条，其生意日渐火爆。

最后，我外婆只好亲自来到了客栈，与小瑗正式相见。小瑗总是那样，穿着垂到脚踝的旗袍，披着大波浪的烫发。一帘春风卷，清茶絮语长。小瑗和外婆两人一见如故。她们聊过之后，我外公请她们上"邦可"西餐厅吃了一顿西餐。

小瑗是一个聪明至极的女子。她对自己的人生角色和这个角色应该处于什么位置都清清楚楚。小瑗没有直接从客栈回到我们家里。她不愿意住进我们家。她不愿意伤害我外婆和我外公。她把自己的首饰变卖了，用这笔钱在我们家的大屋上搭盖了一间小屋。小瑗是作为外婆的表妹来投靠表姐的。经过小瑗的精心设计和铺垫，她光明正大地入住了她的小屋。街坊邻居没有任何闲话。小瑗的远见卓识被后来的时代所证实。解放后历次的政治运动都没有淋湿这间小屋。直到这一次的无产阶级文化大革命。

乡下人很不明白"文化大革命"与人家家里的事情有什么关系。

连福姨婆憨厚地说：是啊。我也不明白。

解放后，外公的家境就差多了。客栈货栈开始是公私合营，后来就没有外公的份了。外婆的纯金纽扣一副一副地卖掉，用来抚养儿女，补充家用。外公被要求到中医院去上班。可是外公是从来没有早起上班的习惯的，他每天早晨必须练功。外公必须练功，他必须坚持自己最基本的人生原则。哪怕受到上级的批评也在所不惜。有一段时间，家庭妇女也都被要求上班劳动。因为政府要解放妇女。外婆工作了。她在街道的麻袋厂纺织麻袋。小瑗姨婆被安排在废旧物资收购站。连福姨婆在街道的食堂洗碗择菜。外婆在麻袋厂呼吸着大量灰尘的空气，咯血的毛病频繁地发作。幸亏这些小工厂和小食堂相继地关闭了。

外公喝酒喝得越来越厉害。你不让他喝酒让他怎么办？

连福姨婆理直气壮地认为，"文化大革命"搞到她和小瑗姨婆的头上，那肯定是完全搞错了！还不到解放的时候，我外公家就元气大伤。连福姨婆进城就跟小瑗姨婆住在一起。她们没有享用一天的荣华富贵。她们竭尽所能地帮助我外公和外婆，维持着这个有七个孩子的家庭。她们没有做什么坏事。这个家里谁都没有做过坏事。上天有眼，佛祖知道。毛主席也教导我们：一切革命队伍的人，都要互相关心，互相爱护，互相帮助。连福姨婆记忆力特别好，她会背诵二百条毛主席语录。

唯一的呢——连福姨婆坦白地说：也就是能够在外公练功的时候陪在一边。外公练功，她们在一边做针线，绣花。多少年都能够这样。这样也就够了，足了。她和小瑗姨婆都非常满足和珍惜。两人在小屋里，晚上对坐着说话。两人都感叹说：还真是没有想到能够一直陪在外公身边。一直陪他练功。他的功夫总是那么好，身手总是那么矫健，时间就好像没有动静，青春也好像没有过去。人的一生还求什么？

我大惊。我一直对外婆，小瑗姨婆和连福姨婆在园子里做针线活不以为然。婆婆妈妈做针线活，也就是做针线活。她们眼皮都不抬。外公在一旁练功。他聚精会神地练功。他纯粹就是练功。波澜不惊的年年月月啊。蕴藏着这么许多的东西。这使孩子相当相当吃惊。再看这流水一般的日子，又是一种感觉了。

乡下人很直接：你们到底怕不怕"文化大革命"？

连福姨婆回乡下以后说话也很直接：我怕它做什么？

桂连福最为担心的就是我们家的园子在日益变小。最近又有一家无线电厂占去了我们家园子的很大一部分。外公去找了有关部门，出示了土地的购买契约。有关部门回答说：土地是国家的。你的契约作废了。从前我们家园子一眼看去是树丛与蓝天。现在是工厂的红砖围墙。墙头扎着碎玻璃。我们孩子都很高兴。因为如此一来，园子的空旷带来的恐怖感就消失了。桂连福是那么伤心，她在她的乡亲面前毫不掩饰地哭了起来。她说：如果万一政府把外公练功的地方和她们做针线活的地方都占用了去，她就一根绳子挂在梁上，上吊算了。

连福姨婆郑重地嘱咐她的侄子们，说她死了以后一定要把她接回来，埋葬在外公的地产上。还是乡下安逸一些。

三姨对我说：还哭！要那么大园子做什么？晚上上厕所吓死人的！

可我，从此不再像三姨这样看待问题了。我的眼睛悄悄地湿润着。我原谅了我们家所有的往事。

14

大姨休养好了，白白胖胖的。我们一行人还是坐船回去的。在船上，我再也懒得理睬大姨和三姨。我长达几个小时地站在船舷边，看着轮船犁出来的水花。大姨说：这孩子怎么了？三姨嘲讽我：长大了。我不理睬她们。随便她们怎么说。我想念我从前的外公。也想念现在的外公。

外公在汉口的码头上迎接我们。他的个子瘦削精悍，穿着洁净的铁灰色派力司中式夹袄，笑呵呵地与我们开玩笑：我们家的娘子军回来了。

船长与外公握手。外公递给船长一支香烟。船长用打火机给外公点火。他们很过瘾地吸着香烟，谈笑风生，对着长江吐出青烟。青烟好像会飞一样，追逐着波浪。我看不出外公痛失了良田百亩。看不出外公的园子一块一块地被蚕食。我看不出外公的妻子卖掉了她所有的金纽扣。看不出外公正在受到大字报的猛烈打击。

是在我三十五岁以后。在我无数个人生教训的辅佐之下，我才开始理解像我外公这样的人：其实他躲避不了重创，但是他要装出不在乎的样子。或者说，他真的是想不在乎来着，但是他不可能不在乎。个体总是那么脆弱。像他这样的人，遭受重创的时候，他的衣着依然洁净，脸上依然有笑容，依然会面对长江，豪放地吐出青烟。他五内俱焚，他仍然可以面不改色，毫无表情。用骨子里头的那种傲慢支撑着快要毁灭的肉体。我外公临死之前的那天早上，他穿戴得整整齐齐坐在餐桌边喝酒。实际上他的喉咙早就被癌肿封死了，吞咽非常艰难。家里人看见他居然镇定自若地在那儿喝酒，都高兴地以为他的病情在好转。大家就都离开了。上班的上班，上学的上学，外婆去菜市场买菜。刚刚上完早自习，外公的徒弟小孙把自行车骑得飞起来，来接我回家。他说外公不行了。他是不敢说实话，实际上外公已经去世了。他去世之前，身边没有一个亲人。头一天他自己给自己洗了一个大澡，换上了崭新的白府绸内衣。最后与亲爱的美酒告别。

外公一身好武艺，但他这种人是最容易遭受打击的人。

我舅舅喜欢读书，喜欢音乐和体育，烟酒不沾。这些我们大家都知道。大家都认为这些全部是优良品质。我外婆经常公开地表扬舅舅，号召我们孩子们向他学习。我外公不表扬舅舅。但是也不阻止外婆狂热的表扬。不管表扬不表扬，在我外公和外婆的下意识里，他们有着高度的一致，那就是：他们的儿子，如此优秀的儿子，一定是他们家庭的接班人。他们的接班人概念与社会上提倡的不一样。是续接祖宗香火的意思。是振兴家道，光宗耀祖的意思。我外婆的思维方式始终是没有与新社会接轨的。并不是她觉得新社会不好。恰恰相反，她觉得新社会好。中国统一，没有战乱，这就是最大的好。但是她认为恢复社会秩序的时间太慢。我们家的那些客栈和货栈，什么时候可以归还给我们自己经营？没有老板，公家经营，人人都发同样的薪水，这样大家都会偷懒，生意迟早要做垮的。还有我们家这块园子，地契一直保留着。国家借去建工厂，可以，总该有一个借据吧？土地是国家的，可是我们花钱买的呀。一切都应该有个手续。自古以来，杀人偿命，借债还钱，买卖公平，仁义道德。这是天经地义的。外婆的思想不是太传统了就是太超前了。她等待的社会秩序在后来的80年代开始建立。90年代她就可以经营自己的客栈了。只要她愿意投资，党和政府都会积极支持她并且感谢她。可惜外婆没有熬到这一天。看来，人首先还是应该活着。

我外婆根据她的道理，想当然地以为我舅舅读完了高中，就会回家跟着外公练功习武学习医术。我舅舅读书进步快，几次跳级，高中毕业也就十六岁。习武是年纪大了一点。不过新社会，武艺无须太高强，只要把绝活学到手里就行了。我外公根本就没有外婆想得那么细致。他根本就没有想到我舅舅会不愿意做他的徒弟。子承父业，理所当然。外公的名头是那么的响亮。几乎每天都有人背着行李，风尘仆仆地寻找到家里来，乞求他将他们收为徒弟。街坊邻居的孩子们跌伤了胳膊腿，都来找他。小偷和地痞从来不敢光顾我们家。这个城市里有头有脸的人物，谁家有个红白喜事，都少不了下帖子请他去吃酒。我舅舅这是得天独厚了。

舅舅不动声色参加了高考。他把高考的事情隐藏得严严实实，谁都不知道。在那个夏天的上午，我舅舅正在阁楼上拉他的二胡，报喜的人来到了家里。他们敲锣打鼓举着大红喜报，后面跟着一大群兴高采烈的街坊和顽皮的孩子。我外婆一听说我舅舅考取了北京的清华大学，她头一埋，失声痛哭。她知道北京。知道那是一个非常遥远的北方城市。

我外公脸上的表情变得非常冷峻。报喜的人再三地向外公解释清华大学的意义。说清华大学是全中国最高级的大学，是科学家的摇篮，也算得上是全世界有名气的高等学府，等等。我外公冷峻地说：我知道。不就是一个大学吗？

报喜的人等着外公说下去。我外公不说了。这时候,我舅舅从楼梯上走了下来,手里还提着他的二胡。锣鼓家伙不由分说,猛地朝他欢乐地敲打了一阵子,大家实在是骄傲和高兴。在众目睽睽之下,我外公对我舅舅说:考上是为了证明我们有这个本事,对吧儿子?去不去上这个学是我们的自由,对吧儿子?我们怎么可能为了上这个大学,远去北京呢?我们不去北京,我们有自己的事情要做。北京连大米都没有吃的。去北京干什么?我外公把话说得非常有把握,以为已经与儿子一起把回答给了社会。不料我舅舅,这个斯文的白脸少年,他坚定地说:不,我当然要去北京。

　　我外公一时间反应不过来。他看着我的舅舅,渐渐地变得面无人色。我舅舅嚷嚷着要请报喜的人喝糖水蛋花。我外婆是伤心得动弹不了了。舅舅就大声地指挥连福姨婆。连福姨!连福姨!快冲糖水蛋花!连福姨答应道:好好。我外公喝道:连福!你给我滚到一边去!人们顿时讪讪地,说算了算了,我们走了。我舅舅说不行!这怎么行!这是多大的喜事啊!走,我请你们到点心店去吃鸡蛋糕!

　　我外公拦住了我舅舅的去路。外公说:你敢走,我就打断你的双腿!

　　舅舅笑着对人们说:对不起,那就改天吧。舅舅是一个宁弯不折的人。儿子与父亲的做人原则正好相反。

　　外公当然没有舍得打断舅舅的双腿。舅舅当然还是上了清华大学。

　　当天晚上,我外公在好义酒楼喝得昏天黑地。外婆没有要我去叫他回家。深夜里,外公回来摸不着大门了。他一掌劈开了窗户下面的墙壁。轰隆一声巨响，大家都吓得从睡梦中猛地坐起来。外婆把我搂在怀里，一点不诧异地说：别怕，是你外公回家了。

月色照耀着断壁残墙。我外公踏着砖头踉跄着走进了卧室。我外婆拍打着床沿提醒他：床在这里。我外公咕噜着：知道知道。他倒在床上就睡了。新鲜的空气涌进了房间。我们呼吸着新鲜的空气，觉得舒服。接着，我在外婆身边酣然入睡。

第二天上午，外公的酒醒了。他起床之后发现了卧室里倒掉了一面墙。他几乎是腼腆地笑了笑。吃过早点。外公就开始动手砌墙。我舅舅主动过来给他打下手。父子俩十分默契。这个秋天，舅舅走了。我外公收了一个徒弟，小孙，是他远房的一个侄子。小孙很笨。我外公经常皱着眉头，对他咬牙切齿地捏碎楠竹的样子很不满意。要举重若轻！外公再三地说。这个冬天，外公生病了。一病就病得很重。我外公只活到了五十四岁。

15

连福姨婆说她不怕"文化大革命"，那是说大话。中国人很善于搞运动。"运动"这个词本身很温和，像一个绅士。但是我们中国人可不去理会这个词本身在表达什么。人们需要它表达什么它就表达什么。我一贯相信文字，后来认识到这就是弱智的表现。文字没有生命。生命是运用它的那个人赋予的。小草可以长成毒蛇，但它依然叫做小草。现在我什么都不相信。要我相信除非让我见到活人。我的感觉足以告诉我一切。连福姨婆不识字。对她的乡亲夸口说她不怕文化大革命。"文化大革命"运动真的搞到了连福姨婆的头上，她就受不了了。把"文化大革命"运动搞到连福姨婆头上的人是六姨和七姨。是小瑗姨婆和连福姨婆亲手带大的两个孩子。她们闭着眼睛都能够闻到这两个姑娘来了。凭的是婴儿时期的奶腥气和某种感应。

被五姨撕毁的大字报又一次地出现在我们的城市。不过两天，大字报又被撕毁了。五姨肯定是乐此不疲的。但是有一点，总是先有大字报，再有撕毁大字报的行为。撕毁的意义在于表达一种反抗性，并不能销毁大字报高度的传播功能。这样，大家都担心的事情终于发生了。我六姨和七姨看见了这份大字报。

六姨七姨看完了这份大字报，一口气跑到城市的某个角落，两个人在角落里紧紧靠在一起，羞辱地哭了。如果她们自己的家庭里都在藏污纳垢，那么她们还有什么资格和脸面去革别人的命？如果她们容忍和包庇自己家庭不光彩的行为，那么她们还算什么新中国的革命青年，毛主席的红卫兵？

六姨七姨的愤怒与我的完全不同。我的愤怒是个人的，不那么清晰的，掺杂着多种感情因素。也是容易化解的，只要自己理解了，愤怒就被化解了。而我的六姨和七姨，她们站在一个博大的人文立场上，关怀的是全人类和全中国，是人类的前途和中国的命运。她们的身份是毛主席的红卫兵，是新中国的无产阶级革命接班人。她们的责任和义务是要荡涤旧社会遗留下来的一切污泥浊水，创造和迎接一个崭新的文明的美好的人类社会。我的六姨七姨是受到过伟大领袖毛主席的接见的。我们家所有人也就只有她们两人受到过毛主席的亲切接见。这是一种超越物质关系的献身仪式。我的六姨七姨，越来越纯净，越来越执著。她们从城市的角落里悲壮地站了起来，擦干眼泪，手挽着手，互相鼓励着：为了保卫毛主席，为了中国不被改变颜色，她们必须牺牲个人的感情，大义灭亲。

突然间，六姨七姨就率领着一大群红卫兵闯进了我们家的小屋。小瑗姨婆和连福姨婆的微笑在半空中凝固。年老的黑猫咻溜一下躲到床底下，用它惊恐的眼睛警惕地看着六姨七姨。

红卫兵到底也是肉身凡胎的人。知道这两个老太婆是六姨七姨的姨婆。他们不是那么严厉，有一点推推搡搡，都不愿意站在最前列，都放不开自己，去说那种最尖锐的批判语言。六姨七姨表白自己的时候到了。

六姨七姨拨开众人，挺起胸膛俯视着两个老太婆。两个老太婆原本坐在小板凳上，正在择菜，是菠菜，油绿的叶，殷红的嘴。六姨一脚踢翻了小小的菜筐。七姨紧接着六姨的动作发出铿锵的话语：小瑗，桂连福，告诉你们。你们的丑行已经被革命群众揭发了出来。现在，我们要你们老实交代你们的问题。

小瑗姨婆比较沉得住气。她装聋作哑不说话。连福姨婆简直被气蒙了。她指着六姨，嘴唇乱抖。半天她才说：你给我把菠菜捡起来！

六姨呵斥道：住口！你以为我们是在和你们开玩笑吗？我们没有那么庸俗！桂连福，你先说，你说说你是哪里的人？你到底是怎么来到这个家庭的？你在这个家庭里是什么角色？

连福姨婆说：六丫头！我是你的姨啊！你们知道，你妈有咯血的毛病，你们两个丫头一出生就是我和小瑗姨带你们。你就睡在我的怀里，七丫头睡在小瑗姨的怀里。一直到你们上小学，还赖在我们的床上不肯回你们自己的房间。你们忘记了？

连福姨婆说：不容易啊，丫头！一把屎一把尿啊，丫头！前几年的大饥荒，小瑗姨婆和我的口粮都匀给你们俩吃，我们俩吃野菜啊，丫头！要不你们能够长得这么高？不要做傻事啊，丫头！

小瑗姨婆连续地拉扯着连福姨婆的衣角，不要她说下去。连福姨婆挡开小瑗姨婆的手，一口气说着自己要说的话。

七姨抽皮带的动作谁都没有发现。她手中的皮带就像神话故事一样忽然间就飞舞了起来，噼啪一声，大家都愣住了。渐渐地，连福姨婆的脸颊上出现了一道红肿的痕迹。连福姨婆惊愕极了，不相信地说：你在用皮带抽我？

是的。我们用皮带抽了你。谁让你胡说八道的。知道全国上下如火如荼的革命形势吗？告诉你，你要老实交代自己的问题。要对革命群众彻底地暴露自己的灵魂。今天，我们还是客气的。你们要好好想一想，考虑考虑。明天我们再来，如果你们不彻底坦白交代，我们就不能客气了。我们就要把你们带出去，游街示众，让广大的革命群众帮助你们，让你们感受和了解革命的力量和威力。

老黑猫悄悄地溜出去了。

我外婆跟着老黑猫赶过来的时候，七姨在往她的腰间束她的皮带。动作傲慢，冷若冰霜。六姨又在踏踩菠菜。她从小就讨厌吃菠菜。

外婆大声叫道：你们这是干什么！干什么！干什么！外婆伸手就要抽打六姨七姨的耳光。红卫兵劝阻了我的外婆。外婆也学会了运用时髦的武器。她说：毛主席说要文斗不要武斗，你们反了，不听毛主席的话了！外婆看见了连福姨婆脸颊上的伤痕。外婆动了粗：两个小婆娘！真是白眼狼，我们白养了你们了！还不如在1960年饿死你们！这件事情我要告诉你爹的，看他不扒了你们的皮！

六姨七姨横眼看着外婆，指挥红卫兵赶快撤离。太庸俗了！她们觉得应该把她们的母亲揪出来一块儿斗争。妈妈，你怎么就不明白阶级斗争已经到了你死我活的紧急关头呢？你说的那些生呀，养呀，都是小我，都是俗事。怎么看不见那边呢？那边风景独好：无边落木萧萧下，不尽长江滚滚来。金猴奋起千钧棒，玉宇澄清万里埃。为夺取无产阶级文化大革命的彻底胜利，儿愿做千秋雄鬼，死不还家。再见吧，妈妈！

我外公知道情况以后，立刻到处寻找六姨七姨。但是没有找到。她们躲藏起来了。

据说这一夜我外公一直待在小屋里，替连福姨婆冷敷伤痕。他与小瑷姨婆和连福姨婆说话聊天。他安慰她们。向她们保证这种事情决不会再发生了。可是第二天，大字报就封住了小屋的大门。大字报上还画上了小瑷姨婆和连福姨婆的漫画。六姨七姨都没有出面，陌生的红卫兵们在门前的场子上大呼口号，勒令小瑷姨婆和连福姨婆老实交代她们丑恶的历史。在又一个黎明的前夕，连福姨婆吊死在我们家园子的桃树上。离她日常绣花的地方很近。

我在街上行走的时候被六姨逮住了。她把我带到僻静的地方，七姨在那里里等候着。七姨眼睛红肿。她们让我说说家里发生的事情。我扭开她们的纠缠，跑掉了。

外公亲自把连福姨婆送回了她的家乡。他一个人去的。当然还是走水路。整个路途他都守候在棺材旁边。外公回来的时候，红卫兵黑压压一片堵在轮船码头，一定要揪住他，要坚决打击他的嚣张气焰。我外公从轮船的另一侧跳水了。他在早春寒冷的江水中游到了对岸。外公这时候已经身患癌症。他还是横渡了长江。我可以想象那需要多么大的毅力。所以在我长大成人之后，我的确很想与我的外公重新相见。我要真诚地彬彬有礼地对我的外公说：外公，我深感荣幸。

16

外公去世，舅舅回家奔丧。多年不见，舅舅变成了另外一个人。戴一副近视眼镜。规矩而木讷，给人以干巴巴的感觉。他守灵几天几夜，低头沉思，没有多余的话。我是一个瘦弱的高中生。他没有把我当一回事情。最后，他带走了外公的那本练功图谱。手抄的线装书，六大本，装在蜡封的檀木箱子里，埋在后院的厕所地下。他已经有一个儿子，我拿不准他是否会让他儿子习武。

小瑷姨婆果然真是一个奇女子。她最后的结局是失踪。在我的人生经历中，我的妹妹是第一个离开人世的。后来是连福姨婆。不久是外公。接着是外婆。外婆去世之后，树倒猢狲散，大屋里再也不适合居住下去。政府又开了一家丝织厂，我们家的园子就此消失。外公练功的地方没有了，外婆她们三个女人做针线活的地方也没有了。幸亏她们都不再可能做针线活。外公外婆的相继去世打乱了所有的生活习惯。尼龙袜诞生了。尼龙袜无须翻底，结实得可以穿上十几年。的确良布料也诞生了。这种化纤布料既结实又不褪色。无须绣花就可以保证花朵的栩栩如生。年轻人对时髦的兴趣就像蚊蝇趋光，不讲道理的。小瑷姨婆把全棉的布料和丝绸说得再好，大家也还是愿意去穿的确良和尼龙袜。丝织厂的围墙高高的，完全遮挡了我们家厨房的阳光。只有生命力强健的鸡血藤在围墙的夹缝里茁壮生长。我被我父母领回了单位的宿舍。大姨夫妇也踏实地居住在他们的单位宿舍了。三姨创造了一个奇迹，远嫁新加坡。原来她在农村被一个新加坡来的华侨知青爱上了。舅舅当然在北京落了户。六姨七姨都下农村当知青去了。五姨的生活不能够完全自理，与我们一起生活。小瑗姨婆花了很长时间整理大屋里的家什。把它们平均分作七份。房屋和土地的购买契约放在舅舅的那一份里面。一切都安顿好了之后，一天夜里，小瑗姨婆的小屋起火了。这间小屋主要是木质结构，烧起来很快。街坊邻居发现起火之后纷纷救火。小屋还是成了一堆灰烬。大屋厚实的青砖墙面，仅仅被烟火燎黑了。等我父母他们姐妹几个分别从单位宿舍赶到现场，小瑗姨婆已经无影无踪。大姨把大屋那沉重的两扇大门使劲推开。后来又把它们缓缓关上了。那大门咯吱咯吱地响，门臼里没有油了。也没有谁想到再去上油。

我基本上是一个无神论者。可我认为死去的人并没有离开我们。就好像我现在能够写出他们，那就证明他们存在着。他们在我的生活中，而我活着，他们不就是活着吗？还是我开头说的那些蠢话。我真的是非常遗憾。我为什么不能够早一点明白事理呢？谁把我弄成了一个傻子一样，到了二十岁才觉得哪里不对劲，到了三十岁才开始重新梳理过去，到了四十岁才思考应该怎么与人相处。才知道想念。才知道遗憾。才知道内疚。其实我觉得我应该做一些事情的，如果大人把孩子当一个人。

我总是幻想一切都可以重新开始。这个办法就是找一个见证人，他活了一百岁。他抽象地知道所有的人间故事。他不把我当做孩子。与他对坐，在一个幽静的地方，最好石头缝里长着鸡血藤。说话和不说话都不重要。就好像和你所有的亲人都在一起。我们在一起，喝一杯酒吧。我们内心深处有那么多的隐痛。隐痛真的很痛。不能只靠后来的自己抚摸从前的自己。我们还需要有更多的抚摸。从日常的生活中，从每一个方向，点点滴滴的角落，都悄然地伸出亲切的触须，就像那首单纯的儿歌。

　　每当我的孩子和我一起吟唱那首儿歌的时候，我就会得到非常广阔和辽远的关怀。也就是从这首简单的儿歌里，我开始了追忆，了悟和怀念。还学会了原谅他人和对许多事物的警惕。当然，歌词本身很单纯。好像只是叙说了一种母子关系。我说过我不相信词语本身。我使用它们我就要驾驭着它们在我的空间飞翔。我要借用的是翅膀。

　　这首歌是我的孩子教我唱的，旋律也很简单。关键的是它简单的旋律里面却含着某种抚慰人心的忧伤。它是这么唱的：

　　　　　乌鸦的妈妈叫哇哇，
　　　　　乌鸦的妈妈叫哇哇，
　　　　　妈妈老了不能飞，
　　　　　眼里含着泪花花。

　　　　　想起妈妈喂过我，
　　　　　拍拍翅膀走天涯，
　　　　　衔来小虫我不吃，
　　　　　亲亲妈妈喂给她。

《看麦娘》记忆：初稿于2001年9月5日汉口，2001年9月22日修改定稿；首发于2001年第6期《大家》。有一天，我翻阅大不列颠百科全书查找什么，意外地发现了"Alopecurus"，这个名词被翻译为"看麦娘"。顿时，电闪雷鸣，有意义的往事与今天的情怀交织在一起，清晰如浮雕，唯有提笔写作才是自己情绪的出路。我常常认为这就叫做神来之笔。尽管我几乎所有的小说都获得过各种各样的文学奖，而这部小说的奖金之高令我不能忘记：大家·红河文学奖一等奖十万元。更重要的是，那是2001年那样相对单纯的年头，一是钱还比较值钱，二是宣布奖项的前一刻我都不知道自己是否获奖。评委封闭评选，最后当场揭晓，这笔奖金给了我更大惊喜。

看 麦 娘

一

6月21号，每年都有这一天，不是吗？五年前有这一天，十年前有这一天，二十年前有这一天，百年前也有这一天。我不知道别的人是否记忆特殊的日期？是否会在某些特殊的日子里心神不宁？是否会坐立不安，非得要做一些自己想做的事情？总之我是。

今天是 6 月 21 号。昨天入夜，我就开始辗转反侧。凌晨四点，我口渴难耐，起床喝水，借着晨曦的光亮，在挂历上的今天，用红笔做了一个记号。三个月了，我女儿容容失踪整整三个月了。明暗交织的黎明之色，比白天暗许多，又比夜晚亮许多；人的意识，比白天朦胧许多，又比夜晚清醒许多。我清楚地意识到了问题的严重性，容容的失踪，到昨天，还只能说是两个多月，而今天，就是整三个月了！挂历下面是一只酒柜，酒柜的台面上，全部是相框。容容在照片里欢笑，她是现在流行的那种最上镜的姑娘，排骨胸，鹭鸶腿，巴掌脸，大嘴巴，一笑就露出百分之八十的牙齿，牙齿颗颗都光彩夺目，真是朝霞满天啊。就是这样的一个女孩子，二十岁，北漂去京，已经整整三个月没有音讯了，想想会发生什么样的事情呢？北京那种城市，什么事情没有可能！客厅的一切，在单纯又深远的黎明之色里活动起来：电视机自动打开，屏幕上显示出来的正是容容。她在狂奔和呼救，从老远的地方往我的所在之处奔跑，紧紧追赶容容的是一股浓烟，是那种铺天盖地的浓烟，铅灰色，翻滚着，一朵里面又膨胀出无数朵，简直就像一只旺盛裂变的多头怪物。太可怕了！我立刻知道自己应该采取什么措施。我必须不顾一切，立刻去救我的容容。否则，这些青春欢颜就有可能变成她的遗像，满天朝霞将会永远凝固在我的天空，柜子里保存的小小的奶杯、铅笔盒、墙上挂的布娃娃和枕头旁边的绒毛玩具，将都会变成遗物，从此令人不忍目睹。生活就是这样，欢乐变成痛苦，经常发生在转瞬之间。在我这个年纪，对于生活的不可知性，已经多次领教。这一次我实在是不敢大意了。

我下意识地伸手关掉电视，结果却是打开了电视。电视机突然发出嘈杂的声音，于世杰被吵醒了。他被吓得从床上坐了起来，伸长脖子搜寻我，说："你在干什么？"

我翻腾如大海般的心绪，怎么面对一个从熟睡中惊醒的人？我从哪儿说起，于世杰才不至于觉得突兀？结果我说："今天是6月21号，你知道，这个日子对于我，很不吉利的……"

于世杰说："拜托了！请你睡觉，好不好？"

我说："容容失踪整三个月了——"

"容容没有失踪！容容是没有与我们联系！"于世杰强调说，他闭上眼睛，极其受不了地倒在枕头上，说："拜托了！拜托了！现在睡觉，一切都天亮了再说！好不好？"

天还没有亮，人就一定要睡觉。于世杰理直气壮。我只好上床，可是我再也无法入睡。于世杰一直断然否定"失踪"的说法，他认为我夸张。他认为现在的女孩子，在北京闯天下，一段时间不与家里联络，并不是什么特别奇怪的事情。"何况，"于世杰专门捅我的心窝子，说，"容容名叫郑容容，不叫于容容，上官瑞芳不急，郑建勋也不急，你急什么？"

我说："于世杰，你能够说容容不是我的女儿？"

于世杰说："是养女！"

我说："养女不是女儿？"

于世杰说："养女不是亲生女儿。"

我说："不是亲生女儿就不是女儿？"

于世杰说："是养女！"

我说不过于世杰了。无论什么事情，由他一说，都理直气壮。多年前，在我们确定了婚姻关系之后，于世杰就开始打断我的话题。当我试图表达自己某些感觉的时候，于世杰就扭转话题方向，讲出许多道理来。比如像这种"一切都天亮了再说"，"养女不是亲生女儿"之类的，令你无法反驳他，因为一般说来晚上就是应该睡觉的，一般说来养女当然就不是亲生女儿。可是非一般的个人感受呢？不也是客观事实吗？我的感觉他不听，他甚至不给我表达自己感觉的机会，因为感觉的表达听起来总是有一点云里雾里，需要缓缓展开，听者需要非常的敏感和一定的耐心。于世杰不听。于世杰经常谆谆教导我，要我做一个大大方方的女人。于世杰的话没错。可我觉得自己不正是一个大大方方的女人吗？难道具有个人感觉就不大方吗？于世杰说：我没有说具有个人感觉就不大方，我只是希望你做一个大大方方的女人。这样绕着说话真是累人，我自然就不说话了。我们夫妻之间的对话方式就这样，慢慢定型了。在后来漫长的日常生活里，只要我听凭感觉说一些观点和做一些事情，于世杰准定要把问题接过去，然后立刻一二三四五地分析，某个问题就会像屠户手下的猪，被吊在梁上，肉是肉，脊骨是脊骨，下水是下水，一切都条分缕析，清清楚楚。而我的感觉和动机早被瓦解了。我结结巴巴什么都说不出来了。除了专属于我自己的药品制剂专业，其他方面的问题，我都说不出所以然来。开会的时候，我听大家发言，我觉得谁都比我说得好。当然我会有话要说，我会被触动，会忽然的眼前一亮，我很想用语言把它们表达出来，可是，往往就在我寻找恰当的语言，组织语言顺序的时候，说话的环境已经消失。话题转移了。争论起来了。领导讲话了。散会了。于世杰打电话去了或者看足球去了。我顿时陷入茫然。我要说的话有如受惊的鸟群，一轰而散。我只有木然地顺从环境的支配，没有个人意志地做一些看起来正常的，实际上是违心的举动。正如现在，我是想说什么来着？

其实我不是想说家庭婚姻什么的。我是想说明我内心的一种焦渴，一种孤独，这种话乍听起来似乎有一点酸不溜叽，平日里也很难对人启齿，因此我也从来不向任何人倾诉。然而，事实上，我就是生活在这样的焦渴和孤独之中。我的感觉经常被粗暴地忽略，好像我应该生活在别人的土壤里，而不应该生活在自己的家园。今天是6月21号，我的容容失踪整三个月了，我的恐慌在今天凌晨四点达到高峰。我觉得自己再也不能像平时一样受人摆布！

我的意思不是说要和于世杰闹矛盾，也不是在抱怨我的婚姻。实际上我已经早就习惯了和我丈夫于世杰的关系。我甚至认为我们的婚姻不错。于世杰是一个非常顾家的男人，与我一起带大了我们的儿子，还抚养了容容。容容是我在婚前收养的，于世杰进门就当爸爸，引起世人广泛的议论和好奇的目光，他的母亲一直反感我的做法，认为我做事情太离谱。然而，于世杰却一直善待容容，视同己出，还全力支持她跳水的爱好，坚持带她去青少年宫游泳和跳水，最后容容成功地被国家跳水队选中。这说明于世杰人不错，是吗？他是国家级刊物《中华医药风》杂志的主编，自己也写了许多散文，出版了三本散文集子，关注环保和时事政治，痛恨贪污腐败，爱好集邮，交游广泛，愿意在任何时候修理家里坏掉的马桶，包揽了家庭水电煤气电话通讯等等所有的交费事宜。于世杰人真的不错，是吗？关键的还有，我们的性生活一直都挺好。年轻的时候，我们曾经不是太懂，后来共同进步，慢慢认识到，好滋味在后头。现在我们逐渐达到了真正的放开，投入和默契。夫妻之间的性，是需要时间和信赖慢慢开掘的，需要一个又一个平静如水的月夜，一次又一次的春雨、冬雪还有秋天那沙沙的落叶。就是从这样一些时间的缝隙之中，俩人的共同生活便生出了一支又一支白嫩鲜活的根须，这些根须会在你们日复一日同样的生活中，悄悄散发腥甜的湿润的气息，滋润和维持枯燥的日子，造就一种类似血缘的亲情。基于这种亲情，生活就再也由不得你了。所以说，我真的不是在抱怨婚姻。我只是不愿意自己的感觉被永远地践踏和漠视。婚姻是我人生的船，可我是一条鱼。船有它的航道，码头和目的地，鱼没有。鱼的全部意义就是从这片水域游到那片水域。鱼可以尾随着船，也可以游离开去。我就是这么感觉的，在必要的时候，我必须游离开去。容容先于于世杰进入我的生活，她的母亲上官瑞芳更先于所有人进入我的生活，她们是我的鱼类伙伴，是我生命的历史和我存在的证明，是我人生楼梯的扶手，没有这种扶手，我就会失去自己的疆界。这种感觉，于世杰不懂。我也不会说，否则就要被他叱责为"精神病"了。可能有一些男人就是这样的，他觉得他是船长，叼着烟斗掌握方向就是生活的全部。他认为他的责任就是把你带到目的地，同时让你吃穿不愁，按时开饭和按时关灯，还能提供热水淋浴和背景音乐，这无疑就是一趟很不错的航行了。是的，不错！在无数急流暗礁的旅途里，健康平安就是最大的福气。船长有资格自豪和刚愎自用。于是，于世杰也就永远不可能完全理解他的妻子，这女人有时候怎么会那么倔强，那么不可理喻。

6月21号，你想干什么？

一夜没有睡好，眼睛生涩得很。我拉开客厅的门，到阳台上去呼吸新鲜空气，热浪却扑面而来。也就才是6月21号吧，怎么就已经热得这么不可思议呢？天空一块板地枯蓝枯蓝，枯蓝中透着冷灰，仿佛一只巨大的眼睛，纹丝不动，冷酷地盯着大地，盯着城市，盯着我。太阳在哪儿呢？太阳没有了，只有白亮刺眼的强光。树冠在微妙地晃动；行人在微妙地晃动；公共汽车也在微妙地晃动，司机恼火地卸掉了身边的车门，光着大腿开车，头上搭一块湿毛巾；热浪让这个世界完全变形了。这的确不是平常的一天！

我站在阳台上，两只手在耳边使劲地扇动。我呼吸困难了，鼻子抽得呼呼作响，肺部里面有牵扯痛。看来不是我昨夜过于敏感，这绝对不是平常的一天！绝对不是！这一天才是夏至，夏至就是初夏，初夏就是夏天的开始，应该还有半个月才入伏呢，最炎热的中伏应该还有一个多月呢，现在应该是梅雨季节，应该到处湿漉漉的绿油油的，空气里应该流动着梅子熟了的果香气味。怎么可以一下子就是40多摄氏度了？怎么可以是一个空梅呢？今天与多年来的这一天太不一样，这就是不正常了。黎明时刻，在电视机里看见的滚滚浓烟，说不定就是预兆。我不能够放过这种预兆。为什么人类总是容易被表面的现象牵着鼻子走，急急忙忙地赶热闹，而完全忽略对于生活日常状态中细微征兆的感觉呢？为什么连老鼠都能够预感地震，而人类大众反倒不能呢？现在天亮了，我是得要好好想想我该怎么行动了。

今天是6月21号，立夏，是全年之中最长的一个白昼。大清早，天气就奇热无比。到今天为止，容容失踪整三个月了。哪里有孩子整整三个月不与家里通消息的呢？容容野心大，贪玩，做事着迷，一门心思地要成大名获大利，跟一个电视剧剧组，或者跟一个服装表演队，或者跟着中央电视台心连心艺术团跑到边疆去演出，一个月两个月忘记给我们打电话，这也是有过的事情，可是三个月就没有过了。今天还是我父亲的忌日。十年前的6月21号，我父亲在晚饭之后外出散步，去了我们农学院附近的夜市，在那里的地摊上买了几本便宜的盗版书。结果，在回家的大马路上，失足跌进了下水道，被淹死在肮脏的臭水里。那条大马路下水道上的窨井盖，在我父亲去的时候，还好好地盖着下水道；在我父亲回来的时候，窨井盖恰好被小偷偷走了。还有上官瑞芳，就是在二十年前的6月21号出事的。用通俗的话说：她疯了。这一天，上官瑞芳敞开了她宿舍的大门。她们母女俩赤身裸体，一丝不挂。上官瑞芳安安静静地，大方自然地，用一只不锈钢勺子，从身边的白色痰盂里，一勺一勺挖出大便，喂她怀里半岁的婴儿。人们到现在都还记得，上官瑞芳的手指，还十分地做状，精致地跷成兰花指。五年前的6月21号，我母亲也是外出散步，在绕过那只陷害了我父亲的窨井盖的时候，突然歪倒，她脑中风了，偏瘫了。前年的6月21号，于世杰首次胃部大出血，晕倒在抗洪抢险的长江江堤上。去年的6月21号，我们儿子初中毕业考重点高中。我们成绩一贯不错的儿子却没有按时做完试卷，因为他的手表突然停了，他以为时间还充裕得很呢。结果，破费了我们六万多块钱，还求爷爷告奶奶地央求了不少人，才得以进入一所重点中学。奇怪的是，我们家所有的石英手表，包括最便宜的会议赠表，无论扔在哪个犄角旮旯，全部都走得非常准时。儿子赴考这一天，我还特意挑选了一只崭新的最好的意大利添时富进口石英表，可是它悄然地停摆了。交卷的铃声一响，可怜我儿子号啕大哭，本来他是可以轻而易举考上重点高中的。于世杰就在学校的大门口，把我骂得狗血淋头，使我无地自容。我莫名其妙地耽误了儿子，迫使家庭付出一笔不应该支付的巨款，我除了任打任骂，还能够有什么话说？6月21号，对于我，真的是一个必须加倍当心的日子。

数字是一个魔幻奇妙的东西。要不然，由数字组成的扑克怎么能够变化出那么多的魔术？而扑克即便不变魔术，本身也具有永恒的魅力，是时间淘汰不了的玩具。我一向敬畏数字。在我生活中发生的所有的特别事情，无不被有序地排列在数字的网络之中。

1981年6月21号，上官瑞芳疯了。十年之后的1991年6月21号，我父亲死了。而且事情发生得都是那么意外，让人一点心理准备都没有。我宁愿把这些不幸看成时间上的巧合，而正是这种我们无法勘破的巧合，永远使我心生惶恐。当2001年的新年钟声被敲响的时候，我的心就无端地被提了起来。今年，我对与之相关的年份都有高度的敏感和超凡的记忆。比如：一百年前，也就是1901年，也是一个极其动乱的年份。义和团闹得很凶也很复杂；签订《辛丑条约》；清政府下诏改科举，废八股，考中国政治事论；武科也废了，建立武备学堂，操习新式枪炮，令当时的天下文武学子大吃一惊而无所适从；西太后匆匆跑掉又起驾回京；正与俄国人谈判的李鸿章突然去世——不该死去的人死了。这一年国际上也不太平，有相当重要的人物死亡，一是英国的维多利亚女王去世了。这个了不起的女人统治了英国半个多世纪，创建了一个辉煌的"日不落"大英帝国。二是美国，这一年死了两个总统。一个是第二十三任总统哈里森，一个是第二十四任以及第二十五任总统麦金莱，后者很不幸，是遇刺身亡。在纽约的一个博览会上，一个无政府主义者用手枪击中了他。他在世上留下的最后一句话让人疑念重重，想入非非，他说："上帝，我离你越来越近了。"真的有上帝吗？不管是否真有上帝，他信仰，他便去得很安详。

对于年份的迷信，可能也就是我这样一个没有宗教信仰的女人的糊涂信仰，以便依靠什么来寄托自己的哀思、寄托怨尤以及内疚悔恨之类的杂乱思绪。一百年前的美国，死亡两个总统却并没有妨碍它立刻获得新的总统，而且是朝气蓬勃的年仅42岁的哈佛大学研究生罗斯福。所以这一年，无论美国总统的死亡率高达多少，美国还是丝毫不受影响地出现了钢铁巨头，这就是拥有十亿美元的摩根钢铁公司。这一年的英国，似乎也没有因为维多利亚女王的驾崩而出现衰弱迹象，英国皇家海军力量空前强大，与德国海军开始了世界上最大规模的海军军备竞赛。这两个国家强大的军事力量，为后来的第一次世界大战积累了战争风云。战争可不一定完全是坏事。从更长远的空间来看，战争是最快的文化交流方式，并且优胜劣汰，最有效地为增长过快的人类自然减员，还是文学名著的摇篮——如果没有大悲大痛，哪里有那么复杂动人的小说？而欧洲，比如法国，在任何年份都醉心于艺术，也就是百年之前，年轻的毕加索在巴黎一家著名的画廊首次展出了他的作品。他对于蒙特玛塔街头贫困小市民生活的迷恋和表现，赢得了艺术界的青睐，使他成为了一代天才的画家。说实在的，我觉得上帝有一点偏袒美国和欧洲，而我们，似乎命中注定只能因为觉悟的迟到而一再地遭受损害。

假如我更早地醒悟到这一点，我一定会竭力支持我父亲去美国的，过去一百年的历史至少证明，它无疑是一个更有福气的国家。1990年，联合国有一个小麦科研项目，需要父亲去美国工作一年半。如果他去了的话，将会在1992年上半年回国。因此至少我敢说，我父亲肯定就不会在1991年的初夏，为了购买便宜的盗版书，在路灯坏掉的马路上，死于小偷什么都偷的社会主义初级阶段。

那时候，在我们家庭里，我母亲的意见分量很重。我母亲认为，美国毕竟是资本主义国家，腐朽和黑暗的东西太多，如果一去那么长时间，在学院众多要求入党的教职员工当中，父亲入党的希望就很微弱了，说不定在将来的政治运动中，他在美国的经历还会变成说不清的历史问题。像这种一害自己、二害子女、三还得夫妻分居一年半的事情，何苦去做呢？哪里没有土地，哪里的土地不生长小麦？父亲转而征求我的意见："你说呢？你都三十岁了，应该有自己独立的想法。你们年轻人怎么看待这样的问题？"

使我悔恨终身的正是我自己的表现。父亲的人生处在了一个关键的时刻，他在委婉地寻求我的支持。我咬住嘴唇，半天没有吭声，其实有很多想法涌进了我的脑子，只是一时间我不知道把它们如何说出来。那时候，我已经有了五年的婚姻生活，于世杰已经使我不习惯正常表达自己的意见。母亲是快嘴，她说："这么大的事情，要她说什么？她年纪再大，在父母面前，也是孩子！她吃过几斤盐，走过几座桥，中国复杂的人事关系和政治形势，她能够闹懂几分和把握几成？"

接着，母亲支开了我，让我洗碗去了。我洗碗的背影，烙满了父亲失望的目光。我一向畏惧我的母亲。我母亲中年发胖的身体里面有一种强悍的、支配他人的气势。她一说话，两个鼻孔就有力地开张，好像是三个嘴巴在说话。我一直觉得她更像是于世杰的母亲，因为他们的性格更相像。再说了，我身上穿的这件全毛花呢西装，是母亲压在箱子底下的最昂贵的陪嫁，她珍藏了三十一年，每年夏天，她都要把它拿出来晒太阳，晒过之后，等它凉透，再放上防虫的樟脑球，然后再小心翼翼地收入箱子最底层。即便她每年只为这块心爱的全毛花呢花费了二十四个小时，三十一年来，她的青春与精力，也有七百四十四个小时付与了这块料子。最后，这块昂贵的呢料却没有穿在她自己身上，她把它穿在了自己女儿的身上。也许这也就是母爱的可怕之处。当我感受着衣服的时候，我就怎么也不忍违逆母亲的意思。

父亲发生意外几个月之后，只要有人提起父亲，我还会哭得昏天黑地。连母亲都认为我过分了，她很纳闷，问我："你怎么哪？就是因为你小时候，他经常带你到麦地里玩耍？"我点头，又忍不住要哭。母亲凡事都要找寻原因，只有原因与结果的分量等同，她认为才合情合理，否则，她会嗤之以鼻。哪个小孩子不被父亲带着玩耍呢？仅仅因为我小的时候，经常在父亲的麦地里玩耍？三十岁上，父亲去世了几个月，还哭得一脸鼻涕一脸泪，母亲就有一点瞧不起我了。她说："总是哭鼻子有什么意义！人总得要有一点精神。亲人去了，我们哀悼他。可是，活着的人要好好活下去才是！"

母亲不知道，在我这里，原因是没有大小之分的；在别人眼里的许多小原因，在我这里非常重大；别人的许多重大原因，在我这里，则常常轻于鸿毛。母亲还不知道，我父亲把这一趟去美国的公差，看得是多么重大，重大得相当于他事业上的一次嫁接和杂交。父亲是一个善于忍让善于克己的人，他从来不提出自己的个人要求。只有在获得亲人大力支持的时候，你才会看见他踌躇满志的向往。嫁接和杂交，是一种革命，往往可以彻底改变一个人的命运。这个认识，是我在父亲的麦地里收获的。父亲守护着他的麦地，一再地警告嬉闹着的我、我弟弟，还有我的同学上官瑞芳。他把我们当做大人，郑重其事地说："请你们切记不要糟蹋我的麦地。它们不是一般的麦子。它们是杂交品种。为什么要杂交？因为近亲繁殖容易退化，杂交可以优化小麦的品质，新的品种会更加强健，产量更高，适应性更强。从而，对人类的贡献就更大。懂吗？"

当时我们嘻嘻哈哈回答："懂啊懂啊懂。"

如果我三十岁那年，真的懂了父亲的话，我就应该说："你去美国吧！家里有我照顾，即便将来受到政治牵连，我也不怕。我们相信你，爸爸！"我没有这么说，我洗碗去了，我把沉默而含糊的背影留给了父亲。从某种角度来说，父亲的意外死亡，我是有重大责任的，因此我格外伤心。可是这种话我无法说出来，说出来谁都会觉得牵强附会，母亲也一定会很不高兴，所以，我只有哭。

我父亲戴眼镜，却也戴大斗笠，穿中山装，却又挽裤腿打赤脚，活像个伪装的农民伯伯。他皮肤黢黑，巩膜浑浊，对待小孩和小动物特别和善宽容，做事情认真，耐心得出奇。无论是短暂的寒假，还是漫长的暑假，我和弟弟，还有上官瑞芳，都在父亲的小麦试验田旁边度过，经历着小麦的播种，出苗，上肥，锄草和收获。父亲戴着他上过桐油的大斗笠，手持放大镜，酷似在麦地里寻宝。附近农村的妇女在不远处踩水车，田野的风把她们水车的咿呀声一阵阵地传过来，她们寻常的说话声默默消失在田野里，而尖锐的笑声和突兀的骂声，深深刻在我们的记忆之中。打湖草的农民，赤身裸体，晒得像泥鳅，从田埂上走过，瞥见了我和上官瑞芳，就赶紧背过身子，用双手捂住裆部，阳光在他们的肩头和屁股蛋上闪闪发光。我们三个孩子故意放声大笑。弟弟总是喜欢吟咏他酷爱的歌谣："报告班长，屁股发痒；请假三天，越挠越痒。"

父亲严肃地批评我们说："不要嘲笑贫下中农！"

父亲麦地的周围，环绕着茂盛的狗尾巴草。我们把狗尾巴草做成环状的圈套，将两个圈套套在一起，两个人同时用力一扯，谁的狗尾巴草断了，谁就输了。输家就得答应赢家的三个条件。最初一段时间，我和上官瑞芳总是输给弟弟。输得我们气急败坏。我们以为是女孩子的力气比男孩子的小。父亲发现了问题所在，他向我和上官瑞芳面授机宜：关键在于挑选什么样的草。

我怎么能够忘记那些满天晚霞的明丽黄昏呢？在田头，父亲带领我们仔细地辨别与认识着狗尾巴草。从此，我们骄傲地知道了，我们这一带，大多是早熟禾科看麦娘属与狗尾巴草属，而父亲麦地的四周，是父亲特意栽种的大看麦娘品种，种子是欧洲的，它们与本地的小看麦娘杂交之后，产生了植株适中的最强壮的杂交看麦娘，这便是弟弟精心挑选的看麦娘，所以它总是能够获胜。只有普通老百姓才通称这些植物为狗尾巴草。其实环绕在父亲麦地四周的所谓狗尾巴草，有一个美丽的名字：看麦娘。看麦娘所有的草穗子都懂得回护麦地，无论日出日落。

"看麦娘"这个美丽的名词，一下子就打动了我和上官瑞芳的心。我们不约而同地在一篇作文当中描绘了它。不过令人失望的是，我们的作文并没有引起老师的特别注意。几乎所有的老师和同学，对植物都没有什么感觉，都含混地说狗尾巴草什么的，而我和上官瑞芳，只说"看麦娘"。我们特别喜欢看麦娘，是两个小情调十足的女孩子，我们在父亲麦地的看麦娘草丛里，搔首弄姿地拍摄了许多照片，还常常在午后时分，在农学院那寂寥枯燥的打麦场上，用粉笔写满大大小小的"看麦娘"三个字。我们端详着这三个字，舌头上会无端地涌出甜甜的滋味。我们不知道"Alopecurus"一词怎么就能够翻译成为"看麦娘"的。这种文字的奇迹，启发和滋生了我们对于汉字的热爱，使我们的语文成绩节节升高，还使作为女性的我们，从此开始觉悟女性的优美气质。这是一生一世的塑造与缠绕，是一生一世的暗示与默化。所有这一切，都发生在心灵的深处，怎么能够用日常的语言来表达，以便获得他人的体会和理解呢？尤其是我的母亲和丈夫，他们自认为已经太了解我了，我说什么他们都不会用心去听，而永远都是一只耳朵进一只耳朵出。

于世杰曾经陪我去父亲的麦地里散步，当我满含泪水，试图告诉他这些貌似相同植物的细微差别和不同名字的时候，于世杰频频地看手表，然后失去耐心地插话道："还不就是狗尾巴草吗？"

弟弟自从进入青春期，就对植物失去了兴趣，后来他从事金融专业，个人爱好是炒股。

只有上官瑞芳，一直与我待在一个共同的角落里。

在枫园精神病院的二十年来，每天的放风散步，上官瑞芳单单只坐一张湖边的靠背木椅。那木椅的油漆脱落了许多次，腿也腐朽了，其舒适程度，远远比不上亲水平台的沙滩靠椅，可是，上官瑞芳永远只选择这张靠背木椅，风雨无阻，因为那木椅的四条腿周围，生着一丛丛茂密的看麦娘。她一遍又一遍不厌其烦地抚摩和端详，采摘和戴在头发上。上官瑞芳因为脑子坏了，便彻底单纯了，她可以公然而固执地喜欢看麦娘。

　　我不想对任何人解释一些无法解释的原因。所以，我决定，从今天开始我不上班了。我要开始休假。我要利用我休假的时间，去北京寻找容容。容容是上官瑞芳的女儿，也是我的女儿。什么"亲生女儿"和"养女"呢？那仅仅是一种法律定义，不是亲情衡量标准，这一条法律界定在我这里完全是无稽之谈。当我预感不好的时候，我一定要遵循自己的感觉去做。我不能一再地失去亲人，更不能一再地让自己陷落在无穷的内疚与忏悔之中，更不能一生都在迟到的觉醒后面徒劳总结教训。我想我自己是否休假，那是我自己的事情。我只要给单位打个电话，就可以马上开始休假，我立刻就收拾行囊上北京。我什么也无须对他人解释，就这样决定了！

二

　　于世杰把头伸到阳台上，提醒我说："嗨，该上班了！"

　　我吓得一个大哆嗦。我转过身来，捧着心，睁开了眯缝的眼睛，说："你吓死我了。"等我回过神来，我镇定地宣布："今天我要开始休假了。"

　　我的丈夫于世杰摊开巴掌，是一种询问加讥讽的姿态和神情，他说："就因为我吓着你了？"

79

我说："当然不是。"

于世杰持续着他的姿态，说："就因为今天热？"

我说："也不全是。"

于世杰说："就因为今天是夏至可是它不像夏至？"

于世杰的讥讽逐渐加重，以此显出我是一个神经质的女人。本来说好于世杰送我去上班的。早餐吃过了。出门的衣服都换好了。我居然说不去上班了。天气是很热。可是昨天就很热，前天也很热，再加上成千上万的空调都开了，高温积累，今天热得烈焰晃眼，这是肯定的。这有什么奇怪的呢？武汉这个著名的火炉城市不热谁热？你敢这么热北京和上海？于世杰说话是很刁蛮的。他是一个很吊（读三声）的男人。武汉现在说谁"吊"，就是说谁很霸气很神气很有一点二杆子劲。认识我们的人都知道：易明莉的丈夫于世杰很有一点吊，而易明莉很有一点憨。我们的朋友说：这两口子也算是绝配了。男的能说会道可以把死的说活，女的三天可以不说一句话足以把活的闷死；男的灵活得赛过了万象轮，女的还是从前的有轨电车—— 一条道走到黑。其实这是朋友调侃我们的，与我们的实际情况并不完全相符。我是可以三天不说话，可是并不等于我心里没有话，更不等于我没有说话。我在自己心里说话，这就够了。谁要是指望靠倾诉获得别人的完全理解，那才是憨呢。

对于于世杰的吊，我习惯了，一点不生气，只是他不应该挖苦我对于节气的敏感，这伤害了我的记忆深处的某种东西。

我说："于世杰你别这样说话嘛。你可以不注意节气，我习惯注意节气。我是在农学院长大的，我爸爸一辈子研究小麦，我们家一直习惯注意节气。这又不妨碍你，是不是？天气这么热，汗流得刷刷的，你还挖苦我做什么？"

于世杰说："我没有挖苦你！只是你今天必须上班，你知道吗？今天的气候再反常，再不像你们家习惯的夏至，你也得去上班！"

我说："这还不是挖苦吗？别把人家当傻子好不好？"

我从阳台上进了屋，把手包甩在了沙发上，踢掉皮鞋换上拖鞋，然后反过一只胳膊，使劲去解连衣裙背后的拉链。

于世杰急了，说："你真的不去上班？"

我说："真的。我决定休假。"

于世杰赶紧说："好吧，我道歉，我为刚才对你的挖苦道歉。可是你今天必须去上班，我送你去，休假的事情以后再说，别想到哪出是哪出好不好？"

我不明白于世杰急什么，他又不是我们单位领导；再说我们单位的领导也用不着着急，一般大家都是在夏天休假，国家法定的假期，他不给也得给，着急什么？我急的是连衣裙背后的拉链够不着。为了够着拉链，我踉跄着在原地打转，像个不稳定的陀螺。

于世杰盯着笨拙旋转的我，焦急地催促我上班，居然忽略了动手给我帮个忙。

我的连衣裙终于脱下来了。连衣裙垮在地上，我的双脚埋在丝绸里面，这是一副很性感的颓废模样。我变成了一个只着胸罩和三角内裤的性感女郎。我把脚一只一只地从连衣裙里面抽出来，稍稍有一点故作姿态。我弯腰去捡连衣裙的时候，被胸罩兜住的双乳产生了深深的乳壑。一个女人，一夜没有睡好，被一个特殊的日期所惊悚，再加上她正在褪下了裙子——她需要什么呢？假如我是一个男人，我首先就会怜香惜玉。接下来，推心置腹的谈话就顺理成章了。其实女人的要求并不多，只是一种对于她自身的专注。当女人觉察到自己受到漠视，她与整个世界的默契就打破了。

于世杰没有反应，焦急的目光没有丝毫变化，好像他面对的是商场正在换服装的塑料女裸体。我很快就从椅子背上扯过家常衣服，套在了身上。

于世杰喝呼道："别呀！别脱呀，还是穿连衣裙呀！或者换一套职业套裙！好好的，人家蔡唐伯这么重用你，你怎么可以突然不上班呢？"

我不说话，没有表情，开始收拾餐桌上吃残的早点。胸罩的带子在我的肩头滑了下来，我腾出一只手，把它们认真地拉了上去。

蔡唐伯是我们单位的头头，和于世杰是好朋友。他们怎么成为好朋友的，我不知道。在我看来，大约是哪一次，于世杰到单位来接我回家，怎么就认识了蔡唐伯。于世杰这人见谁都能够很快认识，他的亲和力非常的强。接着，他们走动很勤，打电话约在一起吃饭喝酒和打麻将。他们聊天，交换时下流行的各种段子，其中当然主要是黄段子和政治笑话；他们还谈论环境保护、足球和时事政治，慷慨激昂，忧国忧民地抨击胡长清、成克杰等高级干部的腐败行为。如果男人们老是在一起这么聊天，就开始互相称之为好朋友了。只要于世杰到我们单位来了，蔡唐伯就会把他请到小会议室坐坐。我们单位的小会议室，以前没有，是近年来根据改革开放的形势需要装修的，有真皮沙发、大电视和立体声音响，会议桌上有笔记本电脑，茶几上随时备有时令水果，香烟与茶叶也都是上好的。这间小会议室专门接待上面的领导，外商，客户和专家教授，还有社会名流，歌星影星，以及人大政协的考察，市精神文明办公室和市爱国卫生办公室的检查和考核，等等吧。其实我也不知道小会议室接待的是哪些人，我是搞专业的，一般很少去行政办公楼。这些情况，我都是听科室的小鬼们传说的。现在的年轻人，刚参加工作一两年，所里上下五千年的故事便都知道了。我不知道他们是否拥有个人的特殊记忆，就像我一样，对于特殊的日期，对于特别的年份，对于看麦娘等等，在个人生命的小路上，我的记忆绵密漫长，盘根错节和节外生枝，且还经常成为自己许多行为的动机和决定因素。看看，我的思绪又飘荡开去了。我是想说：即便于世杰和蔡唐伯是好朋友，也用不着于世杰替蔡唐伯着急，要求我今天一定要去上班。

　　什么叫做蔡唐伯重用了我？在我的工作历史中，我已经经历了三任所长。无论哪一任所长，我都是这么努力和认真地工作，他们也都对我比较客气和礼貌。我是专业人员，他们是行政干部，是一个单位不同的而又必须的结构。于世杰为什么要说蔡唐伯重用了我？他知道不知道他的这种说法，就像一条冰冷的蛇，顺着我的脊背爬了上来，让我在大热天里发寒战。男人们之间兄弟般的友谊，有时候让我觉得不可思议。作为丈夫的于世杰，居然可以为了他的朋友蔡唐伯，不知轻重地对付他的忧心忡忡焦虑重重的妻子。

　　让我想想这里面到底发生了什么情况？多年来，我一直都想弄清楚这么一个现象：在我们一心一意想做的事情前面，是什么东西在左右遮挡和前后阻碍呢？是什么东西，可以让我们一个简单的愿望化为乌有，同时在我们心灵里潜伏下漫长的感冒一样的伤感，这伤感不轻不重，却挥之不去，在日后的生活中会忽然发作，导致我们情绪骤变，对美食、美景乃至美人，都兴趣索然。

我只是宣布今天休假了，我还没有宣布我的第二个决定呢，于世杰已经非常的不高兴了。他为什么不高兴呢？

于世杰是上周周五的下午去单位接我的。那天，我下了班，来到小会议室。于世杰在这里等我。不知道是谁的一辆"宝马"车被于世杰借到了。"宝马"的车钥匙上，还坠了一只鲜红的中国结，带着长长的流苏，随意地扔在茶几上，在于世杰和蔡唐伯俩人跷起的腿之间，耀眼夺目。

顺便说一句，其实，于世杰也不是经常来接我的。他来接我，也没有什么规律性，比如周末，比如结婚纪念日，比如我例假来了。于世杰做事很即兴，近一两年，他来接我，那就八成是他借到了名车。于世杰酷爱小车，他收藏名车牌照，购买靓车杂志，可是我们没有经济能力购买私车。况且于世杰还不要"夏利"或者"奥拓"之类的车，嫌档次低，开不出去，至少也得是神龙风神系列最新款或者新款奥迪。于世杰的观点是：男人爱车天经地义，好比男人爱骏马；小车等于就是城市里面的马群；真正爱马的男人会要劣种马？成吉思汗该是一代天骄吧？真正的男子汉吧？人家当年骑什么马？我理解于世杰的说法。男人嘛，骑马，打猎，厮杀，斗殴，求爱，大块吃肉，大碗喝酒，言必信行必果，一诺千金，割头换颈，不成功便成仁。男人就是这个样子的。所以，于世杰借到了靓车才会来接我，我没有意见。科室的小鬼们说："易明莉老师，你傻吧？这于世杰是自己手痒，想开车，想炫耀，又不是真心实意想接你！换了我我就不上车。"小鬼

84

们哪里知道，在我看来，结果都是一样的，总之我是被小车接回去了而不是自己坐公共汽车回去的。我计较于世杰做什么呢？他是我丈夫，我不上车，他的面子往哪里搁？夫妻之间哪里能够计较这些表面的利害得失？小鬼们不懂。

"宝马"钥匙旁边，是一摞新出版的《中华医药风》。这是于世杰给蔡唐伯送来的。一定又是蔡唐伯发表了新的论文。蔡唐伯今年有足够的资格申报正高职称了。在我们单位和在我们这个行当，自然还是专家有分量。蔡唐伯又想当领导还想当专家，用善意的话说，他是一个积极进取的男人。电视开着，不相干的人影在屏幕上晃动，不相干的说话，也就成了一片嗡嗡的嘈杂声。于世杰和蔡唐伯并没有看电视，他们正在起劲地聊天，烟雾缭绕在他们的头顶，使他们活像正要出山洞的妖兽。蔡唐伯尖脸，笑的时候，嘴角两边的皮肤就要扩展成一层层的括弧，两颗过于纤细苍白的虎牙从括弧里探出来，使人类的脸容在某一瞬间酷似啮齿动物。他们聊天的内容，我没有听到。

小会议室的门不是我推开的，是小傅打开的。小傅专门管理小会议室，工作服是旗袍。现在已经换了时令夏装，是一种蓝色的细格子短旗袍，扎一把独辫子，很朴实的旧社会良家少女模样。小傅对我笑笑，走过去，先是轻轻敲了三下门，听到蔡唐伯吭了一声之后，再轻轻推开门，之后侧身一边，把我让进去，而后再随手轻轻带上了门。我们所注入了外资，股份制，现在叫大正药物公司生物制品研究所。我们所与共和国同龄，五十二岁了，老所，从前一直很传统。直到五年前，职工一直只有两种工作服，工人是蓝色帆布工作服，技术人员是白大褂，现在有了旗袍。尤其那种红色锦缎旗袍，长摆，高开衩，在所里飘过的时

85

候，我的感觉总是很怪。小傅这种良家少女的打扮，在小会议室里，就更容易让人误以为这里在逼良为娼了。

难道改革开放就一定需要我们所也穿旗袍？在回家的路上，我把关于小傅的感觉说给于世杰听了。于世杰快乐地大笑，说："你这个女人说话刻薄啊！蔡唐伯知道了一定会晕倒！现在大家不都是在这么做吗？"

我忽然兴趣索然，看着窗外，不想说话了。现在大家不都是在这么做吗？现在大家都在这么做，那就成了你也要这么做的理由吗？还有，马路上拥挤的各种车辆和它们尾部排出的尾气，胡乱抢道的自行车和行人，夹杂在完好马路之间的一块块坏掉的牛皮癣一样的马路，也许都是使我兴趣索然的原因。作为城市门面的代价昂贵的草坪正在黯然地黄去。一只小公狗在光秃秃的大街上找不着树干，只好掀起一条腿，朝肮脏的不锈钢垃圾筒撒尿。于世杰在蔡唐伯之间有一种意气相投的默契，他们以为别人都不知道。

也许没有任何针对我的具体情况发生，也许所有这一切都是针对我发生的具体情况。但凡发自我自己内心的真实愿望，总是会在现实生活当中受到阻击。如果大家都这么做，就很好办。如果你随波逐流，如果你同流合污，一切就都好办。

可是，我的容容失踪三个月了。在今天这个特殊的日子里，我内心的恐慌达到极点。今天我必须动身去寻找容容。我必须解除自己的恐慌。这一次，谁都不能阻止我。

我换上了家居的旧衣服，松垮而自由。我怀着坚定的信念，不说话，燕子一样忙碌琐细家务。我用家务的忙碌来抵挡所有的

86

质问。家庭是女人的航母，她从这里起飞，最后还是到这里降落。家庭是女人最大的避风港湾。

于世杰却不罢休，他沉下了脸，敲着桌子，他说："哎哎，你这个人怎么回事？人家蔡唐伯真的是非常重用你，你怎么可以突然不去上班，总得有一个理由吧。"

我说："今天是一个特殊的日子，今天是 6 月 21 号！"

于世杰说："6 月 21 号又有什么特殊的？"

6 月 21 日这一天，在我生活当中的特殊性，已经像老外婆的故事那样，重复讲述多少年了，在许多个夜晚，在于世杰入睡之前。尽管故事的长短不一，深浅不一，那是根据他发出鼾声的速度酌情决定的。我并不是事事都寡言少语。在深夜的枕头旁边，脑门窝在丈夫温暖的颏下，夜色模糊了眼睛，细细地慢慢地说话，徜徉在自己的记忆里，我还是很愿意说话的。

于世杰毫无知觉地看着我，反复问："什么特殊性？什么特殊性？"

于世杰的神态和语气，比干枯的馒头还要干枯，仿佛看得见白色的粉末在往下掉。

我只好看着于世杰。我干瞪眼。想想看，说话有什么用？我实在没有情绪也没有办法把一个重复了许多次古老的故事，在今天早上的这种气氛里，对于世杰再一次从头讲起。

于世杰对于日子没有特殊的记忆，对于数字也缺乏特别的敏感。在所有的日子中，他就记得他自己的生日和我们儿子的生日。除此之外，他父母姐妹的生日，我的生日，他都记不住，每年都依赖在挂历上做记号。对于数字，他就记得我们俩工资收入的数额，其他的生活中需要的数字，也都要依赖在挂历上做的记号。结果一年下来，挂历上布满了各种记号，所有重要的日子都又变得很日常了。我再不指望于世杰能够明白我的感觉。我简单平淡地告诉他：我今天要休假的原因是：我要利用休假的时间去北京寻找容容。

"什么？什么什么！"于世杰大惊失色。

我只得再说一遍："我要去北京。今天就去。"

于世杰说："那不可能！今天不行！绝对不行！易明莉同志！"

于世杰在桌边坐下，跷起二郎腿，开始一板一眼地说话，同时用手指叩击桌面以加强他的语气。他说："我告诉你，你心血来潮的做法非常的不合适！你今年四十岁了，不再是年轻姑娘，做事情是不能够这么简单幼稚的。我告诉你，今天你必须上班。现在就走！换上出门的衣服，我送你去单位。容容的事情，我们回头再商量。容容的事情，你还是应该事先与上官瑞芳打个招呼，虽说她脑子不好，心里还是明白的，容容毕竟是她的亲生女儿啊。而且，你还应该事先征得郑建勋的同意，容容毕竟姓郑，不管郑建勋是否承认，在法律上，他就是她的生身父亲。易明莉同志，我说得有道理吗？再说了，容容这一段时间一直都没有和我们联系，又不是突然失去联系什么的，也没有发生什么更严重的情况，你突然这么跑去找她，就不合适了，对吗？"

对。有道理。于世杰的话，总是符合大众情理和公共原则。可我只是要做我自己想做的事情。我往地上一蹲，去擦皮鞋。我不想和于世杰理论。我的理由他不懂。

于世杰拿起皮包和车钥匙，拍了拍我的肩，拉起我的手，对我迁就地微笑，做出了带领我前行的姿态。看于世杰那感觉，他以为他的姿态对于我来说，绝对是不可抗拒的。

　　我拨开了于世杰的手。我说："我今天真的必须去北京，否则我就要急死了！"

　　于世杰说："嘿！你到底是怎么啦？我道歉，好不好？我为你今天对我的一切不满意道歉，我承认错误，保证今后改正。好不好？可是你今天还是先去上班吧。去了单位再商量休假的事情。和大家把你休假期间的工作协商好，安排好。然后，我再安排你去北京，让我的朋友们照顾你，让你在北京居住，吃饭，用车都方便。再说容容这孩子，十三岁就去过了北京，早就在北京如鱼得水了，只是心太高，人又太野，忙起来，一两个月忘记给我们打电话，这也是有过的事情，上次去南非拍片子，不就是一去两个多月，回来以后才告诉我们的吗？现在的世道就是这样的，闯天下挣大钱的年轻人没有时间概念、没有家长里短、没有父母亲情，你就不用太挂心了。好不好？我们现在先上班去，好吗？"

　　于世杰多么会说话啊！于世杰的道理是多么充分啊！而且于世杰是多么关心妻子啊！在于世杰的面前，我的理由全都变成了在黑夜的树林里飘荡的游丝，看不见，抓不住，毫无分量。然而，就是这些游丝，它明晰地网住了我的脸。基于我从昨天夜晚到今天早上感觉到的一切，我绝对不会改变主意了。我绝对不会再改变主意也正因为我已经四十岁，而不再是年轻姑娘。我是年轻姑娘的那一阵子，是多么信服于世杰，是多么盲从公共原则和大众情理啊。现在不了！

　　我说："对不起，我已经决定了今天去北京。过去，容容是有两个多月不与我们联系的事情，但是从来没有三个月的。"

于世杰急了，赶着我的话说："昨天还是两个多月呢。几个小时的时间差距，能够说明什么问题？"

我说："怎么不能说明问题？任何事情，总有一个由量变到质变的过程和临界点。整三个月就是整三个月，不是两个多月。况且，你应该有感觉，这一次与以前任何一次都不一样。我在关闭的电视机里都清楚地看见了可怕的浓烟。"

"好吧，我的姑奶奶，就算整三个月，就算有浓烟，我不和你纠缠这些虚无的感觉。"于世杰用力地拉过我，让我坐在他的腿上，终于严肃地亮出了他的谜底："我不和你开玩笑的，你今天真的必须上班。你知道，今天你们所有一个开幕式的活动。西安送来了十个培训的学生，他们是专门来学习动物血清的提炼以及抗体测定技术的，而你是这方面顶尖的专家，在行业内知名度最高。说白了吧，人家就是冲着你来的。否则，人家愿意付这么高的培训费？再说白一点，这十个学生是我介绍给蔡唐伯的，蔡唐伯给我百分之十的劳务费。蔡唐伯与西安方面是有合同的，他承诺这十个学生保证由国家一级药剂师易明莉亲自教授。今天的开幕式，实际上就是对方要求亲眼见到易明莉药剂师收徒。好了，我的姑奶奶，现在明白了？"

其实我早就明白了。

我早就觉察到于世杰和蔡唐伯之间有一种默契。我明白现在这个社会有一种大家都这么做的公共默契。我不吃惊。对于数字，我总是不假思索就可以计算出来，蔡唐伯付给了于世杰一万五千块钱的回扣，而于世杰则必须把我送到单位去上班。于世杰的老婆易明莉是一个出了名的憨女人，于世杰没有料到会发生什么意外。以前他一定也在老婆不知不觉的情况之下，做成了许多大家都在做的事情，这一次呢，一定也不例外。

于世杰咳地叹了一口气，眉头皱了起来，"川"字形的竖纹里，暗藏着屈辱和悲愤，因为他被迫招供了不该招供的秘密。

于世杰说："我拿的钱也不是什么回扣，别说得那么难听。这是正常的人才资源中介，也是为你们所发掘潜力，增加效益。我付出了劳动，蔡唐伯是应该付我劳务费的。不付钱就违反行规了，也违反现在的经济规律了，就不是有特色的社会主义了。我是一个堂堂正正的、是非分明的人，该我拿的钱，我一分也不少拿；不该我拿的钱，我一分也不多要！比起那些动辄成百万上千万贪污和挪用公款的干部来，我敢说我是非常正直和廉洁的，绝对是现在这个社会的精英和良知。正因为我廉洁，正因为我有良知，我就要坚持原则，即：劳动获得报酬。蔡唐伯这一万五千块钱并不是多么大的款子，作为朋友帮忙，我也完全可以不要。但是，我觉得改革开放的精髓和真正规范的社会经济秩序，就是需要我们这样的一些人坚持下去，形成风尚！你说呢？"

我能够说什么？于世杰的话说得多好，多有水平，多有力量，完全就像一篇《人民日报》社论。看来真理往往掌握在强词夺理的人手中。然而，不管于世杰掌握了多么强大的真理，我还是要去北京寻找容容。

于世杰接下来解释他为什么事先没有告诉妻子，他说：因为蔡唐伯的钱，现在并没有拿到手，一旦拿到手了，他会马上告诉妻子的。他只是想到时候给妻子一个惊喜。像妻子这种知书达理，善良宽厚的女人，想必可以理解吧？

我理解。我真的理解。于世杰到时候不给我惊喜，我也完全理解。男人可以拥有自己的私房钱。否则，于世杰在麻将桌上，没有钱输掉，岂不很尴尬？在这方面，我太了解于世杰了。于世杰是一个玩物不丧志的男人，他不会玩疯，他在输掉自己的裤子之前，绝对能够收手。他疯不起来，他更爱惜自己，更爱惜老婆孩子和家庭——后者是他终身的成就和价值所在。他的钱，二八开，八分用在家里，二分用在外面。前几年，曾经有一个女作者爱上了于世杰，苦苦地爱恋着他。两人也都火热了一阵子，频繁地在一起吃饭和泡酒吧。女作者还背着于世杰找我谈了话，倾诉她失去理智的爱情，向我展示她手腕上被丘比特爱神击中心脏的文身，请求我的原谅和理解并希望我能够让贤。我被女作者感动了，流着伤心的泪水答应了她。我答应她只要于世杰提出离婚，我马上就签字。然而，于世杰不仅没有提出离婚，反而很快就厌倦了这段感情，他觉得太累。最后女孩子提出想要一只翡翠镯子，作为爱情永远的纪念，于世杰舍不得花这个钱，他在信纸上画了一只翡翠玉镯，寄给了人家，并且让人家看完之后就烧掉，他宣称只有熔化在烈火中的感情才能够永葆其清纯。

翡翠手镯也有便宜的，一般三五千元，也能够买到。三五千元，让一个女人终身有个念想，有个寄托，不算昂贵。某一次，在商场的珠宝柜台前，于世杰却是这么评论翡翠手镯的，他对我说："这种东西太昂贵了，我看还是精神的东西比较纯粹。我这个人一贯崇尚精神，鄙视物质，拒绝平庸。"

我差点为那个失去爱情的女孩子再次流泪，当然同时也不免暗自高兴；暗自高兴的同时却又不免深深失望。于世杰能疯到哪儿去呢？在现在这种穷人乍富的经济时代，于世杰凡事都会计算投入产出比。他偷偷挣的钱，多半还是会回到家里来。我太了解于世杰了。这就是典型的夫妻之间的了解。

然而，我今天还是必须开始休假，还是必须去北京。6月21日这一天，我无法等闲而过。最关键的是，我的心安定不下来，我只有做了我想做的事情，我的心才会安定下来。相比之下，带学生的事情很简单。我们所还有好几个国家一级药剂师，他们人人都认为自己的名气最大，也都比我能说会道，带学生他们更合适。把学生们带到羊圈，教他们如何抽羊血，然后回到血清室，穿戴好无菌服，把试管放进离心机，旋转，然后用吸管，把离心好的血清抽出来，对学生们说："小心，不要吸进红血球！"这些技术，都不是很难的事情。

于世杰翻脸了。

于世杰勃然大怒。

于世杰对我大吼大叫道："你他妈有毛病啊？傻子啊？一根筋啊？不开窍啊？你知道不知道，摊上你这种老婆，我是多么倒霉！现在谁个夫妻不齐心合力挣钱啊！你去吧去吧，别指望我在北京找朋友帮你！易明莉，我把话先放在这里，这一次，你要是真的有能力把这件事情办妥当，回头我把自己的'于'字倒挂！妈的个老屄！"

于世杰对我骂粗话了！他怎么可以开口骂人呢？

于世杰打深色领带，着白色西裤，米色皮鞋和白袜子，腋下夹一真皮公文包，皮带上拴着手机，身上有淡淡的法国圣罗兰牌木香型男士香水，手腕上是劳力士。劳力士金表当然是悄悄在北京秀水街买的，不过使用两年了，走时还很准，镀金也不怎么掉。于世杰的穿着打扮是一副争当绅士的派头，其派头里面流露出来的是孩童般幼稚的虚荣和可爱。可惜一旦穷途末路，他就气急败坏了，他的时尚外表就被他自己撕毁了。

我也真的是有一点生气了。因为于世杰与我彻底的南辕北辙而生气。什么叫做把事情办妥当？我也没有说我一定可以找到容容。我们一生该会做多少事情？可是有多少事情会顺藤结果呢？难道事先无法预知结果的事情就不应该去做吗？于世杰却坚持摆出一副众怒不可犯的姿态，他显然觉得他代表着公众规则，我是应该听从他们的，而我坚持了自己的愚蠢。

那么，我索性就愚蠢一次吧！

对不起，我去北京了。

三

第五次去见乔万红的时候，乔万红露面了。原来她就是我第一次在电梯口碰到的女人，也是第二次在她公司大门口碰到的女人。两次我都彬彬有礼地询问过她："请问万隆公司的乔万红经理在吗？"

她都面不改色心不跳地说："不在。"

见面的最初一刻，我为乔万红的谎言深感难为情，不敢正视她。乔万红自己反倒没有难为情，一点都没有，好像以前撒谎的是我而不是她自己，弄得我又为自己的难为情感到难为情了。

乔万红说："请坐。"

乔万红说："对不起，我只有一刻钟。"

乔万红说："你找我干什么！"

乔万红说："你找我没有用！"

乔万红说："我早就不做模特儿生意了。"

乔万红说："我最后一次见到郑容容也是一年前的事情了。"

乔万红说："我坦率告诉你，别想从我这里得到一分钱！"

还是乔万红说："我没有克扣那些女孩子的钱，她们任何人也没有私房钱在我这里，更不像传说的我这里有她们的什么股份！你不是第一个来要钱的人，我告诉你，从来没有一个人得逞！"

这个叫乔万红的女人说话节奏并不是很快，但是霸道，都是句号。她一句话形成一个独立的单元，旨在表达自己的意思，并不给别人留下一点余地，也没有兴趣交流，更不愿意等待别人的回答。说话的时候，她的眼睛用在别处。她表达一个意思，做一个醒目的动作：从办公桌上拿起一个文件看看；在文件上签一个字；端起茶杯喝口水；快步走到文件柜前；用手把额前的头发抹到耳朵后面去。等等。最后，她落座在巨大的办公桌后面，两手撑在办公桌的桌沿上，双肩神气地微耸起来，目光落到台历上面，台历旁边有一只金色相框，相框的背后对着我，我猜不出里面嵌着谁的照片，但我感觉应该还是人而不是动物吧。

于世杰威胁我威胁得对，没有朋友帮忙，在北京这种复杂的大城市找人，那就是大海里捞针。大海里捞针也只是辛苦，找人呢，除了辛苦还得受气。乔万红的脸色比鬼脸都难看。不过最终，乔万红还是让我进了她的办公室。在乔万红之前，好几个人连办公室都没有让我进，有的站在走廊说了几句话，有的话还没有讲完，就把我的电话挂断了。好在我有足够的心理准备。我也不是一个从来不出门的家庭妇女。一个女孩子失踪了，这无疑是一件极为敏感的事情，出了问题是要坐牢的，谁都怕沾上嫌疑，我事先就估计到了寻找容容的难度。这难度早在还没有出门之前就开始了，于世杰他们就是这难度当中的一分子。

乔万红的话说到这种程度，我还有什么话说呢？我只有离开，再去找下一个与容容有关系的人。我站起身来，准备告辞。我拿出一张名片，在上面留下了我在北京医药公司招待所的房间电话，这个招待所现在叫健康宾馆。乔万红的脸色再难看，我也必须留下一个电话。我每到一处，都要留下我的电话，电话就是一线希望，世界上没有绝对的事情，如果出现了万一呢？就在我写电话号码的时候，乔万红办公桌上的电话铃响了。乔万红迫不及待地扑过去抓起了话筒。

　　乔万红对着话筒说："嗯，嗯，嗯，嗯。"

　　乔万红说："嗯——"这是二声，是不相信的质疑语气。随着这种语气，乔万红背过了身体，面对落地三分之二的玻璃窗。办公室的窗外，是亮马河高架桥，往来的各种小车穿梭而过，使这个城市显得格外仓促匆忙。我举着自己的名片，回到了沙发上，等候乔万红放下电话。面对我的是乔万红的背部。她的衣服非常贴身，加上双臂一抱，背影上就现出了两道乳罩的勒沟，勒沟下来大约十公分的地方是腰身，又是一道被紧身裤勒出的勒沟。这两道勒沟暴露了乔万红的年龄，这个女人不年轻了。尽管从正面看，她的年龄跨度可以在二十八到三十八之间，但是她的后背告诉我，她的年龄可能在三十八到四十八之间了。不知道为什么，我觉得我对这个女人有一点了解了。

　　乔万红继续说："嗯，嗯——嗯？嗯？"

　　乔 万 红 说："嗯，嗯，嗯，嗯嗯，嗯嗯嗯！嗯！嗯。嗯。嗯。"

　　乔万红最后对着话筒的一句话是："嗯——放他妈的屁！"

　　乔万红配合语言的动作是冲动地按倒了那只相框。

乔万红用力扣上话筒。之后，好久好久地盯着电话机。再之后，长长地呼出一口气。再之后，摸过茶杯喝茶，喝了两口，呸呸地吐了几下茶叶渣，缓过神来了。

"你说你是郑容容的什么人？"乔万红问我。

我递上了名片。我说："是我女儿啊。"

乔万红说："不对吧？"她看着名片上我的名字，说，"我记得郑容容的妈妈姓上官。在我带领十大名模在全国巡回表演的时候，郑容容的艺名就叫上官容儿，是女孩子自己起的艺名，说是跟母亲姓，叫四个字的名字别致，容易出名。那女孩子想出名都想疯了，可惜光靠别致的艺名没有用。她脑袋大了，腿短了，又不刻苦练功。告诉我，你到底是谁，你找这孩子干什么？"

我不喜欢乔万红用这种语言评论我的容容。我找孩子不干什么。她是我的孩子，我就要找到她！从法律意义上说，我是郑容容的养母，但是我们容容从来不使用养母这个词，她只叫我妈妈。是的，容容的生母是姓上官，长年住在精神病院，是我从小的同学和好朋友。容容半岁多就开始跟着我生活，一直到她13岁，被国家跳水队选中，由我亲自把她送到北京。此后，容容只要回家，我们母女还是睡在一个被窝筒子里，总是有说不完的话，我不是她妈妈是什么？容容的身世和一般人不同，她有两个妈妈。

乔万红的目光终于停留在了我身上，目光很复杂，她想装出冷静的滴水不漏的样子，可是瞳孔里放射的光线暴露了她内心的秘密。

乔万红说："我们换个地方说话吧。我们到大楼的咖啡厅去，我请你喝咖啡。"

乔万红用很随意的动作，悄悄把相框扶了起来。我看见了相框里头的画面。是典型的三口之家全家福。乔万红和一个帅气的男人，俩人亲切地搂着一个约摸六七岁的小女孩，三人都笑得十分甜美。

　　我为什么要收养容容？这是一个我从来没有想过的问题，也是我身边的人从来没有向我提出过的问题。面对乔万红的问题，我发愣了好半天。这个问题对于我，有一点类似于下雨的时候你出门为什么会拿上一把伞？

　　为什么？因为是自然的，是需要，是那种几乎是出于本能的需要。

　　最初我是对"上官瑞芳"这个名字感到新鲜和喜欢。报名上小学的时候，我排队排在了上官瑞芳的身后。我母亲牵着我的手。上官瑞芳的手拽着她家保姆的衣服角。无论在什么地方，只要停留一分钟以上，我母亲一定会与她身边的人攀谈起来，不出三分钟，我母亲就会摸清对方的基本情况。我母亲与上官瑞芳的保姆说笑了一会儿之后，就知道了上官瑞芳的父亲是省粮食厅的厅长。母亲蹲下来，双手亲切地捉着上官瑞芳的削肩，昵声唤道："上官瑞芳。"

　　这个四个字的名字，给了我强烈的印象。在我认识的人里面，还没有一个人是双姓的，我觉得双姓简直就是电影明星的名字，比如上官云珠。何况我母亲唤得如此甜蜜好听。

　　上官瑞芳是一个瘦弱的女孩，细眉毛，小眼睛，头发稀疏软黄，由于皮肤又白又薄，她的鼻尖、额头和太阳穴，青青的血管隐约可见。我母亲握着她细长的胳膊，说："上官瑞芳，这是我的女儿，易明莉，如果你们是同班同学，就要互相爱护互相帮助，好吗?"

上官瑞芳看了看我，没有说话，认真地点了点头。点头之后，她的脸蛋红了，红晕从耳朵根子升起，布满整个脸庞。在母亲的要求之下，我和上官瑞芳果然同班，并且还经常同桌。我们从小学一直同班到初中毕业。之后，我上高中，上官瑞芳上了中等师范学校。上官瑞芳在初中二年级的那个夏天患了一场脑膜炎，学习成绩上不去了，就放弃了继续上高中和考大学的打算；中专毕业之后，她留校当了教师。显然，是我母亲主动接近上官瑞芳的，因此便认识了上官瑞芳的父母。有一段时间，我母亲非常热情，试图与上官瑞芳的母亲发展友谊，最后由于对方的淡漠而作罢。我母亲曾经不止一次地说："哼，摆什么官太太架子!"不过，我母亲还是可以随时给上官家打电话，与她的父母在电话里直接说话。这对许多人来说，是不可能的事情，在省里，厅长就是比较大的官了。上官瑞芳的父母总是很忙，经常出差和开会，接听电话也总是官腔官调。他们家有五个孩子，上官瑞芳上头的三个都当兵了，下面还有一个弟弟。她母亲把她所剩无几的精力，全部用在了她弟弟的身上。她弟弟是一个天生的骄子，模样出众，成绩优异，乖巧伶俐，上官瑞芳的母亲只要看一眼儿子，立刻就眉开眼笑，一看见上官瑞芳，就愁眉苦脸，心不在焉。上官瑞芳从小学一年级的那个暑假开始，就在我们家度过。平日也经常在我们家吃饭和睡觉。尤其是我母亲，出于义愤，把上官瑞芳当做不受宠爱的小可怜接纳过来，当做了我们的家庭成员。

每天上学，上官瑞芳必定要来约我，放学，当然也必定要等着我。上官瑞芳一直都很瘦弱，走路的时候，喜欢把她自己的胳膊挎在别人的胳膊弯里，然后，整个身体微微地贴着你的身体。她的贴紧分明是有距离的，可就是让人能够感觉到她是你身边的一道流水，随着你柔和地流向你带领的任何方向。上官瑞芳就这样挎着我母亲的胳膊弯，我那性格刚毅的母亲都总是忍不住要摸摸她稀疏的头发，然后悠悠地叹上一口气。上官瑞芳喜欢唱歌，不过她非常胆怯，任何正式场合她都无法开口。只有在我父亲的麦地里，她会主动吟唱。在看麦娘草丛里，不停地吟唱，活像为了吟唱而活着的一只初秋的纺织娘。后来，我父亲去世，上官瑞芳表现得非常清醒和正常，她从枫园请假出来参加了丧礼，她一直伴随在我的身边，为我父亲默默地哭泣。我们两人来到父亲的麦地，她伫立在田埂上，忽然引吭高歌，歌喉之自由奔放较之她从前作为正常人，有了本质的飞跃。上官瑞芳唱道："我们的家乡，在希望的田野上，一片冬麦那个一片看麦娘。"

上官瑞芳啊，无论她处在什么状态，她细腻的心总是悄然缠绵着她的依恋所在。

我们农学院的孩子一起玩耍，有一个传统游戏。晚饭之后，在学院空旷的马路上，分成两拨人群对垒。对垒者们轮流对唱，索要对方的某一个人。唱毕，就集体冲将过去，进行掳掠。这大约就是对于古典战争的模仿了。尽管我们大家乱成一团，打得不可开交，古典战争那优雅的痕迹依然存在，那就是公开挑衅和宣战、适可而止、鸣金收兵和穷寇莫追。如果轮到上官瑞芳作为一方的领唱者，如果我与她在不同的阵营里，她要抢夺的永远是我。

上官瑞芳领唱道：我们要求一个人！我们要求一个人！

我方的领唱者便领唱道：你们要求什么人？你们要求什

么人？

上官瑞芳唱道：我们要求易明莉！我们要求易明莉！

我方唱道：什么人来换她去？什么人来换她去？

上官瑞芳唱到：上官瑞芳换她去，上官瑞芳换她去。

歌声落地，战争开始，他方冲上来掳掠我，我方冲上去掳掠上官瑞芳。我和上官瑞芳在假装的敌对中，巧妙地拉住彼此的手，一起奔逃。这是一个毫无道理，不知所云的游戏，可是我们狂热地战斗，乐此不疲。为什么？后来我为什么成了容容的妈妈？我怎么能够不成为容容的妈妈！上官瑞芳从来都是这么唱的：我们要求易明莉！我们要求易明莉！当上官瑞芳丧失了抚养女儿能力的时候，我难道还会有丁点犹豫——除了把孩子抱进自己的怀里。

游戏玩疯了的时候，上官瑞芳的领唱，撕心裂肺，马路旁边的树叶，被震动得簌簌作响。在后来漫长的日子里，尤其是在人到中年之后，上官瑞芳那冲破了理智的领唱，一再地回到我的耳边，就像农学院早年的那口巨大铜钟，如果你贴近听过它的钟声，无论多少年，它都还会嗡嗡嘤嘤回旋不绝，并且总是带着往昔的快乐与忧伤。我怎么能够不成为容容的妈妈？

于世杰简单地说他不记得是否玩过这种游戏。谈恋爱的青年男女，交换童年和少年的记忆，其实只是恋爱的把戏，找个说话的借口，两人净盯着对方的嘴唇，肉肉的红红的嘴唇；而耳朵里面什么都没有听进去。只有再长一些年岁，童年和少年的记忆才会深入你的生活中，你才会觉察到你生命的基础和疆界是由什么来铺垫和限定的。这样的傍晚，那早年的钟声才会在你耳边绵长地响起。这个叫乔万红的女人，你可明白？

容容出生的故事，虽然曲折，说起来也很简单。世界上没有什么事情是不可以三言两语说完的，只要你对什么没有兴趣，你就可以最简短和潦草地概括什么。上官瑞芳在中师的最后一个学期，学校来了一个校医郑建勋。郑建勋以一个成熟男人的经验竭力地体贴和讨好上官瑞芳，上官瑞芳立刻就陷入了热恋。一毕业，上官瑞芳就和郑建勋结婚了，她年轻得才刚刚达到结婚的法定年龄，与国家提倡的晚婚年龄还有很大的差距。上官瑞芳坦白地承认，她没有办法不结婚，因为郑建勋一天到晚要和她睡觉。在那个年代，男女要想安全地在一起睡觉，就只能走结婚一条路。结婚了，疯狂睡过了，郑建勋开始经常不回家。上官瑞芳有个学生名叫金农，才十六岁，这男孩子看出了老师的寂寞，主动上门陪伴和安慰老师。天才知道，为什么这种违反校规、道德和法律的师生恋，却被上官瑞芳认为是她这一辈子真正的恋爱，上官瑞芳陷入前所未有的痴迷。当然，有一天就被郑建勋捉奸在床了。郑建勋当场痛殴了金农。不料，这两个男人却在他们贴身肉搏的时候发生了问题，两个男人的身体在瞬间来了感觉，他们当场就把搏斗变成了暧昧的调情，结果是两个男人好上了。后来当上官瑞芳发现他们关系的时候，她已经挺着快要生产的大肚子。上官瑞芳没有办法解决他们三人之间的问题，懵懵懂懂之中，居然形成了三个人和平相处，同床共枕的局面。就是在这样的生活里，上官瑞芳开始精神恍惚，丢三落四，容易歇斯底里发作，无法坚持正常的教学工作了。孩子出生的那一天，送她去医院和在医院陪伴她的是我，而郑建勋和金农，则双双在上海度暑假。上官瑞芳患上了产后癔症。接着，金农毕业远离武汉，郑建勋提出离婚未获法院准许。两个男人都不承认容容是他们的女儿。上官瑞芳自己，自然也无法判断自己的女儿到底来源于哪一个男人。于是有一天，人们发现上官瑞芳母女赤身裸体，坐在敞开的房间里，上官瑞芳微笑着，在喂她的女儿吃大便。上官瑞芳完全疯了，没有能力抚养和照顾幼小的女儿了。

顺便说一句，我不怎么喜欢上官瑞芳的这一段故事。我喜欢规矩的平和的互相守信的男女关系。在于世杰之前，我也相处过一个男朋友。我发现了他严重的脚气、腋窝里面有一个经久不愈的溃疡和假文凭，我就与他客气地道了再见。于世杰也有不少缺点，可我自己也有不少缺点。从我自己的缺点出发，我能够接受和容忍于世杰，于是我们就是夫妻了。我说过婚姻是船，而我们个人是鱼，虽然都在同一个水域，我还是不要求两者高度一致。婚姻爱情这个东西，你越是认真越是失败。在这个问题上，上官瑞芳和我是不一样的人。

然而，我无法不成为容容的妈妈。

我从上官瑞芳怀里抱过容容的那一天，正要去参加全国生物制品学术交流研讨大会。我赶紧把容容送到上官瑞芳的父母家里。我依着容容的辈分，称呼上官瑞芳的父母为爷爷奶奶。我说："我们容容脏死了，奶奶先替我们洗个澡吧。"

上官瑞芳的母亲似乎非常意外，她说："怎么洗？我自己的五个孩子，我都没有带过，我不知道怎么洗孩子。"

她一定没有想想我还是没有结婚的大姑娘呢！我赶紧说："好吧，我来替容容洗澡。"

之后呢？之后当然是我得赶去开会。上官瑞芳的母亲却说："不，我带不了孩子，我有自己的工作。况且瑞芳的事情已经让我们家乱套了。"

我从冰箱里拿了一个鸡蛋。我认为无论如何都得先让饥饿的孩子吃一点东西。上官瑞芳的母亲拉住了我的手，轻轻地取走了我手里的鸡蛋，她歉意地说："对不起，这是给你上官伯伯吃的，是我自己养的母鸡下的蛋。我们家里其他人都吃市场买的鸡蛋，不过抱歉的是，今天家里恰好没有其他鸡蛋了。"

在这个过程中，上官瑞芳的父亲只是出来看了看容容，用一根手指在婴儿的脸蛋上弹了弹，谢了我并且告诉我，他将会在一天工作结束之后，与老伴一起去医院看望上官瑞芳；他会与各方面交涉，以保证上官瑞芳住院的医疗费用。此后便一直在他的书房看报纸，一张舒服的躺椅，轻轻摇着，发出柔和的摇篮一般的节奏。

两位做爷爷奶奶的老人就是这样的。他们就是这样的人。我觉得如果我胆敢把容容放在他们家里，大约他们也胆敢让这幼儿饿死。

我怎么能够放下容容？一个年仅半岁的，一身臭气的，饿得吃手指的，没有父母照料的孩子？我只得抱着容容，离开了上官瑞芳父母的家。我带着容容赶到会场，悄悄推开了会场的后门。会场上是黑压压的人群，主席台灯火辉煌，领导们冠冕堂皇地坐在那里，电视新闻记者的灯光在闪烁。会议开始不久，现在是一个表彰项目，来自全国各地的青年优秀专家已经上台，主持人正在麦克风里呼叫我的名字。我一个人待在会场的最后面，怀抱饥饿的婴儿，左顾右盼不知道谁才能帮帮我。突然，孩子"哇"的一声哭了。容容的嗓音比她母亲的还要嘹亮。由于饥饿也许还由于过早地感觉到了人世间的痛苦，容容的痛哭有如瀑布一般汹涌和势不可挡。全场上千人刷的一下回过头来，令我无法解释也无法承受，我文不对题地说了句"对不起"，剩下的也只能是号啕大哭了。

容容就这样成为我的女儿。未婚的我，在一个上千人的场合中，与我的养女一起失声痛哭。就这样，我无可逃避地成为容容的妈妈。

我无法不是容容的妈妈。容容现在整整三个月没有消息了，我能够不来找她？

乔万红眼圈红了又红，她说："朋友都叫我大红。你也叫我大红吧。否则，找乔万红是很难找到我的。来份水果和新鲜点心？"

我说："不要。"

乔万红说："怎么不要，要！我一定要请你吃点东西！"

乔万红不由分说，拍拍巴掌，招来了服务员。她居高临下地与服务员说话，轻车熟路地要了水果和本店特色点心。她嗔怪服务员不会摆果盘。她自己动手，利索地把果盘摆到了我的面前。她用尖尖的手指勾了勾，过来了酒吧领班，她要求把音响的声音开小一些，而且换一个轻柔的美国乡村音乐。她还发现桌子边沿有一小块水渍，便让一个瘦瘦的扎黑领结的小伙子把它擦干净。我觉得我更了解这个女人了。这个女人的年龄肯定在三十八到四十八之间。女人到了中年，就跟树木一样定型了，逃不出两种大的类型。一种是我这种不太有社交能力的人，木讷，固执，循规蹈矩，平淡无味，把偏执深深埋藏在心底，常常任人摆布；一种就是乔万红这种类型的了，敏捷，夸张，新潮，富有挑战性和伤害性，有强烈的支配欲望。容容跟着这个女人到处巡回演出，在

T形台上，光彩夺目地走来走去，回到后台，学着抽烟，喝洋酒，说粗话。乔万红当然知道容容的踪迹，就像猎犬对于小动物。

面对我的注视，乔万红淡然一笑。她说："没娘的孩子天照应。真是啊，我说容容这孩子怎么就这么大福气呢？原来是你这样溺爱的妈妈抚养大的啊。"

我还是注视着乔万红。乔万红说："对不起，我只能实话告诉你，容容没有事的。至于目前她的行踪，我真的不知道。"

我除了注视乔万红就没有别的话可说了。她没有告诉我容容的具体行踪。乔万红说："你还要知道什么呢？我说她没有事绝对就是没有事。半个月前我还接到过她的电话。你不用问我号码，她打的是公用电话。容容这女孩子比妖精还妖精，十三岁就来过北京了，什么世面没有见过？她在努力奋斗，她忙着呢，她迟早要成为一个小富婆，或者影视明星，青春偶像什么的。你就别替她瞎操心了。我的话，你明白了吗？"

我不明白，还不够具体！

乔万红说："你这个当妈的，你太不了解自己的女儿了。恕我说句不中听的话，你女儿可比你精多了。她狡兔三窟，去哪里都不会留下自己的踪迹。你知道她净做一些什么事情吗？"

我当然不知道容容做的所有事情，她二十岁了，她是成年人了。

乔万红扳起指头历数容容的事迹：策划崔健在工人体育馆的摇滚音乐会；北京万人出动，去大西北绿化荒山；请马拉多纳来中国踢球；鼓捣歌星李娜出家当尼姑；筹划千集跟踪电视剧《一个北漂少女的三年》，等等。

你平时不看报纸？看。得，这些新闻全国人民都知道，你也

106

应该知道吧？和容容有什么关系？太有关系了！她都积极参与了鼓捣，坐着飞机满天飞，这里的款子拉到那里，那里的款子拉到这里，忙得像总理，能耐大着呢，几乎每做一件事情，全国人民都当做了茶余饭后的精神点心。现在这世道，你最不需要担心的就是年轻漂亮的女孩子了！她们不把别人骗得倾家荡产就算不错了，谁还能够骗得了她们？你这个妈妈，观念过时了！

瘦瘦的扎黑领结的小伙子，半跪在地上，认真而谦恭地擦着桌面上的水渍。小伙子乌黑茂密的头发波浪一般颤动，刚刚修剪过的发茬的横截面，乌黑油亮仿佛随时要滴出一粒黑珍珠来。不知道怎么搞的，这黑珍珠的光亮，把许多不相干的情景都映照了出来：睡懒觉睡得跟牛皮糖一样粘在床上的容容、我那紧紧盯着股市的弟弟、汽车修理铺的郑建勋、坐在湖边读钢琴乐谱的上官瑞芳、微风中摇摆的看麦娘、腼腆而活泼的金农。当年我对金农绝对地不屑一顾，我认为那男孩简直就是一个流氓。可是在这一刻，在北京亮马大厦的某个咖啡厅里，与一个素不相识的名叫乔万红的女人对坐，我忽然嗅到了上官瑞芳畸形恋情的气味，那是一种熟透的果香味，酷似无花果。是否所有的盛开都是纷纭复杂的，而真正能够辨别和领会它的意义，还是要等到人生的秋天呢？可是，迟到的领会不再有实际的用途，给人平添的只是无限的惆怅啊。我的容容，看来你的易明莉妈妈的确是比较憨和傻的女人了。

乔万红手托下颔，出神地看着来回移动的抹布，忽然对我说："我喜欢上官瑞芳的故事。"

乔万红说："原来我的信条是：当我绝望的时候，我就只想两个地方，一个是医院，一个是监狱。现在我又多了一个地方，就是想想别的女人悲惨的故事。这是你给我的启发。我现在要对自己进行三想教育。"

乔万红说:"看你这么老实,实话告诉你吧。容容在我这里是有一点股份的,我从她的分红里,给你把路费和住宿费报销了,然后你就回去吧。回头我设法让容容给你们打电话。"

我说:"不。"

乔万红说:"不什么?"

我说:"不要你给我报销什么,也不回去,也不要你回头设法让容容给我们打电话。我要找到容容,至少要知道她现在的下落。我相信她此时此刻,总在一个地方。我要她知道我在找她。"

乔万红扬了扬眉梢,然后低头去喝她的咖啡。她小口小口地喝,模样很老到,跟电影里面的外国人一模一样。

乔万红突然对我说:"你父亲是不是特别聪明?"

当然是了。我父亲一辈子研究小麦,很有成就的。乔万红说:"你把右手伸出来。"

乔万红不知道从哪里摸出了一副眼镜,戴上,拿着我的右手手掌,煞有介事地开始琢磨我的掌纹,嘴里咕噜着说:"现在世界上也还有你这样的人啊。"

我父亲的确特别聪明。从前有相当长的历史时期,我们农学院的宿舍,是那种50年代苏联老大哥帮助修建的办公楼。中间是宽敞的过道,办公室在过道两边,房门对着房门。过道在成为宿舍之后变得不宽敞了,每户人家都把过道当厨房,摆了一张桌子,切菜,桌子旁边是炉子,桌子下面码着蜂窝煤,炉子上架着铁锅,蜂窝煤上撒了粉笔灰。撒粉笔灰的创意就是我父亲的。我母亲骄傲地告诉我们,在我还没有出生之前,我父亲就想出来这个办法来警告小偷，保护自家的蜂窝煤。这个创意是不能小看的，因为粉笔灰撒在煤堆上，就与煤堆形成了一幅完整的山水画，非常的雅致。如果谁偷走哪怕一块煤，山水画立刻就会遭到破坏，且不说主人家一眼就看得出来，偷煤的人自己首先就会脸红。被偷盗者与偷盗者，便有了一个不同时空的对话，谴责与被谴责，双方都心领神会，又免掉了面对面捉贼的尴尬。据说我父亲并没有对任何人解释和推广他的创意，然而他的创意不胫而走，农学院宿舍家家户户的煤堆，都撒上了粉笔灰。随后农学院隔壁的纺织学院，政法学院以及隔了一个湖泊的民族学院，但凡私人的煤堆，几乎一夜之间，都撒上粉笔灰。这种颇有君子之风的防盗法，有效地从 60 年代初期风行到了 80 年代中后期，家喻户晓，几乎成为一代人的行为方式。当我的父亲失脚跌进被小偷撬掉了窨井盖的下水道之后，不喜欢他的少数人，在参加追悼会的人群中，阴险地说："唉，这个人是太聪明了！小偷天生就恨他啊！"

所以，我想乔万红的意思是：我们家的聪明都集中在我父亲身上了。再说明白一点就是，乔万红认为我有一点傻。

乔万红放弃了我的掌纹，说："这话可是你自己说的。"

是我自己说的，但也是因为乔万红的一再暗示。好在这种情况，我也不是头一次遇上。于世杰经常这样暗示我，蔡唐伯也曾暗示过我，科室里的小鬼们甚至公开地笑话我。傻就傻吧，说不定我这是大智若愚呢。因为乔万红最终还是瞒不过我了，她说："那我就索性告诉你吧，容容欠债了，出去躲债了。她不会给你们打电话，也不会给我打电话，因为她不想连累亲朋好友，也不想暴露自己的行踪。等事情摆平了，她自然就会出现。现在明白了吧?"

说到这里,我发现乔万红的眼睛生得不对劲,从某个角度看,她眼距过近,有一点斜视。她看着你的时候,一只眼睛看你,一只眼睛看你的身后。她的这种眼睛就能够看清楚这个世界?她怎么就不明白,欠债算什么?女孩子的妈妈来了,女孩子欠谁的债,妈妈来偿还好了。我掏出了钱包。

乔万红还没有等我的钱包完全露面就制止了我。乔万红说:"说你父亲比你聪明你还不服气。你有多少钱?容容欠的是八十万美金,而且是高利贷。读过描写万恶旧社会的小说吗?高利贷逼死人的俗话知道吗?好了。我该说的说了,不该说的也说了。现在,到此为止。"

八十万美金,我迅速地计算出那就是将近七百万的人民币了。容容怎么会欠人家七百万?一个二十岁的女孩子要这么多钱做什么?

没有人愿意对我解释钱多到一定程度有什么用途。乔万红对我说的最后的话是:"我离婚了。我丈夫在美国再婚,不管孩子了。我女儿要是有一个像你这样的养母,那就是我们母女最大的福气。"乔万红的结束语是:"易明莉老师,我已经谁都不敢相信了,你却给了我新的希望,看来世道再怎么变,也还是有永远不变的人。"

四

据说北京有一句话,说是找天上的星星容易,找郝爷难。

圈内的人,大家都把郝运叫做郝爷。这是北京!

可是，电话一通，一听我说是郑容容的妈妈，郝运立刻就说要见我。可见，什么事情都不能一概而论，对吗？不用于世杰北京的朋友帮忙张罗，我还不是找到了郝运？郝运是容容的老板，容容在郝运的公司上班。容容三个月没有消息，别人不知道她的行踪，发她工资的老板还能够不知道？

郝运的公司非常不好找，在北京西城一个偏僻的胡同里面。从外表看，像哪个小城市早年在北京设立的驻京办事处。进了门，才发现别有洞天，全都是现代化的装修。我在办公室坐了足足二十分钟，茶水续了两次，郝运还没有出现。我再次地看看手表，琢磨着是否应该离开，我想我肯定被郝运涮了。我站了起来就要离去，忽然，一面墙的书柜移动了，书柜是一扇门，经典书籍只是精装的封面套子。我被吓了一大跳，我还没有想到在现实生活中，还真的有人在办公室里做密室。

一个曾经做过兔唇缝合术的小个子男人出现了。他深沉地冷漠地说："我是郝运。"

我不喜欢郝运。见面我就可以下这么一个结论。他故意让我久等，然后突然从密室里转出来，吓得我够呛。这男人看上去也就是三十五岁左右，故意装老，穿中式大褂，胸前横了十几道盘扣，下面是军裤和中式老头鞋，老头鞋是软牛皮的，脖子上还挂了一只银链子的怀表，眉眼长得酷似生病的猴子，一口油滑的京腔。我真的是不喜欢郝运。在三十五岁左右以后的人群当中，兔唇已经很少有了。兔唇豁嘴，天花麻子，小儿麻痹症瘸子，麻风面容，这样一些标志国家贫穷、人民健康水平底下的疾病，应该在五十岁以上的人群中比较多见；而年轻的郝运兔唇缝合，加上他的穿着打扮和长相，似乎在张扬他的残缺，给人一种故意给历史抹黑的感觉。我不知道郝运为什么这样。既然他办着广告公司，做着不小的生意，肯定属于富有阶层了，干吗要弄出这么一副扮相来？既然能够下决心把自己扮成这副模样，还在办公室里做了密室，鬼鬼祟祟地从书柜后面转出来，这就不是一个阳光的人了。郝运把问题搞复杂了。我甚至觉得郝运的密室里是不是有一只大木箱，而我的容容，就被藏在里头，五花大绑，嘴里塞着臭袜子。难怪连乔万红那种女人都怕郝运几分。

我不怕郝运。我是容容的妈妈，我是来找我女儿的，这一切天经地义。我说："郝运，容容到底在哪里？"

郝运说："问得好！这正是我要知道的！"

我说："容容到底在哪里？你要不说，我就要报警了！"

郝运停顿了一刻，突然一拍桌子，厉声道："你到底是什么人？"

我还能是什么人？我是郑容容的妈妈。

郝运说："得了！实话实说吧！今天你不说实话，是走不出郝爷这道门的！现在让我先告诉你：郑容容的妈叫上官瑞芳，现在住在一个叫做枫园的精神病院。她的一个父亲叫做郑建勋，双性恋者，开着汽车修理铺，招了几个眉清目秀的小工人在身边，生活得其乐融融；另一个父亲叫金农，在上海陆家嘴做外国保险公司的代理，是一个花天酒地的上海滩公子哥儿。你，到处号称是郑容容的妈妈，其实只是养母。养母不是亲妈，你懂吗？容容六岁的时候，你就可以狠心地把她从高台上推到游泳池里，十三岁就把她送到了北京。你是一个药剂师，不断哗众取宠地宣传什么提高了新药的免疫水平；而你老公是一个混混，披着文化人的外衣，在小青年面前充大师，暗地里净在外面捞小钱。吃惊了吧？郝运为什么叫郝爷，现在你知道了吧？"

郝运挽起了他的衣袖，更像旧社会了。有那么一刻，我倒真是被他的神通震慑住了。郝运他把双腿架在了办公室桌上，他的皮鞋底成为他瘦小身体上的最大两个平面。

郝运说："现在，易明莉老师，你突然出现了。你到底想干什么？谁让你来的？郑容容到底躲在哪里？说吧！隐瞒是没有任何意义的。"

我从来还不知道，我们夫妇的状况，以及上官瑞芳的状况，被这么一个我们从来不知道，更不认识的小个子兔唇，了解得这么清楚，描绘得这么不堪和带有侮辱性。这种情形，实在让我震惊。我一直以为，我自己就只是在我自己的世界里，我上班下班，日复一日，永不厌倦地做血清实验，与碰撞出清脆声响的洁净的玻璃器皿打交道。我尽力做好自己的工作，与哗众取宠毫不沾边。我的世界，由我的同行和所里的同事组成，我的领导是蔡唐伯，他活跃，夸张，把所有工作都同经济效益联系起来，把每个药剂师都当摇钱树，可他在外面的吹嘘与我没有关系。我丈夫于世杰每天都在编辑《中国医药风》，杂志只是在行业内有人知道，靠发行本身不赚钱，却有权威性，在上面发表了论文，评职称就很管用了，所以杂志社经常会获得一些实惠。于世杰的性格很吊，朋友很多，喜欢豪华小车，善于侃侃而谈，或者热衷于教导他人，这是认识他的人都知道的；同时他心肠很好，不会损人利己，这也是大家所公认的。我每个周末去看望母亲和弟弟，每隔两周到三周去枫园看望上官瑞芳，每隔一个月去一次郑建勋的汽车修理铺，为上官瑞芳取一次医疗费。每当新的春天来临，以及秋霜初降，我就会在我父亲的麦地附近走一走，采集两束看麦娘，一束带给上官瑞芳，插在她床头的花瓶里，所谓花瓶，就是从前的糖水橘子罐头那种胖胖的玻璃瓶。精神病人，谁会给他们使用真正的花瓶呢，不过上官瑞芳的这只玻璃罐头瓶，跟着她，足有二十年了，比在一般人家里使用的寿命还要长。另一束看麦娘，我要带回家，插在一只据说是水晶制品的花瓶里。每年清明节，我们都要去给父亲上坟。由于母亲坚持要鲜花，我就去花店购买鲜花，但是我会在花束当中夹一把看麦娘，代替花店普遍使用的满天星。四月里初生的看麦娘，它们的穗子还是那么的柔软，就像所有小动物的茸毛，这些茸毛在我的脸颊上无意地扫动，常常使我还没有看见父亲的墓碑就热泪满眶。母亲端坐着，随车颠簸，故意不看我，喜忧均无半点流露。在这个家里，有别的人表现得比她更加怀念父亲，总是让她感到不对劲。这就是我的世界。晚上看看电视，节假日偶尔打打麻将，洗衣机在转动的时候，我坐在马桶上翻看报纸和杂志，对干部腐败，抢劫杀人，坑蒙拐骗的新闻已经厌倦，我只看看大标题就翻了过去。现在社会上太多这样的故事，占用了我太多的时间和注意力，我翻然猛醒，觉得很不值得。我要用这些时间去听听我喜欢的音乐，陪陪上官瑞芳，在黄昏的野外，散步在有看麦娘的小路上。这就是我的世界。我在每天清早的镜子里，几乎难以觉察地觉察到我在变化，在我自己的世界里，手背上渐渐现出了中年妇人的四个小酒窝，脸上渐渐现出了皱纹，目光柔和起来，脸庞慈祥起来。除了我梳妆台上忠实的镜子，郝运是第一次描述和勾勒我的世界的局外人。

不需要这个小兔唇来教导我，我从来都知道隐瞒没有任何意义。我从来不隐瞒自己，全都是人们在混淆我。人们从他们自己的角度和认识来看待我，我有什么办法呢？

我是容容的妈妈，法律上的养母。我的女儿整整三个月没有消息了。6月21号，是我不吉祥的数字，在这一天我预感她失踪了，所以便要出门寻找。容容是上官瑞芳生的，可是由我养的，她是我们的女儿！寻找女儿难道还会有什么别的理由？

时间过去得并不久远，大约是在80年代后期乃至90年代初期，在我们这个大城市的街头，还可以看到炸爆米花的人。那人一般都带着不容易听懂的外地口音，头发和衣服上挂着厚厚的风尘，那人没有笑容，脾气倒挺温和，鼻翼上总是沾着两片煤炭的黑色粉末。那人拖一辆简陋的平板车，平板车上放着炸爆米花的家伙，黑糊糊的炮弹一样的家伙，随时都可能爆炸的样子，很有吸引力和威慑力的。这威慑力就体现在平板车的后面，总是遥遥地跟随着几个畏畏缩缩的小孩子，兴奋，好奇，又害怕。在70年代的这群孩子中，就有我和上官瑞芳。我们梦游一般地尾随着那人。那人停下他的平板车，甩一把鼻涕，把手指头在鞋帮上擦干净，然后一板一眼地卸下他的家伙。那一堆看上去杂乱无章的家伙，被那人有条有理地，动作熟练地，胸有成竹地装配好了。那人的右手是风箱，左手是炉子，炉子上架着铸铁的炮弹，炮弹有一个手动的转盘。那人一只手拉风箱，一只手转动炮弹，在他感觉米花爆好的时候，便停下风箱，撬开炮弹，"嗵"的一声，猝不及防的巨响震耳欲聋，紧接着便是扑鼻的香气，那香气会顺风灌满整条的街道。我们亲眼看见，死气沉沉的风箱，经过那人用力地拉几下，里头就红了，蹿起了火苗，火苗烧得那个带劲啊，呼呼地作响。我们亲眼看见，装进去的米，只有小小的一碗，而到时候，倒出来的就是满满一脸盆的爆米花了。爆米花雪白，松脆，香酥，吃在嘴巴里面，牙齿特别有成就感。关键的是，就是这么一个不起眼的人，能够让大米的体积成若干倍的增加，这不能不说是一个奇迹。我和上官瑞芳，远远地看着在白雾中沉着忙碌的炸爆米花的人，感觉自己发现了一个被大众忽略的巨大秘密。上官瑞芳庄重地攥紧我的手，说："我坚信，这是被埋没在民间的伟大发明！"

我也坚信！那时候，有一个传说，在我们中学生里面骄傲地暗中流行，据说有一个美国人，在中国的大街上观看了炸爆米花的过程，他非常震惊，他不明白小小的一粒米如何能够增加那么大的体积。试想，如果把所有的粮食，都加工变大，那全世界的粮食产量不就可以极大幅度地提高吗？所以说，炸爆米花以及炸爆米花的这套机器，很有可能成为我们中国继四大发明之后的第五大发明，将是对世界和人类的巨大贡献。

有相当的一段时间，我们从学校里费尽心机地逃学出来，追随着炸爆米花的那人。上官瑞芳终于鼓起勇气对那人说："我们可以帮你拉风箱吗？"那人点头了。上官瑞芳就是有这么一种绝妙的本事，她可以用她默默的伴随和注视，传达她那种异乎寻常的忠诚，使得他人晕晕乎乎，无法拒绝。

拉风箱是可以让人入迷的一种技术活动，要凭感觉，使巧劲。拉的时候，要使用一种往后吸的力量，推的时候，用力要循序渐进，直至高潮，这是一个美妙的节奏。随着这个节奏的和谐完成，风箱就会发出蓬勃健康的呼呼声。唯有撬开炸弹的那声突兀的巨响，是我们永远的害怕，我们一定要事先用指头把耳朵塞

116

得紧紧的。到底是这一秒钟还是下一秒钟启盖，旁观者谁都无法预料，这个主动权永远掌握在那人粗糙的手里。我们认为，只有把启盖的这个火候掌握了，才会窥知炸爆米花的原理和诀窍。那人从来都不会把爆米花炸煳或者还没有炸熟，但他并不依靠钟表时间，他依靠感觉和经验。这种技术无法量化，只有细心地琢磨和慢慢地领会，我们以为，复杂和神秘的意味尽在其中。

我和上官瑞芳的衣服口袋，每一只都可以装下约摸三两的大米。上官瑞芳肯定是不敢从他们家偷米的，那么当然是我，力邀上官瑞芳从我们家的米缸里偷米。就因为米缸的大米神秘地减少，我们醉心的事业很快就被我母亲发现了。她跟踪到了大街上，在我们最投入地学习炸爆米花技术的时候，我母亲冲出来，一手一个，揪住了我和上官瑞芳。我母亲怒叱那人哄骗小孩，并威胁说，如果他不还回我们家的大米，就要把他扭送到派出所去。

我和上官瑞芳唯一能够做的是，拉扯住母亲，让那人赶紧逃走。逃得远远的！我们与那人在匆忙混乱中用眼睛告别，上官瑞芳后来说她的心都碎了。

我也是。只是我没有说出来。那是我人生第一次体验永别的感觉，与一个陌生但是激动了我的人。当时是难受，如今是甜蜜。

对于我，这也就是寻找容容的理由之一。

我的理由，无法清晰地归纳和讲述，它们是小溪两旁的茅草，树丛和沙石，既在小溪的源头，也在小溪的沿岸，重叠而混杂，只能被同样的季节唤醒；它们不是现在大棚的蔬菜，整整齐齐生长在那儿，你可以根据需要随时随地去收割。要知道，八十万美金这个数字对于我，狗屁都不是。在这一点上，我不敢给于世杰打保票，或许他听到这个数字心跳会骤然加快。但是我，我知道自己。连船都是鱼的身外之物，何况船上的纸片？我的理由是上官瑞芳的三哥上官瑞祥。他是总政歌舞团的演员，相貌英俊，腰很细，屁股像产后的妇女一样丰满突撅——不过最初我没有发现，因为他坐着。上官瑞祥从部队回家探亲，在夏夜的满天繁星下，在乘凉的竹床上，给我们大家演唱长征组歌。那一天傍晚，人行道的梧桐树冠盖如云，路边的草丛里盛开着一蓬蓬玫瑰色的晚饭花，晚饭花之间，伸出几支看麦娘。我从这样的人行道里面走过来，刚刚洗过澡，脖子上扑了薄荷痱子粉，凉飕飕的身体非常清爽。我的手绢上洒了妈妈的"越存越香"牌香水，然后把手绢握在手心里，故意留出手绢的一角，让手腕在自己的百褶短裙旁边一下一下地晃悠。上官瑞祥正好面对人行道，在透明的薄暮中，看着我一步一步走过来。他缓缓地唱起长征组歌：雪皑皑，野茫茫，高原寒，炊断粮。我站住了。我被上官瑞祥那经过专业训练的歌喉所震撼，全身的血液都凝固，眼睛里面除了崇拜还是崇拜。我们大家都坐在竹床上，在天黑之后，嘻嘻哈哈地分吃西瓜。上官瑞祥在分西瓜的时候，一次次触碰我冰凉的脖子，肩膀和手。每一次我们俩都心领神会。一种莫名的渴望急速膨胀，膨胀得每一个细胞都是那么活跃，敏感和愉快。西瓜吃完，夜风渐凉，上官瑞祥唱了一首情歌《星星索》，我毫不怀疑这是为我而唱的：呜喂——风儿啊吹动我的船帆，姑娘啊我要和你见面，向你诉说我心中的思念。那是何等深情何等浪漫的歌声啊，十八岁的姑娘怎么能够不陶醉？上官瑞芳不要我回家，我也就没有回家。我们都露天睡在并排的竹床上。半夜，在夏虫纵情的鸣吟中，上官瑞祥装出起床上厕所的样子，在并不黑暗的黑夜里，把他的手探进了我的裙子。我的身体用轻快的战栗欢迎了那只火热的手，每一个毛孔都发出热烈的絮语。我一夜恍惚，睡意轻浅，一直飘浮在甜蜜的半梦半醒之间。这是永恒的一个仲夏之夜。一段绝无仅有的时光。第二天天亮之后，我发现了上官瑞祥女性化的屁股。而且在早餐的餐桌上，他滔滔不绝地向我们炫耀他的生活经历，他们在国外演出的情形，如何受到国家元首的接见，东欧的女孩子如何漂亮和细腻，苏联少女的眼睛如何迷人，洋女人的乳房又是如何丰满肥大。上官瑞芳想告诉他我们是如何迷恋炸爆米花，并且学会了拉风箱的故事，上官瑞祥立刻接过了他妹妹的话头，说：拉风箱吧？你们那算什么会拉，我们才叫会。我会拉手风琴，风箱这种东西，上手就有感觉。我们团的李雅，你们不知道吧？全国民族舞蹈大赛获金奖的呀，那叫棒啊，那叫牛啊，那人家是谁都不理睬的，可是在我们团野营拉练的时候，就一直缠着我教她拉风箱。

拖沓的早餐终于结束。我疲惫不堪地离开了上官瑞祥。我的初恋只有一个夜晚。从前一天傍晚的七点到第二天早上的九点，对于梦呓般的浪漫与燃烧式的激情，十四个小时，够了。一生中有这样的十四个小时，非常美好。这美好因为短暂，反而成了漫长的记忆。记忆总是时时刻刻把个人的经历醇化为美好的陈酿。或许也就是一个人许多行为的来由吧？

郝运终于把他的脚从桌子上拿了下来。他的神色里面，流露出一种哭丧的表情。

郝运说："我的天哪，容容的性格为什么一点不像您呢？"

郝运说："她借了八十万美金的高利贷，我是经济担保人啊！她忽然躲了起来，讨债的人都找我，真要把我给急死了！"

郝运说："易明莉老师，这样好不好？现在，您看见我过的是什么日子了？成天猫在密室里躲债，时刻担心被人追杀。您难道不同情我？我也有幸福的权利呀。来来来，我们就事论事推心置腹地谈谈。我们联手，您把容容的行踪探听出来，我把容容三个月的工资，不，三个月工资的三倍，全都给您，以表达我的诚意，好吗？"

郝运说："不管怎么说，时代不同了，我们必须面对现实，您说呢？"

五

这里是三个月之前，容容居住过的地方。郝运还是把我带来了。郝运为了说服我在北京掘地三尺寻找容容，他把我带到了北京城区与通县之间的一个生活小区。这里高楼林立，却很少看见人的踪迹。一套被装修和布置成办公室的单元房，房门上钉了"好爷广告公司写实影视创意工作室"的铭牌，办公室里面曲径通幽地带有一间卧室。我一看就知道是我们容容居住过的地方：房间里乱七八糟，床上的毛毯从来不折叠，枕头上不用枕巾。这就是容容的气息，是她妈妈一看就熟悉的一种女孩之乱的气息。居室墙上，有好几幅容容的照片，都拍得很好，一看就是一个随意大方，青春焕发的女孩子。无论是办公室还是卧室，装饰风格都是云贵一带的少数民族风情，蜡染棉布是主题，点缀的有生殖器

120

和火的图腾柱，女性的银饰，竹雕的面具，干枯的火把。

郝运说："易明莉老师，您自己看，看看这里是否有抢劫强奸的痕迹，是否有洗刷过后暗淡的血迹，或者干枯的脑髓斑点什么的。我相信像您这样的人，感觉一定超常敏锐。"

三个月前，容容居住在这里。抽屉里，一只脏袜子和内裤放在一起，这是她的坏习惯。我一直希望她把袜子，尤其是穿过的脏袜子，和内裤分开放置，这样更卫生。容容却只是注意袜子与外裤颜色的搭配。"妈妈，"容容在电话里说，"你穿的什么颜色的袜子？"

我说："白色的。"

她说："什么颜色的裤子呢？"

我说："黑色。"

容容大叫："妈妈！你这是怎么穿的啊！色系不对啊！妈妈！我多少次提醒你，袜子的颜色与裤子的颜色不可以跳色，袜子一般都不能比裤子浅！"

我说："那我单位分的白色袜子怎么办？又不是花钱买的。"

容容说："妈妈，那就更加舍得放弃了，又没有花钱！留到运动的时候配运动鞋穿！"咔嚓一声，电话挂断了。容容跑掉了，办她的急事去了，而我们母女要说的正经事情，根本就还没有开始谈。

最近几个月，容容也没有谈过蜡染。她其实并不真的热衷于蜡染和少数民族风格。她喜欢现代风格。喜欢夏奈尔的假珠宝首饰在世界范围内全面击退真珠宝首饰，喜欢上流社会的贵妇淑女因为没有夏奈尔假珠宝而不敢出席盛大晚宴，喜欢夏奈尔劝慰贵妇淑女的那句名言：我亲爱的，别哭了，你就当你佩戴的珠宝是假的！

妈妈，她说的话有趣吗？

谁？

谁！夏奈尔啊，一个了不起的法国女人，她在一百年前说的话啊！

这就是容容，我们的女儿。话多。热烈。好为人师。绝对掌握主动权。与她的两个妈妈截然不同。但她也不过就是一个好时尚的天真幼稚的女孩子。

郝运陷入颓废与无奈。他说："易明莉老师，容容不过是一个好时尚的天真幼稚的女孩子吗？你愿意不愿意知道这里发生过一桩什么样的入室盗窃案？"

我绝对不会相信郝运编故事。我的容容无论如何不会入室盗窃！

郝运说："您慢着，当然不是说容容入室盗窃了。"

一个吃饱了撑的英国人，据说有一些英国皇室血统，特别附庸风雅地迷恋中国民间文化。经朋友介绍，找到公司来，想合作拍摄贵州民间蜡染。是容容接待的这个英国人，一杯咖啡的工夫，英国人就陷入了迷魂阵，强烈要求签署合同。容容在中央电视台心连心艺术团混过，她谁不认识啊！拍摄制作这一套，她包揽下来是完全没有问题的。英国人恋恋不舍地离去之后，容容立刻要求成立写实影视工作室。这不，就是这里了。租了一套房子，几天之内，工作室就像模像样了，容容自己，不怕苦不怕累也不怕身体被染蓝，连裤子都穿蜡染的了。英国人见此情形，以为踏破铁鞋觅到知音了，很快把合作的款项打了过来。容容立马起身，陪着英国人去了贵州。随后，容容的工作室繁忙起来，一段时间之后要求英国人增加投资，一段时间之后又要求英国人增加投资。容容拿出了非常周密的开支报表，让英国人看得无话可说，只得一再追加投资。最终，英国人终于顶不住了，开始躲着容容。英国人在北京怎么躲得过容容呢？于是，英国人只好让他母亲生病并且病危，他们放着最简便的电话和电邮不用，而是从老远的大不列颠寄来一封信，英国人拿着这封诅咒自己母亲的信件，可怜巴巴来向公司请假，说只得暂时中断一下合作，他得回国探望母亲。觉醒过来的英国人大约越想越委屈，越想越生气，临走之前，瞅了一个工作室没有人的机会，翻窗进来，拿走了最值钱的摄像机以及一些最不值钱的蜡染棉布。

郝运说："易明莉老师，您想想，容容能够活生生把一个英国绅士逼成贼，她的本事您就窥见一斑了吧？她十五岁就跟着大红跑江湖，很快就青出于蓝胜于蓝了。易明莉老师啊，现在这是枭雄辈出的时代呀。郑容容小姐可真不仅仅是一个好时尚的天真幼稚的女孩子了！她为什么借这么大的一笔钱？她认为这笔钱不大，还不够呢。她是想拿到一颗人造卫星的命名权呀！现在倒好，事情没有弄成，钱也没有了，容容一躲了之。她手里有美元和护照，全世界爱待哪里待哪里。我是跑得了和尚跑不了庙，我的公司，我的房子，我的父母兄弟，我爷爷奶奶的骨灰，都在北京，我跑不了。人都找我逼债，我苦啊！我何尝不想堂堂正正过日子？我要什么密室？这都是被逼出来的呀！易明莉老师，您一定要清楚地了解和认识您的女儿。然后，我们齐心协力，争取把她找到！"

郝运好不容易忍住了眼泪，鼻涕却还是下来了，挂在兔唇缝合的鼻唇沟上，让我这种健全的人看着难免不动恻隐之心。郝运有一点不好意思了。我把自己的手绢递给了他。

郝运说："这是真的手绢，不是纸的?"

我说："用吧。"

郝运说："现在还有人用手绢，真是亲切，我妈以前总是用的。后来就只用纸了。"郝运用我的手绢擤了一把鼻涕，然后捏住手绢不还给我了。说是用脏了，就还钱给您吧，十元够不够?咳，我这哪里是人话!打嘴!五十元吧!得!我给您把来回路费报销了!

我说："不用。"

这小兔唇，他以为我是什么人?我会图他这点小便宜?容容是我的女儿，如果我没有花自己的钱，等于我没有寻找女儿。我靠自己的劳动获得了钞票，我为了寻找女儿又付出了这些钞票，我一片诚心可对天。我不愿意任何人来剥夺我虔诚的感觉。

郝运说："您觉得钱没有用?"

有用啊，怎么没有用，买火车票，你差他一分钱也不行。正是钱有用，立竿见影，使用了别人的，就出卖了自己啊。

郝运试试探探地说："那么，您不知道现在社会上的一些做法?一些大大小小的干部，为什么贪污腐败和堕落?"

怎么不知道?正是因为贪了不属于自己的钱，自己的人头就落地了呀!当然，我也知道，按照现在腐败的普遍程度，绝大多数贪官污吏还是不可能人头落地的。人头落地的概率几乎等于飞机失事的概率。尝到了坐飞机好处的人，谁会因为飞机失事而放弃乘坐飞机呢?但是，但是!严重的是，睡眠成了一个巨大的问题。你要那些贪官污吏拍着良心说说，他们夜晚睡得好吗?肯定睡不好觉!于是，那就是很不合算了。一个人的生命难过百年。

就按一百年计算吧，一天二十四小时，一年三百六十五天，一年的时间是八千七百六十个小时，一百年也就只有八十七万六千个小时，其中二分之一的时间是睡眠时间，有四十三万八千个小时，如果睡觉不好，那不是等于浪费了生命的一半？何况绝大部分人都没有那么多小时的生命，何况每个人都还要做许多与自己的生命幸福没有关系的事情，何况所有人都还会生病吵架头痛脑热，还有无数病菌随时准备侵蚀你，还有无数意外潜伏在你的脚下，时间随时会被打折或者掐断，生命就是这般情形，你光是盯着钱，光是要这些嘎嘎作响的纸片干什么呢？

郝运做了一个苦脸，摇摇头，说："上帝啊，但愿容容听见了她妈妈的话。"

而我的心里，则充满了对那个英国人的怜悯和歉意。

房间里出奇的安静，没有任何蛛丝马迹表现容容的踪影。在任何风景旅游区出卖的浮浅简陋的少数民族风情，已经残败，褪色和开裂，失去了任何装饰意义，生殖器图腾孤零零地戳在那儿，像只风干的大茄子。这是一个作废的工作室，一个被放弃的临时卧室。灰尘很厚，有莫名的流窜风不时地回旋，零落的纸张轻轻扬起又无力地伏下，似乎早就自暴自弃了。这就是一个伪装起来应景的地方，几个月的时间都经受不起，到处都露出了破绽。外面楼道里有个婴儿哭了起来，是那种蛮横倔犟的哭，被楼道里的回声作用之后，显得恐怖瘆人，好像是一个超过成人体积的巨婴。

本来应该小的东西过于巨大，那是很可怕的情形。

我的容容是否长得过大了呢？

忽然，郝运说："我小的时候，我们家把牙膏皮子积攒起来，卖给废品回收站。两分钱一支。"

是什么东西在这个时候搅动了郝运沉睡记忆里面的这么一个小小角落呢？这个故意穿时髦的中式大褂，软面圆口牛皮鞋，从密室里神秘地转悠出来，自以为是地侮辱别人的小男人。可是，看来事实并不直接等于表面现象，郝运这个年轻人，从什么时候变得有点可爱起来？

牙膏用完了，我们就叫它牙膏皮子。从前，很早的时候，我们都很爱惜牙膏皮子，我们把牙膏皮子一支一支地积攒起来。卖废品，或者，把牙膏皮子尾巴上的锡片剪下来，放在盛过万金油的小铁盒子，用半截蜡烛，把锡片化成液体，修理和装配半导体收音机的线路。可是我不记得，我们的收音机是否修理好了，或者装配成功了。上官瑞芳喜欢动手，不喜欢死记硬背。她有一双巧手。她为我母亲做许多家务，比我做得更多而且更好。

郝运说："您卖过牙膏皮子吗？"

我点点头。当然。过去的中国家庭，有几家不卖牙膏皮子的？两分钱可以买两颗水果糖，可以买一块学生橡皮，还可以买四根缝衣服的小针。过去我们对待生活都很上心，节俭，勤恳，点点滴滴，一件事情一件事情地认真做。时光在我们认真的态度中，流逝得很慢很慢，因此我们什么都记得，捋一把过去的日子，就听得见结结实实的嘎嘎响声，不像现在，昨天的事情，已然雁过无痕。

不知什么时候，郝运把腿提了上去，抱着双膝坐在窗台上，下巴无可奈何地歪在膝盖头，手里捏着我的手绢。宽大的窗台，高大的窗户，更加缩小了郝运的身体。中式大褂空空荡荡的，仿佛小孩子穿着大人的衣服。郝运也就是一个可怜的小男孩了。楼道里又响起了几声巨婴般的哭声。怎么是郝运呢？容容这个孩子，怎么就挑选了郝运呢？怎么能够让郝运这种残疾人做巨款的经济担保人呢？郝运却蛮有把握地说他是容容的男朋友。用郝运的话说：容容爱他，他也爱容容。如果他不爱容容，能够替她冒这么大的风险？

容容爱郝运？她会爱他？容容在电话里说："妈妈，我有男朋友了！"

"谁？"

"基努·里维斯！"

"谁？"

"妈妈，你怎么连基努·里维斯都不知道啊？赶快去地摊上买个《骇客帝国》的碟子看看，就是他主演的。"

"容容，你这孩子，还在追星呢？"

"不是追星了。追人呢！妈妈，我会找到他的，他不就是在洛杉矶吗？你想想，妈妈，里维斯身高一百八十三公分，体重七十七公斤，出生于1964年9月2号，都是你的吉祥数字，妈妈。他出生在黎巴嫩的贝鲁特，长大在加拿大的多伦多，工作在美国，他有深色的眼睛和头发，有四分之一的中国血统。妈妈，都是你喜欢的。我一定要给你带回你喜欢的男朋友！"

我深信，容容会找到一个至少类似于里维斯这样的男朋友。而要替她偿还巨款的却是郝运——也只能是郝运。里维斯们一定没有这么傻，郝运们也一定没有那么精。怎么现在还是有这种古典的情种呢？如果说上官瑞芳是被男人害苦了的话，那么她的女儿容容可要害苦男人了。原来世界上的一切，却还是阴晴圆缺，

127

环环相报啊！容容这个胆大包天的孩子是天生的了！

郝运，能够告诉我债主是什么人吗？

别！别！别！您千万别蹚这趟浑水！如果您要知道了债主是什么人，要吓死您了。放高利贷是违法的，在中国，还有谁敢？拜托您就别追究了！

好吧。我就不为难你了。

易明莉老师，我不说什么报销不报销了。我手里的这五千块钱，您就拿着用。外地人在北京，开销大，还得防范一些意外开支。或者您就住好一点的饭店，吃得好一点。我是您未来的女婿啊，您就让我送一次见面礼得了。我得孝敬您一下，您也得表示一下对我认可。让我完成一个感觉，晚上睡一个好觉啊！

我真是不忍再看郝运。不管容容此时此刻在天涯还是在海角，女孩子的心思，妈妈总是知道的。妈妈们都曾经是女孩子，区别只是小女孩与大女孩与老女孩之分。郝运绝对不是里维斯！女孩子这一辈子，无法不为里维斯动心的。哪怕一次。哪怕一夜。上官瑞芳的里维斯是金农，我的里维斯是上官瑞祥。上官瑞芳陷入情网就付出了终身的代价，而我，在迄今为止的三十五万零四百个生命小时里，只占了十四个小时。我一生中的一个夜晚，有永不熄灭的繁星。满天繁星，梧桐曳地，妈妈的香水在百褶短裙边晃悠，一只悄然而至的火热的手，惊醒了所有的处女泉眼，十四小时的分分秒秒都是情歌：要等待着我呀，要耐心等着我呀，姑娘，我的心像东方初生的红太阳——呜喂——

但愿我的容容那致命的动情，不似我这么短促，也不似她的生母那么漫长。但愿郝运们及早地醒悟和学会后发制人。因为总是有绝大部分的姑娘，都是要哭泣着回来的。到那个时候，郝运们再把见面礼，送给女孩子的母亲吧，真正脚踏实地平凡乏味的生活，将从此开始。我已经不再厌恶甚至非常同情郝运了，可我还是希望我的容容找到她英俊的里维斯，并且永远不要哭着回来。关于这笔巨款的纠葛，总归有个结局，但凡超过了一定数额的巨款，钱就不是钱了，最终都会不了了之，成为银行的坏账呆账，金融部门总归有专家出来，做平这些账目以便世界的经济正常运转。而在这个世界上，总是需要有人来创造童话。人类怎么可以没有童话呢？那么就让我的容容，成为创造童话的作者和童话的主角吧。

六

我回来了。一个人去北京。一个人从北京回来。去的时候，一出北京西站，凭空就摔了一跤，膝盖破皮了，当时我就知道我找不到容容了。结果正是没有找到。

没有找到容容，并不等于我没有收获。恰恰相反，我的收获很大。我的生活方式和世界观被彻底地搅动了一次，6月21号那天的心神不宁，坐立不安，已经一去不复返了。经过了九天的时间，到了6月29号，当我走出汉口火车站的时候，我相信我很安详。我对人类的命运有了新的感知能力和新的承受能力。我的步态稳健而从容。

于世杰来火车站接我，和一群陌生人站在出口处探头探脑，一旦看见了我的身影，他目光里的担心和期待立刻就省略了，眼睛顿时暗淡并且还不屑一顾，他掉头走开，站在旁边，哗哗地翻看报纸。

于世杰开着一辆奔驰车，我根本就懒得再问他借谁的车了。

于世杰说："容容呢?"

于世杰说："膝盖怎么破了? 被黑社会追杀了吧?"

于世杰说："我看看钱包，瘪了，只有几块钱零钱了? 好! 再待下去就只有加入丐帮了。幸亏我们不是富翁，如果我们有钱还不知道你要追踪到哪个国家去了。"

于世杰说："你害死我了。我在蔡唐伯面前丢尽脸面了。蔡唐伯说：怎么连个老婆都看不住! 蔡唐伯说：你的劳务费变成了我的损失费啊。我操! 开幕式上，西安方面一看没有易明莉老师，翻脸了，立刻要求赔款，还要诉诸法律，还说别的药剂师都是假冒伪劣。我操，这又不是跟着师傅学剃头，跟着木匠学打箍，一定要盯人的。西安真他妈的老土，还西部大开发呢! 还是去土塬上放羊，唱信天游吧，摸不着妹妹的手手，那个就拉话话吧；拉不上那个话话，就那个泪蛋蛋下吧。"

我终于被于世杰逗笑了。真是没有办法。人家都说于世杰吊，都说于世杰说话口气大，我就是容易被他逗笑。这就活该我与他是夫妻了。坐了一夜火车，得到的净是责备，却还是被他逗笑了。接下来的日子呢，不用说，也就顺畅地继续下去了，一个小时再一个小时，二十四个小时再二十四个小时，春夏又秋冬，年年又岁岁。夫妻关系是认真不得的，越是认真越容易失败。我根本就不想与于世杰较真儿了，任凭他热嘲冷讽吧，我也学会把自己不想听的话当做耳旁风了。

明后天是周末休息，下个星期一，我肯定就会按时上班了。6 月 21 号过去了。我找过容容了。我更加了解容容了。我踏实了。对于将来有可能发生的任何事情，我的心理准备也充分了许多。我特别重视对于突发事件的心理准备。我不想被生活突然击倒。上官瑞芳需要我的照顾。容容的两个妈妈，总得有一个必须牢牢地站立在现实生活之中。于世杰嘲笑我，看起来有道理，好像我的确是白花了钱，白吃了苦，白白让他受到损害。其实不是。我这个人，过日子，做任何事情，都是需要过程的。我不能仅靠说话解决问题，不能仅靠推理和逻辑思维解决问题，我必须用自己的行动去求证。每一个转折，每一道沟坎和每一个悬念，我得亲身去经历和体验。如果没有去北京这个过程，我真是要急疯的。我相信世界上的路，每一条都有用，没有一条是会白走的，只要你不愿意白白地走过，你就一定不会白走！

于世杰不知道，如果他老婆没有去北京寻找女儿，她就会生病，肯定会的，从前的经验已经屡试不爽地证明了这一点。病是一种积淤，从心里生出来的。于世杰的老婆生病了，他将会有更多节外生枝的麻烦和损失。毕竟只用了九天时间，她就回来了，日常生活的程序便又接上轨了。蔡唐伯至少不好意思将于世杰的劳务费全部扣掉吧？这个我就不得而知了，那是于世杰自己的私房钱，我不会过问，因为我非常明白，过问得来的也是谎言。天底下相安无事的夫妻，哪有不靠谎言维持的？我喜欢无伤大雅的谎言。我自己也常常说一些无伤大雅的谎言，比如我要是告诉于世杰，说大红和郝运都强烈要求给我报销路费，我都一一谢绝了，于世杰肯定脱口而出："你有病啊！"

那么，女人是否要担心男人有了自己的私房钱而堕落呢？首先，我认为我们女人要学会界定什么是堕落。我认为，爱情不是堕落。如果于世杰真的与他舍不得送翡翠手镯的女人发生了爱情，那不算堕落。如果于世杰真的眼皮都不眨、根本不计算就买了翡翠手镯，如果于世杰已经完全看不见我的存在而只能看见那个女人，看不见我就要生病和死亡，那么就不是堕落。堕落是没有感情只有感官的动物性胡闹。我不是那么担心于世杰。十五年的夫妻了，整日生活在一起，我大约还是能够知道于世杰私房钱的走向。于世杰的私房钱，一般都从麻将桌上和餐馆里流走了，这是男人对于私房钱的一种普遍用法。挥霍感对于男人很重要。挥霍对男人之间的友谊很重要。男人之间的挥霍不叫挥霍，叫豪爽和侠义。于世杰会不会找小姐？恐怕不能完全免俗。大家一起在茶楼喝茶聊天，自然是小姐们伺候，偶尔让小姐坐坐膝盖头，俩人一起唱上几曲卡拉 OK，再给小姐一点小费。我们所长蔡唐伯就好这一口。近朱者赤近墨者黑。像于世杰这种自我感觉良好的男人，又与蔡唐伯之流结成狐朋狗友，出入茶楼酒楼夜总会，在小姐们的虚假恭维和投怀送抱之下，岂能坐怀不乱？但是，有一点，于世杰是有警戒线的。于世杰最爱惜自己的身体了，半夜三更打个喷嚏，他都要起床开灯找感冒药吃。钟点工人使用过的马桶，于世杰一定要用新洁尔灭洗刷过了才肯使用。一个男人，只要他太珍爱自己身体，你就不用替他担心在性的方面会多么堕落。有堕落危险的人，是不要性命的人，是保持着内心的天真浪漫和充满了不安分激情的人，这种人天生就不是我的配偶。上官瑞祥的歌唱得多好啊，年过五十的他，去年又遭遇了新的恋情，为了一个据说水蜜桃一般新鲜的辣妹型小歌手，断然与他的第二任妻子离婚了。据说他迷恋和痴爱漂亮女人，已经达到了身不由己飞蛾扑火的程度。我庆幸我灼热的初恋只燃烧了一夜，我庆幸我不会在漫长的岁月里由于与无法理解爱人一次又一次的追逐，而身心交瘁，哭肿眼睛，过早衰老。因此，于世杰注定是我此生的配偶——居然可以在纸上画一只手镯送给痴爱他的女人，而把钞票统统都拿回家——很好！

依我之见，不管是谁，不管你的热情有多么奔放，不管你渴求遭遇多少激情，不管想积累多少多彩多姿的生活经验，你总是沧海一粟，总是盲人摸象，你永远都无法囊括，所有的道路都是阶段性的，所有的经历都只是数量的不同，因为，我坚信，迷宫的进口只有一个，出口也只有一个；全人类的起点站都是母亲的子宫，终点站都是死亡。因此，我愿意，与一个在你沉闷地缺乏睡眠地坐了一夜火车之后，能够把你逗笑的男人，不亲不疏地共同操持一个普通的家庭，像细火慢熬一锅热气腾腾的烂粥，以它的平和冲淡，无色无味，不温不火，保持永远的活着之吸引力。

上官瑞芳用她全部的青春和生命反对我的平庸，我却还是那么的理解她和心疼她，她绝对不是堕落，她是爱入膏肓的女人——这种女人与天使仅一纸之隔了。

也许，我注定找不到容容。她身体里毕竟流着上官瑞芳的血液，又是青春正好的年纪，怎么能够听进去我这种极富现实感的陈词滥调呢？

可是我还无法放弃和疏离她们，上官瑞芳和容容这母女俩，是我伤口深处的伤口，是她们，使得我保持了对于疼痛的敏感和对于平庸的发现，因此我无法不去呵护她们，呵护她们也就是在呵护我自己。

夏天当然不是武汉市最美好的季节，但是枫园最美好的季节。建国初期就开始营造的院子，生长几十年了，现在花草葱郁，树木遮天蔽日。灰喜鹊喳喳叫着把小松果过早地啄了下来，活泼地滚落在你寂寞的脚边。浩渺的东湖，有一湾水被留在院子的一角，以便延伸院中人自由的感觉。湖心小岛，是日出时候喷发朝霞的所在，所有的树叶，因此会镶上华丽的金边，日落的时候，离别来临，它又成了低吟浅唱，叶色郁绿，朴素无华，阴影相叠，水鸟环飞，仿佛不忍归隐又不忍离去。在缘水的岸边，零落地有一些油漆剥落的长椅，而其中一只，四只脚的周围都长满了看麦娘，上官瑞芳在这里端坐了二十年。

星期六的上午，上官瑞芳果然坐在这里，面对湖水，做她二十年来做的两件事情，一件是绕手指，一件是读钢琴琴谱。看见我来了，上官瑞芳朝一边移了移，以便我有足够的空间坐下。有两个熟识的护士从岸边的环路小路上走过，与我打招呼说："易明莉老师，来了。"

我说："来了。"

我把从北京买回来的礼物，六必居酱菜，从包里拿出两瓶，给了她们一人一瓶。她们说："谢谢了。还就是易明莉老师细心，现在出门还记得买这种酱菜。"

我说："谢什么，不值钱的东西。现在超市里都买得到。"

两位护士当中的年纪稍长的一位说："那还是不一样的。"年轻的护士笑笑，她明眸皓齿，滴溜溜的目光像荷叶上的水珠一样停不下来，四处流盼。她还体会不到我从北京带回来的这酱菜与超市里的那酱菜有什么不一样。用心惦记，专程跑路，斜着肩膀，拎着沉重的购物袋，穿过车流滚滚的大街，上火车下火车，途经千里山水，这酱菜，就是不一样的了。上官瑞芳在年轻护士眼里，就是一个病员，是一个在枫园治疗得早已无害的精神病患者。而中年护士看上官瑞芳，那就是看她的姐妹了，一个待在自己的世界里再也不肯出来的姐妹。这位中年护士的妈妈，瘫痪在床十年了，说是想念上海城隍庙的奶油五香豆和过去那种一支一支的绣花丝线。去年我有机会去上海出公差，把这两件古老的东西，都给她买回来了。现在城隍庙，只有一家小铺子卖丝线，而且还不是摆在铺子的当面柜台，是在最里头，陈旧的柜台里，丝线蒙满了日积月累的灰尘，连售货员都不知道这是哪一年进的货了，更不记得什么时候有人买过，只不过政府要求城隍庙要体现上海传统风俗文化，那么就只好把丝线当做风俗文化摆在柜台里了。转眼间，我都是在搜寻历史了。

我没再说什么。中年护士主动地说："我会照顾好她的，你放心。"顿了顿，又说，"其实，她比我们生活得好。"

年轻护士已经走出好几步了。她见伙伴没有跟上，就站在那里等候，漫不经心。我与中年护士会意地点了一下头。

二十年前，我初次陪上官瑞芳在这条椅子上坐下，这位中年护士与她的老师一同走过，与今天她身边的年轻护士何其相似啊！不知不觉之中，她的白大褂饱满了起来，步态稳重了起来，目光不再滴溜溜地转动，她会在上官瑞芳身边停留下来，然后用只有细腻的母性才会拥有的语气说："上官，你该剪指甲了。"

枫园还是枫园，东湖还是东湖，这把椅子还是这把椅子，环路的小路倒是翻修过几次了，最早铺的是青砖，后来改为水泥，现在是专门的铺地瓷砖，红红绿绿的，说是要让枫园美起来。变化最快的还是人，年轻的护士在这条环湖小路上，每天例行地走过，她自己却不知道，每一步都是不一样的了！看着她们，就像在看一部缓慢放映的电影。电影还远远没有结束，你还不知道它要告诉我们一个什么结果，但是，它的每一个镜头和画面都已经给了我们许多耐人寻味的道理和无限的感慨。许多年来，在这肉眼难以看见变化的枫园里，在陪着上官瑞芳的时候，获得和拥有的，就是耐人寻味的道理和感慨。我带着这无法言表的感觉，回到稠密的人群中，回到繁忙的工作和家庭生活中，心里会渐渐变得安静。我没有别人那么匆忙焦躁，没有多余的话，不着急，不聒噪，在单位复杂的人事关系中，与大家相处得和睦和简单，还会使得世杰在某些激动的时刻，说："你这个女人一点都没有啰嗦的毛病，真他妈的不错啊！"

世界上真的是没有一条路，会让你白走的。我每次换乘两路公共汽车，来看望上官瑞芳，当初我怎么会想到，我这么一乘公共汽车，就会是二十年呢？可是谁又知道，二十年来，疯了的上官瑞芳其实又是我生活当中最为宁静的领域呢？

上官瑞芳的十个指头绕动着，与她沉静懵懂的面容相比，它们好像拥有自己的生命，是一群精力过剩的顽皮孩子。在谁都无法预料的时刻，上官瑞芳的手指会突然停下来，静若处子，去捧读钢琴琴谱。上官瑞芳用以打发时间的这两件事情，都是与实际生活不相干的。许多稳定期的女精神病人，都习惯织毛线，她们没日没夜地织，十分用心，花样是难以想象的精巧，为她们所有的亲属，一件又一件地织出毛衣毛裤毛背心毛线披风。给侄子的新毛衣织好了，外甥的毛裤已经穿小了，陈旧了，又该拆了洗了加了毛线重新织了。岁月在她们的手中可以看得见地流动，仿佛她们可以掌握自己指日可待的归期。上官瑞芳却不。她只有兴趣绕动手指和默读琴谱。她从来不读出声，也不需要钢琴或者其他任何乐器，但是她聚精会神，一行一行地认真移动，脑袋随之摆过来摆过去，谁也无法否定她陷入了最纯粹的阅读之中。于是，奇迹发生了。二十年过去，织毛衣的精神病人在正常地衰老，生病与死亡，而上官瑞芳，几乎看不出年龄的增长，她的变化，如同枫园的雪松一般缓慢。

我说："上官，天气热吧？"

上官瑞芳说："热。"

我说："上官，我去了北京，没有找到容容。"

上官瑞芳说："嗯。"

我说："上官，你也不用担心，容容这孩子，好像比我们能干多了。"

上官瑞芳说："是。"

我说："可是上官，容容这孩子到底会在哪里呢？"

上官瑞芳说："嗯。"

上官瑞芳只是发音，不是交谈。她的表情空远，声调平缓，显得莽撞又盲目。有时候，要过了好一会儿，我才会觉出她的意思。她有她自己的意思，与我们一般人不一样。我们说话总是就事论事，赶着脚跟，说眼前的事情。上官瑞芳常常跳过眼前，跳过了具体的事物，在遥远的地方，等着与现在的发生相遇。

我把在北京的遭遇细细地讲给上官瑞芳听。我们俩在湖边的长椅上坐着，看麦娘在我们的脚下拂动。湖水轻轻荡漾，飘过阵阵湖水的腥气。你久久看着那涟漪，便有了被按摩的感觉，一圈又一圈，圆满地散开和淡去。在上官瑞芳这里讲话，我总是可以讲得非常顺畅。我讲着大红和郝运，讲着于世杰的臭脾气。而上官瑞芳一直捧读着她的琴谱。

最后，当我再一次茫然地感叹不知道容容此时此刻在哪里的时候，上官瑞芳突然说："在她想在的地方。"

我叫道："上官！"

上官瑞芳的这句话说得非常清晰。我迷惑地看着她，几乎要说她不是一个精神病患者，可是她是。

上官瑞芳放下琴谱，略微转身，面对着我。她的皮肤还是这么白皙，脸庞还是这么年轻，细长的小眼睛亮亮的，定定地望着我，天真无邪。她这不谙世事的美丽，美丽得叫我嫉妒和心疼。她还记得她的女儿。记得！而且，还能够看见并且理解她藏身的地方，而我在滚滚红尘之中几乎跑断了腿。是不是作为精神病人比精神健全者更加健康呢？是不是不幸比幸运更加幸运呢？既然大家最后都是殊途同归，为什么自己认为自己是正常的人，就要对他人负起更多的责任呢？而这责任的作用最后又体现在哪里呢？是不是一个人的精神自由实际上远远超过了肉体生存的需要，只要爱待在哪里就待在哪里，只要爱停留在某种状态就停留在某种状态，那才是最美好的生活呢？请你告诉我，我的朋友！

我央求地看着上官瑞芳，而上官瑞芳，又埋头去读琴谱了。

我不行。我不能够不去寻找容容。我不能够只是埋头于我自己感兴趣的事情。我怎么也脱离不了这个现世。时间一晃就过去了十几年几十年，上官瑞芳和容容成了我全部的人生积累。我放不下这全部的积累。我一辈子也忘不了童蒙初开的时候，发生在我和上官瑞芳之间的许多合谋和默契。我们从小学的课堂上逃离出去，去看阉鸡的人阉鸡。最初吸引我们的，纯粹是游戏的感觉。阉鸡者举着一只大漏勺一样的网子，在四下逃奔的鸡群里熟练地捕捉到半大的公鸡。这些瘦腿瘦翅膀的公鸡正在变声，愣头愣脑，它们被阉鸡者从网子里抓出来，丝毫不明白它们面临着多么重大的生命改变。阉鸡者是漠然的刽子手，他把公鸡不屈服的头颅别过来，掖进了它的翅膀，然后把胳膊抡圆了转动。直到把公鸡完全转晕，阉鸡者就坐了下来，在他并拢的双腿上铺开一块陈旧的血迹斑斑的棉布，把暂时失去了知觉的公鸡搁在腿上，扒开公鸡的后胯，三下两下扯掉了这个部位的绒毛，一柄小拇指大的弯刀，很粗糙地绑在筷子上，手起刀落，一捅一铰，眨眼间，一对红嫩的小肉球便被剜出来了，然后伤口被飞快缝合。阉鸡的过程很快就结束了。半大的公鸡醒了过来，摇摇晃晃地站立着，茫然四顾，它还不知道自己已经是一只不会打鸣不能够繁衍后代的公鸡了。它会长出母鸡颈脖上那种柔软的披毛，但它又不会下蛋；它骨骼依然健壮，会长出丰满的鸡肉，命中注定就是被宰杀了吃肉的阉鸡了。这种游戏，看了好多次之后，我和上官瑞芳之间，便有了悄悄的探讨。从此，我们自学成才地认识了性别的意义，感受到了对于被操纵的命运的恐怖和怜悯。我和上官瑞芳，我们是自己的老师和密友，是自己生活的创造者，启发者和铭记者。

阉鸡者是男人。很漠然。赚小钱，做重大的令人心酸的事情。我和上官瑞芳站在路边，看着在黄昏的尘土中，踯躅街头的阉鸡者的身影，再看看那些无精打采，欲哭无泪的阉鸡，不免为流浪的刽子手和身不由己的阉鸡，生出酸楚的深远的忧愁。我们在王麻子的挑担上买两碗热豆浆，喝着，上官瑞芳的热泪就在热气的掩护之下，噗噗地滴进碗里。之后，我们回家，她的胳膊就悄然地放进了我的胳膊弯之中。她说："我不回我们家，我回你们家。"

我说："好的。"

我们夜晚的梦，一样，都出现了委屈的小公鸡，刀，阉鸡者在黄昏的背影和一只古怪的大网。我们在这样的梦中慢慢长大了。她知道我的生长，我也知道她的生长。这是连我母亲都不知晓的秘密，她的母亲就更不知道了，她母亲关心的只是她自己和她的丈夫。她总是说，他们能够从枪林弹雨中活过来，太不容易了，他们应该珍惜历史和生命。没有错，谁的话都有自己的道理，我们不追究和不要求父母。我们不和别人讲道理。我们力求豁达。我只是想与熟悉和喜欢自己生命过程的人在一起，一步一步走向彼岸，每一步都踏实。那无数的生长的秘密，是滋润每一个白天的土壤。今年是2001年，一个令我不安的年份，百年前死亡了两个总统的美国，不知道今年是否还有更大的灾难？现在美国的强大今非昔比，然而，强大有时候便是脆弱。欧洲又会怎么样？巴黎是否又有新的天才画家出现？是否还有艺术家愿意真诚地关注街头的小市民？我的容容，在今年，是否能够逃离那怪兽般的浓烟？我知道，我的容容一定在某个角落隐藏着，发出巨婴的啼哭，可惜我这个平凡妈妈的平凡臂膀，无法抱住她，无法拯救她。现在这个世界，如果单就强弱大小，单就生命的表象，人类谁能够拯救谁呢？只有我们自己拯救自己的内心与灵魂了。我只有与上官瑞芳坐在湖边的长椅上，看着围绕湖心岛盘旋的鸽群，感知些些许许的金色阳光照耀我们裙角的看麦娘，只有这样，我的心便会一刻一刻趋于安宁。于世杰一定又要嘲笑我的愚昧了。我杞人忧天的毛病，注定要伴随我这一辈子，也注定要骚扰于世杰一辈子——真是对不住丈夫！鱼对于船的歉意也注定是

140

一辈子的事了。

　　好了。无论世事如何变幻，无论太阳从东边或者从西边升起，无论我们的女儿什么时候归来，上官瑞芳，我们都要力争平静地度过每一天。只有我们自己的生命，在悄悄生长过程中的那些感受，那些只有我们俩人领会到了却永远无法用语言表达的东西，它将与我们的终身如影随形。

　　上官瑞芳在，我在；上官瑞芳不在，我也在。看麦娘在，我在；看麦娘不在，我也在。如是这般，我还需要什么理由？我又怎么能够放弃？

《有了快感你就喊》记忆：写于2002年10月至11月，发表于2003年《人民文学》第1期。该小说一发表我家电话即被打爆，导致我从此厌恶电话。一时间媒体到处都是批评与批判。我蒙了很久，慢慢才明白，对于许多人来说，"快感"是一个猥亵用词。更有人在小说中没有读到猥亵的内容，很愤怒，认为我骗人。安慰是一年后来临的。《人民文学》杂志评选年度优秀小说，记得是一个寒冷的冬夜，评选揭晓，李敬泽在从北京回家的路途给我打一电话祝贺我高票获奖，他说：这次评委有机会认真读了小说，都说真好。怎么样？有点安慰吧？敬泽难道忘了这句话：好事不出门，坏事传千里。不过既然敢采用这个书名，到底也就是一个无所谓的人。

有了快感你就喊

——此格言见于70年代美国大兵
行囊里的火柴盒封面

开篇

卞容大是卞容大的名字。

卞容大的名字是他父亲的得意之作，他父亲是新华书店的售货员，人称卞师傅。卞容大自从进入小学，其姓名就屡屡遭受师生的嘲笑。同学们为他取绰号，"小便"，"大便"，"小辫子（女孩子）"，等等。有三位任课老师，在用花名册点名的时候，把卞容大念成"卞——容大"，或者"卞容——大"，他们拖长嘲弄的声调，脸上浮现着不解的表情。这是三位年轻的贫宣队教师，在学校很红，是从最艰苦最偏僻的农村选拔出来，掺沙子掺到大城市的教育战线，代表贫下中农毛泽东思想宣传队来管理学校的，只要他们的经验认同不了的东西，便都不是什么好东西，便都有资产阶级、小资产阶级、封建主义和修正主义的嫌疑。在史无前例的无产阶级"文化大革命"中，大街小巷、商店招牌、人人物物几乎在一夜之间，兴起了改名狂潮，以表达对于伟大领袖毛泽东的无比崇拜；并且一切的规则与束缚都没有了，改个名字简单到只要自己走出大门，宣布一声就成了。卞容大也曾斗胆对父亲提出过一次要求，希望自己改一个名字，与大多数同学一样，比如：建国，爱国，向东，爱东，文革，革命，强强，钢钢，诸如此类，以适应时代潮流。卞师傅轻蔑地说："放屁！"

　　卞容大还在嗫嚅，卞师傅一扇巴掌横扫了过来。卞容大猝不及防地被打倒在地，他不敢流泪与忧伤，赶紧爬起来，找到离他最近的墙壁，以背贴墙，立正站好，两眼平视前方，直到父亲认为他受够了惩罚——这是父亲教育儿子的惯常做法。卞容大立刻明白：从此他再也不能就名字的问题给父亲添麻烦。卞容大的母亲早逝，卞师傅又当爹又当妈地拉扯儿子，一切都是异常的艰辛。因此，卞师傅一定要把他的儿子培养成为一个真正的男子汉。真正的男子汉，在卞师傅看来，标准就是：积极向上，建功立业；成绩优异，口才雄辩；站如松，坐如钟，行如风，睡如弓；哪里跌倒哪里爬起来；流血流汗不流泪。卞师傅在新华书店工作一辈子的最大收获，就是从书山书海里摘录了三大本人生警句格言座右铭，他非常敬畏这些智慧的结晶，他才不会肤浅地随波逐流。

卞容大因为自己不合主流的名字，加上他瘦小的身体，在小学阶段就无法振作。

卞容大十三岁的那一年，做了这么一件事情：他烫伤了自己的左手掌心。在父亲出差外地的一个深夜里，卞容大躲进集贤巷深处的一座废旧仓库，点燃了一大把蜡烛。他用右手擎着燃烧的蜡烛，摊开左手，将滚烫的烛泪，浇在自己掌心里。卞容大听见自己的牙关错得咔咔响，剧烈的疼痛使他头昏眼花，心跳紊乱，直至他最后双手发抖，蜡烛散落一地。值得骄傲的是，卞容大没有呻吟，没有叫喊，成功地保持了高贵的沉默。卞容大学习过一篇描写江姐的课文，他很喜欢。中共党员江姐，是一个高雅体面的少妇，穿一种叫做阴丹士林蓝的旗袍，外罩洁白的绒线外套，脖子上垂挂红色的长围巾。当江姐沦为国民党的囚徒之后，行刑手把长长的竹签削尖，一支一支钉进她的手指头，用这种酷刑逼迫她屈服招供。而这位穿旗袍的少妇，没有流泪，没有哀叫，却冷笑着，举起自己血淋淋的双手，主动地把竹签朝墙壁上撞了过去。瞧瞧，让你们瞧瞧吧，什么是高贵的沉默！卞容大在烫伤自己手掌的过程中，领悟了什么叫做高贵的沉默，从此，卞容大找到了武器。面对所有的嘲笑欺辱包括父亲蛮横的惩罚，卞容大都会凭借自己的左手，用高贵的沉默抵挡一切。在关键的时刻，卞容大只需将他的左手攥紧成拳，便可以绝对地不吭一声。藏在他左手掌心里的那块疤痕，会浮现在他眼前，召唤他领引他，给他自信与骄傲。

长大之后，卞容大还是名叫卞容大。他身材单薄，不笑，不爱说话，左手常常握成拳头。

在 2001 年的 7 月份之前，卞容大的社会角色是：玻璃吹制协会的秘书长兼办公室主任；十岁男孩卞浩瀚的父亲；他父亲卞师傅的儿子；他那患畸形肥胖症的妹妹的兄长；他妻子黄新蕾的丈夫；他岳母陈阿姨的女婿——这种关系本来可以忽略不计，但是，他岳母陈阿姨在他生活中的非常作用使得他们的关系不可忽略。和许多男人一样，除了自己的表面角色之外，卞容大对于自己还有一种暗暗的判断与把握，那便是：一个智商和情商都还不错的男人，一个不甘平庸且小有成就的男人，一个胸有正气敢于负责的男人，一个颇有写作才气的男人，一个对女性有一定魅力的男人，当然，同时他也是一个运气不太好的男人，一个壮志难酬的男人，一个没有足够经济力量和精神力量来回报红颜知己的男人——生活中的遗憾当然很多，但是整体状况看上去还可以，且算三七开吧。只有身材的瘦小单薄，是卞容大永远无法改变的现状。幸好社会的文明程度在逐渐提高，现在的许多年轻女性，其观点就很鼓舞人心。在办公室的热烈争论中，汪琪扬起她那一波旋动的额发，认真地宣称：男性的身材与男子汉气魄完全是两码事，动物界雄性动物的体格大多比雌性动物矮小，雄性动物相对瘦小的体格会使他们更加精悍，更加灵活机动，以便他们更富于追逐，掠夺，攻击和交配。

追逐！掠夺！攻击和交配！多么直接大胆，多么富有动感的语言。汪琪真是一个可爱的姑娘！

在此之前，卞容大根据自谦的美德原则，对于自己的评价是：他人生的角色都还扮演得不错。他不评价很好，只评价不错。全家人上上下下老老少少的衣食住行条件，在这个城市的人群中，中等偏上。从宏观的角度来说，他的这一辈子，要比他父辈好；儿子的这一辈子，一定会比他的好。而这种"好"的形势，与卞容大个人的勤奋与努力是分不开的。他勤奋了，他努力了，他问心无愧。这就是在此之前，卞容大的状态。

卞容大崇尚沉默。卞容大还不仅仅是沉默寡言，沉默寡言有一点消极，卞容大拥有的是一种积极的沉默。卞容大胸有成竹地沉默着，其日常表情，看上去有点像战胜了牙痛之后的神态。卞容大以他特有的沉默神态，专心地搬出自行车，专心地骑上去，专心地绕过路上的小狗和石头子儿，安静地穿行在他居住的生活小区与玻璃吹制协会之间，穿行在他的小家庭与父亲的家庭之间，穿行在他的小家庭与岳母的家庭之间，穿行在他的小家庭与孩子的学校之间，穿行在他的小家庭与朋友、同事、老同学等各种社会关系之间。卞容大每天早晨都穿戴整齐，按时出门，风雨无阻。有活动和场合的时候，他穿西装打领带，骑自行车之前把自行车的钢圈擦一遍，将领带仔细掖好。如果在活动和场合中分发了礼品，无论大小，卞容大一定会把它们带回家。他进门就把礼品往靠近黄新蕾的地方一扔。他的动作看起来是那么漫不经心，然而黄新蕾总是及时地得到了提醒。她瞥他一眼，和颜悦色。卞容大就可以往沙发上一靠，双腿架上茶几，脸上挂满疲惫。黄新蕾很快就会给他端过茶杯，或者，让儿子给他端过茶杯。

这就是在此之前，卞容大的状态。所以，在此之前，应该说卞容大的生活还算不错。只是，在有的时候，没有任何预感的，一种莫名的恐慌就阵阵袭来，卞容大会因此突然地心慌意乱。但是，当他认真去琢磨的时候，却又什么都琢磨不到了。

7月底的一天，卞容大下班很晚，天黑的时候，才刚刚到家。他把自行车放进车棚，转身走进林荫小路。就在通向他们那幢楼房的林荫小路上，卞容大被人绊倒了。几个男人迅猛地扑倒卞容大，把他口脸朝地摁在地上，那种粉末状尘土的味道冲进了卞容大的鼻孔，卞容大接连打了几个无法克制的喷嚏。一个男人极不耐烦地咒骂了他的喷嚏，然后附在他的耳边，凶狠而清晰地说："要么还钱阿迪娜，要么卸掉一只胳膊，随便你挑！"

翌日，在玻璃吹制协会的党组书记办公室里，党组书记严名家哈哈大笑了。他首先惊讶地问了一句："是吗？"紧接着，他就哈哈大笑了。笑毕，严名家说："个狗日的！现在还真的有黑社会呢！还真的这么惊险呢！"严名家兴奋起来，说："我他妈的什么都遇到过，还就是没有遇到过黑社会。那好，咱就会会他们吧。"严名家盯了卞容大一刻，抓起了电话，说："报警。"

卞容大扣下了电话叉簧。报警就是激化矛盾。报警的结果很可能导致卞容大的一只胳膊迅速落地。卞容大认为，严名家首先不应该这么大笑，其次不应该说那么多无知小青年似的废话，再次不应该草率地决定报警。作为单位的主要领导干部，严名家的做法实在欠妥，太缺乏领导风范，太不懂得爱护自己的职工，况且卞容大不是一般的职工，是这个单位的秘书长兼办公室主任，是玻璃吹制协会的创始人之一，是阿迪娜公司那笔两万元款子的经手人！严名家应该做的是立刻还钱。严名家又笑了，这次是干笑，并且说："那不可能！我们现在没有这笔钱。"

卞容大说："没有钱也得还！"

严名家说："啊嗨！就凭你今天早上一来就给我编故事？就凭你是我手下的办公室主任？我党组还有没有一个领导权？还要不要一个民主集中制？"

卞容大再崇尚沉默，也有无法沉默的时候。他用他的左手，那只带疤痕的左手掌心，狠狠拍击了严名家的办公桌。卞容大说："听着，今天你要是不把阿迪娜的钱还回去，出了这个办公室的门，我就直接奔纪委！"

严名家用小痞子的无赖口吻说："行啊，去举报吧，我好害怕啊！"

卞容大转身出去了。卞容大当然直接去了本市市委的纪律检查委员会。卞容大绝对不会轻易动怒，可是一旦动怒，他是势不可挡的。卞容大也明白，以举办活动的名义消费两万块钱的款子，与那些贪污挪用成千万上亿万的款子相比，的确太算不上事情。可是问题的实质并不在这两万块钱上面，在于我们党的基层干部，现在到底是什么状态？他们在如何敷衍工作？党纪国法，道德良心，对他们还有没有一点约束？卞容大倒是要请教请教纪委：严名家坑蒙拐骗，巧立名目挥霍公款，到述职的时候这些还变成了他的辉煌政绩，对这种现象，对这种干部，纪委到底了解不了解？像严名家这种干部，已经完全丧失了责任感和事业心，纪委到底明白不明白？

试举这一次的例子吧：今年的七一，严名家要求卞容大操办一场隆重的庆祝党的生日的活动。关键的是要按照"隆重"两个字去搞。于是，卞容大动用了他所有的社会关系，做了一系列的工作，在他的一个老同学的配合之下，好不容易说动了法国阿迪娜水晶饰品公司。本来，两家联合举行一个庆祝七一座谈会就行了，阿迪娜提供一个场所，一顿会议午餐，一点纪念品，就行了。严名家说：不成！严名家说：资本家有的是钱，得让他们出血！严名家亲自动手，拟定了座谈会的方案。严名家的方案是这样的：会期两整天。会议内容：市委领导讲话，中法双方领导讲话，党员代表发言，预备党员代表发言，群众代表发言，新党员宣誓。自由座谈。联谊活动。以多样化的形式歌颂党的丰功伟绩。以多样化的形式宣传阿迪娜的企业形象及其产品。玻璃吹制协会承诺：该新闻由市电视台采访和播出，须出现法方主要领导人正面形象，播出时间不短于两分钟。晨报，午报和晚报当日均有滚动新闻，新闻稿由中方撰写，须正面提及法方公司与产品名称，加上溢美之词。经费预算：五万元整。玻璃吹制协会承担三万，阿迪娜承担两万。玻璃吹制协会提供会议形式，会议内容，邀请市委（保证至少有一位市委常委出席）市政府五大班子领导，各界知名人士，接洽与接待新闻媒体；阿迪娜承担由会议所发生的餐饮、娱乐和礼品之经费。

严名家的套路并不新鲜，在中国官场人人皆知，一般稍有社会经验的人都不会上当受骗，但是法国人就不懂了。法国人一看，如此高档次的阵容，如此宏大的宣传攻势，只需花费两万人民币，心下只是窃喜，立刻同意了这个方案。卞容大与他的老同学各自代表所在单位，签订了合作协议，阿迪娜的两万元人民币，迫不及待就打入了玻璃吹制协会的账户。卞容大本来是不愿意代表单位签字的，因为他知道他们请不到市委常委，也无法使几家报社有滚动新闻，无奈严名家命令他去签字，并拍胸脯说，请人和疏通媒体，那是他的事情，他是绝对没有问题的。然而，七一前夕，万事俱备，严名家突然宣布：党组集体研究决定，采纳更有创意的方案，即：玻璃吹制协会要借庆祝七一的东风，重走革命路！原来，严名家私下又与洪湖"浪打浪"绿色食品公司所属的洪湖度假村，签订了共同庆祝七一活动的协议。七一那天，严名家带了玻璃吹制协会的一干人马，打着党旗，直奔洪湖"浪打浪"度假村。临行前给阿迪娜公司发出了一个简单的传真，声称由于上级主管部门的统一安排与要求，玻璃吹制协会不得不将座谈会的地点转移到革命老区洪湖，玻璃吹制协会希望阿迪娜公司能够理解中国国情和中国共产党党内铁的纪律并请公司有关人士赶赴洪湖参加会议。阿迪娜公司当然气坏了，当然没有任何人赶赴洪湖乡下。卞容大的老同学在电话里臭骂了卞容大一通，要求卞容大立刻归还阿迪娜的活动经费。严名家不理睬这一切。他在洪湖狂欢。严名家除了在带领新党员举起拳头宣读入党誓言的时候没有花钱，其他的节目，都是花钱如流水。狂欢之夜，篝火晚会，打野鸭，采红菱，全鱼宴，革命老区传统足浴，等等，阿迪娜公司的两万块钱，也就这样被填塞进来消费掉了。事后，阿迪娜公司多次上门索要钱款，严名家不是拖拉搪塞就是拒不接待。结果，经手人卞容大昨天晚上就发生了人身安全险情。事情发展到了这种地步，而严名家居然还是拒绝还钱，并且痞里痞气地说：你去纪委举报吧，我好害怕啊！卞容大没有退路了，他只有去纪委举报了。他还真是不相信严名家不怕纪律检查委员会。

然而，卞容大在纪委并没有受到应有的重视和接待。纪委的工作人员忙碌不堪，案头都是大案要案，举报信都是血书。卞容大是土生土长的武汉人，在武汉工作了近二十年，也调动过几个

150

单位，因此纪委也是有人认识卞容大的。熟人过来，拍拍他的肩头，笑了笑。他们司空见惯不以为然的态度，让卞容大感到了惶悚，他忽然意识到，别人会不会认为他太幼稚和太冲动了？接待他的工作人员公事公办地说：哪里哪里。话是这么说，可事实上还是晾卞容大。一会儿，熟人又过来拍拍卞容大的肩，与他闲聊了几句。熟人问：你去了洪湖吗？卞容大说：去了。人问：采红菱了吗？卞容大说：采了。打野鸭了？打了。吃全鱼宴了？吃了。篝火晚会呢？也在。卞容大又赶紧补充：但是我没有去泡脚！也没有打牌！熟人又笑了，又拍拍他的肩，走开了。熟人的三次拍肩和三次内容不同的笑，一下子就让卞容大感觉到了自己的没趣，好像他的举报，是那么琐碎和无聊，并且，他自己的屁股也不干净，该吃的也吃了，该喝的也喝了，还举报个什么？卞容大解释说：本来他是不肯去洪湖的，可是严名家不放过他，说他作为办公室主任，必须去会上安排活动。卞容大不去怎么行？再说，不去他怎么了解情况？怎么有证据举报？人家还是笑笑。卞容大握了握他的左手，不再说话了。他低下眼睛，飞快地浏览了举报记录，无可奈何地签上了自己的名字。现在到底是怎么回事？还是不是共产党的天下？严名家怎么可以无法无天？

不过，卞容大并不后悔。卞容大说到纪委举报，就肯定要去纪委举报。男人说话要算话，开弓没有回头箭。吃吃喝喝就不说了，诓骗外资企业的两万块钱，无论如何都是党纪所不容的。卞容大跑了一趟纪委，还是有用的。尽管严名家表面不在乎，可他还是很快就把钱还了。严名家的迅速还钱就是卞容大的初步胜利。彻底的胜利，当然应该是严名家的下台。用卞师傅的话说：像严名家这种贪官污吏应该及早下台，像卞容大这种有责任感有事业心的干部，应该及早提拔。卞容大对父亲的说法直皱眉头。卞容大举报严名家，真的没有个人动机。父亲对于他举报行为的简单理解，倒是提醒了卞容大，他着急了，他怕人家误会他有个人目的。那天的举报，是被严名家激出来的，事后想来，卞容大的确是过于简单了。他必须找个机会向纪委方面好好解释一番。现在时间从容了，卞容大对自己要解释的一番话，进行了反复斟酌，打了腹稿，私下还练习了几次。之后，卞容大就开始急切地等待着纪委来人——他们至少得来调查调查吧？

两个月以后的一天，卞容大却等来了另外的一群人。这些人来自于市委组织部门，民政局，国有资产管理局，编制办公室，市再就业服务中心，单位所属的街道派出所，等等五花八门的单位，还有一些企业：某某玻璃制品，某某工艺品公司等等。尽管卞容大不知道来人是干什么的，但还是应党组要求，临时紧急召集玻璃吹制协会的全体职工召开重要会议。会议气氛显得神秘又紧张。各方面来人的讲话，听上去有一点云遮雾罩。总之大体上都是在含糊其辞地赞颂改革开放。最后，一位秃顶的温和的苦相的干部，满含歉意地露出了庐山真面目：他宣布了玻璃吹制协会的解散。

严名家以一种毫不知情的懵懂模样坐着，目光淡漠，不看任何人。他的去向是调动，调到科协去了，看来他没有受到什么损害。可爱的汪琪好像也没有受到损害，她被现代玻璃工艺公司接收了。凡在三十五岁以下，具有大学本科文凭，身体健康，专业工作能力较强，在本市已经拥有住房的职工，都有相关企业接受。四十岁以上的老弱病残，全部被买断。卞容大成为被买断的广大职工中的一员。好在卞容大是正科的级别，买断价格高于普通职工，普通职工每年八百元，正科级每年一千二百元，卞容大工龄十九年，便有一次性买断费二万二千八百元。与此同时，卞容大的人事档案被放入市再就业服务中心。从今往后，卞容大再也不用风雨无阻地按时上下班，再也不用与严名家拍桌子打椅子，更无须等待纪委来人了。

玻璃吹制协会解散的时候，离卞容大四十一周岁的生日只差四天。

四天来，卞容大声色不动，依旧穿戴整齐，依旧按时出门，与上班的作息时间一模一样。头两天，他去了江边，看水。他去的是长江二桥往下那一段，很遥远的江边，那里是沙场，一堆一堆黄沙，寂寞地等待着运输。荒草，江鸥，被吹残的蒲公英，断线的风筝酷似失事的飞机，一头扎在荒滩里，令人为之动容。卞容大没有想什么。他在沙滩上随意地坐卧，是休闲的姿态。他是在休息。索性来了一个大结局，卞容大心里反倒没有恐慌的感觉，只是有一点不习惯，一片空旷。第三天，卞容大不去江边了。他买了一顶棒球帽，压低帽檐戴着，悄悄溜进了再就业服务中心和人才市场。这里的人太多了。大厅里聚集了一股浓烈的人体臭味。所有的人都不管不顾地说话，闹得谁都不可能听清楚别人在说什么，卞容大转了一圈就退出来了。第四天，卞容大悄无声息地度过了他四十一岁的生日。

就这么笼统地说悄无声息，显然不够严谨。在家里，卞容大本来就不过生日。黄新蕾只记他们儿子的生日。所谓的悄无声息，是相对玻璃吹制协会来说的。作为秘书长兼办公室主任的卞容大，他在玻璃吹制协会创建之初，被首任党组书记那热气腾腾的集体主义精神所感染，灵机一动，开创了一条温暖的规则：工会专人负责将职工们的生日登记注册，然后在某职工生日的这一天，送一盒生日蛋糕和一束鲜花以示祝贺。因为有单位惦记着，你是无法忘记自己生日的。许多忽略了自己生日的人，在这一天上班之后，都会被单位的祝贺弄得又惊又喜。午休时的办公室，一片欢声笑语，寿星切开蛋糕，大家高唱生日歌，同时纷纷抢着吃，闹得满脸都是奶油。好了。过去的事情就不要再提了。卞容大是一个有能力的男人，就算单位悄无声息了，卞容大还是可以找到自己的庆祝方式。

这一天，卞容大来到了市内最大的家乐福超市。这是法国人在世界各地开的连锁超级市场，这里货架林立，顾客如云，还有各种现场展示和推销活动。卞容大一进大厅，装扮成新疆姑娘的女孩们就朝他载歌载舞，她们推销的是新疆葡萄干、新疆羊肉串等产品，都有小碟样品，敬请大家免费品尝。迎头就很喜气，卞容大便放下矜持，觍着脸皮，笑嘻嘻地抓了一把葡萄干。卞容大在超市买了一瓶冰冻啤酒，半只电烤鸡。免费获赠的各种小吃，被卞容大装在一只简易纸碟里，这些小吃用牙签戳着，像儿童过家家的玩具。卞容大占据了超市为顾客提供休息的一处桌椅，从上午开始就为自己频频举杯。新疆姑娘的笑靥，不知疲倦地在他眼前一遍又一遍盛开，清洁女工一遍又一遍擦干净他脚下的地面，隔壁的麦当劳快餐店，至少播放了十次"生日快乐"歌，为不同小朋友庆祝生日，但是音乐无疆界，卞容大也可以同时享受生日快乐歌。户外秋阳焦燥，满大街的行人都在躲避明晃晃的光线。一辆摩托车和人力三轮车撞了，车主互相破口大骂。十字路口的人行指示标志坏了，红色的人形与绿色的人形同时闪亮，行人与汽车顿时踌躇不前，稍后又一拥而上，马路上的混乱局面犹如汤浇蚁穴。家乐福里头非常凉爽。没有任何人来打搅卞容大。是的，没有单位了。可是，那又有多大关系呢？卞容大不是照样可以找到集体主义式的快乐感觉吗？

不幸的是，卞容大生日的快乐，最后遭到了清洁女工的破坏。时间已经是下午了，卞容大都要准备离开了，一个清洁女工过来，停留在卞容大面前了。她弯下身体，肮脏的白色工作服领口里露出部分乳胸。她悄声地问卞容大："大哥，想不想玩？"

卞容大非常意外，一时间没有反应过来，他问："玩？玩什么？"

清洁女工调戏地说："你——"她强调，"想玩什么？"

卞容大忽然明白了自己的艳遇。他的血液冲上了头面，手脚无处安放。他飞快地四周看看，简直不敢相信眼前的现实。

清洁女工以为卞容大担心安全问题，她保证道："在我家里，绝对安全。很便宜的，两块钱一次，就算交个朋友。要是好，下次再来。"

两块就是二十块，这是武汉人民的货币价值。二十块钱一次很便宜吗？卞容大忽然想起了洪湖，他们单位的男性们在度假村的夜晚胡乱吹牛，说武汉的消费水平真是太低了，火车站广场上的野鸡，五毛钱就能玩一次。卞容大并不是真的在比较价格，只是一种乱糟糟的触类旁通的联想。实际上的卞容大，汗毛竖了起来，全身的皮肤一阵紧似一阵，汗珠子从两鬓的太阳穴迸流出来，难以置信地流淌在脸颊两边。

清洁女工却具有非凡的洞察力，捕捉到了卞容大对于价格的比较。她说："咳，大家都爽快一点好不好？一块五，不能再优惠了，真的很便宜！我的大哥呀，玩了你就知道了。"

卞容大害羞了。他又害羞又悲愤。难道他像一个色迷迷的嫖客吗？像一个可以与这种廉价的毫无廉耻的野鸡苟合的男人吗？可是如果他不像，她为什么来勾搭他呢？卞容大的心都碎了。

卞容大坚决地闭上了眼睛，把脑袋用力一别，说："请你走开！"

然而，清洁女工没有轻易走开，她比卞容大还要屈辱和悲愤。清洁女工站直了身体，扣紧了领口的纽扣，拿拖把使劲打了几下卞容大的脚，说道："你妈个屎苕，你不想玩，在这里坐一天干什么？盯着我看一天干什么？一个男将，连玩都不会了？真是够鸡巴呛！滚吧，少待在这里害我！"

卞容大诧异得张口结舌！一个野鸡，居然还敢打他和骂他！清洁女工见卞容大还待着不走，立刻上来，扫荡了他的桌面，将他吃剩的残渣余孽，一股脑儿扫进了垃圾撮，然后正气凛然地大声说："告诉你啊同志，这里是超市的休息处，是为购物的顾客提供休息的，不是酒吧和茶馆，可以一坐一天。你要知道许多超市是不设休息处的，这是家乐福为中国顾客提供的特别优惠。请自觉一点，别占这点小便宜。现在有些中国人，素质真低，真让人替你们害臊。走吧走吧。"

四周顾客的目光，闻声投向卞容大。身穿制服的年轻保安，也梭巡过来了。还有什么道理好讲的呢？卞容大赶紧起身，落荒而逃。

在回家的路上，卞容大耿耿于怀地一再重温自己受辱的过程，慢慢地从打击中清醒过来，他这才发现，清洁女工比他聪明多了。当她驱逐卞容大的时候，似乎多余地说了一番冠冕堂皇的话。不，她不多余。那番话就是她的护身符，她把卞容大报警的机会都消灭了。假如卞容大真的报警，肯定就会被人当成卞容大对于她恪尽职守的不满和报复。这是一个清洁女工兼野鸡的生存智慧。这种生存智慧令卞容大自叹弗如，感慨万千，成了卞容大四十一岁生日这天收到的最好礼物。

第五天，卞容大决定不再装模作样地继续上班。一个野鸡，面对现实都能够头脑清醒，敢于随机应变，卞容大还不能够吗？失业就是失业了。事情迟早都会败露的。卞容大应该在事情败露之前，抓紧时间认清现实，认清自己，认清他的整个人生——他到底是一种什么状态？他将要做什么？他应该怎么做？在此之前，卞容大对于自己的评价和感觉，都显得人云亦云，是一种大众化的思想方式。现在，卞容大必须重新审视和思考。其实，一个男人，暂时失去工作没有什么大不了的，但是，男人对于自己应该有一个最起码的要求，这就是：清醒地活着和清醒地死去。对了！这么想就对头了！

第五天的清早，在黄新蕾看来，她的丈夫卞容大生病了。卞容大脸色蜡黄，头发杂乱，形容憔悴，一手捂着腹部，一手提着裤子，从卫生间出来，踉踉跄跄，好像随时随地都有被自己裤裆绊倒的危险。宽大的睡衣，不知是因为布料日渐陈旧松垮，还是因为卞容大日渐干瘦，显得是那么飘零和稀疏，卞容大活像一个木制的衣架。

黄新蕾在上班之前问丈夫："要去医院吗？"

卞容大说："不要。"

"要我给你们单位打电话请病假吗？"

"不要。"

"如果你不及时打电话，严名家又要来找你茬子了。"

"笑话。他还找我茬子做什么？"

"你怎么啦？"

"我肚子吃坏了。"

"我还以为你脑子坏了呢，说话这么冲。不管有什么特殊情况，总是不可以对单位马马虎虎的吧？"

"谁离开谁地球不照样转啊。"

"卞容大！你什么意思？哪里来的这么多二百五的话！工作了半辈子了，装什么嫩？是不是脑子真的坏掉了？"

卞容大不敢再搭腔了。他的境遇再糟糕，也还是不能够与一个女人发牢骚。好男不和女斗，这是中国男人一个铁的原则。他朝黄新蕾举了举双手，表示投降。黄新蕾的例假快来了，眼睑浮肿着，下巴上爆出一粒红豆豆。她这几天脾气急躁，粗声大气，不由自主地找人吵架。这就是女人。可怜的女人，一点幽默感都不懂。作为不用来例假的男人，卞容大觉得自己怎么忍让女人都不过分。毕竟，男人受脑子支配，女人受子宫支配。对不起，卞容大丝毫没有轻视女性的意思，他只是描述他妻子黄新蕾的客观生理现象，同时有一种更加清醒的自责：他是男人啊！作为一个男人，以前他以为自己完全懂事了，其实没有；以为自己完全动脑子了，其实也没有。以前的卞容大，真是很有一点自以为是和荒诞可笑。一切都不在把握中，却还以为一切都在把握中。现在的中国，就是一架疯狂的过山车，卞容大身不由己地坐在车上，他能够把握什么呢？想到这里，卞容大感到胸脯里头一阵难受，他心跳紊乱了。卞容大拍着他薄薄的胸壁，镇定自己。几年来，他其实一直都遭到这种莫名恐慌感的偷袭。可喜的是，现在他知道这恐慌来自于哪里了，他至少不再莫名其妙了。卞容大提着裤子，回到了床上。他躺下了，像只消瘦的大虾，在不用上班的安宁之中，在凌乱不堪的床上，开始了他人生真正的思考。

一、与父亲和与血缘关系与擦鞋女人

集贤巷是中山大道背后的一条小巷。说是小巷，其实也不小，它弯曲蜿蜒，一直延伸到了长江边。有那么一段时间，集贤巷显得是那么永恒。那是卞容大五岁到二十岁的那段光景，他每天都在这条巷子里进进出出，几个太婆，似乎总是停留在她们的年岁里，不再年轻也不再老去，她们头面整洁地出去买菜，或者，坐在哪家的门口择菜，或者，用竹枝的扫把，在小巷狭窄的街面上，扫出细密而流畅的纹路。青苔，也总是盘踞某些墙面上，青了又黄，黄了又青。新春的对联，在每家每户的门框上，被夏日的风雨洗旧，又被新春的白雪刷新。其实，卞容大从五岁到二十岁，都是厌恶集贤巷的，因为他父亲卞师傅是家里的绝对主宰。可是，后来，慢慢地，当卞容大不得不一次又一次回到集贤巷的时候，记忆中却一再浮现出集贤巷往日的那种单纯与清丽。是卞容大的年纪使他变得容易怀旧？还是集贤巷现在的破败与堕落的衬托？还是两者兼而有之？大概是两者兼而有之吧。卞容大原本以为自己对集贤巷一点好印象都没有的，现在看来，人的感情没有那么简单。卞容大但愿如此。卞容大但愿往昔的一切，都会以美丽的面孔浮现于今天，今日的一切，都会以美丽的面孔浮现于将来的岁月；尤其是他的父亲。

因此，今天，当卞容大走进集贤巷的时候，他甚至产生了一种幻觉：父亲能够与他好好谈话了。父亲与他是平等的了。

远远地，卞容大就认出了父亲。这是认出，不是明确地看见，是感觉，是儿子对于父亲那种熟悉得不能再熟悉的感觉。卞师傅在集贤巷深处的一家影碟出租店门口打牌，牌友是一群与他同样的老头。卞师傅背对集贤巷的巷子口，背驼着，一头白发。他不停地吐痰，他用力地把痰喷射在地上，然后用脚尖去蹭，好像蹭灭一只害虫。走近的时候，卞容大还是紧张了起来。不要紧张，卞容大提醒自己，不要紧张，不要紧张，卞师傅是他的父亲，他是卞师傅的儿子，是普天之下最为自然和合理的关系，不要紧张！卞容大怀里揣了六千块钱。一次性地揣这么大额的一笔现金，走进集贤巷，在卞容大，这还是他有生以来第一次。钱总归是有分量的，这毋庸讳言。卞容大是一个非常成熟的成年人了，他是来赡养父亲照顾妹妹的。今天他要让父亲听他说说话，只要听听就成。无论如何，卞容大都要把关系摆正。他们父子要能够正常对话。卞容大的单位没有了，工作没有了，他遇上人生的一个大坎坷了。他得把后顾之忧一一排除，然后轻装简行。轻装简行去哪里？卞容大暂时还不知道，但是他已经知道，像他这种情况，首先心理上就必须轻装简行。

卞师傅出完了手里的牌，才回头看了儿子一眼，说："来了？我还没死呢！"

卞师傅的表情寒冷，不满，严峻；而方才，和老头们说话的时候，卞师傅完全是另外一种声调：温暖，随意甚至是热情。父亲永远是儿子的专制者。

新华书店的宿舍是一幢五层楼的房子，60年代中期，他们改造了一栋洋行公寓，形成了一种不伦不类的居住格局。楼梯曲里拐弯，大白天也透不进来光线，楼梯的扶手沾满了油腻的烟尘，无法当扶手来使用。上楼梯的时候，卞师傅就开始咳嗽和喘息，爬三步，停两步。卞容大跟在他父亲的身后。他知道父亲平日上楼不是这样的，他闭着眼睛都可以利索地回家。父亲才六十六岁。当卞容大度过了四十一岁生日之后，重新看世界，他认识到，六十六岁的人还算不上衰老的，父亲在装模作样。卞师傅也知道他的儿子明白他平日上楼并不这么艰难，但是，当儿子在他身后，他自然就感到了由于委屈而产生的艰难。卞师傅看过了许多老头的人生经历，人家也是养儿养女，没有谁像他这样对儿子倾注全部的心血，又当爹又当妈的，但是，他们的儿子都比自己的儿子孝顺。在父子俩沉重的脚步之下，楼梯好像比平日陡峭和漫长。这一次，卞容大心里头晃过了搀扶父亲一把的念头。不过，只是念头而已，卞容大没有行动，就是这个念头，都令卞容大难为情。因为卞师傅根本就不睬这一套，端着一副冷冰冰拒人千里之外的架势。

三楼到了。一条狭窄的走廊，两边是密密麻麻的房门。婉容的笑声传来，同时，铁栅栏防盗门，被欢快地拍打着。爸爸。爸爸。哥哥。哥哥。哥哥来了。哥哥来了。从前一个医生说过，卞婉容只是畸形肥胖，智力并不特别低下。但是婉容就是要智力低下地说话：简单，反复，语无伦次，哭笑随意。婉容被关傻了。畸形肥胖的婉容，小娃娃的时候，反而比一般小姑娘要漂亮和有趣得多，活像民间艺人泥捏的那种福娃娃，许多人都疼爱她。那时候，婉容格外乖巧，见人就知道叫什么，男人叫叔叔，女人叫阿姨，学生娃娃叫哥哥姐姐。婉容曾经生活得无忧无虑，充满童趣，直到十岁的那年被人诱奸。那天下午，十岁的婉容下身鲜血淋淋，大哭大叫，却怎么也说不清具体经过，任卞师傅怎么诱导和打骂，都无济于事。此后，婉容就被关在了家里，再也不让出门了。婉容今年三十五岁，她被关了二十五年了。婉容的母亲，卞容大的继母，平日很少与卞容大说话的那位城市妇女，在离开这个家的时候，拉着卞容大的手，哀求了他。她说："容大，你是一个好孩子。妹妹命苦，往后就靠你多照顾她了。这辈子，你就当个牲口养着她吧。"当年，卞容大还不能完全理解继母的话，后来就慢慢理解了，到了现在，可以说完全理解了。生命重于一切。婉容当然也是一条命。这一次，卞容大带来的六千元钱当中，就有四千元是给妹妹的。卞容大今天之所以再三地下决心要和父亲谈话，其中的原因之一，也是为了妹妹。卞容大希望父亲用婉容自己的身份证，将哥哥给她的这笔钱，存入银行，以备父亲百年之后的不时之需。

卞师傅从裤腰带上取下一大串钥匙，摸索着，念念有词，终于找准了其中一把，打开了铁栅栏门。婉容吭哧吭哧挪动着身体，为卞容大倒了一杯茶水。哥哥。哥哥。婉容说。婉容笑眯眯的。这是一套一室一厅的单元房，过去的那种老式的单元房，厨房和卫生间都非常狭小，墙壁下半截还是用绿色油漆涂的卫生墙，所谓的卫生墙早就斑斑驳驳，非常不卫生了。家具陈旧，肮脏，残缺不全。所有纺织品的颜色都互相混杂了，都失去了鲜亮的色泽。地面上，痰迹覆盖着痰迹。卫生间的马桶里冲出强烈的尿臊味。靠近厨房的地方，空气则被泡菜的酸味占领。卞师傅长年吃泡菜。这个家里非常凌乱与肮脏，可是卞师傅绝对不允许任何人给他的家里做清洁。黄新蕾与卞容大谈恋爱的时候，曾经讨好地动手做了清洁，结果事后卞师傅大发雷霆：黄新蕾太自以为是了，她嫌卞师傅家里脏吗？她知道私人用品的重要吗？怎么能够随便扔掉她以为废旧的东西呢？在这个家里，卞师傅的任何东西，眼镜、痒抓、水杯、烟缸、打火机、报纸、扑克，都有它们固定的地方，卞师傅绝对不允许它们被别人随意挪动。卞容大到了父亲家里，立刻就感觉到了处处的限制。他无聊地拿过一张晚报扫了两眼，放下之后，卞师傅很不耐烦地将晚报收拾到了他觉得应该放置的地方。幸好有婉容在一边盲目乱叫哥哥，哥哥，使这个家里的气氛显得松散随和了一些。卞容大不时地朝妹妹点点头，以冲淡自己的拘束和尴尬。

卞师傅首先打开了电视机。然后坐下，捶自己的腰，说："我还没有死，又不逢年过节，你怎么来了？"

这是一种不需要回答的责怪性质问，卞容大自然哑口无言，今天他准备好了要加倍忍耐的。卞师傅的责怪还要进一步延伸，他说："你这样单独一个人来，不怕你老婆说你偷偷给我们钱了？"

卞容大勉强笑了笑。

卞师傅对儿子的表情嗤之以鼻，说："黄新蕾以为你是富翁吗？会拿出成百上千的钞票孝敬父亲吗？一个小小的科级干部，在那种没有一点油水的单位，能有几个钱？"

卞容大还是勉强地笑了笑，说出了一句简单的话。他说："话也不是这么说的。"卞师傅从儿子的态度里嗅到了反抗和自卫的气息，他被激怒了，顿时便火山爆发："怎么样？我说得不对？你提升了吗？你搞赢严名家了吗？现在是什么日子什么物价？我那点退休工资，要养活我和你妹妹，我容易吗？啊？我出去连个大牌都不敢打，我有脸面吗？现在再穷的老头，没有退休工资的老头，偶尔也敢打个大牌，我敢吗？人家都有儿女孝敬，逢年过节，都是成百上千地给钞票，我呢？一点小礼物，一只小信封，还是一点小礼物，还是一只小信封。现在想想啊，人生真是没有意思啊，我从少年时期就拼命努力，就懂得为将来的后代创造良好的生活环境，我生儿育女，呕心沥血，就连为你们取名字，都不肯有半点马虎，不知道翻破了多少本书，结果呢？现在我是什么光景？我得到了什么？你别埋着头死不吭气，看看电视，那里头晃动着多少人，哪一个人不比你父亲衣着体面？啊？你看李老头，你知道，从前他儿子是你们班成绩最差的，自己半辈子收荒货，现在穿的什么？鳄鱼！法国名牌服装，他儿子买的。张老头，昨天打牌的时候，手机响了。他居然有手机了！哪来的？儿女给的！我不知道我这是作了什么孽？女儿是个讨债鬼，儿子如此平庸无能！而且，都没有半点孝心，一晃两三个月见不到人影，来了就是一副哭丧的脸。我这辈子究竟还有没有出头之日呢？"

卞师傅一口气倾诉完毕，末后吐出了长长的呻吟。突然，他的双手垂落下来，就像死去的小鸟一样耷拉在膝盖上。卞师傅的姿态充满了对儿子的绝望和对自己的怜悯。卞师傅保持着他悲凉的姿态，恨恨地望着空中，许久许久地缄默。电视机在房间的昏暗角落里发出与此无关的声音。

卞容大再努力，也笑不出来了。他的胸口郁闷，手足无措，感到窒息和难堪。几天来的思考，几天来的决心，几天来的设想和演练，刹那间全都泡汤了。卞容大再三再四地翕动着嘴唇，话却是一句都说不出来，最终，他还是慢慢握起了拳头，他不得不寻求他的左手。忽然，卞容大想起了怀里的钞票。他仓促地把它们拿了出来，放在父亲的餐桌上。婉容欢叫：钱！钱！哥哥！哥哥！钱！

卞师傅疑惑地看了儿子一眼，赶紧伸手拿过了钞票。卞师傅只是掂了掂钞票，便立刻作出了判断："六千。"

钱！哥哥！钱！哥哥！

卞师傅怒斥了女儿："住嘴！看你敢告诉别人！我不打断你的狗腿！"

婉容顿时不出声了，但是她不难堪，因为她不懂自尊，这是弱智者面对世界的最强项。婉容捂嘴窃笑，对卞容大充满感激。婉容也知道钱是好东西。

卞师傅关上窗帘，关上房门，打开了电灯，并再次警告了女儿。卞师傅拉过椅子，端端正正在桌子旁边坐下，将一块湿抹布放在手边，他开始郑重其事地点钞。卞师傅点钞票的手法比银行职工更加娴熟。只听得一阵风吹草动，钞票就点好了。

"果然六千！"卞师傅得意地说。

卞容大走不出他的来历之路了。从父亲到儿子，是一条狭窄的血缘甬道。在卞师傅看来，他的儿子本来还应该是乡下人的，是他改变了儿子的成分，而儿子，就应该深深懂得继续奋斗和回报父亲。

卞师傅出生在湖北黄陂的一个小乡村，他从小就显露出了一种过人的天分，那就是精于计算。农闲的时候，卞师傅常常跟着父亲外出卖小鱼小虾，只要他父亲一报出斤两，卞师傅紧接着就可以报出价钱。由于有这么一个灵敏准确的活算盘，大字不识的父亲便勇敢地走出了乡下，把鱼虾卖到了武汉市。有一日，卞家父子满满的一担鱼虾，被一家新华书店的采购员全部购买了，因为他们单位过节要加餐。卞家父子，跟着采购员，将一担鱼虾，直接挑进了新华书店的食堂。采购员并没有立刻付钱，说是现在太忙了，等会儿给你们钱，放心吧！采购员诚恳又和善地要他们爷儿俩去逛逛大街，下午再来取钱就是了。国家的单位，共产党的天下，不会吃东西不给钱的。生意做得这么利索爽快，卞家父子都高兴，他们就真的去逛大街了。结果高兴得过头了，逛得晚了，下午回来的时候，书店下班关门了。第二天早上，采购员没有再来上班，他死了。据说采购员抢道过铁路，被火车撞了，当场死亡。

由于鱼虾已经被吃掉，没有人相信卞师傅报出的价钱，一个十五岁的乡下孩子，谁肯相信？卞师傅的父亲无奈地哭了，拉起儿子，准备回家。卞师傅甩掉了父亲的手，他告诉父亲，他不走了！父亲可以先回家报信，但是卞师傅就决心赖在新华书店不走了！采购员不是信誓旦旦地说：国家的单位，共产党的天下，不会吃东西不给钱的吗？

卞师傅留在了书店里。他不哭，不闹，不搞破坏，就是待在书店里。书店下班关门，他就抱着桌子腿不走。好几个售货员上来，抱的抱，搂的搂，把卞师傅的手掰开，迅速地将他抬出大门。然而第二天一大早，卞师傅还是来到了书店。在许多天里，被饥饿折磨得日渐消瘦的卞师傅只说两个字："给钱！"同时，卞师傅开始小心翼翼地用鸡毛掸子为书店做清洁。有一次，遇上了一笔大量购书的买卖，女售货员的珠算一再出错，忽然，卞师傅报出了准确的价格。卞师傅的神速计算天赋，在新华书店，被售货员们奔走相告，经过一再重复的试验之后，卞师傅获得了售货员们的喜爱。尤其是女售货员，对卞师傅大动恻隐之心，她们把他带到浴池去洗澡，理发，吃牛肉米粉，给他穿上了干净的旧衣服。当卞师傅从女售货员们的母爱之手中挣脱出来的时候，人们发现，卞师傅原来是一个眉清目秀，憨厚老实的少年。卞师傅的父亲，再见儿子的时候，好久都不敢上去相认了。

新华书店始终没有付钱给卞家父子，他们含含糊糊地容留了卞师傅。还是在女售货员们的积极怂恿和张罗之下，卞师傅被书店送到自己系统的技术学校，参加了文化学习。卞师傅抓住了这个机会，以优秀的成绩令人瞩目，毕业之后，新华书店对他张开了欢迎的臂膀。

卞师傅正式参加了工作，成为新华书店一名光荣的营业员。他戴上了深蓝色的袖套，拿着鸡毛掸子，爬到梯子的顶端，去掸扫书柜顶端的灰尘，同时毫不耽误地为顾客迅速计算出购书的书款。女营业员们再也不用爬高，也再也不用练习珠算了。

但是，卞师傅一直都是郁郁寡欢的。新华书店是一个堂堂的国家单位，他们却始终欠着卞家的那担鱼虾钱，多年来，居然没有一任领导和任何有正义感的职工出来打这个抱不平。他们的态度，在卞师傅看来，显然是城市人所共有的那种对于乡下人的毫不在意和蔑视。随着卞师傅的城市生活日渐长久，他发现了问题的根本症结所在。这就是：新华书店一定有人在贪污。国家买东西，是不会不给钱的。一定是有人把这笔钱给贪污了。卞师傅决心不放过这个隐藏很深的贪污犯，他一直暗暗观察着，每逢大小政治运动到来，他都要用匿名大字报和匿名信的形式，揭发他认为的那些可疑分子。另外，卞师傅永远不能够原谅绝大多数的女营业员。因为她们做过头了。她们实际上把卞师傅当做了玩物。卞师傅是她们廉价的长工。当卞师傅到了婚龄，她们纷纷替他做媒，可是介绍的全都是乡下姑娘，没有任何人愿意把她们自己或者她们的女儿嫁给他。因此，卞师傅在替她们到食堂打饭的时候，常常在楼梯拐角处，把唾沫喷到她们的饭碗里。卞师傅发现了所有城市妇女共同的缺陷：好逸恶劳自以为是爱慕虚荣！卞师傅的第一任妻子是这样，第二任妻子也是这样。她们都不让他说黄陂话，一定要他学说难听的武汉话。她们都是城市妇女，因为卞师傅暗暗发誓非城市女人不娶，卞师傅相信他自己有这个本事！然而，她们和新华书店的女售货员们一样，无一例外地有着共同的缺陷。谢天谢地，卞容大的母亲因病早逝了，婉容的母亲自觉地提出离婚了，她生了一个畸形肥胖儿居然还不知错！妻子们的离去，固然免除了卞师傅与她们一辈子的纠葛与烦恼，但是，这些女人，却把幼小的儿女甩给了他！女人可以不负责任，男人却不能够。卞师傅是一个男人。孩子是男人的骨肉、血脉和香火，卞师傅必须养好自己的孩子，他有这个骨气和能力！在抚养两个孩子的漫长岁月里，卞师傅常常勒紧裤腰带喝杂粮稀粥，把白花花的米饭都留给他的儿女吃。就连两个孩子的名字，卞师傅都是不能够让别人随便取的。尽管他们的母亲都是有文化的城市妇女，她们为孩子取名的水平，卞师傅真是不敢恭维。卞师傅当然不会采纳她们肤浅的意见。儿子出世前后，卞师傅正在文史古籍类柜台售书，他在书上翻阅到了林则徐。清朝的朝廷命官林则徐，自小聪明过人，为官之后，又是与众不同，他意志坚定，清正廉洁，刚直不阿，胸怀广阔，林则徐有一副著名的自勉联：海纳百川，有容乃大；壁立千仞，无欲则刚。对于自小聪明过人的人物，卞师傅总觉得自己的性格和命运与他们有共同之处，当然，林则徐的运气要好得多。由此，卞师傅由林则徐的自勉联取意，为儿子取名为卞容大。卞师傅深深喜欢这个名字。卞师傅的女儿是个畸形肥胖儿，不错，但是，无论她多么肥胖，她总归是父亲的心头肉，她总是最高贵的公主。于是，卞师傅为女儿取名为：卞婉容。与末代皇帝溥仪的皇后同名。

历史事实证明，卞师傅依靠自己的能力，呕心沥血，含辛茹苦，养大了自己的儿女，并且儿子卞容大，从小作业工整，成绩优秀，人见人夸，之后考上了大学，被新华书店最有身份的女营业员陈阿姨看重，硬是巴结着，把她的女儿嫁给了卞家。

试想，一个十五岁的乡下少年，挑着一担鱼虾进城，最后在大城市扎根开花结果，居住在了中山大道的集贤巷里！要知道，集贤巷巷子口就是大名鼎鼎的南洋烟草大楼，1926年，国民政府从南京迁都武汉，这栋楼就是国民政府的中央机关，国母宋庆龄就在这里办公和居住。而卞家祖宗八代，在卞师傅之前，都是目不识丁土里刨食的农民，哪里能够得到与国母相邻而居的机会啊！

卞容大从来没有对父亲的创业史公开发表过自己的看法。但是他的心里非常明白：离宋庆龄女士居住过的地方再近，父亲还是一个农民。父亲对待许多事情的观点、态度与做法，卞容大绝对不能苟同，当然更不会像父亲那样去做了。

那么，卞容大怎么做，才能够算是"深深懂得继续奋斗和回报父亲"呢？当然卞容大怎么做都是不行的，卞师傅有他的标准和要求。

看着父亲专注地数钞票，看着父亲将钞票锁进抽屉里，看着父亲用罕见的和蔼，同谋般地对儿子说：你把钱放在我这里，就放一百二十个心吧，绝对不会有任何人知道我手里有这笔钱的！看着这一切，听着这一切，卞容大和父亲好好谈一谈的幻想彻底粉碎了。父亲根据社会现状，武断地以为这是一笔横财，实在令卞容大伤心欲绝，无话可说：这可是卞容大的养命钱，他这辈子的最后一次工资。

父子俩这一次的分手很滑稽。大约因为卞容大一次性给了六千元钱，卞师傅到底有些过意不去了，他想在指责和鄙视之外，再和儿子说点别的什么。卞师傅选择了他最感兴趣的话题：政治。

卞师傅对儿子说："你知道党中央为什么决定要在明年召开十六大？"

卞容大摇头，他不知道，说实在的，他也不想知道。

卞师傅说："我研究出来了，或者说我破译了。因为明年是2002年，2002，一个非常吉利的数字，具有绝对的平衡感，这样平衡稳定的年份一百年才出现一次。现在，中国的稳定重于一切。怎么样？"

卞容大说："哦。"

哥哥。哥哥。婉容一如既往笑眯眯地叫唤，叫唤得卞容大心里作疼，他知道他轻易不会再来了。他已经竭尽全力养活他的妹妹了。临走，他捋了捋妹妹的头发，满目离别的凄凉，感觉自己已然起程远行。

卞容大走到集贤巷的巷子口，天色已暮，他的双腿有点发软。擦皮鞋的女人不失时机地上前兜售生意，先生，擦鞋？一角钱。擦鞋女人只是看了一眼卞容大的神态，就把小板凳送到了卞容大的身后。坐吧，大哥。先坐坐，擦鞋不擦鞋，没有关系。卞容大坐下了，点了一支香烟，伸出了脚，他本来是没有想到要擦鞋的，现在他不好意思不擦鞋了。

在集贤巷的巷子口一坐下，卞容大顿时找到了感觉：他的腿软了。他就是想在集贤巷附近多待一会儿。他愿意他的眼前再一次浮现集贤巷从前的印象。或者，就这么待着，在大街上，合理地待着，什么也不要去想。总之，卞容大不能够马上就回家，和妻子黄新蕾大眼瞪小眼。没有黄新蕾什么事，只是现在的卞容大，处于一种纯粹的个人状态之中。男人是孤独的动物，在许多时候，宁愿独自踯躅。在大街上也孤独。擦鞋很好。擦鞋就是中年男子在大街上的独自踯躅。

卞容大对擦鞋的女人说：慢慢擦吧，多擦一会儿，我给你五角钱。

中山大道上的霓虹灯，先先后后地亮了，灯红酒绿歌舞升平的感觉，顿时就上来了，灯光这个东西真是奇妙，比什么都具有粉饰功能。集贤巷里头的路灯，好像是特意的昏暗和残缺不全，于是发廊的粉红灯光就非常耀眼了，夹杂在发廊之间的性用品商店，灯光却是幽暗的绿，表达一种暗示与鬼魅。卞容大的身后，是一只大垃圾桶，垃圾桶上方，挂了一只投币的避孕套自动售货箱，箱子上面用醒目的红字写着：为了自己和他人的健康，请用避孕套。有人用彩色油性笔修改了这句话，改成：为了妓女和嫖客的健康，请用避孕套。一个男人，在垃圾桶的掩护下，刷刷地小便，酣畅淋漓。卞容大回头看了一眼，男人背着的身体在微微抖动，他在享受排泄的快感。一个人，只要能够做自己想做的事情，那是会有快感的。悲哀的是，有的人不能做自己想做的事情。还有的人，做了自己想做的事情，却无法获得快感。更为悲哀的是，有的人，有了快感也无法表达。我操！

卞容大把信马由缰的思绪和散漫的目光，收了回来，低头一看，发现自己的皮鞋亮得晃眼！卞容大这才注意到，他的一双灰尘满面的旧皮鞋，在擦鞋女人的殷勤抚摸之下，变得光可鉴人了。忽然，卞容大冒出了俏皮话，他说："看看，都被你擦成水晶鞋了！还哪里舍得踩在地上呢，你让我扛着脚走路啊？"

擦鞋女人咧嘴笑了。她说："谢谢先生。先生付的钱多嘛。"

擦鞋女人的牙齿很白，当然也许是由于她的脸黑。这是一个结实的乡下妇女，脸颊上留着两片太阳的灼伤，铁锈一般。女人的笑容朴实好看。她眉眼端正，胸脯饱满，眼睛因为卞容大的慷慨而满是毫无戒备的欢喜。卞容大忽然产生了强烈的交谈愿望。玻璃吹制协会解散这么多天了，卞容大一直没有一丁点与人交谈的欲望。今天，现在，他忽然有了说话的冲动！对象是一个陌生的擦鞋女人。

卞容大说："看样子，以后还要找你擦鞋。"

擦鞋女人嘻地一笑，说："那就托先生的福了，我总是在这一带擦鞋。"

卞容大说："家里的田怎么办？"

擦鞋女人说："抛荒呗。现在种不得田了。越种越亏本。现在种子、化肥、农药都贵得很，还有假的，各种税费也收得狠，傻子才留在乡下种田呢。"

看来擦鞋女人也愿意和卞容大说话，这就很好。

卞容大说："城市里的生活容易一些吗？"

擦鞋女人欢快地说："不容易啊。常常受欺负啊。但是，怎么也比种田好。像我这样，下午才出来干活，又不晒太阳，不管赚多赚少，每赚一个都是自己的，多好！"

卞容大想起了父亲，想起了父亲对于城市妇女的仇恨情结，他探询地问："难道受城里人欺负的滋味好受吗？"

擦鞋女人说："大哥啊！赚钱都是要先付本钱的。哦，照你说的，又赚钱，又还能够不受欺负，那不是成了共产主义呀？"

卞容大情不自禁地大笑起来。他发现自己大笑了，很好！卞容大就在集贤巷的巷子口，就在离他父亲不远的地方，放声大笑了。而他父亲，压抑了他整整一个下午，不，半辈子！卞容大半辈子就没有这么笑过，只要他父亲在他的周围。

擦鞋女人也应和着卞容大，嘻嘻地笑。一边笑一边不住地拿眼睛扫着从麦当劳进进出出的孩子们，羡慕的表情，一览无余。

卞容大发现了擦鞋女人的向往，就在这一刻，他是那么地想了解她的心思，因为他自己一系列建设性的设想，在今天下午，惨遭父亲的剿灭。人们为什么不能够为了生活得更美好而进行沟通呢？卞容大又主动说话了："你结婚了？"

"结了，大哥。"

"有孩子了？"

"有了，大哥。"

"男孩子还是女孩子？几岁了？"

"大哥，老大是丫头，老二是儿子。儿子今年六岁了。"

"他们想吃麦当劳吗？"

"怎么不想啊，大哥，人都被他们吵死了。这麦当劳也就是两片面包夹一块肉饼，凭什么害得孩子想得要死啊？"

"那你带孩子们吃过没有？"

擦鞋女人刹那间流露出了她真实的忧伤。她那闪动在霓虹灯下面的白牙齿不见了。她卑微地问："大哥，我要是给你叨叨这些事情，你不会烦吧？"

卞容大的怜悯油然而生，他说："不烦不烦！我喜欢听。"

女人感激地看了卞容大一眼，扭头盯着麦当劳那个大大的醒目的"M"，说："我真是恨这个招牌！太惹孩子了！大哥，里面的东西那么贵，我们怎么敢吃？来武汉四年了，丫头从来没有吃过。儿子今年过六岁生日，给他买了一个汉堡回来。这孩子倔犟，把汉堡扔了，说是不要买回来的，要在麦当劳吃的，还要薯条和可口可乐。大哥，那不就是一杯糖水和土豆吗？价钱那么贵！美国人也真是敢想。我就是不明白你们城市的人，怎么这么傻！其实很简单就可以让麦当劳的生意做不下去，大家都不去吃就行了，想吃就自己去做。我们地里又不是没有小麦和土豆，河里又不是没有水，又不是不会养鸡养牛！恼火人哪，大哥！"

卞容大心里想：是啊，恼火人哪，女人！

卞容大热血一涌，特别想做点好事，用抚慰他人来抚慰自己吧。卞容大掏出了三十五块钱，递给擦鞋女人，他说："这可以买两份套餐，带你的两个孩子来吃一次吧。"

擦鞋女人慌张极了，攥着钞票，想不要又舍不得，她悄声问："先生，你是不是还要其他服务？"

"不！"卞容大磊落地给了她一个答复。卞容大说："就是请你的孩子吃一次麦当劳。我也有孩子。我希望你孩子在他们的童年时光里，能够获得一次他们渴望的快乐。"

擦鞋女人扑通就给卞容大跪下了，再抬起头来，已是泪流满面。

卞容大赶紧制止了擦鞋女人。擦鞋女人也很明白事理，飞快地恢复了原状。疑惑不解的行人看了他们一会儿，没见怎么样，便离开了。擦鞋女人热情慷慨地向卞容大保证：一，一定用他的钱让孩子们吃一顿麦当劳；二，以后再遇上了卞容大，免费为他擦鞋；三，她丈夫是个泥瓦匠，但是现在也做证件的生意，他们愿意以成本价为卞容大提供各种证件。

新的话题顺理成章地冒出来了。

"证件怎么个做法？"卞容大饶有兴致地问，他觉得他跟着这个擦鞋女人，走进了这个城市的小巷深处，那种路灯年久失修的小巷的暗处。擦鞋女人已经对卞容大推心置腹了。她说："随便你要什么证件，我丈夫都可以给你做出来，绝对和真的一样使用。大哥啊，现在改革开放，政府号召大家自谋生路，可是又不给人开证件，这是政府太忙了，顾不过来，我们就帮政府一个忙吧。大哥，你相信不相信？做这种生意可是做好事呢，可是积善积德呢，要不我又生了一个儿子？比如你，大哥，人太好，在社会上就很容易吃亏，像你就应该暗地里备一些证件，方便的时候好用。"

卞容大说："你认为我需要备哪些证件呢？"

擦鞋女人不好意思地笑了笑，白牙齿又开始闪烁。转而，她还是认真地回答了卞容大的问题。女人建议卞容大办一个身份证，办一个学历证明，或者清华，或者北大，至少办成研究生，她丈夫会考虑到卞容大的年纪，把毕业时间写得早早的，电脑资料上都没有，人们没有办法查对。女人半恭维半开玩笑道："我看你应该办个博士，你说话的水平，做人的教养，一看就像博士。"

"嗬!"卞容大说。卞容大再次地大笑了。擦鞋女人也笑。她笑着说："再就是结婚证和离婚证了，你可以根据自己需要挑选。"

卞容大又忍不住笑了，擦鞋女人的幽默是天然的幽默。

好了，说够了，也说透了。卞容大站了起来，付擦鞋的钱。擦鞋女人推了推，还是收了，从腰里摸出一张名片给了卞容大，名片上印着她丈夫的呼机。他们点点头，表示了再见。擦鞋女人就拎起她的擦鞋箱，挨着屋檐，低着眼睛，走开去了。

卞容大很快就登上了公共汽车，回家。他安静地坐着，神态安详，与所有的乘客和睦相处，大家带着一种陌生的默契，暂时性地休戚与共。就算这种临时的集体主义精神，也让卞容大感到亲切和安全。卞容大来到集贤巷之前的焦躁和紧张，已经没有了。父亲也远离了。原来，和陌生人相处多好啊，和陌生人说话多好啊! 别看擦鞋女人是一个乡下女人，没有多少文化，可是她保持了天然的感受能力和表达能力，朴素的真理还保留在她心里。而且，这是一个真正的女人。真正的女人天生就懂得她与男人的关系和位置。什么样的关系是什么样的位置，她靠本能就可以做到，好比巴西球星罗纳尔多，当足球飞过来的时候，他动若脱兔，会恰好出现在最佳的射门位置上，人们常常还来不及明白他要干什么，他就起脚了，因为他不是规范的，不是被教练训练出来的，他的跑位在理论上也许还是空白的一页，一切都是天生的！也正如天才球星寥若晨星一样，天生的女人也寥若晨星，绝大多数的女人都是被教育被培养被文化出来的，她们能够懂得大的原则和规范，就算不错了。天生的女人是妖精，她们隐藏在各种不同的外形和身份之中。对于她们，男人是可遇不可求的。能够偶尔遇上一次，也就非常愉快了。卞容大今天就非常愉快。这一天以沉重开始，却以轻松愉快结束，当然要感谢擦鞋女人。卞容大沉默了多久了？卞容大多久没有与人轻松愉快地交谈了？好像几辈子了！

最后，卞容大还想明白了一个道理：过去他一直非常看重的血缘关系，其实就是一种简单的物种传承关系。直系的血缘关系，是摆脱不了干系的，是有义务和责任的，然而，他们之间可以是亲人，也可以不是亲人。卞师傅和卞容大，他们不亲，真的不亲，不要自欺欺人了。亲人不一定是有血缘关系的人。亲人应该是那种彼此贴心贴肺十指相连的人，他们不受义务和责任的约束，他们为对方所做的一切，都是基于爱！卞容大没有亲人。卞容大亲戚六眷俱全，生活过得不错，但是他举目无亲。卞容大的儿子还小，才十岁，不知道日后会怎么样。但是儿子现在的自我中心意识就已经很强烈了。卞容大不要求儿子成为自己的亲人，要求他人就是给他人累赘，并且要求也是无用的，亲人是天然生成的。

公共汽车就要到站了。卞容大在夜行的公共汽车上，正视了自己从前不敢正视的一个重大问题，心里的一块石头砰然落地，他仿佛听见了石头砰然落地的声音，他觉得自己的身体忽然利索了。车窗开着，尖利的秋风刮着卞容大的脸，他的脸冷冷的，铁青的胡子在暗中生长。卞容大四十一岁了。这个岁数的男人应该果决，冷静和坦然了。卞容大可以回家了，并且还可以在回家以后，正常地与黄新蕾嘘寒问暖，也可以辅导儿子的功课了——该干什么干什么，无论处于什么状态，都应该进得去出得来，这就是男人。

二、与黄新蕾与婚姻与自己

中国文字是象形文字，其中的讲究，非常有意思。卞容大在玻璃吹制协会上班的时候，有不少时间研究汉字。比如"闻"，是听的意思，把耳朵伸进门里头谓之听。这就是说，从造字的那个年代开始，人们就喜欢把耳朵伸进门里头，可见中国人酷爱刺探别人隐私的毛病，是由来已久的了。还有，比如一个人失去了自由，就是被最大限度地限制了活动空间，那就是"囚"。"婚姻"二字，"婚"就是昏头昏脑地和一个女人在一起了。"姻"就是一个大人，被一个女人彻底地限制了自由。"婚姻"一词也可以合解，意思是头脑发昏地不对原因进行深入了解，就和女人在一起了。中国古代的男人，三妻四妾的，按说他们的婚姻生活，应该是够开放和宽松的了，而且男人只要一不高兴，当即就可以写休书，妻妾只要接到休书，就得无条件走人。古人还要怎么着啊？怎么还是这样制造"婚姻"二字呢？那么现在的男人，他们怎么过日子啊？并且，最近出台的新《婚姻法》，为了更严厉地限制个人空间，都顾不上严谨了。法律这么规定：禁止有配偶者与他人同居。在学习贯彻了新《婚姻法》之后，玻璃吹制协会的直接损失是：出差住房费用成倍增加。大家全都享受单间包房了。禁止有配偶者与他人同居嘛！那么，不管公款是否够用，谁都不能够做违法的事情啊！——这真是荒谬了。

平心而论，卞容大对自己的婚姻，没有原则上的不满。他也不能有原则上的不满，是他自己把自己绕进去的。卞容大只是觉得奇怪：他怎么就把自己绕进去了呢？一个大男人，又不是傻子，做任何事情的时候，都觉得自己挺明白的，怎么偏偏就是婚姻这件事情，做下来之后，需要经过几年、十几年乃至几十年的时间，才能够有比较清醒的认识呢？而当认识终于来到的时候，男人的这一辈子，已然接近尾声，没有力气再调整了。可能中国古人借"婚姻"二字道出的，正是这一点苦衷，男人私心里的苦衷。三妻四妾也好，休书随便写也好，清醒的认识总是姗姗来迟，什么都再也换不回生命的时间。

卞容大的婚姻，是由他的门牙带来的。卞容大的一颗门牙，没有按道理与另外一颗门牙并排而立，却是往斜刺里长，企图覆盖别的牙齿。卞容大十二岁，正是由少年过渡到青年的定型时期，卞师傅不允许儿子的门牙长成这个模样。儿子不再是乡下人了，他应该是一个五官端正的城市少年，就像卞师傅贴在家里的那些年画人物一样，如杨子荣，少剑波，郭建光，李玉和，都是革命样板戏里头的英雄人物，个个浓眉大眼，五官方正。卞师傅把儿子带到医院去看五官科，医生却不以为然，医生说在青少年中，牙齿的这种长法，太普遍了，不算什么大问题，等它长长再看看，看看是否能够拔掉哪颗牙，以保持整体牙齿的基本整齐，但是，家长如果一定要求矫正，那医生就有责任提醒家长：第一，费用相当昂贵；第二，武汉还不能够做，要去上海的专科医院做；第三，去上海的来回路费和在上海的住宿费伙食费医疗费，也相当昂贵。卞师傅一听，脸就垮了。

卞师傅阴沉着脸，一言不发地带回了儿子。然后，卞师傅自己动手，土法上马，取出半导体电线里头最细的铜丝，为儿子做了门牙矫正手术。卞师傅把儿子捆绑在一只靠背椅子上，因为他没有麻药。卞师傅把铜丝穿进牙缝，套住，用力拉紧，再穿进后面的牙缝，再套住，再拉紧，这样便借助了一排正常牙齿的力量，带动门牙朝正直的方向生长。理论上说起来容易，实践起来异常困难。矫正手术进行了好几个小时。父子俩好像在进行肉搏战。十冬腊月的天气，卞师傅折腾得一身大汗。卞容大的衣服当然也汗湿透了。他嘴角的两侧被撕裂了，鲜血和着涎水，一滴一滴地挂在他的下巴上，三三两两往下滴，卞容大就是在这个时候想起课文中的江姐的，反复想着江姐，他才忍住了流泪和叫喊。

手术基本成功了，因为铜丝终于不再从口腔掉出来。矫正是一个漫长的过程，牙套能够坚持戴多久就戴多久。但是，卞容大就不能吃饭了。卞师傅把儿子带到他们单位的食堂。新华书店的食堂里，有一只极大的砂锅子，长年放在炉子上，一年四季都熬着骨头汤，这汤是炊事员们烹调的原料之一。卞师傅就买这种原汤，一天三餐都让儿子喝汤。三天后，卞容大饿得走路都打晃晃了，卞师傅就在汤里头下了一点面条，把面条煮得稀烂，使儿子仍然可以不使用牙齿就喝下去。卞容大永远不声不响，驯服地按照父亲的要求去做。放学之后，他默默地来到新华书店，拿起食堂的搪瓷碗，在大家的热嘲冷讽中，埋头喝面条汤。喝完面条汤，卞容大默默回到门市部，趴在书架的沿子上面，安静而专注地写作业。卞容大的作业写得工工整整，作文的标题用美术字来突出，每道数学题的后面，都是老师给予的红色对钩。尤其难得的是，卞容大会在无意中替别人着想，他选择的写作业的书架，总是顾客光顾最少的地方，比如出售高级宣纸，高级毛笔和高级研墨的专柜。而其他的一些职工子女，在门市部粗野地乱叫乱窜，随便就趴在当面的柜台上写作业，丝毫不考虑顾客的需要，练习本上肮脏混乱，简直就像鬼画符。坐在门市部收款台后面的收款员陈阿姨，一位现役团级军官的妻子，人称军官太太，观察了三天，就打心眼里喜欢上了卞容大。因为陈阿姨有一对与卞容大年纪相当的双胞胎女儿。

陈阿姨几乎是巴结地对卞师傅夸奖了卞容大："你这个孩子非常难得！非常！"

"哪里哪里，一个普通孩子而已。"卞师傅谦虚地说，事实上却受宠若惊。小陈不仅仅是军官太太，还是老红军的女儿，老红军逢年过节都享受着特殊的物资供应。小陈大大咧咧的傲慢，那是受到了大家的认可的，谁的社会地位都无法与她相比。早年，在卞师傅殷勤地为女营业员们去食堂打饭的途中，就经常把唾沫偷偷吐到小陈的饭碗里。

一个星期之后，度日如年的卞容大获得了救助。他的面汤端上之后，总是有人找父亲说话，陈阿姨则飞快地掉换了卞容大的搪瓷碗。在陈阿姨送过来的搪瓷碗里，面条底下压的是鸡蛋羹和汽水肉。卞容大最早看见的是陈阿姨的手，短短胖胖的手指，扁扁的指甲，指甲缝里有陈旧的污垢，但是，对于他来说，这是世界上最温暖最美丽的手！卞容大的眼泪，嗖地就冒出来了，他顾不上害羞，惊讶地抬起头来，寻找到了陈阿姨的眼睛。陈阿姨笑了，示意卞容大赶紧吃饭。他们仅仅对视了一眼。从此，卞容大这辈子再也无法忘记他与陈阿姨这高度默契的对视。

不久之后的一天，午后的门市部，一个女孩子出现了。那天，一切都好像是随意和顺便的。卞师傅在门市部上班，小陈的军官丈夫带着一个女儿来买书籍。他们正好遇上了。小陈向卞师傅淡淡地介绍了自己的丈夫和女儿："这是我爱人和孩子，他们是来买书的。"冬天里，新华书店不太明亮的店堂，被一位高大英武的军官与他活泼秀丽的女儿照亮了。卞师傅紧紧握住了军官的手。女孩子却跑到卞容大写作业的书架那里，挑选毛笔，东挑挑，西挑挑，公然拿过卞容大的练习本看看，然后撅起小嘴，发出一种故意不以为然的声音，给卞容大留下了深刻的印象。这就是陈阿姨的女儿。卞容大只看了她一眼，就眼花缭乱了。女孩子戴着一顶洁白的绒线风雪帽，脸颊通红，眼睛水灵灵，活像个洋娃娃。当天晚上，在卞容大的睡梦里，陈阿姨的女儿小鹿般地跳来跳去。醒来之后，卞容大发现自己知道害羞了。

卞师傅的自制牙套，不到半个月就松懈了。卞容大吐出一口铜丝，交给了父亲。而卞师傅这个时候的重点，已经是小陈。在同事了十几年之后，卞师傅忽然发现小陈其实非常平易近人，她穿的固然是毛呢料子裤，戴的固然是瑞士英纳格手表，但是她真的非常平易近人，深谙人情世故，为了答谢小陈对儿子的厚爱和照料，卞师傅不断赠送他的家乡土特产：莲藕，鸡蛋，糯米和鱼虾等等。人家小陈立刻回赠粽子，京果，酥糖什么的。卞师傅和小陈你来我往，心照不宣，竟然来往成亲戚一般了。

事实上，卞容大与黄新蕾的所谓革命友谊，主要是双方的家长在努力维系。卞师傅与小陈长期保持着他们心照不宣的状态，他们既密切又疏淡，既随和又矜持，既创造孩子们见面的机会，又把这机会限制在非常短暂的时间内，并且还严密地控制在他们的眼皮底下——他们都害怕由于孩子们的年幼无知，过早发生不应该发生的事。所以从表面上看起来，卞容大与黄新蕾的见面，总是像意外。门牙事件过后，卞容大就不再每天都来新华书店了。直到春节前夕，他们才再一次见面。这是新华书店的春节加餐，许多孩子都来代替家长，在食堂窗口排队。人很多，家属和孩子们也很多，食堂里一片热闹。卞容大只敢看了黄新蕾一眼，但是卞容大的这一眼是含着感谢的笑意的，黄新蕾是陈阿姨的女儿嘛。黄新蕾害臊了，她立刻掉开了眼睛，目光定定地看着别处。转眼就是春天了，期中考试都过去了，偶然的一天，他们在新华书店碰上了。他们的父母就在店堂里，不远不近地看着他们。他们根本就不用目光对视，都像盲人一样，在书柜之间胡乱转圈，但是，他们都能够感觉对方的存在。再一次遇见，又是几个月过去了，暑假了，还是在新华书店，还是在他们父母的眼皮底下。这一次陈阿姨说话了。她让卞容大把他喜欢的一种词典推荐给她的女儿，同时要她的女儿黄新蕾好好向卞容大学习。卞容大找到了词典，把它递给了黄新蕾，黄新蕾说了一声"谢谢"。黄新蕾的个子长得很快，看上去已经是一个高挑的少女。高挑的少女瘦削瘦削的，身板直直，不说话，冰清玉洁的模样——卞容大偏爱这个成语——但凡身板笔直，不聒噪，干净整洁的女孩子，卞容大一律认为这就是冰清玉洁。卞容大固然偏爱冰清玉洁，但是他一直忘记不了黄新蕾初次的欢声笑语，蹦蹦跳跳，和一种故意肆无忌惮的态度。模糊的印象，也能够让卞容大觉出黄新蕾的变化。但是，卞容大自己不也是极不稳定，变化很大吗？他下身长出阴毛来了！多么丑陋的卷曲的毛啊！他在变声，他听见自己的声音会突然跑调，就像一匹无法控制的受惊的马。他长喉结了，胡须开始变得又硬又多，脸颊上出现了青春痘，深夜里发生了丑恶的梦幻并梦遗了！没有任何人告诉卞容大这些现象到底是怎么回事，不可告人的龌龊感使得他陷入自卑，他只有更加沉默。在沉默中，卞容大对黄新蕾深深抱歉。因为他梦遗的对象，有时候，竟然就是蹦蹦跳跳的黄新蕾，她总是戴着洁白的风雪帽，通红的脸颊，水灵灵的眼睛，活像洋娃娃，而下半身，竟然是裸体！

从门牙矫正事件开始的 1972 年到 1983 年，这是整整十一年的时间，卞容大从十二岁长到了二十三岁，从一名小学毕业生成为一位大学毕业生。然而，他的人生并没有发生任何奇遇。高考之前，卞容大还野心勃勃，充满了展翅高飞的幻想，北京或者上海的一流大学，天南海北才气横溢的学友，校园里到处都是漂亮多情的女大学生。结果，卞容大考取的只是荆州师范学院。在接到录取通知书的当时，卞师傅劈头盖脸给了儿子一顿足以让他懂得羞耻的暴打。这顿暴打加深了卞容大的自卑和郁闷，直到大学三年级，他才逐渐恢复自信。恢复和建立自信，几乎占用了卞容大的全部业余时间，他选择了对于文学的进攻来作为自己疗伤的途径。他日夜沉浸在图书馆里，埋头阅读古今中外的文学作品，然后自己开始尝试写作。四年级上学期，屡遭退稿却锲而不舍的卞容大，终于在《荆州日报》副刊版，发表了第一篇散文《我的母亲》，卞容大散文里头的母亲并不漂亮，是个戴高度近视眼镜的中年妇女，她有着短短胖胖的手指，扁扁的指甲，指甲缝里间或还有陈旧的污垢，但是，对于儿子来说，这就是世界上最温暖最美丽的手！卞容大在报纸的副刊上连续发表了几篇散文之后，有一个女同学对卞容大好了，她主动找他说话，抱走他宿舍的脏衣服，晚自习的时候约他在校园散步。两个星期之后，女同学建议把他们两个人的饭菜票合在一起使用，由她掌握用度，在他们吃饱的前提之下，尽量节约，能够积攒多少就积攒多少。女同学忧患地说：现实生活是严峻的，他们应该尽早懂得这一点，并尽早开始积蓄，否则，日后的婚礼，连手表和皮鞋都会没有。女同学如此务实和高效，直奔婚姻主题，丝毫没有浪漫情调，卞容大被吓坏了。而远在武汉的黄新蕾，反而一直都是以冰清玉洁或者活泼欢快的形象，活跃在与卞容大的通信之中。

卞容大和黄新蕾一直在通信。黄新蕾的信写得很好。简洁大方，文字流畅，使用的形容词都恰到好处，明显超过卞容大的许多女同学。尤其是黄新蕾高考失利之后，她似乎突然长大，懂得了人生的艰辛，在信中，坦率地表示了对于卞容大的羡慕和敬佩。卞容大特别喜欢黄新蕾给他的这种感觉。通信这种文学方式，把他们的革命友谊，推向了一个崭新的阶段。大学毕业分配在即，卞师傅不断地催促儿子与黄新蕾明确关系，陈阿姨这方面也充满了含蓄的暗示和期待。最后一个寒假，卞容大决心与黄新蕾正式见面，确定关系。于是，大家商定了日期，等候卞容大寒假归来。卞容大将在父亲的陪同之下，正式去陈阿姨家拜访，陈阿姨也正式通知卞师傅，他们家将聊备薄酒，请他们父子一起吃饭，同时他们还将邀请一位朋友，作为媒人到场。他们将把见面举办得正正规规，冠冕堂皇，免得日后别人说这对年轻人的闲话。卞容大当然同意父亲与陈阿姨的决定，但是，他还是给自己留了一丝小小的浪漫，他提前回到武汉，直接奔了新华书店。这个时候，黄新蕾已经顶替母亲的职位，在新华书店当售货员。这一天，又是漫天的风雪，卞容大进入新华书店之前，眼前再次浮现黄新蕾当年头戴风雪帽的洋娃娃模样。然而，毫无准备地出现在卞容大面前的黄新蕾，已经是一个有点老相的女青年，她羸弱，萎黄，表情木然，稀薄的头发趴在头皮上，戴一双和卞师傅一模一样的老蓝色袖套。卞容大哆嗦着，搓着手，一句话都说不出来。黄新蕾又羞又恼又生气，直挺挺站在那里，好久才阴沉地说："请你离开我的工作场所！"

然而，正式见面还是照常举行了。卞容大没有勇气抗拒父亲，更不忍心拂逆陈阿姨的好意。卞容大以为，就算见了面，以后两人谈不来，也还是可以分手的，现在提倡自由恋爱，又不是旧社会。见面这一天，黄新蕾倒是换了一种新气象，穿着红黑相间图案的毛衣，头发刚刚洗过，蓬松又光泽，在热气腾腾的饭桌上，黄新蕾的腮边漾着红晕。这么看上去，黄新蕾倒又成了一个蛮不错的姑娘，但不是她从前的自己，是另外一个姑娘。卞容大被姑娘的善变弄得稀里糊涂的，也说不出什么话来。黄新蕾的手腕上，戴着一块亮闪闪的上海牌女式小手表，非常时髦，是她爸爸送给她参加工作踏上社会的贺礼。媒人喜欢黄新蕾的手表，黄新蕾立刻就取下来，给媒人戴上过过瘾。事后，卞师傅据此细节大肆表扬黄新蕾懂得人情世故，卞容大也觉得黄新蕾的为人还不错，只是她不是当年的她了。这个下午，黄新蕾几乎没有搭理卞容大。大家都把这种淡漠看作了害羞。黄新蕾却不是害羞，她是在讨回她的自尊。这以后，他们的通信停止了。一个星期又一个星期，默默地僵持。僵持到一定的时候，黄新蕾采取了主动的进攻。她退还了卞容大写给她的所有信件。卞容大打开从邮局取回来的挂号包裹，里面是一大沓整整齐齐的信件，用紫色绒线扎成十字，同时附了简单的留言：希望卞容大同志迅速寄还她的所有信件。这种突然的变故，令卞容大晕头转向。这是不是在说明一个事实：卞容大失恋了？或者说黄新蕾认为：如果他们的关系不继续发展的话，应该是卞容大被抛弃？卞容大没有想到瘦弱的黄新蕾，还挺会抢占有利地形的！

　　最后是卞容大的毕业分配，解决了所有问题。卞容大的毕业分配极不理想，他没有如愿以偿地分回武汉，而是被发配到荆州郊区的一所中学教书。好强的卞师傅，对于命运的戏弄，这一次是鞭长莫及了。陈阿姨义不容辞地承揽了卞容大调回武汉的重任。调动工作，尤其是从地区的郊县调入省城，这是何等艰巨的事情啊。陈阿姨夫妇不惜血本，启动了他们的各种社会关系，用了还不到一年的时间，就把卞容大调回了武汉，单位还很好——湖北省科学技术协作委员会。在调动的过程中，卞容大常常在荆州和武汉之间跑来跑去，向陈阿姨夫妇及时地汇报事态动向。卞容大在陈阿姨家吃晚饭，大家头碰头商量到深更半夜，为波折反复而焦虑，为进展顺利而欢笑，黄新蕾自然就参与其中了。在一个欢笑的夜晚，卞容大走进黄新蕾的房间，把她退还给他的信件又都送给了她，并羞羞涩涩别别扭扭地拥抱了姑娘。

　　这是1985年的春节前夕。黄新蕾的姐姐，好不容易获得了一个回家过年的机会。黄新蕾的双胞胎姐姐黄新蓓，十二岁就参军走了，文艺兵，开始跳舞，后来改唱歌，逢年过节永远都有演出活动，永远都在慰问边防哨所。这一次春节，陈阿姨特别想念大女儿，结果大女儿正好可以回家探亲，这真是双喜临门了。陈阿姨说的双喜临门，其中一喜，指的是卞容大的进步。卞容大已经在新的工作单位站稳了脚跟，最近又在省报和市报上频频发表通讯报道。能够把自己的文章变成铅字的人，那当然就会被众人称为才子了。对于卞容大的成就，陈阿姨比谁都高兴。事实终于证明，她没有看错卞容大这个孩子！这一天，陈阿姨夫妇喜气洋洋的，他们把小女儿黄新蕾和她的男朋友留在家里，安排他们收拾打扮房间，准备好晚饭，等候他们接回大女儿。陈阿姨坐上军官丈夫的小车，去武昌火车站去接他们的大女儿。正在收拾房间的黄新蕾忽然说：咦，他们怎么提前两个小时就去了？话一出口，黄新蕾就捂住了嘴，她冒失了。这也就是说，陈阿姨夫妇故意给这对年轻人留下了至少两个小时的单独相处的时间，这可是以前从来没有发生过的事情。父母给年轻的未婚夫妇留下时间和空间，意味着什么呢？卞容大的心开始狂跳，黄新蕾也在不停地做着深呼吸。然而，男女之间该发生的事情，还是发生了。事情发生之后，具体的过程极其短暂，因为他们都没有经验，根本把握不了进度，难能可贵的是，他们基本可以算是获得了成功，这让他们两人都比较放下心来，觉得自己都还不至于太傻。在接下来的时间里，黄新蕾的态度发生了天翻地覆的变化，她飞快地就完成了自己的角色转换，从过于矜持的黄新蕾变成了卞容大温情的未婚妻。黄新蕾羞人答答地拿出了她在私下里偷偷积攒的嫁妆，让卞容大一一过目：一床软缎被面，一对鲜艳的尼龙绣花枕套和一些零零碎碎、花花绿绿的东西。但是，卞容大对于这些东西一律视而不见，他脑子里一片轰鸣，额头不停地冒汗，好像患了低血糖。这是因为，床单上没有处女之血，一点点都没有！那么，这是怎么回事呢？问题在哪里呢？在卞容大这方面，他肯定是初欢，他与所有的童男子一样，慌张潦草，难以入门。而黄新蕾，似乎比他更加羞涩慌乱，不懂阴阳。况且他们的革命友谊这么多年，黄新蕾的品行一贯端正，严肃和专一，使得卞容大的良心强烈地阻止他去怀疑她的无辜，那么卞容大应该怀疑谁呢？猥亵的民间传说无数次地告诫过男孩子们：初欢必须见血，否则对方就不是处女。当然，除非女方发生过非常特殊的情况。黄新蕾是否发生过非常特殊的情况呢？卞容大不知道。黄新蕾那么敏感好强，这种情况应该怎么去询问才不致使她感到羞辱呢？卞容大觉得自己快要哭了。卞容大是一个流血不流泪的男子汉，但是他怕受委屈。他窝不得，窝了就容易哭。当黄新蕾以罕见的娇俏之态，问卞容大喜欢不喜欢她的这些嫁妆的时候，卞容大的一滴泪水终于忍不住夺眶而出，他心酸地说：喜欢。

紧接着，一个声音在窗外的马路上欢快地高叫：黄新蕾！

这是黄新蕾的姐姐。陈阿姨夫妇把他们的大女儿接回来了。这欢快的叫声，闪电一般击中了卞容大。黄新蕾跑过去开门的时候，卞容大快要虚脱了，他赶紧扶着门框，命令自己握紧左手：要冷静！要微笑！要行若无事！

一个俏丽的女军官冲进了房间，笑嘻嘻的，还是一双水灵灵的眼睛！还是那万变不离其宗的洋娃娃脸蛋！还是灵巧，好动，喜欢噘嘴！还是用不以为然的腔调与她想戏弄的人打招呼：“啊，这就是我的妹夫吧？”天哪！原来，人是不可改变的。越是细小的动作和习惯，越是不可改变，无论历史把它们放大多少倍，它们还是保存着自己固有的特征。她是黄新蓓，不是黄新蕾。她是黄新蕾的双胞胎姐姐，年长黄新蕾十分钟，穿着绿军装，戴着红领章，红帽徽，俊俏非凡。她说笑着，扔掉军帽，摇松头发。她白里透红，阳光一般明亮和健康。姐妹俩的身段和五官大体都是相似的，但是肤色，神态，性格和后天的职业训练，又使她俩有着天渊之别。有人把她们姐妹俩弄错了！是谁把她们弄错了呢？是卞容大自己吧？卞容大不知道。卞容大最初的喜欢与最初的认识，当然是黄新蓓；后来出现的自然是黄新蕾。没有任何人在卞容大面前混淆她们姐妹俩，却也没有任何人提醒卞容大辨别清楚她们姐妹俩。那么到底发生了什么事情呢？卞容大来不及细致地回顾和分析历史，更无法询问。这顿晚饭，首次与黄新蓓黄新蕾共同进餐，满屋子的欢声笑语，卞容大却口口食物都噎在喉咙口，实难下咽。在这短暂的三个小时里，卞容大再一次地感到窝得慌。世界在破碎，喳喳作响，到处是裂缝，生活真是恐怖！

两个月之后，卞容大和黄新蕾结婚了。

成功的初欢，给卞容大带来的是满腹疑云，给黄新蕾带来的是受孕。未婚人流，必须首先坦白交代性关系的发生情况，然后接受道德审判和单位的处分，然后任由社会舆论羞辱，档案上还得留下一辈子的污点。黄新蕾品性的端庄，大家是公认的，她绝对是一个冰清玉洁的好姑娘，因此黄新蕾宁死也不愿意被人发现她的未婚先孕。迅速结婚的首要目的，就是为了迅速获得合法的已婚妇女身份，以便去做人工流产。婚后的第一个星期，黄新蕾便带上结婚证和夫妻二人的工作证，在卞容大的陪同下，理直气壮大大方方地去了医院，做人工流产的理由是他们都还年轻，都想先干好事业。

正如黄新蕾在婚后时常挂在嘴边的一句格言说的那样："在我们的人生里，有些错误是能够犯的，有些错误是不能够犯的，一旦犯了就无可挽回，所以你得在事先牢牢地想清楚。"卞容大在等候黄新蕾从人工流产室出来的时候，总算理解了黄新蕾的格言的意义。他就是没有把事情牢牢地想清楚，稀里糊涂地结了婚，便犯了一个不应该犯的错误：他把新娘弄错了！一个男人，不得轻率地与大姑娘发生肉体关系。发生了，她就算你的人了，你就得负责到底。即便弄错了人，你也没有反悔的余地了。卞师傅对于儿子突然要翻悔与黄新蕾的关系，给予了严厉的制止。很简单，如果黄新蕾去派出所报案，告发卞容大强奸，二话不用说，卞容大就得去坐牢；告发到单位，二话也不用说，单位就会处分卞容大，都是身败名裂，一辈子再难抬头。你怕不怕？卞容大怕。沉默了好多天，卞容大选择了婚姻。至于到底是谁把黄新蓓变成了黄新蕾，卞师傅认为这是卞容大自己的误会。黄家的一对双胞胎女儿，卞容大娶谁都一样——直到后来，黄新蕾的体弱多病暴露出来之后，卞师傅这才指认陈阿姨。他说他老早就明白小陈的阴谋诡计，一方面千方百计笼络卞容大，一方面巧妙地偷天换日移花接木，目的就是想把一个病恹恹的女儿塞给他们卞家。对于父亲的事后诸葛亮，卞容大哑口无言，他太了解他的父亲了，当年面对军官太太小陈的主动，卞师傅受宠若惊，生怕高攀不上，至于小陈想把哪个女儿嫁给卞容大，卞师傅才不计较呢。

　　由于心里窝得慌，新婚的卞容大表现得并不好。他沉默得比哑巴还彻底。每天晚上都熬夜给报社写通讯，早上睡懒觉。对于新郎应尽的职责，他假装懵懂无知。对于黄新蕾的怀孕，卞容大显得薄情寡义，新婚之夜的黄新蕾便提出要去做人工流产，卞容大听之任之。对于卞容大的表现，黄新蕾采取了高度克制和忍让的态度。他们一起回娘家的时候，黄新蕾还主动往丈夫饭碗里夹菜，使得陈阿姨看在眼里，喜上眉梢。最后，弄得卞容大都闹不清婚姻生活就是这么清淡平和还是他们又在僵持？这次是卞容大无法忍耐了。毕竟他是一个正常的健康的已婚男青年，毕竟每天晚上身边都睡着一个年轻女人，他无法长时间这么清淡，但是他又实在不甘心让命运摆布。卞容大找黄新蕾认真地谈了话。卞容大说："我国的法律规定婚姻自由，这就是说如果两个人结婚之后，在共同的生活中，发现他们的婚姻并不合适，互相之间其实没有什么感情，睡在同一张床上却都无动于衷，那么，我认为，他们就应该离婚。连恩格斯都说过，没有爱情的婚姻是不道德的婚姻。你认为呢？"出乎意料地，黄新蕾一点都不动气，她语气和蔼地回答："是的。"卞容大进了一步："假如我们发现自己其实没有感情，你同意离婚吗？"黄新蕾说："当然。"卞容大忽然卡壳了，试想想，一个新婚的女子，几乎没有享受新婚快乐，又刚刚承受了人工流产的痛苦，可她却还是如此的通情达理。卞容大是不是太混账一点了呢？

卞容大接下来说的话不是探讨离婚的可能性了，而是温和的关心："你困了？"

黄新蕾说："不困。"

卞容大说："不困你在想什么？"

黄新蕾说："你在想什么？"

黄新蕾偷偷地笑起来，主动把胳膊搭在了卞容大腰上，还意味深长地用了一点劲。卞容大闭上眼睛，伸手抚摸了妻子的笑容。

结果，卞容大稍一心软，他们的婚姻之箭就飞快地穿越了时光，刷刷地过去了十六年。

当年，未婚的时候，卞容大只是碰了碰黄新蕾，她就怀孕了。可是结婚以后，黄新蕾再一怀孕就习惯性流产。从婚后开始到1991年的七年当中，黄新蕾习惯性流产三次。流产一次，就大出血一次，就需要将养一年。再受孕，再习惯性流产，再大出血，再需要将养一年。之后再尝试着受孕。三次习惯性流产之后，医生警告：再不可随便怀孕和流产了，否则就会终身绝育。黄新蕾严重贫血，骨瘦如柴，全身的皮肤就是一层打皱的薄纸。一个女人有多少鲜血啊，怎么经得起这年年岁岁的流淌？卞容大紧张极了，他再不敢随便碰妻子，夜里经常噩梦缠身。在这七年里，他们家庭生活的主题，就是保胎。全家人上下一心，同仇敌忾，与黄新蕾的习惯性流产做绝不妥协的斗争。这期间，卞师傅与陈阿姨反目。卞师傅郑重地将陈阿姨约了出去，在某公园的角落，进行了一场事关卞家后代香火的谈话。陈阿姨气得两眼红赤赤地回来，一整天吃不下饭，从此断绝了与卞师傅的来往。卞师傅秘密地紧急召回儿子，要求儿子把生活的主题转换成离婚。卞容大断然拒绝了父亲的要求。卞容大绝对不能够做这种落井下石的事情。卞师傅气坏了，因为不是他们落井下石，是陈阿姨事先就埋设了陷阱！卞师傅也暂时地断绝与儿子的关系。陈阿姨拉着女婿的手哭了，感谢他的深明大义，知恩图报。于是，陈阿姨腾出了他们家朝向最好的房间，接卞容大夫妇回家居住，女儿的起居饮食，一概由她亲手伺候。陈阿姨发誓要尽最大的努力让女儿成功生育。她到处谋求流传在民间的宫廷保胎养子秘方。每当弄到一单秘方，她都要与卞容大仔细商议。对于年轻夫妇的房事，陈阿姨询问辅导之细腻，落实到了每一个细节上，卞容大的窘迫变成了惊恐，他觉得自己都要阳痿了。同时，家庭的凝聚力又变得空前强大，共同的隐私和坦率的密谋使卞容大和岳母一家人的关系亲密无间。1991 年元旦，卞容大被要求节制性欲二十天，吃偏碱性的食物二十天，然后在某一天的午夜，与妻子同房。妻子的后臀被一只特制的厚枕头高高垫起，卞容大的动作不能对妻子的小腹造成压迫感，但又应该激情充沛地将精液喷射到最深处。对于任何一个男人，这恐怕都是高难度的动作。卞容大简直战战兢兢如履薄冰。临战时刻，卞容大难以勃起，他几乎完全丧失了信心。黄新蕾握着丈夫的手，微笑着，鼓励他说："这肯定不比发表文章更难。"黄新蕾偶尔的幽默感，对卞容大非常重要。事情做成了！第二天早上，卞容大从房间出来，就发现家里进入了一个新的阶段，大家都轻言细语，屏息静气，王顾左右而言他。他们开始了虔诚的等待。谢天谢地，黄新蕾再一次成功受孕了！这一次，黄新蕾遵照医嘱，完全卧床，禁绝房事。卞容大每天下班之后，花两个小时为妻子活动四肢，按摩背部，以免她生出褥疮。卞容大被客气地要求将他们夫妻的房门敞开，以便陈阿姨随时进出伺候孕妇，严格地监督医嘱的实施。这一次，黄新蕾没有出现严重的流产征兆。在全家人小心翼翼地度过了十个月之后，黄新蕾一朝分娩，生了一个瘦弱但是健全的男孩子。卞容大为自己瘦弱的儿子取名为卞浩瀚，希望来之不易的儿子如长江之水一般，气势磅礴地健康成长，同时预祝儿子成为一个真正的胸怀广阔的男子汉。

　　三十一岁的卞容大终于做了父亲。卞浩瀚小朋友满月，举家欢庆，大宴宾客，鞭炮齐鸣。酒席上，卞容大高兴得多喝了几杯，往事历历，令他泣不成声。他情不自禁地紧紧搂抱了一对活蹦乱跳的孩子——这是黄新蓓的双胞胎儿子，两个小家伙在酒筵上闹得最欢。黄新蓓是在妹妹结婚的第二年，从部队转业回武汉

194

的。婚后不久她就挺出了大肚子。黄新蓓挺着大肚子照常每天骑着自行车上班下班，有一次还摔得鼻青脸肿。怀孕对于黄新蓓，就像好玩似的，她全然没有把它当个什么事情，眨眼间就生了一对白白胖胖的双胞胎男孩。现在小家伙们四岁多了，正是活泼淘气人见人爱的年纪。往日，卞容大看见了黄新蓓和她的儿子们，总是尽量找借口躲了开去。直到卞容大有了自己的儿子，他才敢于正视往日的遗憾与心酸。

在儿子长到三岁，上了幼儿园之后，卞容大才渐渐又有了一些属于自己的业余时间。这时候，他却发现，报社早就遗忘了他。卞容大再次煽动起内心的激情，写了许多通讯报道，这些稿件却一一地石沉大海。某一天，他才偶然得知，剪掉信封一角就可以免费寄稿的方式，早就取消了。这也就是说，卞容大的所有稿件，可能从来都没有到达过报社，并且，所有的报刊杂志社，也都不再邮寄退稿了。这也就是说，你的稿件无法与他人建立问答关系了，稿件是否收到？是否被采用？它有哪些优缺点？都由某个你不知道的人说了算，甚至这个人心情的好坏，都可以决定稿件的命运。那投稿还有什么意思呢？卞容大不知道正常的社会秩序为什么要被毫无道理地打乱。关乎大众公共习惯的一些规矩，到底由谁说了算？真是烦人！这个时候，卞容大的工作也出现了挫折。他受到了排挤，被调动到科协下面一个无所事事的单位闲挂了起来。卞容大开始心神不宁，焦虑不安，直到他决定重拾集邮的业余爱好，凌乱的心绪才有了一些寄托。不久，卞容大机会来了。他受到老干部蒋武汉的赏识和鼓动，便调到了蒋武汉的麾下，帮助他创建玻璃吹制协会。老干部蒋武汉酷爱玻璃工艺，他一直都在寻找机会从科委分离出来，成立专门的研究玻璃吹制和推广玻璃制品的单位。专家的研究成果证明，玻璃的品质非常稳定而且造型美观，有着不可替代的审美价值和实用价值。从环保的角度来看，玻璃制品就相当于器皿业的绿色食品了。所以说，玻璃吹制事业，是造福于人类的事业。怀才不遇的卞容大，很快就与老干部蒋武汉一拍即合，他积极地投身于玻璃吹制协会的草创和建设。由于卞容大的献身精神、工作能力和以往的成就，他很快就被蒋武汉提拔为正科级干部，任协会的秘书长兼办公室主任。尽管卞容大再三告诫自己做人要谦虚谨慎不骄不躁，可无奈在客观上，卞容大还是比较少年得意。每当他因为工作回家晚了，黄新蕾没有及时做饭，卞容大还是要挂脸的。

黄新蕾似乎并不懂得丈夫挂脸的含义，她反而会居高临下地瞥丈夫一眼，眼神里含着一种讥讽。卞容大倒懂得这种讥讽绝对不仅仅因为是他的个子比她矮了两公分。那么黄新蕾是什么意思呢？黄新蕾阴沉地说："我没有什么意思。"

又花了几年的时间，卞容大才慢慢读懂黄新蕾讥讽的眼神：卞容大欢天喜地地创建什么玻璃吹制协会显然属于不识时务，因为与此同时，全中国的人都开始做生意，开公司，炒股票，倒卖各种东西，赚钞票就像好玩似的，弯腰就捡一大把。中国社会在发生巨大的躁动和变化，而卞容大这个人呢，却煞有介事地为创建一个群团组织浪费青春。

卞容大的许多个夜晚，还是伏案写写画画，绞尽脑汁，写出一篇篇豆腐块文章，暗自奢望获得报社的重视和发表；星期天去集邮，傻乎乎地排队购买邮票，回家之后对从不集邮的妻子和幼小的儿子津津乐道邮市趣闻；节假日看望父亲和畸形肥胖的妹妹，偷偷塞给他们一点计划之外的钱，还以为黄新蕾不知道；一年四季，春天一定要带儿子去踏青，秋天一定要带儿子去秋游，夏天一定要带儿子去游泳，冬天一定要带儿子去打雪仗——年复一年，年年新瓶装旧水，时间就这么过去了。卞容大要问了：对于一个儿童身心健康成长所必需的生活情趣，黄新蕾能够持这种无知的态度吗？人的时间是用来做什么的呢？不过，卞容大没有真的发问，卞容大是一个崇尚沉默的男人，他不会向黄新蕾发出任何具体的诘问。黄新蕾是一个生性沉闷的女人，她也没有过多的语言。但是，她用自己的生活态度，表示了对于卞容大的不满和不屑。

　　在儿子出生之后，黄新蕾自己也脱胎换骨了。大约在生育之后的五年时间里，她的身体状况好了起来，人长胖了许多，月经也通畅了，经前期综合征不治而愈。黄新蕾能够吃苦耐劳，做事发狠，渐渐学会了在公众场合说话。他们新华书店效益不好，要分流员工，黄新蕾不等别人分流她，她主动请缨承包了一个图书批销中心。这个图批中心，远在市郊，仓库陈旧，压货几百万码洋。黄新蕾却自信看到了它的美丽前景。可是，第一年，黄新蕾的经营首战失利。在梅雨季节里，她坐在发霉的书堆上，一身欠款，两眼发直，四周爬满鼻涕虫。然而，这个女人硬是挺过来了。她开动脑筋，到处张罗，又筹措了款项，把仓库改造成了仓储式的图书超市，仓库前面的空地，没有资金做成花园和草坪，她便自己动手，扎起竹篱笆，种上了丝瓜、苦瓜和葫芦，大门上爬满牵牛花和金银花，几条大青石，卧在篱笆边，算是读书和歇息的地方了。没有想到，这种别致的风味，正好迎合了城市人的乡村梦想和小资情调。居然开始有人口口相传，大老远特意跑到她的图书超市购书和阅读。黄新蕾抓住机遇，冒险推出大胆的举措：购买五本书，就可以拿批发；但凡购买书籍，一律给打八折。在将近一年的时间里，黄新蕾干脆居住到了图批中心。她以惊人的毅力，蚂蚁啃骨头，日夜工作，一点一滴地实现着她那些近乎荒诞的设想。随着城市的迅速扩大，随着教育消费的迅速攀升，随着宽敞的马路和公共汽车通到图批中心，黄新蕾的图书超市红火起来。当黄新蕾的经济收入高于卞容大之后，她为自己的母亲重新配了进口的高度近视眼镜；为父亲换了进口的心脏起搏器——他的正师职级别也只够资格安装国产起搏器；黄新蕾将儿子送进了重点学校；为卞师傅家里装上了一台空调——尽管卞师傅不阴不阳地对待她；她的一对双胞胎侄子，还有卞婉容，也都各得其所地收到了礼物。最后，卞容大结婚时候的上海手表也被换成了日本西铁城表。唯有黄新蕾自己，辛苦几年，一分钱都还不曾用到她自己身上。黄新蕾无私的大家风度，迫使卞容大自惭形秽。说实话，卞容大不喜欢这块日本西铁城手表，他并不认为一个秘书长兼办公室主任，在工作的时候需要经常亮出自己的手腕。学习成绩远远好于黄新蕾的卞容大，学历远远高于黄新蕾的卞容大，事业一直兴旺于黄新蕾的卞容大，遭受了绵里藏针的轻视和打击，终于也就读懂了黄新蕾讥讽的眼神。

卞容大又变懒惰了。新婚阶段的消极怠工在卞容大身上又惊人地重演：他晚上熬夜，早晨睡懒觉，爬起来就蹬自行车去上班，根本不管谁谁谁吃过早餐没有，下班回来就横躺，臭袜子丢在床头，看电视新闻联播节目就开始打很大的呵欠，当别人睡觉的时候他又活跃了起来，故意蹑手蹑脚在房间走来走去，看书，写作，把书页和稿纸翻得哗哗响。要知道，他们居住的是一间半的小房子，卧室里拥挤着大小两张床。黄新蕾也仍然拥有新婚阶段的那种忍耐精神，她装聋作哑视而不见的本领可能是世界第一流的。这个时期，卞容大老是赖在单位加班，他的心灵密友是办公室的文秘汪琪。卞容大黄新蕾夫妇之间的那种特有的默默僵持再次开场，第一次是在婚前，陈阿姨跑调动的一片苦心感动了卞容大，卞容大首先妥协；第二次是婚后，黄新蕾新婚就做人流还善解人意，卞容大再次妥协；这一次，卞容大坚决不会妥协了。这个社会的本质关系就是交易关系。黄新蕾用金钱与物质替代柔情，交换和阉割他的自尊，这是卞容大不能够答应的。女人首先应该懂得依恋、期盼和柔顺；而不是一有机会就颠覆男女关系，并且还用这种残酷的颠覆表示对男人生活态度的讥讽和否定。

好在谁的生活道路都不是一帆风顺的，黄新蕾也不例外。她的图批中心火暴，必然地遭到了所有新华书店门市部的嫉妒和攻击，匿名举报信雪片一般飞到他们的上级主管部门。为了图书系统的安定团结，根据国家有关规定，上级主管部门收回了黄新蕾的私人承包权。黄新蕾依然还是图批中心的经理，但是派来了新的党委书记，黄新蕾的资金使用和经营管理方式，都受到了极大的限制。黄新蕾的身体，又渐渐地出毛病了。通过生育而开张的经脉，好像又开始堵塞和封闭。经前期综合征再度出现。每个月有半个月的时间，黄新蕾都沦陷在痛经，经血不畅，经血过多和经血淋漓不尽的过程中。黄新蕾面目浮肿，脾气暴戾，捂着小腹在床上打滚。为了阻止疾病的吞噬，黄新蕾大口大口吞吃中草药汤药，每天清晨起床练气功，深夜还辗转在公共汽车上到处求医。至此，他们夫妻之间的僵持却不战而和。卞容大看着妻子憔悴不堪的模样，看着被子宫支配的女人还被残酷的社会游戏规则所支配，他无法不心软。黄新蕾毕竟是他的妻子，毕竟是他儿子的母亲，毕竟他们共同度过了漫长的艰难岁月。好强的女人太累了，也太可怜了。卞容大自然又变得勤快起来。他每天清早起床，安排一家三口的早点。回家就进厨房。臭袜子直接扔进洗衣机。每天都戴西铁城手表去上班。

生活又被季节刷新了。当寒冬之后，春日的艳阳给万物带来勃勃生机的时候，卞容大又跃跃欲试地携妻带子，到江边放风筝来了。背包，食物，口香糖，矿泉水，一家三口悠闲地步行在桃红柳绿的公园里，这就是卞容大的散文：美好的风景，暖暖的亲情，和煦的春风是心情的熨斗。

在沙滩上买好风筝之后，卞容大带儿子直奔趸船。趸船上的风，正是放风筝的好风。卞容大手里的风筝，很快就扶摇直上，一路超越，然后遥遥领先。众多的看客观赏着和夸赞着，卞容大父子不免扬扬得意。一位少妇，带着女儿和小狗，上到趸船来了。她们兴奋地鼓捣着线团，可是风筝就是不肯升上天空。少妇焦焦急急忙忙碌碌的，在卞容大身边钻过来钻过去。最后，她还是不得不央求卞容大替她放一放风筝。对于卞容大，这当然不是问题。少妇的风筝很快也升上了天空，孩子们高兴地大呼小叫，之后又去逗小狗玩耍。卞浩瀚已经与小女孩成了好朋友。有江鸥的滑翔，春风显得更加轻盈和松弛。有波涛的絮语，长江变得万般温情。一位姿色明丽的少妇在身边擦来擦去，惊醒了卞容大的许多感觉。少妇与卞容大并肩放风筝，亲昵地与他说话，老朋友一般熟悉，有一点撒娇，还有一点玩笑。当少妇圆润的臀部再次触碰到卞容大的时候，他突然向往了，膨胀了，勃起了。卞容大赶紧坐在了趸船的缆绳系留柱上，不敢动弹。他严密地掩饰着自己，仰着一张冷冷的面孔，专心专意只看天空。一个中年男人的身体，还能对一个可意的异性作出如此迅捷的自然反应，卞容大是窃喜的。当然，卞容大同时也明白，以道德的标准衡量，他的身体是可耻的。但是他并没有做出什么不良举动来，他还是一个理智的男人。惊醒与感悟，自责与窃喜，放纵与克制，遐想与收敛，这种种感觉，使卞容大涨满了情怀一腔，又痒又疼，百感交集。他找了一张小纸片，套在风筝上，抖动线索，让小纸片攀升上去，这叫做给风筝打电话。风筝风筝，卞容大给你打个电话，与你分享一个男人隐秘的快感。

黄新蕾一直没有参与放风筝。在江滩上买风筝的时候，她就从小摊贩那里获得了一个巨大的启发。黄新蕾撇下丈夫和儿子，对江滩上的小摊贩展开了调查研究，收获很大。黄新蕾兴奋地告诉卞容大：风筝可以作为教辅资料与手工劳动课本搭配出售！你算算，一只风筝的成本只要五毛钱，而搭配在课本里出售，至少也可以定价五块钱。如果自己组织人工生产，仅仅提供制作风筝的原材料，装配程序留给孩子们自己动手，成本还可以降低。这是手工劳动，就是应该让孩子们自己动手去做的呀！你想想！会有家长拒绝多花这五块钱吗？绝对不会！手工制作原料与手工劳动课本一起买回去，该是多么方便啊，如果分开购买，家长所付出的金钱和精力，肯定超过五块钱！这真是一举几得的绝妙创意，可以为他们图批中心带来多少利润啊！你再想想，我们有多少学校？我们有多少人口？我们有多少生源啊！黄新蕾说："今天出来果然收获不小！孩子他爸，谢谢你！"

卞容大避开了妻子热切的目光，生涩地说："有什么可谢的。"

卞容大应和不了妻子。一时间他实在转不过这个弯来。是的，今天出来收获很大，非常开心，小小的风筝把他带进了一个沉醉的世界，而这个世界却与利润一点关系都没有。一点都没有，妻子！

黄新蕾被卞容大的神态惹恼了，她说："又怎么哪？简直莫名其妙！"

黄新蕾气愤地将下巴颏儿一扬，拽起儿子的手，母子俩快步往前走了。卞容大独自落在后面，忍气吞声地跟着。童话散文被真实的生活撕得粉碎。事实上，卞容大很久都没有再写这一类粉饰温情的散文了，他知道这辈子再也写不出来什么散文来了。

2000 年到来的前夕，世界一片混乱。人类很有趣，总是喜欢把世界搞得一片混乱。唯恐天下不乱的媒体高兴坏了，它们拿出大幅版面，让一种人欢呼新世纪的到来，又让另一种人严肃地反驳新世纪理论：2000 年还不是新世纪，2001 年才是新世纪，这不过是一个简单的数学问题啊！玻璃吹制协会也乱成了一团，大家在办公室里高声争论，两派都挥舞报纸，声嘶力竭。因为这牵涉到了玻璃吹制协会是否举行庆祝活动，以及庆祝活动的规模有多大的问题。办公室主任卞容大很冷静，连数字本身都是人为规定的，新世纪不新世纪有什么太大的意义呢？到时候怎么庆祝？随着上面的倾向和规模来就是了。

然而然而，这个冬天的周日，卞容大的心情还是波动了。一个人为的数字，2000，一个被他认为是扯淡的东西，不知怎么搞的，还是悄悄地触动了他。午饭之后，卞容大坐在阳台上晒太阳，看报纸，满纸的2000跳动起来。我的天哪，纪年真的要开始一种新的写法了？卞容大生于20世纪，长于20世纪，怎么着？写习惯了的"一九几几"真的要过去了？卞容大惆怅地放下报纸，随手翻了翻正在进行冬晒的几只箱子，发现了他中学时代收藏起来的一只医药盒子。这是从50年代使用到80年代的那种正方形葡萄糖安瓿药盒，天蓝色的字，白纸已经发黄。盒子打开，涌出一股陈年往事的味道。盒子里头有几张老邮票，梅兰芳什么的，但是品相不好。还有一只铁皮哨子，是学工学农又学军的初中时代留下的，来自于军营的一只真正的军队哨子。一颗他的智齿，上面有牙垢，顽石一样难看。还有两支炭棒笔，这是从大号的废旧电池里头磨出来的，是他少年顽劣的明证，在电影院的公共厕所里的木板隔断上，胡写乱画，画一个椭圆形的圈，四周再画上黑茸茸的毛，这就是女性生殖器了。有趣的是，父亲为他制作的牙套，不知怎么也收藏在里头了。牙套已经变成一团满是铜锈的乱麻，看上去细弱无力，腐朽败落，真不知道当年它怎么就能够给卞容大造成那么大的痛苦，它套住的哪里只是卞容大的门牙呢？是他的一辈子！

卞容大拿着盒子，看着看着，在温暖的太阳下面打了一个盹。从一个盹中蓦然醒来，卞容大的头脑格外清醒。他迅速地把盒子放进公文包，穿好上班的衣服，以他惯有的冷静，蹬上自行车，来到了单位。卞容大告诉门房刘老头，他有急事要加班，他让刘老头锁好大门去餐馆喝个小酒。卞容大用二十块钱，急切地支开了刘老头。然后，卞容大间谍一样闪进自己的办公室，关好了门窗，放下了窗帘。在昏暗与隐秘的单独空间里，卞容大重温了他少年时代的胡闹。他用炭棒笔画了女性的器官，现在的画，就很真实和形象了。他还模仿小说《金瓶梅》，勾勒了一幅春宫图。春宫图上面的女人，健康，丰腴，脚跷得老高，是一个活泼的女人。卞容大将自己的双手插进裤口袋，摇晃身子，吹口哨，吹那种没有名堂的小调：大姑娘美呀大姑娘浪，大姑娘走进青纱帐。这句小调，是他去东北出差，在民间听二人转听来的。此前他还不知道自己已经会哼哼了。他妈的，正经的东西，想学都学不会；不正经的东西，不学就会了。人啊人，人这个狗东西！最后，卞容大拿起铁皮哨子，吹了一下；再用力吹一下，口腔和喉咙灌满了铁锈味。少年时候也曾经想当军官，想当交通警察，口里衔着银色的铁皮哨子，冲谁吹谁就得听话。卞容大有节奏地吹起了哨子，士气随着就上来了，他来回地走着正步，一直走到觉出了自己的荒唐。突然的寂静到来了，宇宙空旷无垠，星星向各处飞旋而去，眼前只有他再熟悉不过的办公室。卞容大颓然倒在自己的办公椅里，双手反枕脑后，两腿交叉，架在办公桌上。直到刘老头试探地敲响办公室的房门：卞主任？卞主任？时候不早了，你忙完了没有？

知道了！卞容大说。他自然就使用了一种小官僚的腔调。该死！卞容大一边自嘲一边拿下双腿，忽然，他觉得自己脸上有蚁走感，他用力一抹，是泪。一颗冰冷的泪。

玻璃吹制协会被解散的消息，还是先一步被黄新蕾获知了。这天早晨，黄新蕾迟迟不肯出门上班。当卞容大整装待发了，黄新蕾在他身后清醒地发问："你去哪里？"

卞容大顿时被钉在了说谎的耻辱柱上，他索性回答："我去找工作。"

204

黄新蕾说："这是不是意味着你现在其实没有工作了？"

"可以这么理解。"

"那你现在去哪里找工作？"

"我去新世纪饭店。那里有一家法国化妆品公司，正在招聘工作人员。"

这个沉着的女人再也无法控制地发出了跑调的尖声："化妆品？你？"

卞容大不再说话。对化妆品从来没有感觉的卞容大与化妆品联系在一起，形象是很滑稽。可是卞容大不想再说假话了。但是，他也不想详细解释还没有结果的事情。这么多日子了！卞容大失败地应聘过多种工作了！这个男人他不想一一解释他的失败！

黄新蕾抓着胸口，深呼吸，极力控制着自己的情绪。她尽量平和地说："你今天能不能把实话告诉我？"

卞容大说："不存在实话不实话的问题。你不是都知道了吗？今天我有重要的事情，现在我必须走了。"

黄新蕾说："现在你肯定不能走！"

卞容大说："为什么？结婚证上有规定吗？新婚姻法有规定吗？妻子不让丈夫出家门，丈夫就不能出门？去你的！"

黄新蕾忽然雷霆大发了：餐桌上的碗筷茶杯被哗啦推翻，一团油腻的抹布摔到了卞容大的脸上。黄新蕾火山喷发，两眼炯亮，直直地盯着丈夫，用一种近乎喊叫的声音控诉起来，她声音的高亢，语言节奏的飞快，语句的流畅，是卞容大在他们十六年的婚姻生活中，从来没有发现的。黄新蕾说："卞容大！你太看不起人了！发生了这么大的事情，满世界都知道了，大家都在议论纷纷，你却一直瞒着我！你以为我是个什么人？我会唯利是图？我会嫌贫爱富？我会怨天尤人？我会靠你的钱养活自己？卞容大，我为你感到羞耻。说谎是可耻的，这是你教育儿子的话，也是我们做人的准则。你这是羞辱儿子、羞辱我和你自己！现在的社会形势人人都看得明白，单位解散，不是什么稀奇事情。失业下岗，更不是什么稀奇事情。成千上万的人都在经历这样的曲折和艰难，为什么人家都能够坦然处之，而你却偏要瞒天过海呢？你躲过了初一躲得了十五吗？卞容大啊卞容大，我和你夫妻十六年，相识相恋二十多年，为你一而再再而三地怀孕流产，命都差点送掉了，你怎么忍心欺骗我啊？当初我看上你，不就是看上了你的善良和诚实吗？你以为你还有什么值得我看上的？你以为我还指望自己嫁了一个才高八斗，学富五车，家产万贯，英俊潇洒的白马王子？以为我自己从此就锦衣玉食，一步登天了？不！我清醒得很！一直都很清醒！我一直都在依靠自己的努力辛勤劳动——哪怕瘦得只剩下一把骨头了！

"我哪怕瘦得只剩下一把骨头，我还是在拼命工作，为这个家庭创造更好的生活环境。多年来，我关心你，关心大家，远远超过关心我自己，可是你却对我说：'去你的！'好像你下岗了你就受委屈了，你就应该比别人都娇气，你想撒谎就撒谎，想出门就出门，全然不顾别人的感受。卞容大，你怎么是如此没有良心的一个人呢？我当初怎么就没有看透你呢？你的所作所为，还算一个男人吗？如果我说了这么多，你还是不在乎的话，那你就出去吧。"

卞容大出去了。他以一个不变的姿态，僵立在门边，听完了妻子的控诉，然后一言不发地出门了。他是一个男人，他必须遵守约定的时间：今天他要接受欧洲老板的面试。

随着卞容大的出门，黄新蕾把一只热水瓶掼到了房门上，那是一声异常的巨响，宣告着日常生活中的和平结束，烽烟四起。

黄昏时分，大家都回家了。儿子闹着，要求打开电视看动画片，一会儿爸爸，一会儿妈妈。爸爸和妈妈都说同样的话：作业做了吗？先做作业！净看动画片，耽误了学习，将来怎么办？爸爸妈妈都在厨房忙碌。他们互不理睬，但是配合默契。食盐没有了，爸爸赶紧开封一袋新的食盐，妈妈接过去撒在菜肴里。吃饭。爸爸妈妈都与儿子说话，甚至还可以说笑，不影响儿子的心情和学习，是他们夫妻的最高守则。父亲卞容大做得不错，母亲黄新蕾也做得很好，他们都可以深深隐藏自己的痛苦——这也是难得的一种默契。晚饭吃完了，收拾碗筷，拖地做清洁，整理屋子，洗衣机打开了，里面搅动着一家三口的脏衣服，早上沾满火药味的衣服也无奈地在一起旋转。看看儿子的作业。看看电视新闻。看看报纸。接接无关痛痒的电话。儿子该睡觉了。睡觉之前，儿子必须喝一杯鲜牛奶。鲜牛奶的意义是：防止骨骼缺钙。现在他们的儿子个子偏瘦小，将来千万别又长成一副穷苦人模样。只有一间卧室，买大房的理想刚刚纳入艰苦奋斗的远景规划中。时间不早了。该睡觉了。夫妻两人，一人挂在大床的一侧，关灯。深夜，窗外明月高挑，不谙人间疾苦，圆润华美得没心没肺。迷迷糊糊的睡梦中，女人转过身来，伸手摸索着，摸索着，也不知道是有意还是无意。男人还是接住了女人摸索的手。女人顺势溜进男人的怀抱，男人慢慢抱住了女人。女人发出低低的啜泣。男人的小眼睛在月色中慢慢睁开，贼亮，他的确狠不下心来，他无法拒绝女人的寻求和这寻求本身所传达的复杂意义。卞容大完蛋了！他无法拯救自己。无法反抗与报复。无法记恨。无法掌握局面。多少次的抗争与搏斗，被无数个这样的夜晚所消解。一切的委屈和难受，都慢慢变成了命中注定之物被接受下来，养成了习惯。

习惯是一种何等强大何等可怕的存在啊！

三、与单位与汪琪与外面的世界

谢天谢地！幸亏卞容大占了一个好单位：省科学技术协作委员会。当年，卞容大到单位报到的第一天，他就领到了紫红色的宽敞的办公桌，墨水瓶，钢笔，材料纸，复写纸，蜡纸，钢板，油印机。卞容大的人事档案先他而到，科协领导已经再三调查研究过他的档案了，领导们看出了卞容大是一个文才的苗头，为他分配的工作是文化宣传干事。卞容大非常喜欢他的工作。这喜欢是多么宝贵啊，因为单位就是一个人终身的依靠。

省科协真是一个美好的单位。50年代修建的苏式楼房。大院子。院子中间有一棵古老的雪松。锅炉房凌晨三点就撬开炉火。清早六点，食堂就开始卖早餐。二两一个的大馒头大花卷，热气腾腾，每个只要三分钱，稀饭咸菜免费，自己拿碗去粥桶里打。五一国际劳动节，免费加餐。七一党的生日，免费加餐。八一建军节，免费加餐。十一国庆节，免费加餐。元旦、春节，皆免费加餐。三八妇女节，女同志休息，赠送电影票；男同志半天打扫办公室清洁卫生，半天也可以休息了。六一儿童节，单位派车，送职工的孩子们去动物园游玩；没有孩子的职工，也可以提前下班，回家休息，准备生孩子——这是笑话，是卞容大的同事们在办公室哈哈大笑说的笑话。卞容大没有参与哈哈大笑，他本来就不爱笑，加上妻子黄新蕾患有习惯性流产，生养孩子是他们最酸楚的话题。不过，这并不妨碍卞容大在单位里工作得顺心和舒畅。

这是一个令人顺心和舒畅的单位，每天你都知道自己应该做什么事情。如果出色地完成了工作，就会得到大家的赞赏和领导的表扬。他们单位的领导非常像领导。书记和主任，都是德高望重的老同志，既慈祥又威严，衣服式样传统，整洁干净，专注地听你汇报工作和汇报思想，能够解决的问题，他们也不会当面立刻许诺，但是，事后很快就会给予兑现或者答复。这里头就有一种认真，负责，言必信行必果的精神，体现着党和组织的力量与威信。所有的事情，一律按部就班，都有组织照顾和管理。就连手指头破了，医务室也会马上给你涂碘酒。工会女工委员会经常性地主动询问："你爱人好吗？她是吃药还是戴环？你需要避孕套吗？"最初，卞容大还脸红，后来就不脸红了，他们单位凡是已婚者，人人都被严肃地询问同样的问题，计划生育是我们的国策，这是单位在监督国策的执行情况。他们单位，俨然一架巨大的精密仪器，大小齿轮都在强有力地转动，这种转动足以使卞容大这种年轻敏感的小伙子联想到国家机器的正常运转，他的自豪感，他的参与意识，他的献身精神，他建功立业的渴望，便都油然而生了。

个人感情生活里种种难言的委屈和痛苦，成为了卞容大工作上的动力。卞容大狂热地工作着。他们单位麾下的科协，分布全省，大大小小，星罗棋布，有一万多家，每天都涌现出大量的发明创造，每天都发生许多感人的事迹，卞容大在整理材料之外，还以文学的笔法，更加生动地写作了许多小散文。这些小散文，被富有经验的办公室主任看见了，他立刻判断它们达到了发表水平，并且主动加盖了单位的公章，把它们送到了报社。很快，卞容大的散文就被刊登了。卞容大的文章，本来就达到过发表水平，不过那是在地区一级的报纸上，上了省报，那个档次就不一样了！报纸，带着油墨的香气，在办公室里被大家争相传阅。卞容大的名字，迅速地传遍了整个单位。卞容大到食堂排队买饭，总是会有陌生的同事主动过来，开玩笑说要与才子握握手和说说话，沾点灵气。卞容大很快就提升了副科级，并且担任了单位共青团委员会的组织委员。

有了一定级别和相应职务之后，卞容大工作的积极性更加高涨，也更加拥有施展才能的空间了。他组织优秀共青团员们集体上井冈山，重走革命路。他们还参观了毛主席的故居韶山，瞻仰红太阳升起的地方。站在长沙的橘子洲头，卞容大带领青年们举起自己的拳头，面对湘江，集体背诵毛主席的《沁园春·长沙》一词："……恰同学少年，风华正茂；书生意气，挥斥方遒。指点江山，激扬文字，粪土当年万户侯。曾记否，到中流击水，浪遏飞舟！"

对于卞容大来说，那感情冲动忘乎所以声嘶力竭的背诵，是他这一辈子永远无法忘怀的宣泄。那个时刻，他年轻人生的所有痛楚，委屈，窝囊，还有雄心壮志，统统都被喊叫了出来。湘江那轮又大又圆又红的夕阳作证，在那一刻，卞容大心里，真是充满了对于单位的热爱和忠诚。那时候的逻辑就是：单位等于事业，事业等于党的利益，党的利益等于国家、人民和自己的利益。

卞容大带领的共青团支部，被共青团湖北省委树立为全省团支部唯一的标兵单位。卞容大他们的照片，陈列在省委礼堂大厅里，供大家参观和学习。卞容大再接再厉，冒出了许多新的想法，比如建立发明家人才资料库，建立大胆设想征集小组，以便将国家建设所急需的各种科技资料和人才，发掘、整理和培养起来。他的想法，引起了北京中国科学院有关专家的高度关注，专家居然直接给卞容大打来了电话。卞容大是多么荣耀啊。他们科协书记去北京中科院出差就带上了他。男人需要什么？就是需要这个！需要把事情做得很漂亮！需要因为你的漂亮引起领导的重视、社会的关注和著名人物的认可，于是，你也就日渐重要起来，这就是所谓的事业！在黄新蕾连续流产的七年里，卞容大如果没有事业上的蒸蒸日上，恐怕他早就彻底垮掉了。

更有意义的是，事业的兴旺，必然会带来丰富多彩的生活。市科协的姑娘小柯，大家亲昵地称她为小鸽子，有一段时间，为筹备某个活动，专门跑省科协。她每次来了，首先就会跑到卞容大的办公室。小鸽子是那种生动顽皮的姑娘，爱说爱笑，笑声香甜。就是诉说倒霉的事情，语调也无比快乐。说实话，在卞容大的内心深处，他总是喜欢这一类的女孩子，她们春天一般健康、蓬勃和明丽，身上都有黄新蕾的影子。直到有一天，小鸽子为卞容大织了一件毛衣，不由分说地强迫卞容大穿上试试。卞容大这才觉出大事不好。一般说来，姑娘们是不会随便给男同志织毛衣的。卞容大脱下毛衣，还给了小鸽子，他不得不告诉姑娘：他结婚了。豆大的泪珠，就那么活生生地，从小鸽子明亮的眼睛里，一珠一珠地滚落出来。卞容大慌神啊。他手足无措，给姑娘擦眼泪不是，不擦眼泪也不是。这甜蜜的尴尬与甜蜜的痛苦啊，实在是好感觉。卞容大开始认识到，作为男人，他并不瘦小；或者说，作为男人，他的瘦小并不能遮挡他的魅力，对吗？对的！

城市变得是如此熟悉和亲切。卞容大在这个城市的大江南北跑来跑去，精力充沛，不知疲倦，常常在最繁华的大街上和公共汽车里遇上熟人，他们大声地向他打招呼，以认识他为荣耀，而卞容大，还是不说话的性格，显得很有内涵。他向他们点头致意，握手的时候用用力以答谢熟人对他的热情。卞容大尤其喜欢报社召集社外通讯员会议。他喜欢把通讯员的证件举起来，向报社大门口的岗哨示意一下，脚步都不用停留，就那么大模大样地进去了。报社，是党的喉舌，是这个城市意识形态的关口，是文化系统所有单位唯一拥有武装警察站岗放哨的地方，卞容大就可以这样大模大样地进去，感觉是多么好啊！通讯员们来自全市的各行各业，都是才子或者才女。他们坐在一起，穿着打扮与言谈举止，就是与众不同，男人留披肩长发，女子公开抽香烟，实在是时尚与个性。卞容大在这里交结了许多朋友。他们一起抽烟喝茶，谈论国家大事、社会新闻、文学创作和名人逸事。一个总是身着长裙的女子——对于长裙的穿着者，卞容大觉得只能冠以"女子"这个名词才相配——文静，幽怨，回眸留给卞容大一抹特别的眼神。卞容大首先注意到了她健康的肤色和丰满的体魄，她的眼睛明亮，发言的时候，中气十足。有一天，卞容大在自己的笔记本里发现了一张纸条，上面写道：莫愁前路无知己，天下谁人不识君。卞容大立刻就感觉到了长裙的飘拂。副刊部的编辑大姐与卞容大开玩笑了："容大啊，有人找我打听你啊，你到底结婚了没有啊。"

卞容大赶紧装出憨厚的样子，说："结了结了。大姐啊，你是看见过我爱人的。"

黄新蕾常常复述的人生格言是：在我们的人生里，有些错误是能够犯的，有些错误是不能够犯的，一旦犯了就无可挽回，所以你得在事先牢牢地想清楚。卞容大当然非常明白生活作风错误是不能够犯的。但是，你不想犯错误，并不等于不能有犯错误的幻想；你不想犯错误，也并不等于错误它不来犯你；你不想犯错误，更不等于错误本身不动人和美好。事业兴旺的男人好比跻身于原始森林的一棵大树。在这棵大树上，该隐藏了多少动人而美好的错误啊！并且这棵大树越是枝繁叶茂，隐藏的错误就愈多。只要最终不结出错误的果实，那不就行了吗？

熙熙攘攘的大街上，如果有一条长裙为你飘过，男人，那终究是你的自豪。

卞容大的工作干劲是越来越大了。随着他经验的丰富，随着他的成熟，随着他的成就，他内心开始膨胀起一种渴望，那就是他想获得更有挑战性的工作，他想长成好大一棵树！在这种迫切的心情促使之下，平日少言寡语的卞容大，终于下决心找科协的领导谈心了。卞容大谈的都是真心话，他希望组织在他的肩头压上更重的担子，希望在工作中获得更多的锻炼机会。果然，组织上并没有让卞容大等待很久的时间，忽然他就接到了调令。卞容大被调动到市里的科普协会。卞容大去了以后，才发现是一个闲散的小单位，只是向老百姓做做推广普及的教育工作，宣传那些最普通的科学知识。比如，电的故事；比如，遇上闪电你应该躲在什么地方。显然，卞容大被下放了。卞容大苦闷不堪，只好用集邮来排遣自己的烦恼。通讯员朋友中的几个好友，约了卞容大喝酒聊天，给他开窍，说：卞容大啊卞容大，你这是在要官做啊！你现在成绩显赫，大有功高盖主的势头，应该采取后退的姿态，夹起尾巴做人，到处装孙子，使你们领导都放松警惕，这样才能够升官。有你这么咄咄逼人的吗？

卞容大咄咄逼人了吗？卞容大真的是想多做一点事情啊！卞容大的话说得非常明确：他不是要提拔，也不是要担任什么职务，只是要更适合他的岗位。

幼稚啊，幼稚啊，政治上的幼稚啊！卞容大，请你记住，世界上有两种人，绝对是说反话的：一种是政客，他们说"不要"那正是要；一种是妓女，她们说"要"，那正是不要。

可是，卞容大想：如果一个人真心实意地只是想要合适他的岗位呢？难道他应该告诉别人说他不想要合适他的岗位？不行！卞容大得回到原单位，再次与领导们谈心，他可以夹尾巴，他可以装孙子，只是他必须再次强调他的真心话。

等卞容大的灰心丧气慢慢变成勇气之后，他真的来到了省科协。他做好了让同事们嘲笑的心理准备，踏破铁鞋也要找到老领导。可是，省科协改制了。国家正在进行经济体制改革，许多重复的机构都在精简和改组。卞容大回来的那一天，锅炉停了，烟囱没有冒烟，院子的地上，材料纸到处飞舞。几辆造纸厂的大卡车，正在装运资料、报刊和书籍。然后，这些资料、报刊和书籍，将化成纸浆，再生产出崭新的白纸。造纸厂的纸浆池里，将翻滚着卞容大的亲笔字迹、无数次的激情、冲动、奇思异想、刻钢板磨起的血泡、食指上的老茧和白衬衣上永远洗不掉的油墨。

卞容大只得承认：他这个人的运气，不是太好。

214

再一次鼓起勇气，再一次干出漂亮的成绩，是在老干部蒋武汉的煽动，怂恿和大力支持之下。蒋武汉本来是市科协的副主任，1949年以前就参加了革命，也是杀过人的，也算得上德高望重。他人很好，有事业心，信奉宁做鸡头，不做牛尾的人生信条。老干部蒋武汉紧紧握着卞容大的手不放，语重心长地说："是金子，到哪里都会发光！你的大名，我早就久仰。你遭受的嫉妒和排挤，我也早有耳闻。我就是欣赏你的才华和说老实话做老实事的作风。小伙子啊！我们就把玻璃吹制协会干起来吧！我老了，你就重整旗鼓，再创辉煌吧！"

如此热情豪迈胸襟宽阔的领导，在官场上，是可遇不可求的。卞容大是有一点经历的人了，懂得机遇的重要性了。于是，卞容大接受了老干部蒋武汉的邀约，甩开膀子大干起来。他又开始早出晚归，通宵熬夜写报告写材料，替老干部蒋武汉同志拎着公文包，跑北京，跑省里，跑市里，跑各种重要领导同志的家。最后，他们终于获得了成功，玻璃吹制协会诞生了！一栋小楼的半边是他们的单位所在地，头两年财政局全额财政拨款，编制办公室下达正规编制名额。蒋武汉成为玻璃吹制协会的书记兼主任，党政一肩挑，卞容大担任了秘书长兼办公室主任，也是两个重要职务一肩挑，由副科级提升为正科级。虽然说，卞容大的级别并没有破格提升，相对蒋武汉对卞容大的频繁使用，相对卞容大所付出的劳动，卞师傅、陈阿姨和黄新蕾都不太满意，可是卞容大满意了。卞容大真的并不在乎级别是否可以获得破格提升，他更在乎是否给他提供了展现工作能力的岗位。他也学会了蒋武汉的人生哲学：宁做鸡头，不做牛尾。卞容大成为了办公室的总管家和协会的总管家，这是实质性的权力拥有。卞容大在回请他的通讯员朋友吃饭的时候，就可以带上会计，用支票付款了。这些朋友在卞容大跑事情的过程中，提供了许多关键性的帮助，如果卞容大连请他们吃顿饭的权力都没有，那就很窝囊；有，心情就很舒畅。时代在变化，工作得是否心情舒畅，是一个人事业好坏的重要标志了。

可惜的是，蒋武汉同志因病去世了，接任的党组书记就是严名家。严名家接任的那年，年纪还不到五十岁，染一头黑发，使用发胶，西装，花哨的领带。严名家刚来的时候，把卞容大唬住了。他热情，豪迈，侃侃而谈：门前三包，五讲四美，四项基本原则，三个代表，白猫黑猫，发展才是硬道理，关于增强本单位竞争实力以及如何代表先进文化的构想。其讲话事先打印成册，开会时人手一份，会后报送省市有关领导、办公厅、人大、政协、有关兄弟部门以及主流新闻媒体——电视台和日报社。严名家也拍卞容大的肩，称兄道弟，十分的亲切与信赖。从此，卞容大便开始为严名家整理讲话材料，打印成册，分发到各科室，封装，送公文转换站。卞容大不断地在筹备各种活动，广泛获取企业赞助，各种活动的开幕式一定要冠冕堂皇，力争省市有关领导出席，请主流媒体记者吃饭，邀约电视采访，催促新闻见报。开幕以后，就可以轻松潇洒了。卞容大总是以为，当会议与活动结束之后，他们就可以实施一些建设性的具体设想了。然而，严名家的会议与活动，永远都没有间断的时候，永远都没有实施具体的建设性设想的时候。有的会议与活动，都举行到俄罗斯去了。如此几年之后，卞容大恍然大悟：严名家的工作就是会议与活动。会议与活动的实质内容就是游山与玩水。会议与活动的表面

216

效果就是空泛的鼓噪与喧哗。卞容大勤奋的工作，就是为严名家的游山玩水跑腿和和擦屁股。

汪琪告诉卞容大：社会上有人把他们单位称为玻璃吹牛协会。

汪琪的肚子大起来的时候，把卞容大吓了一大跳，这个年轻文秘的肚子怎么像怀孕一样鼓起来了？原来，汪琪正是怀孕了。汪琪不声不响地结婚了。单位的人没有吃喜酒，没有凑份子送礼物，没有人去闹洞房。作为办公室主任的卞容大十分抱歉，这是组织对个人的严重忽略和失礼。汪琪说："我结婚你道什么歉?"汪琪说："严书记一天到晚在外面出差开会，你们几个干部一天到晚在参加活动或者举办活动，神仙都不在庙里，和尚们还念经？现在是太阳最红，麻将扑克最亲了，谁还关心你结婚不结婚？我又不是傻子，还劳心费神地去告诉每一个人：我要结婚了。"

卞容大说："再怎么说，结婚是大喜事啊！记得我结婚的那年，我们单位的同事从武昌赶过汉口来，公共汽车坏在六渡桥了，大家一直走到我们家，步行了一个多小时，我们也一直等着，大家来了我们才举行典礼。那个热闹啊！那是终身难忘的啊！"

汪琪说："卞主任啊，醒醒吧。集体主义的时代，早过去了！像这种干耗国家财政的单位，不是我乌鸦嘴，说话晦气——迟早要散伙的！"

汪琪只有对卞容大说话，才这么犀利，这么刻薄，这么直接，这么恶毒和这么客观。也正是因为汪琪能够对卞容大这么信

217

任与坦率，卞容大才把她引为心灵密友的。他们说这番话的那天，是下班的时候，窗外大雨滂沱。汪琪站在卞容大身边，背着手，随意地腆着她微微凸起的小腹，悠闲地等待大雨变小。当大雨迟迟不肯变小的时候，汪琪就回到她的办公桌前玩电脑去了。只有卞容大依然站立在窗前，看着大雨。汪琪嗒嗒嗒的打字声仿佛是雨的节奏，这节奏很快就把汪琪带进了网络交流，把卞容大带进的却是比表面现象更为幽深的过去现在和未来。卞容大一下子看不见他的事业了。蒋武汉那"再度辉煌"的激励声言犹在耳，卞容大却无法感知何谓辉煌了！是的，卞容大只得承认，现在的玻璃吹制协会只是一个消耗国家财政的空皮囊。会议与活动只是严名家个人的享乐与政绩。群众的人心散了，近年来，这个单位没有婚礼了，没有新生儿的哭啼了，没有大家一起去替哪位职工搬家了，没有聚集在东北老同志家里包饺子了，没有谁记得分发避孕套了。如今，这个城市的街道变得如此陌生。在大街上和公共汽车里，再也难得遇见熟人。一天跑出去两趟，人就会倍感疲劳。当年的通讯员朋友们，早已风流云散。多情的长裙，不知何时凝固了它的飘拂。

生命在照常行进，儿子每天都在长高，卞容大会在忽然之间，一阵头重脚轻，或者，会忽然一阵阵地焦虑和恐慌。不，不仅仅是怀旧或者失意，不仅仅是报纸上每天都有杀人越货和高官腐败的故事发生，不仅仅是物质生活在发生巨大的变化，卞容大是一个坚强的男人，从他祖父挑着一担鱼虾进城到现在，他们卞家男人最大的优点就是富于现实感。如果不是特别富于现实感，卞容大不可能老老实实地在科协系统工作这么多年，也不可能踏踏实实地守候七年，战胜黄新蕾的习惯性流产，生育他们的儿子。现在是怎么哪？似乎是花开花落春种秋收的秩序被打乱了。似乎是一个不可以遗忘的约会被遗忘了。出发预知不了抵达。抚慰关怀不到痛痒。卞容大正是年富力强的人生阶段，他怎么就没有把握了？他的左手，会突然变得软绵绵，怎么用力也握不紧拳头。卞容大要怎么做，才能够与预期的感觉会合？才能够每一天都结结实实地入梦，松弛安详地醒来？

　　卞容大不知道。汪琪肯定也不知道。汪琪还太年轻了。年轻的汪琪心情烦躁了，就会去网络上遨游。汪琪认为只要你进入了网络，全世界的人都能够安慰你。而卞容大的认识恰恰相反：全世界的人都能够安慰你，那就等于没有任何人可以安慰你。手指，脑袋，文字，打字时刻的内外环境，都能够一致吗？朋友，你那边也正好是滂沱大雨吗？当文字到达的时候，意义已经转变。只有面对面是最真实的。只有人与人的面对面，热气，呼吸，眼睛，睫毛，它们才会流露出真实的情绪。不用说话，不需要语言，需要安慰恰好遇上了需要给予安慰，只有这样的安慰，天然渠成，才能够真正驱除焦虑与恐慌。汪琪在打字，朝屏幕滥施微笑。她的这种微笑就安慰不了卞容大。所以，他们始终都无法成为情人，关系怎么好都只是停留在好友的程度上。黄新蕾用不着胡乱猜疑，更不用老是拎着她的那段人生格言对卞容大进行旁敲侧击。她以为男人骨子里头都是流氓，见了年轻漂亮的女人就爱之入骨，错了！大错特错了！男人的骨子里头还是男人！

　　对于健康女性的欣赏，是卞容大此生无法改变的情结。汪琪首先就是以她的健康姿容，引起卞容大的注意和惊喜的。汪琪到玻璃吹制协会上班的第一天，卞容大看着她从走廊的那端走过来。汪琪完全是一头结实的小野兽，走在杂技团那种有弹性的垫子上，她的脚步被轻盈地弹起，脚腕，小腿，屁股，胸部，肩膀，处处有劲。她的头发浓密乌黑，额头正中有一个发旋，翻起一股油亮的发浪。对于这股发浪，汪琪自己非常恼火，不停地用手去压迫它。而卞容大实在喜欢这股发浪，它自然，柔韧，随时随地地张扬着青春与健康，对于男性尤其具有警示作用：女人还是健康的好！

"卞容大，好名字！"汪琪说，"海纳百川，有容乃大；壁立千仞，无欲则刚。"

这是卞容大有生以来的第一次，他的名字没有被对方忽略或者不解，而是得到了直接的理解和赞赏。卞容大已经是一个成熟男人了，他倒没有被这种理解和赞赏感动得怎么样，让卞容大感动的是：汪琪具备这种理解与赞赏的能力。

汪琪是玻璃吹制协会带给卞容大的唯一礼物，也是玻璃吹制协会带给卞容大最后的遗憾和惆怅。女人可以是你的母亲，妻子，女儿和情人，最难得的是你的密友。密友是一点麻烦都没有的朋友。玻璃吹制协会解散之后，卞容大的手机就关闭了。卞容大一直没有给汪琪电话。汪琪也就一直没有给卞容大电话。他们在互相等待。他们在等待最难受的时刻过去。等待那个他们能够面对面进行安慰的时候的到来。

直到卞容大去欧佳宝化妆品公司做了面试之后，他才给汪琪打了电话。对未来的新工作，卞容大有了一定的把握。他想他可能要远离武汉了。他想他和汪琪见面聊聊的时刻到了。卞容大去的电话，显然正是汪琪的期待。她的喜出望外，从简单的一个"喂"字里，就完全听得出来。在彼此问安之后，卞容大邀请汪琪晚上出来喝杯咖啡。汪琪说："好啊。"卞容大说："皇家百慕大。"汪琪沉吟了一刻，还是说："好啊。"汪琪一定想说"不用去那么昂贵的咖啡馆吧"，但是她一定害怕自己的话刺伤了一个失业者的自尊。人的处境一旦不同，就要注意分寸了。汪琪也在长大，单纯在渐渐消失。卞容大觉得这也算是一件好事。

　　皇家百慕大，无论作为咖啡馆或者别的什么店铺的名字，都是很奇怪的。卞容大不知道皇家百慕大是什么意思，但是知道它是本市最时尚最潮流最昂贵的咖啡馆，卞容大选择它的意义就在这里。有时候，环境逼得人只有屈服于庸俗的选择：价格代表我的心。卞容大想：能够昂贵到哪里去？不就是一杯咖啡吗？

　　卞容大与汪琪，不是第一次在一起喝咖啡了。他们在同一个单位，许多次会议和活动，晚上都是要去喝喝咖啡的。但是，以往都是公款，以往都还有别的人在座。对他们两人来说，完全彻底地单独两个人出来喝咖啡，这还是第一次。世界的大小是不一样的，多一个人，少一个人，那都是新的世界。卞容大和汪琪，的确进入了一个新世界。他们对坐着。笑笑，又不笑了。深绿色的格子桌布，燃烧的红烛，鲜艳的玫瑰，还有一架作为艺术品的古老座钟，座钟还在正常走动，发条的声音像音乐。这架古旧发黄的座钟，倒是非常能够宽慰人：不要怕老，也不要怕旧，只要熬到一定的时间，仅仅因为古旧便又会身价百倍。咖啡很香。主要是从他人杯子里飘过来的味道香。卞容大为汪琪点了几碟干果小吃。汪琪变得客气起来，说："不要了，不要了。"关于从前的单位，他们提了提，又欲说还休了。确实，关于玻璃吹制协会，再也无话可说了。说起严名家，两人都难免生气。可是，这个人还值得他们花这么贵的钱，来生他的气吗？你的家庭怎么样？我

221

的家庭怎么样？这是最俗气的话题了，家家都有一本难念的经，没法和别人谈的。家庭这个东西，最不适合朋友之间谈论，谈不到实质上去，只能隔着实质去感慨，而感慨又有什么用呢？他们对坐，忽然无话，都惶然起来。咖啡喝了一杯又一杯。汪琪拼命去压她的发旋。她紧张。她用没有感情色彩的声音回答说，她的新工作还可以。她怕卞容大难过。她以为卞容大这种年纪不太好找合适的工作。卞容大赶紧告诉汪琪，说他大概可以算是找到工作了。汪琪赶紧问："什么工作？"卞容大刚要说出口：欧佳宝化妆品公司。他又把话吞回去了。本来，卞容大想逗汪琪开开心。如果他告诉她欧佳宝化妆品公司，汪琪一定忍俊不禁，因为汪琪不知道欧佳宝公司的意图是什么，而从来不使用和关心化妆品的卞容大又能够做什么工作？话到嘴边，卞容大还是决定不说了。他忽然又觉得一阵恐慌袭来，很有把握的事情，变得又没有把握了。欧佳宝，东方青苔，西藏，八千元的月工资，另加一千元高原补贴。真实吗？不真实。无论咫尺还是天涯，都很虚幻。如果一个男人无法胸有成竹，那么最好还是闭嘴！汪琪没有追问卞容大。汪琪用一种虚无的态度观赏了一下座钟，然后说："我们唱歌吧。"

卞容大说："你知道我不会唱歌。"

汪琪沮丧地说："我也不会。我五音不全。"又说，"可我想试试自己的勇气，看看我能不能把做不到的事情也当礼物送给你。"可爱的汪琪，总是可以偶然蹦出非常可爱的话来。

卞容大笑笑说："那就去吧。"

汪琪又压了压额头的发旋，腾地站起来，走上了歌台，拿起了麦克。汪琪拿起麦克，放在唇边，又像要吃它又像要亲它，良久，汪琪叹了一口气，放下麦克，跑下来了。"对不起，"汪琪说，"我还是做不到。"

凡事都有一个时间限度，他们该离开咖啡馆了。"还是我来埋单吧。"汪琪说，"你是老大哥，平日给我的照顾多了，今天很高兴，我们就不讲谁请谁了。"

卞容大生气地横了汪琪一眼，难道卞容大就真的这么寒酸，真的这么需要同情吗？

汪琪连忙说："好吧好吧，你埋单。你这个人就是这个样子。"

可是，卞容大出丑了，他掏尽了口袋里所有的钱，还是差那么一点点。卞容大以为，不就是喝个咖啡吗？他真是没有想到，一小碟瓜子，都是五十元。一般咖啡店，也就是五元了。面对皇家百慕大的账单，卞容大完全没有谱了。物价局是怎么批准一小碟瓜子卖五十元的呢？卞容大想不通。现在的消费完全没有谱了。现在的什么都没有谱了。你无法安心，无法享受，无法获得依据。瓜子就是瓜子啊，总还不是金子吧？

汪琪却不想与账单较劲。她说："没事没事！他们就是这么贵的。"汪琪若无其事地帮上了缺额。两人出来，卞容大这才发现汪琪有车。她是自己驾车来的。真是士别三日，当刮目相看，不过两个来月，汪琪就学会开车并且拥有私人小车了。这是一辆崭新的银色富康。汪琪低调地说是她先生送给她的生日礼物，其实用的是银行的钱，分期付款，现在每月都得供车，其实受累得很。汪琪要把卞容大送回家。卞容大执意不允。卞容大心里认为还是男人送女人比较合适，比较安全，比较放心，也比较有美感。但是此时此刻此时代，卞容大送不了女朋友了，卞容大别扭着，没有一个好脸色。汪琪了解卞容大，她只好先走了。是卞容大为汪琪拉开的车门和关上的车门。在关上车门之前，卞容大还是告诉了汪琪一句他早几年就想说的话："汪琪呀，你知道你最出彩的地方在哪里吗？在额头——你的发旋，漂亮极了！"

汪琪的回答张口就来："谢谢！"

卞容大失望极了。这是一般女人回答一般男人的一般性恭维的。卞容大不是一般的恭维，是按捺了几年的心窝子里的话，汪琪不可以这么冒失，不可以这么流俗。

汪琪不可以这么冒失。瓜子也不能够这么昂贵。聊天也不能够这么敏感和拘谨。卞容大口袋里也不能够只带三百块钱。今天晚上有多少暗暗的失望啊，生活怎么就悄悄地偷换了约会的主题呢？

卞容大站在公共汽车站，急促地抽了几口香烟，又把它碾灭了。他刚刚登上公共汽车，就发现自己其实没有车钱了。他立刻装出忘记了包包的样子，说：对不起对不起，我把包包丢在皇家百慕大了。可是包包分明就被卞容大夹在胳膊弯里。还好，司机懒得奚落他。卞容大步行回家，走了一个多小时，到家的时间已经是凌晨一点多了。

黄新蕾没有睡着，也不问什么，只是拿眼睛斜看着卞容大，意思分明是请他自己说话。卞容大气呼呼地说："怎么哪？一个男人，偶尔和朋友玩得晚一点，不行吗？现在有多少男人，玩得彻夜不回家？我还要怎么的？啊？今天晚上，心情不好，和几个朋友泡咖啡馆了。瞎聊了一番。就这样。你认为我交代清楚了吗？我可以上床睡觉了吗？"

黄新蕾冷冷地说："怎么火气这么大呢？又没有人说你什么，

你还强词夺理？"

黄新蕾说完，紧闭眼睛和嘴巴，身体窝成一团，表示她的厌战。卞容大提着睡裤——睡裤的皮筋断了，为自己的虚张声势感到了羞愧。几个朋友。几个。你怎么不敢说一个。一个，年轻女性，汪琪。他和汪琪什么都没有，为什么就不敢坦率地说呢？

不过，算了，好在今天真的过去了，明天的太阳肯定是新的！这句话看起来好像是格言，其实不是，它就是一个简单的客观事实。关键时刻，还是要靠简单的客观事实来支撑在梦幻中的失意之人。

结语

很简单，卞容大找到了工作。欧佳宝化妆品公司聘用了他。得知这个消息的人，全都会把眼睛大大地睁一下。卞容大不想解释。这只能说明人们思想的僵化和认识的局限。化妆品就一定只能与油头粉面的俊男靓女有关系吗？

"很简单"是卞容大应付大家好奇追问的最简略答词。事情当然不那么简单，不过肯定也算不上复杂，是另外的一种方式。对于卞容大来说，好像做了一次游戏。游戏，这个词找得准确，就是游戏。通过这次见工，卞容大对游戏已经有了崭新的看法。游戏的骨子里头其实是非常严肃的。玩得好的人需要高智商，幽默感，真正的超然精神和义无反顾的勇气。

现在可以承认了，玻璃吹制协会解散的那一天，卞容大被一闷棍打蒙了。他行若无事地离开办公室，那是装出来的。接下来三天，他行若无事地去江边看水，也是装出来的。卞容大不是故意地装，是本能地装。男人嘛，被打倒之后的第一个本能反应就是要装出自己没有被打倒。应该说，要谢谢那位清洁女工，是家乐福超市的遭遇及时地提醒了卞容大：生存的重要性超过一切！因为，卞容大不仅是为自己的生存而生存，他更要为他的血缘至亲们而生存。经过了几天的痛苦思索，卞容大放下了自己的身份和面子，放下了与严名家的过节，出去寻找工作了。在出门之前，卞容大作了认真细致的准备，他用上好的电脑打印纸，不褪色的蓝黑墨水，亲手书写了自己的简历。现在人们都使用打印的材料，用人单位无法从打印件上看出更多的个性与才气来。卞容大的钢笔字是相当漂亮的，小时候他在父亲的严格监督之下，苦练了一手正宗的行书。可是，卞容大那字帖一般漂亮的简历，出门之后，竟然屡次受到漠视。有的招聘人员接过卞容大的简历，心不在焉地扫了一眼，就把简历还给他。有的招聘人员，根本就不伸手去接卞容大郑重其事递上去的表格，只是示意他自己取表格去填写。对于卞容大递上简历时候的暗示表情，有的招聘人员木然地回避开去；有的招聘人员，尤其是女人，还会受了侮辱一般地反击说："你有毛病啊！"遇上卞容大情绪好的时候，他会对忽略他简历的人进行富有暗示意义的解释，他说："这是我的简历。"对方却警惕地后退几步，说："知道了。放下吧。"卞容大当然不愿意把他认认真真亲笔手写的简历放在那些简陋肮脏的临时围栏上。无论是在人山人海，彩旗飘飘的再就业赶集大会，还是在挂满红色横幅标语，号称自己求贤若渴的人才超市，卞容大都没有获得应有的重视和尊重。这种场合，经历了几次以后，卞容

226

大才明白，所有这些单位和企业，并不是真正在招聘可用人才，是在借举办这种大型活动的机会，展览、表现和广告自己的产品，因此他们不会认真接待卞容大，他们净凑着电视采访镜头，追着视察的省市领导握手，虚假热情地敷衍大家。卞容大是干什么出身的？他还不懂这一套吗？他妈的，什么都搞活动，什么都来虚假的，这不是害人吗？卞容大只好彻底地抹下面子，去朋友那儿找出路。本来，卞容大是特别不愿意让朋友知道他混得这么栽的，但是，看来只有朋友才了解卞容大的人品、才气和工作能力。朋友相见，那自然是不同，高兴啊！握手，欢笑，请坐，沏茶。可是，当卞容大吞吞吐吐地说明来意之后，朋友的神情黯淡了。

朋友说："容大，我们去吃饭，好吧？我请，好吧？咱们哥俩痛痛快快喝一次，好吧？别的就不说了，好吧？你有才气，我知道，你有经验，我知道，你会写文章，我也知道。哥们儿只是推心置腹告诉你一句话，你四十一岁了，在适合你的工作岗位上，现在都是二三十岁的年轻人了，所以说：不管白猫黑猫，过了四十就是老猫。现在什么是硬道理？年轻就是硬道理。残酷吧？可这就是现实！"

去新世纪饭店，是卞容大最后一次见朋友。还是因为朋友首先打来了电话，很客气地请卞容大去坐坐，想卞容大帮他策划一下他们企业报的栏目。是不是机会来了呢？新世纪饭店四星级，豪华气派，是一家集饭店、旅游、餐饮、娱乐于一体的集团公司，卞容大的朋友在这个公司主编一份企业报。说实在的，这个朋友当年的情书，都请卞容大帮忙带写，就他的文才，能够办出什么好报纸来？如果卞容大加盟了，那不是吹牛，这份报纸的文学品位立刻会大大提高。

不难想见的是，卞容大的幻想再次受挫。朋友自己都是泥菩萨过江了，公司董事会对这份报纸的存在产生了重大分歧，朋友希望竭尽全力，隆重推出精彩一版，竭力歌颂各位董事，以求打动董事会某些只看见金钱，看不见文化的经济动物！朋友诉说的时候，急得快要哭了。如果朋友失去工作，他那患肾炎的女儿的医疗费怎么办？卞容大见状，差点晕过去，但是他还是硬撑着，闭口不谈自己的困境，尽力替朋友出谋划策了一番。朋友请卞容大吃的是公司免费供应的盒饭，朋友自己买了几瓶啤酒，哥俩就着盒饭喝了一通啤酒，卞容大没有再说一句话，只是频频地上厕所。上厕所的自由总归还是可以享受的吧？

就是在卞容大踉踉跄跄推开大堂的旋转门，准备离开新世纪饭店的时候，偶然看见了欧佳宝化妆品公司竖立在大堂的招聘启事。启事写得简单务实：法国欧佳宝公司，现在正在本饭店二楼举办最新系列化妆品展示会并招聘东方青苔系列化妆品开发与研究的工作人员，敬请光临！忽然，卞容大被推到一边，旋转门里拥出一群年轻人，男男女女，他们穿着牛仔裤黑夹克名牌旅游鞋身挎时尚背包，头发在风中劲舞，一片黑色与黄色，他们指点着招聘启事，说说笑笑奔二楼而去。卞容大借着酒劲，想：世界是你们的吗？世界是你们的，也是我们的！卞容大一生气，也就奔上了二楼。

二楼香氛弥漫。接待小姐西装革履，轻言细语，礼貌周全。偶尔有拿着资料的法国人进进出出。应聘的年轻人们自觉地排着长队领取表格。沿着墙壁的地毯上，坐满了正在填写表格的年轻人。都是年轻人！年轻人表格上写的字，却都比他们漂亮的相貌要丑陋得多。卞容大想给自己寻一点开心了。他想：我很老，但是我的字很年轻漂亮。卞容大有一点为老不尊地与接待小姐开玩笑，说："我可以为我的儿子领一张表格吗？"这是一位富有幽默感的女孩子，她说："当然，您还可以为您自己领一张表格。在我们欧佳宝公司，机会朝所有愿意竞争的人才敞开。"两个月来，备遭拒绝、戏弄和冷淡的卞容大，恨不能跑上去亲吻一下这个女孩子的额头，但是，中国的礼节是不允许这样的。卞容大便把他的感激之情，表达在了女孩子递给他的表格上。他格外来劲地填写了简单的表格。他把钢笔字写得十分十分工整漂亮。卞容大将表格递过去的时候，继续调侃说："我主要是想展示一下我的字。"女孩子端详着卞容大的表格，惊呆了，说："哇！"

卞容大今天就是想开开心了。他除了字是认真写的之外，其他的都是即兴发挥。出生地：西藏拉萨。年龄：三十八岁。专长：策划，规划，组织，书写，书法，文学，运动，思想，鉴赏。已有业绩：发表文学作品若干。创建玻璃吹制协会七年。成功策划与组织研究玻璃艺术会议以及鉴赏玻璃艺术品活动上千次。工作获得上级主管部门奖励上千次。是武汉市劳动模范以及团省委号召青年人学习的标兵。

卞容大为什么要让自己出生在西藏呢？很简单，现在他厌恶武汉。因为在可爱的女孩子桌面上，一根点燃的线香下面有注明：东方青苔之香。东方青苔：来自于西藏寺庙的青苔。卞容大喜欢"来自于西藏的青苔"这句话。卞容大真真假假，假假真真，把自己变成了另外一个小自己三岁的卞容大。因为他希望自己小三岁。开个玩笑嘛，何必当真。

女孩子说了"哇"之后，并没有一笑了之。她请卞容大稍等，自己拿起卞容大的表格，去找一个法国老头了。卞容大的心，突然地，开始别别别地跳动起来，他发现自己正在应聘呢！他预感自己大概是他们的合适人选！就在一瞬间，卞容大完全清醒了，一点酒意都没有了。他严肃地伫立着，希望有机会向如此和蔼可亲的认真办事的女孩子道歉和说明原委。一会儿，法国老头随着女孩子过来了。法国老头比卞容大更加严肃，他问卞容大："你能够为你表格上所填写的一切提供证明吗？"法国老头身后的女孩子，满眼期待地盯着卞容大，一心要证实她的工作能力：她为公司找到了宝贝。卞容大无法道歉和说明原委了，他只得背水一战。卞容大反问："如果我能够呢？"

法国老头简单地说："那就请你带着证明材料来参加面试。"

卞容大果敢地回答："OK！"

卞容大忽然发现自己还会洋腔洋调地说什么"OK"，这是他从来也不曾想到的。

女孩子笑了，笑得像太阳，笑得卞容大心里暖洋洋。

卞容大给擦鞋女人的丈夫打了呼机。三天之内，卞容大的新证件一应俱全，天衣无缝。同时卞容大还借朋友的一个公司，调出了自己存放在再就业中心的个人档案，也重新制造了一份。对于有十几年办公室行政工作经验的卞容大，这一切都不难办。中国人别的不会，造假还不会吗？中国人死都不怕，还怕造假吗？平日卞容大在办公室听到的社会流行民谣，现在居然被他一一实践着。

法国欧佳宝化妆品公司，进入中国市场已经十余年了。在中国市场，他们发现了巨大的消费潜力。于是，欧佳宝公司根据中国消费者的特点，不断推出新的化妆品系列。这一次，欧佳宝将要推出的是"东方青苔"系列。"东方青苔"系列，品质格外细腻，为皮肤细腻的东方女性和渴望皮肤变得细腻的全球女性，特意研制生产。清雅幽深的香型，采集于西藏寺庙的青苔，为优雅高贵、超脱淡远的女性所特意研制。现在，欧佳宝公司需要一位能够适应西藏气候的职员，去西藏专门从事寺庙青苔的采集和研究。该职员在西藏采集寺庙青苔的工作状态，会被真实地摄像和拍照，因此这位男子除了富有工作经验之外，最好还有一张典型的中国男人的脸：轮廓模糊，皮肤黢黑，小眼睛，神态漠然，目光里时时闪现狡黠的智慧光芒。照片将使用在"东方青苔"的产品推荐书和说明书中，专用于公司的全球市场开拓部。公司给予的条件是：公司提供该职员在西藏的住宿，工作服装以及工作午餐，月薪八千元，高原补贴一千元，每年休假两次。

卞容大正是轮廓模糊，皮肤黢黑，小眼睛，神态漠然，目光里时时闪现狡黠的智慧光芒。并且人还没有去西藏，额头就已经皱纹累累，饱经风霜。

OK？法国老头问。

卞容大说："OK。"

法国老头说：你被录用了。

卞容大的最初动机就是游戏一番，可是游戏就这样证明了它的真实性和严肃性。

很简单。卞容大下岗了，又找到工作了。他要上班去了。卞容大与欧佳宝公司正式签订合同之后，黄新蕾哭了。她说："你哪里是什么西藏人！你怎么就知道你的身体适应高原气候？那么远，那么苦，我们不要挣这个钱了！"卞容大没有说话，只是拍拍她的手。卞容大知道黄新蕾也只是这样说说的，表示心疼自己的男人。一年就可以挣十来万，多好的机会，谁愿意真的放弃？黄新蕾一边说还是一边积极地为卞容大准备着行装。

卞容大临行的前夜，黄新蕾变得惴惴不安，这里坐坐，那里站站，说是去拿毛巾，结果拎出了抹布。儿子得知爸爸要远行，去西藏工作挣钱，怎么忽然就懂事了，他晚上没有提出看电视的要求，与卞容大打闹说笑了一阵之后，就去写作业了。黄新蕾再次地清点了卞容大的行装。卞容大也围着自己的行囊转了几个圈，又想起了一些遗漏的小东西，比如指甲钳子，挖耳勺之类的。之后，夫妻俩坐在沙发上，目中无物地看着电视，商量了一些家常的事情。无非是马桶坏了，冰箱好像不制冷了，楼上人家的卫生间又在往他们家漏水了，这个月的电话费发生了奇怪的国际长途，得去电信局交涉了，儿子卞浩瀚的疝气该动手术了，据说现在一住院就是几千块钱，卞婉容也生病住院了，卞师傅来电话借钱了，还是得给儿子请一个家教了，等等。黄新蕾唉声叹气，说：如今条条蛇都咬人啊。卞容大苦涩着脸，但他还是温和地拍了拍妻子的手。夜也深了。儿子却还在写作业。夫妻俩无法单独相处，无法有亲密动作；按说应该有，不然彼此都觉得对不起对方，都觉得不太符合人情。卞容大过去，摸了摸儿子的头，说："卞浩瀚同学，该睡觉了。"可是，儿子坚决地说："我不困，我还可以学习。"夫妻俩闻声，互相对了一个眼神，又很快把目光飘走了，两个人都还是觉得应该表扬和鼓励儿子这种罕见的学习精神。儿子获得了表扬和鼓励，更加憋足劲头，要表现给爸爸看一看。夫妻无奈地又呆看了一会儿电视。好不容易，他们才等到了儿子上床睡觉。卞容大先去洗澡。等他洗澡出来，黄新蕾已经在打瞌睡。她歉意地揉揉眼睛，赶紧起身，说："我去洗澡。洗了澡就好了。"

在黄新蕾洗澡的时候，卞容大看起了影碟，他酷爱战争片和灾难片。卞容大选择了一部美国电影，片名《黑鹰计划》，是根据真实事件改编拍摄的。这是1993年的索马里，联合国维和部队的特种兵遭遇了一场艰苦卓绝狼狈不堪的地面战。影片的许多镜头，是按新闻纪录片的方式拍摄的，且不说战争是多么可怕和残忍，单看索马里人的饥饿与贫穷，就足以使卞容大毛骨悚然。饿死的黑人一排一排的，他们的脚杆子，枯瘦如柴，苍蝇在他们无法瞑目的眼珠上嗡嗡嘤嘤，母亲的奶头干瘪地吊在胸前，婴儿因为吸不出奶水而绝望地哭泣。联合国的飞机空投着食品，地面的黑人奔跑抢夺，互相厮杀，命若草芥。

"太可怕了！"卞容大嗫嚅。黄新蕾从卫生间出来，注视着丈夫。卞容大却入神了，他直直地盯着电影，对妻子说："快来看，真是太可怕了！"

黄新蕾没有过来，她说："你说什么呢？"

"索马里！"卞容大说，"索马里人民过的是什么生活啊！"

黄新蕾还是没有过来，她继续注视着为索马里人民犯愁的丈夫，丈夫明天清早就要远行，今天的深夜却被美国好莱坞的一部战争片迷住了。

卞容大忘情了。他被索马里吓住了。索马里人民的苦难真是触目惊心！战争与饥饿真是残忍可怕！人类的生命居然可以是如此的卑贱和肮脏！怎么会是这样的呢？人类之中的有一些人，难道是没有理智的疯子？

卞容大陷入深深的迷惑，他几乎是自言自语地说："来看，来，快看看！"

黄新蕾停顿了半晌，才说出一句话来："看看你自己吧！"

卞容大没有理会妻子的话，或者说没有听见妻子的话，因为黑鹰被击中了！正冒着黑烟往下栽，所有仪表盘的红色警示灯纷纷闪烁，呜呜叫唤，飞机剧烈颤抖，东倒西歪，时间像闪电一样飞掠而过，世界末日逼近飞行员，一个具有血肉之躯的男人被恐惧撕裂着，这是何等的恐怖啊！这种恐怖的观赏性是何等强烈抓人啊！卞容大情不自禁地握紧双拳，叫道："我的天啊！我的天啊！"

黄新蕾始终没有理会电视，她靠在卧室的房门边，一直注视和等待着丈夫。一个耐心的等待阶段悄然过去了。黄新蕾尽到了她的职责，她可以问心无愧地上床睡觉了。一个男人，作为丈夫，总不能让女人跑过来强行地拉他吧？作为妻子的女人，那是应该有妻子的自尊的。何况黄新蕾最近一段时间根本没有情绪，她丝毫不觉得自己有性的需要；她是在尽妻子的义务，纯粹是奉献，她是一个通情达理的女人。人人都认为黄新蕾通情达理，善于隐忍，卞容大应该了解自己的妻子。今天夜晚，卞容大更应该尊重和体贴自己的妻子，把眼睛从血肉横飞的战争场面上转过来！卞容大无法转动他的眼睛了，电视屏幕上枪炮齐鸣，血肉横飞；密密麻麻的索马里人欢呼着，举着刀枪和木棍，涌向黑鹰的残骸。美国飞行员，在冒烟的机舱里，拖着断腿，露出极端恐惧与绝望的神色。黄新蕾同样眼露绝望，独自退进卧室，轻轻关上了房门。

电影结束了。卞容大再去看他的妻子，黄新蕾不见了。卞容大很遗憾。他一直都以为黄新蕾会过来，坐在他身边，与他一同观看电影，这哪里是电影，简直就是苦难和战争的真实展现！然后他们议论电影，大发感慨，怀着感恩之心，感谢造物主没有把他们造成索马里人，作为中国人，已经多年没有饥饿与战争了，这就是天大的幸福啊！于是，他们拥抱在一起，共同感受和平与温饱的幸福。宏观的幸福在他们的互相抚摩之下，渐渐渗透到两个人的具体幸福之中来，离别之苦，将变得轻描淡写，到远方去工作，那是天经地义的事情。远行的前夜，将给卞容大留下长久的留恋和回味。但是，黄新蕾独自去睡觉了。

卞容大心潮难平。他靠在沙发上，吸上烟，让自己慢慢平静下来。卞容大平静下来之后，听到了从里间传来的轻微鼾声和磨牙声。儿子在磨牙。鼾声是黄新蕾的。她睡着了。卞容大明天要远行，今夜，他的妻子居然睡着了。不过无论如何，比起索马里人民来，卞容大认为自己应该有满足感。黄新蕾的健康状况太差了，能够这么安然地入睡是很好的事情。大家不都是说男靠吃女靠睡吗？让她睡吧。女人还是健康的好。黄新蕾健康一些，卞容大在西藏就少一些牵挂和担心。很好！卞容大他吸完了一支香烟之后，进了卫生间。他轻轻地插紧卫生间的房门，坐在马桶盖上，开始摩挲自己。他在卫生间扭动和痉挛着，跳着男人最隐秘的舞蹈。最后一刻，当他控制不住，要发出叫唤的时候，他握紧了左手，死死握紧。卞容大还是成功地保持了高贵的沉默。可也就是在这一刻，他厌恶了自己所谓高贵的沉默。明天他不想再这样了。明天他也不会再这样了。前路是莫测的，他也不知道自己去西藏会怎么样。但他知道，那并不重要。卞容大变了。卞容大已经暗暗地转换成另外的状态了。卞容大将留下从前的卞容大，一个脱胎换骨的卞容大即将远行。远行是男人永远的诱惑，没有什么能够拴住他们的心。从前的卞容大，恐怕再也回不来了。

　　卞容大在心里问自己："肯定回不来了吗?"

　　卞容大听见自己坚定地回答了一个字："嗯。"

《托尔斯泰围巾》记忆：2004 年 7 月 21 日一稿；2004 年 8 月 3 日二稿，写于上海。首发于 2004 年第 5 期《收获》。想写一种生命豁达，却写得沉重，读起来也沉重。让自己难受的写作，也经常会有。影视人赶紧拿去改编电影，到底没有成功拍摄出来，也许因为这份沉重吧。

托尔斯泰围巾

1

天若有情天亦老，这话说得是真狠，每次默默读过，心口必定一阵堵，抬起眼睛，缓缓扫过天空大地古今人寰，人却只会久久无言。原来，一句话，几个字，也是一种大世面。

少年时候，心与目光，都有翅膀，且直通通地长在外面，看不见自己居住地，一心一意要出门，远方是理想，外面才有风雨和知识，出门才叫见世面。想我十七岁的出门，那派干脆利落，那副冷面无情，头不回，心思也不回，一点牵连，半点离情，都是没有的。从此出得家门，千里万里地远走，一次又一次。只是在远走的过程中，许多疑惑，也就渐渐丛生。释迦说：如来者，

237

无所从来，亦无所去，故名如来。这句话，是要人悟的。

多年之后，有一天，忽然发现，自己城市的雨，是最狠的，那是1995年夏天的雨，狠得你终身难忘。想我少年狷傲，野心勃勃，要做一个不平凡的人；奔跑了万千里，蓦然觉出，自己还是走在自己的小路上，绊倒自己的，都是自己的无知。不过，若与这无知有了一次邂逅，人也就会平添一次无言之省：原来语和言、文和字，与真实的风雨雪霜相比，风雨雪霜更是一种大世面。

2

1995年，我居住在汉口，一个叫做花桥苑的生活小区。那生活小区只有四栋公寓楼，楼高八层，中间围成一块广场。在广场上游弋的，主要是带孙子的老人、学龄前小孩子、胖丫和狗。上班的人们，经过广场，大多都是匆匆忙忙的，间或扯扯衣角，正正领带，也有人忽然发现皮鞋沾了灰，便提起脚，往另一只裤腿上蹭蹭——灰尘还是在自己身上。

小区南面，通向大街，院子大门口砌了间平房，作为门房传达；有很久以前的来信，无人领取，别在窗户的防盗网上，风吹雨打，一任字迹渐渐模糊了去。

小区北面，借了围墙的一面，建造了一个阔大的自行车棚。棚内间隔了一间房子，由守棚的寡妇张华和她的女儿胖丫居住。张华的丈夫是建筑工人，在这个小区建筑的时候，建材仓库失火，他英勇扑救，牺牲了自己。据说全靠了张华的跑，她死去的丈夫才获得烈士称号；张华自己，也就得到了烈士遗孀的待遇，民政局安排她在花桥苑工作：管理自行车棚兼管理小区卫生环境。胖丫帮母亲做事，修剪和维护花桥苑的花坛。胖丫有病，无名肥胖，人也憨憨糊糊，十六岁大姑娘，只是和小孩子追逐玩耍。张华是一个极能干嘹亮的女人，把人家的旧沙发旧桌子捡来，棚内摆了一套，棚外也摆了一套。她们母女，春秋坐在棚外，冬夏坐在棚内，择菜，洗衣，吃饭，晚上看电视。午后常常也有妇女来，与张华打麻将，或者说闲话。她们的闲话，说得无比喧闹，铁皮的棚顶震动嗡嗡，一个个哈哈打过了河。张华不仅能说会道，还敢穿戴，耳垂上挂金耳环，手指上戴金戒指，口唇涂得红嘟嘟，长年都穿花裤子——条条裤子都鲜亮明艳，五彩斑斓。她又酷爱吃辣，动辄辣得咬牙切齿，口红便残缺污浊，叫人惨不忍睹。每天下午下班回家的高峰时间，却正是张华吃晚饭的时候。大家的自行车纷纷进棚，个个看见张华都想躲闪；这张华却偏是要迎上去打招呼，因为这是她的工作。张华端着饭碗，一边大肆咀嚼，一边安排每辆自行车的位置。自行车放妥之后，人们逃回家里，与家人吃饭说笑，都少不得说到刚刚看见的张华，吃相如何，口红如何，花裤子如何，便恨得牙痒痒，说："这个张花裤子啊！"

就是这个张华，将打气筒摆在大路边，旁边丢一只搪瓷碗，人们给自行车打一次气，就扔一毛钱进碗里。扔的多是镍币，哐当当一声响，张华看也不看。一天到晚，天黑透了，胖丫就去收了碗里的钱，倒进一只布手袋里；这只布手袋，昼夜都挂在自行车棚的门框上，张华依然也不去看，也不去数，五日十日过去，只管摸出一把，去买小葱和小菜，金钱无论多少，都看它是过眼云烟，真正有一种大气。还有，对于女儿胖丫，若是别的女人养了这样的孩子，不知道会愁成什么模样。这胖丫，正面看，是四挂肉：两只硕大的脸蛋和两只硕大的乳房；背后看：是两只硕大的屁股；走来走去，单单见这六挂肉在激烈弹动。花桥苑的女人，没有不怜悯胖丫的，看她走过来，女人眼睛里都要漫起一层愁雾，唯有张华例外。张华与女儿胖丫相处，好比多年老同事，眼睛里根本没有了对方的长相模样，无论怎样，一概都是没有挑剔的。她既不逢人诉苦，也不打听医方良药，更不嫌弃呵责女儿，还不自怨自艾命不好，她就是这样：自己的骨肉自己的人，一派天成，绝不大惊小怪。她吩咐胖丫剪花坛，扫广场，呼唤吃饭与喝茶，都是直来直去，对事不对人。胖丫身上沾了灰尘草屑，张华也不管，断然不做慈母状去替女儿拍打掸除。唯有从张华给胖丫设计的衣着穿戴上，可以窥见做母亲的何等精心。张华给胖丫穿肥大的 T 恤，孕妇的大腰裤，工装裤的款式，又孩童又大方又便于活动，又还在胸脯地方严实地遮掩了一层，因此胖丫是胖，身体却从来没有露出不雅来。大城市的生活小区，家家户户都是习惯关在自家房子里头，偶然时刻，忽然袭来一阵寂静，仿佛顿时人烟荒芜，人就有一阵惊悸，瞬间手足发凉，倍感孤零；幸好有了张华的自然、敞亮与花哨，人伦道德、饮食穿戴都在天地间；她一热闹，便驱走了荒芜，人也回过神来了。

小区的四周，由铁栅栏围了一个院子；铁栅栏早已失去原来的颜色，只有斑斑锈迹；斑斑锈迹点滴地剥落着，原本也只会透出荒芜冷意，却又幸好栅栏内面，尽是杂草树木，皆生得格外葳蕤。一对白头翁，每年早春都要来；先是雄鸟，大清早的，立在杂草树木的一端，响亮地啼叫，要求恋爱；稍后，雌鸟现身，矜持地立在杂草树木的另一端，审慎端详恋人，再娇声回应；只见一颗洁白的圆圆头顶，敏感机警地弹动，这番生动，便春光浓艳盖过了荒芜冷意。树丛底下，张华的自行车棚，人来人往；一墙之隔，便是闹市；车水马龙，嘈杂噪音川流不息；白头翁们却不以为是骚扰，仍自啾唧私语，衔草结巢，生儿育女，当侥幸存在的杂草树丛为繁茂森林，就是要这样欢喜地过日子，就是要这样光明正大地繁衍生息，就是要这样地勤劳与欢乐。我家居住在八楼，正好与这些鸟儿为邻，日日面对这样的邻居，真是如见天伦。我居住在顶楼，没有电梯，楼顶隔热板极薄，且统统破损，沥青蜿蜒进屋，与漏雨的痕迹一起，垂挂在室内墙壁上，像一条条僵死的蛇，看着心里就硌。这样的顶楼房屋，自然就是夏季酷热，冬季酷冷，有风灌风，有雨漏雨。便是这样的住房，也都还是政府给予我的奖励，到哪里喊冤去？最初住进来，心里要说有多么委屈就有多么委屈。随着时间一天天过去，花桥苑的一切，就有了熟稔感。觉得花桥苑的人们，对于自己分得的住房，就是一种认命，好与歹，都不会去真的计较；因为是命，计较也无用；人不瞎操心，比什么都好；还是中国人老话：无祸就是福。乍看起来，我们花桥苑，竟是这样一团和气，竟是这样稀里糊涂；细一分辨，其实谁都不傻，这稀里糊涂是一种世事洞明的稀里糊涂。于是，我便也随着我们花桥苑的人家，渐渐地糊涂起来了，学会往好处看：看我们花桥苑到底是在汉口的城区，看附近有很好的学校，看孩子上学近便，看家中毕竟有三间房了。偏偏你是谁？就不能受委屈？天下多少大小委屈，雨点一样落下来，谁身上都有，只是不要把委屈当委屈，心里就平和了。就这样，我在花桥苑日复一日地居住了下来，心里渐渐地静静地明白着：这也就是现实生活的一种世面了。

1995 年，酷暑的一天，我们花桥苑下雨了。

我自然是见过各种雨的，但没有见过这样的雨。湖北人发狠了，是这么说话："要叫你认得我！"这场雨，就是要叫你认得什么是雨的那种雨。

3

那天的气温，高温摄氏四十度，低温三十三摄氏度，湿度百分之九十五，晴空万里，风平浪静。关键是湿度，到了这么高的湿度，人体散热十分困难了，呼吸也就变成了短促的喘息与哈气。这样的气温已经持续了八天，城市的老弱病残开始倒毙。市场已经有家用空调出售，但是价格昂贵，还须找有关部门申办使用证书，又得交费，一般人家，皆望尘莫及。我则抄录了一句地理理论，送给孩子，贴在她的房间。如是：武汉属于亚热带湿润季风气候，四季分明，雨量充沛，年均气温十六摄氏度。经常主观感觉我们生活在十六摄氏度的亚热带环境里，还是可以受到安慰的。我自己在无法工作的下午，就蜷缩在水泥地板上，手边放一只灌满凉水的花洒，片刻就用花洒喷洒自己身体一周，以此熬过太阳最后的余烬。

那天，首先是我家皮皮发现异常的。皮皮当然也是仰天八叉躺在地板上的，它一身长长的背毛，想必更热。忽然，它警觉了起来，一个翻身，耳朵抖动，疑惑地摇晃尾巴。再一会儿，它偏起脑袋，侧耳谛听，喉咙里发出低沉的咆哮声。"怎么哪？"我问。我也竖起耳朵，凝神细听，却没有听见任何异常动静。皮皮却一刻刻紧张起来，它虎虎游动，护卫着我，坚决要把危险拒之门

242

外。我爬起来，来到阳台上，手扶栏杆，极目所望，只看见夕阳之下，大地燃烧着无色的烈焰，烈焰颤抖着升腾，整个城市万人万物都在烈焰中呈现一种变形的形态。这不是什么奇怪的事情，这就是炎夏的武汉。然而，皮皮的态度越来越激烈，它冲到阳台上，挺身而出，怒吼，刨地，抖擞背毛，踞地作势，吠声已是战斗的呐喊。我相信皮皮甚于相信自己。因此，我也待在阳台上，盲目但是非常警惕地注视着面前的整个世界。

一会儿，世界果然起了变化。忽然地，蓝天就变得浑浊昏黄了。风来了，风像野马，失去方向，从各个方面乱窜出来，呼啸，奔突，仓仓皇皇。随着风狂，大朵的云也失去常态，翻卷着，撕扯着，痛苦万状。天际有闪电，闷雷隐隐嗡响。这是暴风雨来了。是一场大的暴风雨。皮皮虽然只有两岁，却也是经历过了两个春夏秋冬，对暴风雨应该不陌生，然而它还是异乎寻常地不安和激烈。还会有什么发生呢？

白头翁与麻雀们带着它们的孩子急急回巢，张华在楼下大声叫唤："收衣裳了！收衣裳了！"话音未落，黄沙平地骤升，顿时遮天蔽日，黑暗中，一阵腥气扑鼻，紧接着的是一阵地动天摇，我家一只玻璃水杯被晃倒了，哐当一声，惊心动魄，我想这是地震了。再回头，整个城市已经完全不见，翻江倒海飞舞的，皆是尘土、树叶、禽类的羽毛、废旧塑料袋和纸片。浓重的腥气，阵阵扑鼻而过，恶心恶肺的窒息人。人正傻着，脸面前突然出现一个鸿沟般无比阔大的闪电，眼睛白花花地瞎了；仓皇地蹲下，本能地抱住头，皮皮奋不顾身地一扑，万钧雷霆居然就从头顶直直劈落下来。家里那面有着蛇迹的墙面，轰然剥落，簌簌垮下。窗棂上的风钩，神秘无声就被扯脱，窗扇被猛烈推击，玻璃哗哗地破碎。紧接着的，却是一个巨大的黑与静，黑如洞穴，静如失聪。我带皮皮正要奔下楼去，远方却响起了鼓声，酷似我在舞台上听到过的非洲丛林鼓，仿佛有千军万马的黑人队伍过来了。万千疑惑，不知所以；何去何从，犹豫不决，满心里都是惊吓，惊吓于这无知的一切。鼓声由远及近，清晰可辨，不容置疑，天空随着亮了起来，循声可见天地间竖立着一堵墙壁，所向披靡地移动过来，是灰白的颜色。在这一刻，无知叫人万念俱灰，唯有束手待毙了；只有皮皮仍英勇顽强，不住地跳将起来，朝这堵墙壁拼死吠叫；就在墙壁临头横压过来的那一刻，我遍体被击打、烧灼而后冰凉——这才明白，这堵墙壁原来却是雨幕，是巨大大雨的雨幕，鼓声是大雨行进的脚步声。

　　我在大雨里看望许久，用巴掌接雨，碾磨成汤。好几番回味，才知道世界上竟有这样磅礴壮烈的雨，也才知道，雨也是可以给人极度惊吓的。

　　再以后，无数的风雨，也不再有这天的症候与气势，也不再有这天的惊吓；再大的雨，也吓不住我了。

　　大雨下了五个昼夜，武汉变成了汪洋大海，我家也变成了泽国。开始，我动用所有容器，到处接漏；很快，接漏变得幼稚可笑；因为家里与户外没有多少区别，屋顶不是漏雨而是下雨，我必须赶紧疏通厨房与卫生间的下水道，以便雨水顺畅地流走；任何对于这房子的抱怨以及对于武汉气候的抱怨，也变得幼稚可笑；现实就是现实，再抱怨，现实还是现实；最要紧的是行动，是要采取应对措施，我得选择雨水稀疏的地方，支起塑料雨篷，抬过床铺，让孩子得以安睡，再让自己得以安睡；人不能睡觉，这才是真正的损失。

大雨过后，我家是一片断壁残墙。

隔壁聂文彦家也是一片断壁残墙。

我们这栋公寓一楼的饶庆德教授家，也是一片断壁残墙。

花桥苑四栋公寓楼的八户顶楼人家，八户一楼人家，一共十六家，家家户户，皆是断壁残墙。居住一楼的人家，唯有张华没有损失，只是一只沙发与一只竹床，被大雨冲到了小区院子门口，两个门卫，一会儿就替她抬回自行车棚了；竹床用毛巾擦一擦，晚上照样睡觉。大家都说："张华，这次你得了便宜，就不得偷懒，要帮帮大家的忙了。"

张华连忙应承，说："我帮我帮。"好像她果然得了天大的便宜。

因此我们十六家，顿时都面临了一个室内装修的问题。室内装修是时髦风气，从广东传来，先富起来的一批人，住过了星级酒店，便渴望把自己家里也变成星级酒店。本来家庭是家庭，酒店是酒店，两者本质上完全不同，没有任何可以类比的地方；但是金钱就是有自己的霸道，广东有钱人就是要这么装修；不幸的是，这股风气还迅速地传染，蔓延到了全国。像我们这样，房子年久失修又被大雨冲坏，想要装修得恢复功能，朴素好用，造价合理，居然没有装修公司理解和接受。大雨来得突然，仅有的几家装修公司又形迹可疑，还一律极不爽利，瞪了眼睛反问："怎么装？怎么装？"大家便都摸不着头脑了。

雨后天晴，大家三三两两，站在广场上，交流了各家的情况，只听得一片笑骂与叹气。有男人骂："狗日的这叫下雨？这叫下子弹！"女人们就无可奈何地摇头。忽见一楼饶庆德饶教授跑出家门，面色苍白，仰天长叹一声，便棉条扭扭地瘫在地上；教授夫人赶了出来，惊慌失措抱起丈夫，大叫张华张华。张华应声冲了过去，手脚麻利地张罗，打了112急救电话，急救车便很快赶来，载走了饶教授和夫人。

饶庆德饶教授这一次的损失是最大的，他有着和大家同样的损失，即家具被泡坏、家用电器和寝具全部受潮、墙面千疮百孔；另外还有一桩损失，是别人没有的，那就是，饶庆德教授花了半年时间整理的重要材料全部被浸泡和散失，这就直接导致了他的高血压病发作。

4

饶庆德教授的重要材料，是对于我家八楼邻居王鸿图的揭发与控诉。

去年春天，饶庆德教授写了一封公开信，致花桥苑全体邻居，塞到每户人家门缝里。公开信的大致内容是这样的：饶庆德，男，现年五十九岁，国家一级教授，国务院专家津贴享受者，省市社科联理事，家住花桥苑四号楼一楼二号，与该楼八楼二号的王鸿图系同事，同在社会主义教育学院教书。饶庆德教授几十年如一日，埋头研究与教授社会体制研究，发表专著若干，带出研究生无数，平日谦虚谨慎，戒骄戒躁，德高望重，与花桥苑邻居们共住三年，相信大家有目共睹。然，王鸿图这个人，当年曾是饶庆德的学生，为了入党和留校，每天都跑到老师家里，买煤炭换煤气修理桌椅板凳，儿子一样孝敬；其后来如愿以偿地入党、留校，还当了行政科科长，立刻就不再跑老师家了。不仅如此，还在学院的几次分配住房中，捣老师的鬼，致使饶庆德教授在三年前才分配到住房，且是最差的楼层一楼。近年来，眼看知识分子一天天吃香了，王鸿图摇身一变，又做起了教师，并且连连发表论文，破格评上副教授，居然也得到了花桥苑的住房。如今饶庆德教授要揭穿他的是：王鸿图所谓的论文，都是从饶庆德教授的学术专著上抄袭与剽窃的，论点一样，论据一样，结论还是一样，只不过加了一些流行与时髦的学术用语。饶庆德教授发现王鸿图的丑恶行径之后，立即向各级组织和有关部门检举揭发，无奈现在物欲横流，人人都在搞经济赚大钱，根本懒得为学术的清白主持公道。而王鸿图这个跳梁小丑，不仅在学院对饶庆德教授置之不理，最近还在花桥苑小区散布谣言，颠倒是非，混淆黑白；其妻聂文彦，也厚颜无耻，巧言令色，在花桥苑自行车棚等公共场合，恶毒攻击饶庆德教授。饶庆德教授是可忍孰不可忍，今日特向各位邻居坦然告白，以求澄清事实，还个公道。

在公开信的最后，饶庆德教授写道：饶庆德教授坚信天网恢恢，疏而不漏；坚信群众的眼睛是雪亮的；坚信有朝一日，王鸿图必将原形毕露，得到他应得的可耻下场。

我们花桥苑人家，都觉得饶庆德教授的公开信写得好玩。由于自行车棚被饶庆德教授誉为花桥苑的公共场所，大家都来打趣张华。张华只是一无所知的样子，对于饶庆德教授和王鸿图聂文彦两家人，都同样热情，一碗水端得很平。也有不认识王鸿图聂文彦夫妇的人，不停地询问张华，谁是王鸿图？谁是聂文彦？漂亮不漂亮？至于他们之间的是非曲直，大家倒没有去分辨；现在社会信息量太大，人心野，报纸多，还有互联网，骂人和攻击人的热浪一阵一阵掀起，此起彼伏，无论有道理没有道理，总归都不善。这样的不善之举多了，叫人疲乏与厌恶。我们小区的大家，正是这样的心理与态度，热闹还是喜欢看的，尤其是本小区的邻居，真人就在面前，也还是十分有趣；而去辨清黑白真相，那就无聊了，等于吃饱了撑的。这也就是众人的明智与超然：谁与你去琐琐碎碎？谁与你纠缠不清？原来日常生活是这样的浩渺，无论沉渣泛起，还是浪浮尘屑，都是一旋而不见了，日常生活依然是自清自净。

倒是矛盾公开以后，从此极不自在的人，便是饶庆德教授一家与王鸿图聂文彦一家了。我隔壁邻居王鸿图聂文彦夫妇，一定要假装不知情的模样，但又每天增添了面部的笑容，特为向众人表示他们的不在乎与清白。饶庆德教授，由于年纪大了，又患有高血压，平日是不骑自行车的；这会儿，又特意把家里的一辆旧自行车找了出来，修整鼓捣一番，三天两头骑骑，以便自然接近自行车棚；也要把自行车存放在张华那里，也要每月交给张华五元钱保管费；因此就可以亲切问候张华，可以对胖丫和蔼可亲，还会弓身看看餐桌，也不管餐桌上是什么菜肴，一律都啧啧赞美："好香好香！"聂文彦居住八楼，饶庆德教授居住一楼。聂文彦上班下班，上楼下楼，必须经过饶庆德教授的家门。本来不是太注意修饰自己的聂文彦，此后必定打扮停当才出门，皆是时髦且庄重的职业套装，高跟皮鞋，口红胭脂，昂首挺胸，得得迈步，一步一步经过饶庆德教授的家门，一步也不肯松气。偏是饶庆德教授夫人长相显得比丈夫还要老迈，头发稀稀，眼袋垂垂，颧骨尽是老年斑，衣服也大都捡媳妇的旧，穿在她身上，总是不伦不类。面对这样的情形，饶庆德教授更加悲愤难诉；他怒而发狠，决心求助法律严惩王鸿图这个市侩小人，便开始夙兴夜寐，埋头整理材料，将王鸿图的论文与自己专著逐字逐句两相比照，再加注释评点与抨击，要铁证如山地证明王鸿图抄袭与剽窃。饶庆德教授花了大半年的心血，写了厚厚一大摞材料，还没有来得及向法院起诉，结果遇上了1995年夏天的泼天大雨，大雨毫不留情地冲进了饶庆德教授家的门窗，毁掉了他书桌上几万字的檄文与匕首。

好在抢救及时，饶庆德教授没有出大的问题，在医院治疗了半个多月，精神抖擞地回来了。那天是星期天，人们都在家里。王鸿图聂文彦夫妇伏在自家阳台上。我也伏在自家阳台上。许多人都伏在自家阳台上。饶庆德教授走进花桥苑，走过广场，慈祥地唤一声"胖丫你好啊"，又紧紧握住张华的手，使劲摇晃，感谢她的救命之恩。饶庆德教授夫人也在一边夹口夹舌，啰里啰唆，感谢张华在这一段时间里，照看他们家门户，每天料理他们家花草。老太婆将一网兜奶粉和水果，送给张华。这是人家看望病人时候送的礼物，奶粉牌子芜杂，水果也干瘪了。张华说："夫人你不要客气，近邻胜远亲，再说我是一个闲人，也没有帮你们做什么事情，饶教授还需要补养身体。"见张华坚辞不要，老太婆十分尴尬，脸面都歪了，是要哭的样子，一番推让，熟透的香蕉也断了根，掉一支地上，不知被谁踩了，地上狼藉难看。

王鸿图聂文彦夫妇对视一眼，想笑，克制住了，脸上尽量无表情。

最要紧的事情，便是我们十六户人家的集体装修。我们已经委托张华，找了张华以前的熟人，进行集体装修；因为这样，装修材料可以互相取长补短，费用也会大大降低，工期也可以大大缩短，十六户人家又可以团结一致，家家都是监工，便都不是太受累了。张华赶紧征求饶庆德教授夫妇的意见，问他们家是否同意这个方案。张华说她已经代表饶庆德教授家表示同意，因为工程预算要事先做出来；是按十六户人家预算的，为的是预算出来，好让各家各户都掂量一下，看看划算不划算。眼下十五户人家都觉得非常划算，就等着饶庆德教授家作出决定，如果不参加装修，就赶快表态；如果参加装修，就马上在合同上签字，工程亟待开工。饶庆德教授夫妇愣住了。显而易见，从感情上，他们实在接受不了与王鸿图家一起装修。然而，客观上的各种好处与优惠又显而易见，他们也实在无法放弃。

张华见状，乖巧地搭了一个桥，对饶庆德教授夫妇说："如果你们身体不好，忙不过来，只是看看合同，委托我签字也可以？"

半晌，饶庆德教授才艰难地作出了抉择，他说："罢了！我们委托你签字吧。"一语既出，饶庆德教授泪下涕零，好不屈辱。

八楼上，王鸿图聂文彦夫妇也愣了。聂文彦转头看我，眼神如被人误会闯了祸的孩童，百口莫辩不知如何是好。我爱惜这眼神，望着她，也不知道说什么才是一个安慰。人伤人，就怕自私冷酷到铁石心肠疼痛不知，到底还是有那么一刻，可以超越仇恨，懂得感知别人的痛，却也算得人性慈悲了。

转念却又发觉自己还识得人性慈悲，又是一喜；1995年夏天的这场大雨啊！

5

我们花桥苑十六户人家的装修，如期开工。张华是我们的总设计师。

一切都是机缘巧合。正当我们接洽不到装修公司的时候，张华在大街上遇到一个熟人，与她故去的丈夫，原是市建筑公司的同事。两人立在街头聊起来，熟人早已经离开建筑公司，自己在做装修公司，并掏出一张名片给张华，上面写的是某某装修公司总经理，电话、传真、手机号码，一应俱全，名头堂皇响亮。张华多了一个心眼，询问："你有什么装修业绩？"熟人："我怎么没有？说出来要吓死你。"熟人拉她走了几步，给她指新建的报社大楼，电视台大楼，银行大楼，这幢楼造价多少，那幢楼用的是哪国进口的玻璃幕墙，他都了如指掌，因为都是他做的室内装修啊！张华再问："你愿意不愿意做小生意？简单的家庭装修。"熟人说：做啊！为什么做呢？他现在有很好的队伍，也有很好的装修业绩，但是老百姓对他公司却知道得不多，因此他现在关键是做人气和口碑，不做家装，哪里有人气和口碑？其实做家装并不赚钱，也不会考虑赚钱，主要做质量和信誉，做广告。张华这才告诉熟人，说我们花桥苑有十六家想联合起来，一起装修。熟人说：太好了！你真是太聪明了！熟人说：如果真的是你介绍的业务，价格上他还可以优惠。两人越谈越合拍，干脆就一起来到了我们花桥苑。张华把大家叫了出来，与装修经理见面。就在自行车棚，装修经理与我们又说了一遍质量信誉人气口碑之类的话，当下众人相谈甚欢。装修工头又主动提出到每家每户看看房子损坏的程度，一口气上上下下，爬了四个八层楼，衣服后背湿透了也不顾，只顾为家家户户提了建议，所有建议，皆是又专业又实惠又体贴，让我们感到，我们十六家一起集体装修，就如批发价买大宗昂贵商品，低廉得卖方几乎要赔本了。张华欢欢地跟在后面，因是她的熟人，脸面很有光彩，竟比我们大家还要兴奋，这么设想，那么设想，向装修经理提出这种要求那种要求，装修经理一一地答应，并且显得很怕张华，向我们告白道：张华太精明了，什么事情一点瞒不过她的。据说他认识张华十几年了，张华当年做姑娘，与她丈夫谈恋爱，天天都来建筑公司，许多男人都看中了张华的精明能干和漂亮，想追求她却又没有这个胆子；你们看，我们建筑公司，前前后后，因公死了多少工人，哪个是烈士？唯有张华把她丈夫跑成了烈士。

张华说："怎么是我跑来的？胡说吧，我们本来就是烈士！"

大家哄然一笑。说话说到这里，时间是吃晚饭的时间了，气氛也是一起吃饭的气氛了，装修经理一定要请大家吃饭。大家婉言谢绝。装修经理说："装修是一个很大很复杂的事情，一边吃饭还可以一边继续谈谈。"大家一听又觉得有道理。张华自然是积极要求大家一起吃饭，她俨然已经身负重任了。于是，一顿饭下来，什么都谈妥当了，很快就签订了装修合同。

开工了，头三天热火朝天，携带各种家伙的工人，在我们花桥苑进进出出，敲敲打打，从日出忙乎到日落；经理急急要钱款，说是好让他及时购买装修材料，我们大家立刻付钱。然后，经理不再出现，接着，许多工人也不再出现。我们拔腿就跑自行车棚，急急投诉张华，说：总设计师，我们家木匠今天没有来；我们家管工没有来；我们家电工没有来；等等。张华二话没有，抓起电话就打给经理。头一次电话，经理万分歉意，说是他老娘突然脑中风，现在正在医院抢救，他就守候在他老娘身边，心里乱得一塌糊涂。经理这么一说，我们再不便说什么，也就算了。第二次电话，经理焦急地说他手机没有电了，便关了手机，再也找不到人。再一次电话，经理还是在医院照顾他的老娘，他老娘却是去年突然脑中风，住院一年了，久病无孝子，身边无人，他得照顾她。我们家家户户墙壁凿开，正在布线；地上挖开，正在埋水管；却再没有工人按时上班，工地上一片混乱。电话打得多了，前言不搭后语，谎言就露出来了。却原来所谓装修公司，也还是皮包公司，只是停留在名片上的。泥工、电工、木匠等各种工人，皆是经理临时召集组合，绝大多数都是农民工。我们这里，好多农民工嫌经理太过奸诈，拖欠和克扣工钱，就随时跳了槽，去做另外的活去了。

可怕的事情还在后头，再没有什么设计师出现，所谓电脑出的设计图，被农民工扔在屋子里当废纸一样。我们责问他们。大多数农民工埋头不睬。有喜欢说话的农民工便忍不住说：这是什么图？哄你们的啊，就在路边打字店随便出的图啊，都知道你们城里人好时髦，讲档次，就拿什么电脑设计图哄你们，其实你们这就是修理房屋嘛，还以为是豪华装修啊？又说：我们做自己的手艺，是不要看图的，也看不懂这鸟图。

我们就呆了。我们设想我们的房屋，不豪华却也不应该只是修理，还应该是一次装修，应该是有统一的风格，细节上有和谐的搭配，等等。农民工说：鸟！然后，现场工头又赊账拖欠工钱，工人立刻偷工减料，消极怠工，与工头相骂争吵，颈脖上的血管怒张好像可以随时破裂，使用他们的家乡话，我们都听不懂；寡言少语的农民工，摇身一变，好像顷刻变成了一堆上海人，又好像变成一堆洋人，嘀里嘟噜，话多得又快又急，我们在一旁干着急；最恐怖的，是当场砸掉正在做的护墙板，背起工具走人。我们更加呆了。兴高采烈以为用批发价买了贵东西的我们，在大雨之后，重又沦为灾区。我们楼上楼下地乱跑，个个成了没头的苍蝇。我的身体本来不健壮，自然是焦头烂额，口角赤红，寝食不安，感冒连绵，衣着打扮一概懈怠，简直就没有个人模样了。

张华做梦也没有想到事情会成这个样子；成天皱着眉，苦着脸，每家每户安抚道歉。她与经理跳脚争吵，说："你怎么是这种人！我再也不相信你了！"

经理哪里怕这样的威胁，嬉笑说："嫂子啊，装修都是这样的啊！这些农民工素质太差了，只任钱不认人，叫我有什么办法？"

张华说："你不能不找这些农民工？"

经理说："不找农民工找谁？现在城市里的人，谁还吃得这种苦？"

泥工做地面瓷砖，忘记塞住地漏；待我们发现，又要敲掉瓷砖；则水泥、瓷砖、工钱等等，又得支付一次。我们找张华，张华再找经理，便只有声嘶力竭地叫嚣了："伙计啊！你别忘记是有合同的啊，我们要去法院告你！"

经理起初还勉强承受，到了被张华指上鼻子指上脸，腾地又了腰，说："好吧好吧，去告吧。我好怕。我的卵蛋都已经吓破了。"

张华说："你这个婊子养的东西！"

张华到底是女人，粗话说不过男人，便拔脚跑回自行车棚，一屁股坐下，想想，觉得她从热心肠做好事开始，落得现在是一身狗屎一身腥，也不知道怎么收场，便举了巴掌，把自己脸一打，嗷嗷地哭了。我们又只好赶紧宽慰张华。自然也有人，不愿意安慰张华，气鼓鼓地离开自行车棚，还留下带刺的话，说谁知道是不是有人暗地里得了好处，才鼓捣了这么一个拆烂污的装修公司。张华又只好打自己的脸，打得面红耳赤，哭得肠断气绝。

好在时间就是时间，它总是不会停顿。自行车棚里挂着一只圆形的石英钟，不管人间多少事，也不管张华怎样痛哭流涕，它总是从容不迫地走着，走着，这是一种铁定；装修工程，却也随着铁定的时间，在这乱七八糟的混战之中，渐渐完工。

电工做完了活，拿了钱，走了。管道工做完了活，拿了钱，走了。泥工做完了活，拿了钱，走了。木工的活路多一些，要做得长一点，长长短短，也是陆陆续续地走了。最后是油漆工，在日日的抱怨与争吵中，也还是要走的。这样一些农民工，来的时候，是陌生腼腆面孔；走的时候，却千人一面，个个都是要钱的铁面孔。花桥苑的大家，竟如送走了瘟神一般。有一些工人，也还是吃过人家的许多香烟和酒菜；连我也还几次炖了肉汤送给我家工人；不知怎么，好意没有留下一点点；几乎所有的农民工，都麻木不仁，都无一点熟面的热络，也无打过交道的客气与尊重，这比装修本身的麻烦更让我暗自心惊。我小时候，吃夜宵，拿了搪瓷碗，跑半条街，特地要买王麻子的豆浆。那王麻子把做生意当做生活，为人十分小心，凡吃他豆浆的人皆是他的客，回头再买豆浆便都要多给一勺；把你的碗装得满满的，还叮嘱小孩子当心，不要泼洒了，不要盯着碗走路，要看着前面的道走路。我们小女孩，盼过年，主要原因之一是有新衣服穿；进了腊月，我外公家总是要把裁缝请来家里，住下，为一家老少翻旧裁新，孩子们都得新棉袄花罩衣；年年请的都是去年的裁缝；进门双方都欢喜，互相作揖打躬；我外婆必定要说："又要辛苦你了！"

裁缝师傅也必定要回礼，说："哪里哪里，是我又要沾您家的光了。"

　　我儿时的中国，就像一位家道中落，流落民间的大家闺秀，尽管此前多少年青春岁月，都是兵荒马乱饔飧不继的日子，却依然敦厚蕴藉，举手投足，皆见生活的美意。要人见了人，有亲切；要人与人之间，有信义；做买卖是讨生活的手段，只是一个银钱的进出，没有更多意义的，更要紧更长远的，便是要把事情做出喜气与吉利来。所以民间百姓，都懂得这么一句话，说是：买卖不成仁义在。

　　却说现在我们花桥苑，十六家的装修如同打了一场人民战争。其实到头来，房子也还是装修了，农民工也还是赚钱了，结果却是两败俱伤，人人都恶心厌世。这是我在装修之前，没有料想到的，以为装修就是麻烦和累人。通过装修，对于现在的社会现实，才有了一个切身的感受，知道现在的人，起码的脸面都不顾了，和气生财也不懂了，只要浅浅的一点点眼皮利益。回头遥望，我们的河山，还是山高水远；座座城市，也是重峦叠嶂，却不知昔日美人今何在了？

6

　　不过，还有一个老扁担，他这个人，却是一眼没有让人看穿的。

　　老扁担也是一个农民工，没有什么手艺，专门做扁担，出苦力，搬运重物上楼；从一个骗局里出现在我们装修过程中。

　　那天，水泥黄沙砖瓦来了，卸在一楼的马路上，再无人管。

　　我们好奇地问工头："怎么不把材料运上楼？"

工头反而惊讶地问我们："你们怎么还不运材料上楼？我的工人正等着材料好做活呢。"

我们找经理质问，经理也是反而比我们讶异，说："头几天的材料，都是我看在熟人的面子上，给你们搬运上楼了，我以为你们自己马上就会找搬运的，哪里还会老让我贴本做生意？"

我们生气了，说："你在签合同的时候怎么不写清楚材料由我方搬运？"

经理说："合同上也没有写由我方搬运啊？我只是装修公司，又不是搬运公司？"

一般说来，既然装修公司是包工包料，自然就包括了把材料买到装修工地了，怎么又冒出需要一个搬运公司？经理的强词夺理把我们气得两眼望天。工头赶紧出面做和事佬，说："好解决好解决，现在外面大街上，扁担多的是，价钱也不贵，我马上给你们叫一个扁担队来就是了。"

工头当即用他半块砖头那么大的手提电话，给他表弟打了一个电话。他的表弟很快就带领一个扁担队赶到了，十余个农民工，个个怀抱一支扁担，扁担头上挽着一副麻绳。队伍很整齐，显然已经纠合好了，单单等在哪里。而扁担队好像是来替我们排忧解难的，表弟理直气壮，向我们宣布，他会每日调配派工，保证及时把各种装修材料送进人家，并会以每担记工，到时候与各家结算，也欢迎各家记工，到时候与他核对，而每担材料的劳资，皆是市面价打九折，他哥哥在这里做工头嘛，他自然要给优惠价。扁担们齐齐地站在表弟身后，沉默地看着我们。我们十六户人家的装修主持者，面面相觑之后，忽然发出一阵激烈的议论，明白我们又挨宰了，除了装修款之外，我们还要额外支付一笔扁担们的费用。

　　表弟并不着急，也不听我们的议论，他吸着香烟，抖着单腿，拎着的，也是与哥哥一样粗壮的手提电话，夏日的热风，把他的丝质 T 恤衫，吹得飘飘飒飒。表弟等了一会儿，说："诸位老板，利索一点，他们都是靠卖力气吃饭的农民工，一天不做一天没得吃，请尽快决断不要耽误他们到别处找工。"这个年轻人，已然是老江湖，流气十足，学会了拿话打人，很是遭人厌恶。扁担们仍旧沉默着，眼睛转到别处，显然有一些看不起我们的不利索了。

　　结局是沉痛的。我们十六户人家都毫无办法。自己又肩不能挑，手不能提。眼前又已经开工，耽误一天还要付出一天的工钱。所有的慷慨激昂，在表弟的胁迫下，都归于沉寂。我们只好接受这个扁担队。但是这并不表示我们就不可以厌恶表弟，连同厌恶表弟身后的扁担们。

　　我们对表弟的姓名毫无兴趣，需要的时候，就叫他表弟。我们对扁担们的姓名也毫无兴趣，一律地叫他们扁担。其区别与标识，便是个人特征。矮个子的，叫矮扁担；高个子的，叫长扁担；年轻小伙，叫小扁担。其中有一个男人年纪比较大，看起来介乎中年与老年之间，动作也迟缓与沉稳一些，大家暗忖，或许他挑贵重的东西和容易破碎的东西比较合适；这个男人，便是老扁担了。老扁担最不爱说话，几乎就是一个哑巴。老扁担也最老实，叫一声老扁担，他便应声过来，等候吩咐，没有一点故意推搪，也不挑肥拣瘦。

　　便是这样，不到一天，表弟又有了新花招。表弟说："各位老板，发现了一个新情况。我是救你们的急赶来的，没有事先考察，这次的十六家，哪里晓得就有八家是八楼，又没有电梯。各位老板，请你们设身处地为扁担们想一想，每天挑重担一趟趟爬八楼，这活怎么受得了？我派谁谁愿意去？"

我们已经十分厌恶这个油腔滑调的年轻人，便说：你直截了当地说，你要干什么？

表弟不在乎我们的厌恶，继续他的油腔滑调，说："诸位老板，上八楼加楼层费，按搬家公司的例再给八折优惠，每层楼每担加五毛钱。"

我的计算能力很差，也不知道一共又要付出多少钱。王鸿图聂文彦夫妇计算能力很强，且习惯于精打细算过日子，洗衣粉与快餐面，多重的包装最划算，也都是他们告诉我。他们两口子只是对了对眼神，心里就有数了，聂文彦就小声提醒我：说装修成本因此又提高了百分之几。

八户八楼的人家，面对表弟的精明，又气恼又觉得自己是占不住道理：八楼的确是太高了，用的力气与一楼的确完全不能相提并论。有人也就笑笑，说：再优惠一点好不好？表弟为难了半天，吃了天大的亏一般，咬了牙，说："好，我不赚钱算了！四毛五！"

我们忽而又感到好笑，四毛五分与五毛又有多大区别？还承了表弟这么大人情，实在无趣；于是也就忍气吞声，各自讪讪散去。聂文彦却再也忍耐不住，嘴皮咬了又咬，咬得通红，道："街头一个小混混，还把我们当把戏玩，真是搞邪了！我得和他谈谈！"

王鸿图喝了一声，表弟过来，站住。聂文彦说："你不要卖嘴皮上的乖，你真的不赚我们的钱，就少收一点扁担的管理费。

每担两毛五分。怎么样？"

表弟说："这怎么说呢？八户人家，刚才都说好了，都点头了。"

聂文彦说："我们没有点头。我不管别人，只管我们八楼的两家，每担两毛五！"

表弟说："老板，那我要得罪你们了。我要一碗水端平，都是四毛五。"

聂文彦说："表弟，我告诉你，做事情不要太黑。你在这一带做扁担生意，是不是？告诉你，我一个弟弟在城管部门，一个弟弟在派出所；你信不信？"

表弟马上做出举手投降状，冷冷地说："我信！我绝对信！我怕你。你们要宰我，那是小菜一碟，请高抬贵手。只是这里有八家，依你的价，我做不起，我也派不出这个工。"

聂文彦说："我自己派工。我自己找扁担谈。你不许背后捣鬼就是。我告诉你，我们就是不信邪，就是不信屠户死了要吃整猪肉！"

王鸿图走过来，狠狠地盯着表弟。在他们夫妇俩严厉的注目之下，表弟再次举手投降，表示默许。聂文彦拉住我，马上去找老扁担。老扁担不说话，双方谈不起来，单是聂文彦说。聂文彦对老扁担说："我和表弟谈好了，你和他没有关系了，他不再派你的工了，以后你就专门负责挑我们这两家的材料，完工以后，我们两家与你单独结算，你听懂了没有？"

老扁担好像没有听懂，一点态度都没有。聂文彦把同样的话，又强调性地重复了一遍，老扁担好像有一点明白了，他拿眼睛去搜寻表弟，好像还是不放心，要得到表弟的亲许。聂文彦立刻搬出了她的两个弟弟，告诉老扁担不要怕表弟，不要有顾虑，表弟答应过了，他肯定不敢为难老扁担的。好说歹说老半天，最后，老扁担终于点了一个头。就在老扁担点头之后，我们几乎是感恩戴德的。聂文彦给了老扁担一个苹果。王鸿图点燃了香烟送老扁担一支，又在他左右耳朵上，各夹了一支。

　　此后，我们两家的材料，果然都是老扁担一个人挑上来。即便发现水泥袋破了，我们也不说重话。双飞粉沿楼梯一路泼洒上来，老扁担还没有知觉；砖头与瓷砖挑上来，破碎得不少。聂文彦很是心疼，又要发脾气，又怕再也找不到扁担，只好忍气吞声地恳求老扁担。聂文彦正正地捕捉住老扁担的眼睛，委委屈屈地说："老扁担，请你当心一点好不好？我们都是普通工薪阶层，上有老下有小，实在是很不容易的，你知道不知道?"老扁担只是躲着眼睛，不言语。在一旁做活的农民工，就哧哧笑。聂文彦恼了，转过去吼那个农民工："你笑什么？有什么好笑的!"调皮的农民工不肯认输，说："我又不是笑你，我是笑老扁担，笑他像一个哑巴，像一块木头，像一个大菩。"调皮的农民工话里有话，听起来是在贬老扁担，其实还是在护老扁担。聂文彦急，却又觉得自己的身份，不合适与一个农民工争口争嘴；何况就算聂文彦口头上赢了，农民工做活的时候，整盅你家，那是现成的，少用一把钉子，你家地板，不久就可能松动起翘。聂文彦便放过了农民工，捂了自己的嘴，过来我家，立在阳台上，用力点着自己的心脏部位，笃笃响，说："我这里难受! 心里窝啊!"

　　下一回，老扁担挑上来玻璃与镜子，却还是碎了边角。聂文彦说："老扁担哪老扁担，我叫你老祖宗好不好？我敬请你当心一点好不好?"老扁担总是没有言语的，低着头，抱着扁担，僵直地站着。聂文彦围着老扁担抓他的视线，一定要对着老扁担眼睛说话。她说："你看你，头发也都花白了，做人的艰辛，也该懂一点了，人情世故，心里也该有一点谱的，我们对你这么好，又是香烟又是水果，你还知道不知道？你为什么担担都有破损？这么的不当心不体恤人？玻璃与镜子，都是多贵的东西啊！"聂文彦千说万说，急得脸也煞白，嘴角也冒白沫，要求老扁担给她一句话。老扁担就说了一句话："我当心了。"

我们去找了张华。看看她有没有办法，再在外面马路上找一个扁担。张华说："外面的扁担随便进来接活？他敢？不通过表弟认可和安排，他不要命了？"我们一听，便再没有力气坚持与计较了。张华带了我们，到别的人家看了看。发现凡爬高楼的扁担，无不常有材料的破损。因为按每担计算工钱，都急，都巴不得多挑几担上楼，挑到后来，力气没有了，腿都打战了，哪里还稳得住担子？相比之下，老扁担并不是最糟糕的，我们更是无言了。张华说："你们看看这些农民工吃的什么？餐餐都是大馒头就腌菜，喝的是龙头里面的自来水，哪里有力气挑重担啊，也都是在拼命了。"大家都无话可说。回去，硬着头皮，把装修进行到底。聂文彦的心劲终于耗尽了，每当看着老扁担卸下破砖烂瓦，只是抓住自己胸口的衣服，欲哭无泪。王鸿图也默着脸，不再给老扁担香烟了。

却不料，装修竣工，老扁担来结账，递过一张皱巴巴的记工单。我已经在掏钱了，聂文彦说："慢！"聂文彦王鸿图夫妇一算，老扁担却还是按四毛五收费的。

7

好一阵子，是愤怒的沉默。聂文彦眼睛睁得鸡蛋大，特别的吃惊与懵懂，好像一个突然撞上了考试的女学生。王鸿图到底是男人，心理承受能力强得多。王鸿图试图与老扁担说通道理，他说："当初就是因为表弟要高价，我们才找你的，是不是？你同意了，是不是？到头来怎么还是要高价？既然你也要高价，我们何必特意找你，谁挑不都是一样？是不是？既然表弟不收你的管理费了，你何必还要我们高价呢，是不是？"

要工钱的关键时候，老扁担也说话，说得也还是简单。老扁担说："我什么都不知道，只知道你们非得要我挑，你们没有说不是这个价，家家户户都是这个价。"

现在是我们没有话说了。无须回忆，都是眼前的事情。聂文彦确实没有明确告诉老扁担是什么价格，因为一切都是明摆着的。

聂文彦说："可恶！实在太可恶了！"

老扁担再不说话，就只是抱了他的扁担，站在我们两家门口，一动不动，单是伸手要钱。

王鸿图说："两毛五。"

老扁担坚决摇头。

王鸿图说："好吧，三角！"

老扁担还是坚决摇头。

这一下子把聂文彦恨得，再也无法保持平日的端庄，两手胡乱挥舞，面部揪扯歪斜，一开口，声音也是劈的了，她叫道：

"真是不知好歹！你们这些乡下人，真是不知好歹！那么，被你损坏的东西呢？损坏东西要赔偿，这也是天经地义的吧？如果按照物价赔偿，你全部的工钱都是不够的，你知道不知道？"

老扁担绝对不睬聂文彦，人也绝对不离开。入夜了，老扁担兀自僵直地守候在我们的门口，我们无法安心。王鸿图出来几次，吼道："你走啊！"老扁担也不走。王鸿图只好架起老扁担的胳膊，把他拽下楼去了。我赶紧与聂文彦商量，建议把工钱给老扁担算了。聂文彦一听就火了，说："不！决不！"聂文彦认为这不仅仅是钱的问题了，是他们在做笼子，在骗人；整个装修都是一个笼子；笼子里头还套小笼子；连一个老扁担，都跟着欺负人，实在是叫人无法忍受；再忍受，她觉得一点自尊都没有了。根本没有我说话的余地，聂文彦怒火万丈，滔滔不绝。她说："是的，按道理，张华是在帮助我们，我们不能怪张华，也不能无凭无据怀疑张华，但是，现在事情到这种地步，谁又能肯定张华不是暗中吃了回扣呢？现在这是什么世道啊！怎么良心都叫狗吃了啊！你的事业有了一点成绩，别人也容忍不了，造谣中伤，死打烂缠，一定要置你于死地而后快；房子坏了，要修整一下，个个都来骗你，处处都搞巧要钱；连大街上小混混和农民工，都欺负到头上来了。他们以为他们是谁？可以这么坑蒙拐骗？他们以为我们是谁？就这么轻易好欺负？这一次，我是坚决不向恶势力低头的了！"

聂文彦请我不要管这件事了，事情由他们夫妇交涉摆平；而我，则必须要与他们步调一致，千万不能单独把工钱付给老扁担。聂文彦高度紧张，严阵以待，手指不由自主地颤抖。她说："请你答应我，一定不能出卖我们。现在我们谁都不敢相信，也就相信你了。我要请你一定答应。"

我一点办法都没有,除了说一声"我答应"。

我答应了聂文彦,我无法不答应;听到自己答应的声音,心里到底不是滋味,这种情形与场面,叫我难堪;我觉得我们所有的人,皆是又可笑,又可气,又可怜,皆没有保住自己的体面与尊重。

翌日清早,门外传来惊声尖叫。原来还是老扁担。老扁担又来了,还是立在我们两家门口,怀里抱着扁担,破衣烂衫,汗臭熏天。身穿睡衣的聂文彦吓坏了,惊声尖叫着,掩住低低的胸口,飞身进屋,抵紧房门,歇斯底里发作了。

"你走啊!走啊!走啊!"聂文彦喊叫着。

王鸿图冲出来,短裤背心,睡眼猩红,一句话没有,上来就是一拳,打在老扁担肩膀上。这是一个星期天,王鸿图的儿子女儿都回家过周末,两个年轻人也赶紧出来了,都来驱赶老扁担。老扁担受了王鸿图的拳打,不反抗,也还是不言语,却顽强地立在那里,不肯离开。王鸿图的儿子人高马大,对老扁担吼道:"你还不走?找死啊!"王鸿图的女儿说:"你们这些乡下人,真是烦死人了!骚扰民宅是犯法的,你知道不知道啊?"这女孩子说话和她母亲一模一样,腔调居高临下,语气蔑视。

我只好去叫张华。开始张华不肯来,说:"装修已经结束了,我作了这次孽,好不容易转胎托生了,莫再烦我。人家聂文彦,教授太太,比谁都精明能干,我烦不起的。"

一会儿,张华自己又说:"好吧好吧,我好事做到底,送佛到西天吧。"

张华上来以后,老扁担突然清晰地说:"老板打人。"

王鸿图说:"我打人?我打你还是客气的,我还没有报警呢!你这样骚扰民宅,看警察给你什么待遇。"

老扁担说:"我只要我的工钱。"

聂文彦忽然冲出来了,却还是没有换掉睡衣,依然用手揪住胸口衣襟,眼睛发直,叫到:"没有钱!没有钱!没有钱!"

张华说:"哎呀算了算了,以后再说吧。什么事情,顶牛了总是没有说头了。王老师聂老师,你们进去吧。孩子们,把你们爸妈劝进屋。梳洗一下,换了衣服,一家人吃早餐,清清爽爽过星期天。老扁担,来来来,跟我下楼,喝点绿豆汤,又没有什么大事,都好说好商量。"

聂文彦用手指点着张华,说:"你是什么人?你算老几?你不觉得你闲事管多了吗?你这么喜欢管闲事,是不是有什么想头?"

聂文彦失态了,她管束不了自己了,她恶语一出,自己也捧脸哭了;大家顿时都十分难堪。王鸿图连忙对张华道歉,说:"对不起对不起,她不是有意的。"

张华横了聂文彦一眼,语气平静,说:"我是什么人,你不认得?我是照料自行车棚的穷寡妇。我什么想头都没有。我也不要什么想头。我只要自己为人坦荡,不会为几个小钱就得失心疯,我就很体面了。我们走!"

张华说完这么一席话,自己立刻就下楼;老扁担倒也跟在她身后下楼了。

一到自行车棚,张华就甩起手指头,高声骂老扁担:"这是你害我了!就怨不得我要骂你们!不是城里人不把你们当人,是你们自己先也没有把自己当人!眼皮里就盯着钱,钱,钱!事情还不好好做，那还不招打的命？真是挨打活该！四毛五分钱，与两毛五分钱，与三毛钱，隔了多远？要到就发财了？要不到就穷死了？外面的扁担，一层楼也就是两毛到三毛；为什么你就死也不松凿眼？你这不是害人害己！"

老扁担半天也没有吭声，半天以后，还是顽固地说："家家户户都是这个价嘛。我让价了以后大伙还要让我做吗？"

张华眼皮抹下不言语，脸绷着，盛绿豆汤盛得锅碗叮当响。大家喝绿豆汤的时候，都不出声。张华终于抬起眼皮，咒了一句："这个婊子养的！"不远处，胖丫在广场上玩耍，与一个小女孩打羽毛球，一脸无人间烟火的神仙表情。张华看着她的胖丫，再一句"这个婊子养的啊——"便出口如吟诗，声音里竟有感叹人世艰险之意了；听得我心意悬悬，不知如何是好。

矛盾果然进一步激化，一日午后，老扁担又出现在我们八楼，这次手里不是拿的扁担，竟是一把斧头。斧头是利器，是带血光的家伙，骨愣愣的一个男人，破衣烂衫，头发胡子拉拉杂杂，埋着脑袋，手提斧头，这是很凶神恶煞的。人人一看就紧张起来，花桥苑的两个门卫跑前跑后，跟着老扁担，好言好语劝解。张华从外面回来，停好自行车，跑上楼，径直上前，一把就夺下了老扁担的斧头。

张华说："这哪里还是一个事情？这不是一个事情了！"

张华对我说："你去找聂文彦，只要她一句话：付钱还是不付钱。她不付，我来付。"

老扁担听张华这么说，头抬了抬，又低下，斧头也没有要，转身离开了花桥苑。我没有找聂文彦，找了王鸿图，建议我们两家把老扁担的工钱付了算了，各家也就是一百五十块钱。王鸿图说："好。"王鸿图说："其实聂文彦不是为钱，她这个人就是嫉恶如仇。也是她们家的遗传，没有办法的。你们不要怪她。"

可是，就在我和王鸿图商量好的这天下午，他们家被袭击了。没有人看见老扁担，也没有人发现形迹可疑者，大家下班回来，发现聂文彦家靠过道的窗玻璃被统统砸碎，防盗门也被砍坏。本来王鸿图说好今天下班回来，就把钱给我，我们两家的工钱，一起交给张华，请她转交老扁担。一看家里情形，王鸿图气坏了，不谈工钱的事情了，夫妇俩忙于报警去了。

很快，一辆警车开进我们花桥苑，呜呜地鸣着警笛，大张声势，惊动了所有住户。几个警察跳下车来，有的去侦查现场，有的找两个门卫调查情况，还做笔录，笔录最后还要门卫签名。原来聂文彦果真有弟弟在我们这里的派出所，只不过不是亲弟弟，是一个表弟。

8

几天之后，派出所通知聂文彦和我去接受调解。我觉得事情已经演变得十分荒诞，很不愿意去派出所，便死活拉上了张华。到了派出所，眼前的情景还是超过了我们的想象。老扁担躺在派出所的地上，赤裸上身，仅穿着一条破旧肮脏的大裤衩子，眼睛紧闭，有气无力地呻吟着。老扁担挨打了。一个警察，不是聂文彦的弟弟，态度是公事公办的样子，他很寻常地用脚尖捅了捅老扁担，说："人来了，起来，当面道个歉认个错！"

老扁担没有起来。警察大为光火，又用力踢踢。

老扁担这才哼哼着说："老板哪，我真的没有砸你家啊！"

警察朝老扁担猛踢一脚，喝道："怎么承认了又反悔？法律跟你是闹着玩的？"

老扁担"哎呀"叫了一声，蜷缩起来，只顾哼哼去了。

我们三个女人，都看不得这么暴力的场面，也不可以不领受警察的好意。都慌忙地说好了好了，赶快说事情吧，赶快说事情吧。

警察把我们带到一边，对我们说："一点办法都没有啊！这些乡里人农民工，又没有文化，又不懂法律，就是会耍赖，难缠得很。这是裁定书，他的道歉与赔偿，他都认了，盖了手印，现在你们签字盖印就行了。他的工钱就算是赔偿了，作为赔偿，那点工钱肯定是不够的，但是大姐们，我劝你们算了，这些人杀无肉剐无皮，真是一点办法都没有。不过我可以保证，这个人再也不敢为非作歹了。"

聂文彦说："好吧好吧，谢谢你们！辛苦你们了。"

一纸裁定书，很庄严，由于有国家的大红印，的确给人很有保障的感觉。手续很快办完，我们默默返回，都走路很快，逃窜的风一样。回到花桥苑，聂文彦自己上楼回家。我留在自行车棚里。张华提过电风扇，对着我吹凉。一时都无话。唯独一群白头翁鸟儿，老老小小，唧唧喳喳，在树丛里嬉戏。蝉在树叶后面，忽儿尖叫一声，忽而又尖叫一声。天空钢蓝，白云朵朵，太阳如火如荼。真是岁月悠悠，不管人间沧桑。好像这么一坐就是百年，过去的事情，从秦皇汉武到今日装修，想说也说不清，说不清也想说；其实说也无奈，不说也无奈。

到底，我还是忍不住要说，我说："我是没有打算不给老扁担工钱的。"

张华说："这我知道。"

我说："那就好，那我心里就好受一点。"我拿出两张百元的钞票，说："张华，我还是要麻烦你一趟。"

张华接过钞票看了看，无意识地用手指捻了几捻，弯腰扎进丝袜里，还留意扎在没有跳丝的地方，怕钱无意掉了出来，当即就去推了自行车，说："我现在就去。"

张华骑上自行车，飞快地出了花桥苑大门，穿着一条牡丹花的七分裤，肥大的臀部上全是乱七八糟的花瓣，我却感到亲切，想必也是看惯了。

我又独自坐了一会儿，心渐渐安定下来。事情终于有了一个彻底的了结。聂文彦到底还是赢了，不用付工钱了。我的工钱现在也付出去了。现在我付工钱，想必聂文彦再不会认为我是出卖他们了。邻里之间，非亲非故，却也不能莽撞行事。世上的事情，有时候，烹小鲜也如治大国，也有千钧的重量；如此，如释重负也就是一种实在的幸福了。轰轰烈烈的大事情，抗日战争也就八年，解放战争也就三年，却是流血流汗，慷慨高歌，江山换代，万象更新，人人都有机会，人人都可以重要，人人都可以浪漫与壮烈；而这平常的岁月，天天看的都是同样光景，却暗中尽是绵里藏针；疼痛锥心，也鸡零狗碎诉说不出一个名堂来，生生就磨灭了多少人的志气与骄傲——还是庸常的日子长，还是庸常的日子多，还是庸常的日子主旋律，还是庸常的更难过，还是庸常的日子更要人的耐心与骨气！

我正要上楼，张华回来了。张华的自行车拦住我，她扯开她的丝袜，掏出五十块钱来，说："我看他人还好，一点皮肉伤，派出所也给了药了，我就自作主张，只把你一百五十元的工钱付了。一是一，二是二，他的价钱已经是喊高了的，不能坏了规矩。再说你也不富有，就不要无谓的慷慨施舍了，慷慨施舍了也讨不到好，就像我这一次做好事，你看我，纯粹是搬起石头砸自己的脚。"

我说："好吧。"

张华说："真的不是老扁担砸的。我猜是表弟使坏，你相信不相信我的感觉？"

我说："我当然相信你的感觉。"

张华又鬼祟地一笑，问我："哎，听说你是一个作家？"

我毫无心理准备，忽然就脸热了，我这是生平第一次为自己喜爱的职业感到害羞与惭愧，却又不知道害羞什么，惭愧什么。张华却赶紧安慰我，悄声说："没有关系没有关系，我不会告诉大家的。"

我更加愕然：作家怎么啦？好像作家是混入生活中的一个奸细，现在被张华发现了。

我童年好福气，出生是头胎孩子，母亲的青春、健康、热情、求知欲和好奇心，都天然地滋养了我。当年父亲又还在官，享受共产党的配给制，我便有进口的听装丹麦奶粉喂养。我少年遭遇"文化大革命"，生活的背景与内容，皆是大事件和大道理，好比生在云端上，脚踏的是风火轮。一日三餐，从无多想，因为饭食皆可从食堂得来。而后，还未成年便离家远行，三百六十行里头也做过几行，偏偏都不是日常的生活。一直以来，我眼睛是长在额头上的，胸中是一颗豪放的心，日日夜夜绞尽脑汁的事情，都是写作与读书。年纪轻轻，却以为，若是自己的文章再不得以发表，那就是天塌地陷的事情了，那就是历史的倒退、现实的不公道、文坛人人的有眼无珠。

到底还是命中注定，生在新社会了，男女都一样，操持柴米油盐，生儿育女，一样也躲不过去。锄禾日当午，汗滴禾下土；谁知盘中餐，粒粒皆辛苦。辛苦然后得食，是最朴素最直接的教诲，这样的教诲无声无言，只是有着黄连般的苦，天长日久之后，却徐徐生出清正廉洁的浩然大气，文人的虚浮之气也就被照见，自己也就知道羞愧悔改。

难道我悔改得还远远不够？早年，我曾经在一个会议上声称自己是小市民，当初可能还有一点使气；后来可是真的了，一点脾气都没有了，唯恐小得不地道和不彻底。小是最难做到的；过去招女婿，对于女婿的首要挑剔，便是这男人是否小意，不小意是不敢招赘进家的，因为家庭是中国人的千秋大业。小意是一种真正的熟，与稻谷熟了一样，人也是应该熟的；要知冷知热，懂得好歹。写小说的作家，与入赘女婿一样，熟是最重要了；世人只知道过日子，你却还要知道日子是怎样过的；大处明晓，小处也明晓，难言处尤其明晓，处处都伺候得到；这样的小说，人读了，心里头才能够会意，那风流便也是真风流了。小说只有写到这般程度，也才真是人生得趣了；要得这般人生之趣，皆要你本身能够对生活服小；其实这还是中国古老的道理了，所谓世事洞明即学问，人情练达皆文章；曹雪芹从锦绣云端跌了下来，才有了一部《红楼梦》；宝玉再从胭脂花粉五谷杂粮中出去，才得一步进入佛土。

大约我还蹩脚得很？仿佛一个好强的小孩子充英雄；若是面貌被戳破，世人倒先有愧了，仿佛揭了小孩子的短，是要不得的；张华的态度，在我看来，正是这样；这真是叫我赧然，羞惭，却又糊涂。

一个打岔，我们花桥苑的夏天，就这样过去了。再是秋天，秋天接着也就这样过去，冬天就这样来到了。初冬季节，武汉不算太冷，气象却是另一番：空气入鼻有寒意了；植物颜色皆变得红紫深沉；茶花打了新苞；所有的小白头翁都成年了；小孩子们穿上了毛衣外套，看起来是忽然长大了；饶庆德教授终于向法院起诉了，并且，将晚报上刊登的消息，特意剪下来，红色彩笔画了红道道，张贴到自行车棚了；聂文彦又紧张起来了，端庄得连衣服鞋袜拉链搭扣，都要一丝不苟，绝对不能让人们看笑话，也绝对不能放过把饶庆德教授夫人老太婆比了下去。聂文彦鬓角的白发，便又添了几许，脸蛋上的肉，也松坠得明显了，原来人是这样衰老的；王鸿图没有聂文彦紧张，外貌上倒是没有妻子变化明显。

最令人吃惊的却是老扁担。一个初冬的早上，老扁担出现在我们花桥苑的大门外面，那里是门房的屋檐，屋檐下有一道台阶。老扁担挑了一副箩筐，箩筐里头一副麻绳一杆秤，这是收破烂的工具了。看来老扁担已经不做扁担，改做收破烂了。老扁担穿着卡其布中山装，深蓝洗白了的颜色；戴了一顶瘪塌塌的人民帽，也是很老的式样；足以唤起大家对历史的记忆，那完全就是50年代初的乡镇干部。也因此，老扁担的人，就显得规矩和体面了，与夏天的老扁担判若两人。老扁担居然在我们花桥苑蹲点了，不走了。老扁担怎么敢回到花桥苑来，并且准备蹲点收破烂？老扁担不爱说话，他的想法谁也不知道。

9

　　最初是胖丫看见了老扁担。因为面熟，胖丫冲老扁担直笑；然后回到院子里，打扫广场；扫着扫着，忽然想起老扁担，便跑过去叫张华："妈妈，妈妈，老扁担来了。"

　　张华在自行车棚门口生炉子做饭，说："少胡扯。"

　　胖丫说："不是胡扯！"

　　见张华根本不当一回事，胖丫着急，大声地坚决地说："我认得老扁担。"

　　"很好。"张华应付女儿说，"你谁都认得。你毛主席都认得。"

　　胖丫说："我不认得毛主席。我认得老扁担。他在大门口，穿了衣服。"

　　张华自顾自忙碌着，说："那就更好了。"

　　然而，生完了炉子，坐上了铁锅，看着锅里冒出水蒸气，张华突然一个醒悟。胖丫坐在花坛上，撅着嘴，还在生气。张华过去推了一把胖丫，说："我信你的话。我们这就去看看。"张华说完快步地去了，胖丫远远跟在母亲后面。张华来到大门口，两个门卫都望她笑，朝门外的屋檐那边示意了一下。张华出得院子大门，果然看见了老扁担。老扁担抬头，也看见了张华，随即又把头埋下了。张华一双胳膊架在胸前，夸张地叹息一声。老扁担就是不肯抬头。张华等待了一会儿，烦了，她走过去，朝箩筐踢了几脚。老扁担还是不肯抬头，也不护着箩筐，任张华怎么踢。张华把胳膊甩开来，又叉了腰，左右端详老扁担。老扁担还是不说话也不抬头。张华弯腰拽起箩筐扁担，胖丫远远跑过来替母亲帮

274

忙。母女俩拖着老扁担的一套家伙，走到大街上，扔在了人行道上。老扁担慢腾腾跟过来。一阵一阵的风，吹落人行道的杨树叶，撞在张华身上；张华气呼呼拂开树叶，再用嘴巴噗噗地吹，这是要充分地引起老扁担的重视，知道她不赞成他的做法。

老扁担弓腰收拾他的一套家伙，秤盘纠缠住了，需要慢慢解开。

老扁担理顺了他的工具，担上肩，又往花桥苑走。

张华腾身拦在老扁担面前，说："好！好！你倒有本事，你装哑巴，你装不认得我。我还是要告诉你：你赶紧滚开！武汉三镇大得很，哪里都有破烂卖。我们花桥苑，是不会欢迎你的。你待在这里，一定是没有好果子吃的。你是傻了？还是魔了？你知道不知道，七八户人家的护墙板已经开裂了，五六户人家的地板起翘了，家家户户掉瓷砖，聂文彦家厨房的瓷砖，掉下了一大半。你们给我们送的什么水泥？都是水货冒充名牌！油漆是什么油漆？钢钉是什么钢钉？连经理、工头和表弟都逃得无影无踪，你倒送上门来了？找死啊？"

老扁担嗫嚅着嘴巴，许久，却也没有吐出一个字来。

张华说："行了行了，你有什么可说的？你以为你和装修没有太大关系，是不是？你只是一个扁担，是不是？我告诉你，不是！我们觉得你们都是一伙的，我们见了你们谁都恨。现在明白我的话了吧？走吧走吧，走得越远越好。"

老扁担呆住了。

张华母女回到自行车棚了。老扁担却还是没有离开。他在大街的人行道上呆了一会儿，挑起箩筐，又回到了花桥苑大门口的屋檐下了。老扁担在台阶上坐下，摸出一支香烟来，默默地吸烟，期待着他无望的生意。

这天下班的时候，自行车棚里人声鼎沸。骑自行车回家的人们，几乎都发现了老扁担。所有人都说：怎么回事情啊？这个老扁担胆子蛮大啊！居然还想在我们这里收破烂，谁愿意和他打交道啊！谁又敢相信他啊！真是毛病不小啊！饶庆德教授也来了，说："好啊，冤有头债有主了，这个团伙终于有线索了，我一定要弄清楚，他给我送来的水曲柳护墙板，到底是什么等级的？到底蒙了我多少血汗钱！"聂文彦尤其不敢相信自己的眼睛，在自行车棚停了自行车，也不走，对陆续进来的人，一再地说："真是厚颜无耻！真是厚颜无耻！"有人说："他找上门来也好啊！我们去会会他，看他的良心长在哪里？"大家越说越来劲，越说越有恨，一伙人说着说着，就去找老扁担出气了。

张华在吃晚饭，端着饭碗，坐在自行车棚外面，一双筷子，在碗沿上下飞舞，灵巧似蝴蝶采花。张华就是迷恋这碗饭了，别的任何事情，天塌地陷，都与她无关了。胖丫嚷嚷着，跟着大家去看热闹。张华也不理会她，由她自己去了。

老扁担的箩筐，一下子就被大家掀翻在地，几脚上去，箩筐就踩坏了；秤杆也给掰断了；秤盘砸得当当响。老扁担好像并不意外，人们一来，他只抢过他的秤砣，揣进怀里，人便退缩到墙角旮旯里。我们花桥苑的人们，装修之后，几个月找不到敌人，现在一看见老扁担，就有一点仇人相见，分外眼红。大家一边踩踏老扁担的箩筐家伙，一边纷纷地质问与怒斥：老扁担哪老扁担，你们给我们装的地板是什么地板，木料是什么木料，油漆是什么油漆，瓷砖是什么瓷砖，水泥是什么水泥；你们尽是坑人骗钱，伤天害理，良心叫狗吃了！老扁担自然是没有话说的。我们花桥苑的人们，说着喊着，其实也就是发泄，都是自说自话，图个痛快，也没有要老扁担回答的意思。人们心里还是明白，老扁担当初只是一个扁担，装修骗局里面的一个小喽啰，他自己也在受表弟那些人欺负和宰割的。其中有两个男孩子，人长得比大人高了，眼睛还是十几岁的幼稚，叫喊得兴起，便一再熊过去，对老扁担舞胳膊弄腿的；老扁担每次都吓得急忙地护住自己的脑袋，蹲下去，其他一概也不管。不过，没有人真的殴打老扁担。花桥苑的人们，只是要把老扁担赶走，要把坑蒙拐骗和不安全因素赶走。老扁担的箩筐再一次被拖到了大街上。这一次，比张华拖得还要远，扔在了一只垃圾桶的旁边，老扁担远远跟着，蹒跚而来，离开了我们花桥苑。

然而，第二天上午，老扁担又出现在我们花桥苑门房的台阶上。老扁担的箩筐修好了，秤杆也修好了，秤砣挂在了秤杆上，秤盘也锤平了。我们花桥苑的两个门卫，都很吃惊，看着老扁担，互相叹道："咦——"

老扁担依旧是老老实实坐在屋檐下，吸烟，一声不吭，也不主动招揽生意，大街上的热闹、喇叭里头的流行歌曲、汽车煞得嗞嗞响，马路上冒青烟，于他都不是动静。到了中午吃饭的时候，老扁担拿出一个大馒头，三口五口，很快就吃了，再到门房旁边的水池上，就着自来水龙头捧几口水喝。拧开自来水龙头之前，老扁担眼睛投向两个门卫，等他们的许可，眼神惝惝；我们的两个门卫，永远是衣着普通，面目模糊，不多话，不激烈，安逸闲散地做他们自己的事情，所谓"芸芸众生"，好像就是为他们派生出来的词语；他们也正是有着芸芸众生的本分、宽容和善意；见了老扁担的眼神，便极为同情与和蔼了，不就是喝几口生水吗？他们连连挥手，要老扁担自便就是。

张华骑自行车出门买菜，行到大门口，发现老扁担又来了，戛然捏住自行车车刹，说："你还真是蛮犟啊！"

老扁担张了张口，自然还是没有说出什么来，又闭了嘴，木然地面对张华。张华说："你看我做什么？我脸上有一朵花？你这么不识好歹，看我做什么？"

老扁担低下头，看地面去了；地面上有报纸的一片残页，被风卷到这个角落来，老扁担按住残页，捡了起来，埋头去看。

张华说："哦，你还会看报纸啊！很好！那就更应该懂一点道理了，你在这里没有什么好果子吃，走吧。我这个人又喜欢管闲事，别出了事情又是我的麻烦。告诉你，我是再也不会管你的破事的！"

老扁担想抬头，却又意识到了什么，不敢，只是把脸更深地埋在报纸上。张华说："很好很好！算你有胆！"便脚尖点地，骑车飞去了。

下午，花桥苑的人们下班回来，到了花桥苑大门口，看见他们昨天赶走的老扁担，今天又在这里了，不免都吃了一惊；却也不清楚自己惊什么；却也不便再去围攻，因为老扁担也就是一个破烂啊；老扁担也就是老老实实坐在台阶上，吸烟，看一片破报纸，一声不吭的，你有什么办法？

只有饶庆德教授与聂文彦，这对冤家的行为出奇的一致。先是饶庆德教授，他郑重地走到老扁担面前，说："也好。你待在这里也好。我要起诉你们装修公司了，到时候，你就是同伙兼证人。我告诉你，我们这里的住户，都知道你是什么人，都知道你的贪婪和狡猾，你要好自为之，不要再生歹心，不然肯定就是自取灭亡了。"

老扁担望着饶庆德教授，只是点头，无言语。

后来的是聂文彦。是晚饭以后，王鸿图陪着她，两口子要出门散步的样子。他们走到老扁担跟前，聂文彦说："我警告你，老扁担，你不要装傻不要装好人，我们大家都知道你是一个什么东西。你一定要待在这里，赶也赶不走，这是你的人身自由。但是，我要告诉你，第一，如果我们家发生了任何盗窃和安全问题，你都罪责难逃；第二，你休想我们会给你生意做！你以为你还可以再赚我们的钱，那是万万办不到的！"

老扁担没有望着聂文彦，单就埋头听着，也无言语。聂文彦说完，挽着丈夫就走，高跟皮鞋故意咯噔响，大有敲山震虎的威严。

第三天，第四天，老扁担像上班一样，准时地来到花桥苑大门外的台阶上，坐下来，等人叫他收破烂；花桥苑当然没有任何人叫老扁担收破烂。老扁担终究在我们花桥苑大门口待下来了，老扁担却也终究只是待在我们花桥苑大门外了。无形中，老扁担与我们花桥苑人家，居然又成了一轮新的对峙。

10

家庭使用以后余下的东西，武汉人总称它们为破烂；对于收破烂的人，武汉人也简称破烂。一个"破烂"，两个名词；卖与买的人，却绝对都不会产生理解上的错误，这就是生活自有的明澈。生活再是混乱，也自有一份明澈，不断更新的语言，便是这份明澈的脉络；就连老扁担，也是不会混淆的。每次胖丫一边往大门外跑，一边呼叫："破烂。破烂。"老扁担动也不动，他知道这不是呼叫他。老扁担拎着斧头的歹徒形象，在花桥苑打上烙印了，人人都很警惕，都不会让老扁担靠近自己的家门。家里的老人和小孩子，也都被再三叮嘱和警告：如果老扁担要求收破烂，务必摇头不睬，赶快走掉；万一发现老扁担固执地敲门，千万不能开门，必要时候打110报警。老扁担明澈到连我们花桥苑人家的这种警觉，他好像也知道。

老扁担从来不擅自进入花桥苑，也从来不主动与任何人说话，不打搅任何人，眼神都是定定的，没有光，也不闪动，万物都不屑，不掠，一味只是老实和无害。门卫已经默许老扁担随时进来，在水龙头上喝水，老扁担喝过自来水以后便即刻退出去。老扁担还进一步地表现出他对我们花桥苑的基本尊重，那就是便溺，也会回避花桥苑的围墙树丛，类似于兔子不吃窝边草的那种尊重。老扁担宁愿放下他的箩筐，花好几分钟的时间，寻到水利科学院的围墙那边去便溺；那里是一个僻静处，依围墙而建的是一个巨大的车间，车间里头是三峡大坝的模型，于当年争论三峡大坝利弊的时候建造，用于论证的，现在已经搁置多年，从来没有人到这个车间来上班。但是，现在的城市里，一般农民工都是就近便溺；在这个问题上，他们是不会管那么多文明礼貌的；夏天装修的时候，农民工都在我们花桥苑的树丛里便溺，任我们花桥苑的住户再怎么投诉，也是无用。老扁担自觉表现出来的文明，慢慢也被我们花桥苑的人们，看在了眼里。但是，那又怎么样呢？难道你不在我们花桥苑尿尿，我们就会把破烂卖给你？

现在的城市生活，许多物质都是一次性消费，耐用品的质量也越来越差，所以家庭的破烂，是越来越多了。我们花桥苑四栋

280

楼八层的公寓，每过一段不长的时间，家家户户都要卖破烂。我们花桥苑的人家，还是宁可舍近求远，跑到大街上去，等着，将那些在大街上流动的破烂叫了进来。这种小事，经常由胖丫承担。胖丫在广场上玩耍，无事，人家就在阳台上叫唤："胖丫，去叫个破烂。"

不知道胖丫是人憨，还是聪明，她每次都要问："是叫老扁担?"

人们就说："傻丫头，不能叫他!"

胖丫有时候也会突然想不通的，突然发问："为什么?"

人们就说："胖丫啊，你只要记住：他坑人! 他骗钱! 他提斧头!"

胖丫就会说："哦!"

胖丫就欢快地跑出去，一会儿，很有价值感地带了几个破烂进来。大家在广场上，热火朝天地你卖我买，讨价还价，易拉罐踩得砰砰响，踩瘪了再数过，一个一毛钱；五公斤的食油塑料壶，五毛钱一个；茅台酒和五粮液酒的酒瓶，很神秘，单独议价，可以卖到十几块钱一个，显然这是有一个地下渠道在高价收购，收购去了便是要做假酒；但是我们花桥苑的人家是有正义感的，大家绝对不卖，把漂亮的酒瓶，当面掼在地上，摔碎了，就当碎玻璃贱卖；破烂一个个眼瞅着，手脚慌乱又不敢抢夺，干干地叹气，便赌气不收碎玻璃。如果书报杂志电视冰箱，这样一些破烂过重了，也把破烂带上楼，到自己家里去称重量。几个破烂，都是空担子进来，满满的担子出去，心满意足的，连说带笑，经过老扁担身边。老扁担每次都是怔怔地面对着这样一个世界，他的世界，一个遭受孤立和嘲弄的世界。那些破烂们，都很神气与得意；他们与老扁担素不相识，却同行是冤家，都十分敏感，都自觉不自觉地，要从他人的痛苦中获得自己的幸福；赚钱是现实的事情，钱总是有限的；快感却是精神上的事情，给人无限的愉快，谁都难以放弃与超脱。老扁担不言语，无表情，中午一顿大馒头也不吃了，没有钱吃了，但是他半句抱怨也不出，只是忍受。最后，连两个门卫也忍受不了，过来劝解老扁担：算了，到别处去收破烂吧，要不然饿死你了。

最无法安心的人，还是张华。对于破烂的买卖，张华只管装聋作哑，偶尔却还是支使胖丫，拎一提馒头给两个门卫，一提馒头五个一元钱，两个门卫也知道这是救济老扁担的，马上就去放在老扁担的箩筐里，说："胖丫拿来的。"

老扁担就说："谢谢。"

偶尔，王鸿图经过大门口，也会给老扁担甩过一支香烟去。老扁担也接着，也说："谢谢！"王鸿图也是经常给两个门卫派香烟的。王鸿图就是这样的一个人，脾气是有的，说火暴也火暴，说傲慢也傲慢，比如与饶庆德教授的诉讼，一定是要你死我活的了；却与门卫、清洁工人、看自行车棚的张华、胖丫、闲散老人、乡下来走亲戚的客人，一律都无门忌，都无心机，都是相见甚欢，常常把开会发的小礼品，钥匙圈指甲钳什么，在上楼回家之前，送给胖丫或者别的小孩子。在花桥苑人家里，王鸿图为他妻子聂文彦争得了人心与脸面，一般大家都会看王鸿图的面子，对聂文彦礼让三分。不过即便是王鸿图，却也不敢把家里的破烂卖给老扁担，因为那就会惊动聂文彦。对于老扁担出奇的倔犟，张华真的很生气。她和大家议论别的事情的时候，往往都会叫嚷一句："我最恨乡里人了！"

王鸿图一边笑笑，说："张华啊，你是观音菩萨转世吧?"

新住户徐迪娜很迷惑，问："她怎么是观音菩萨?"

没有人理会徐迪娜。她没有经历过花桥苑的集体装修。日常生活看起来是如此日常，什么新鲜也没有，却条条都是不同的河流，新下水的人，都得自己去小心地蹚。

逐渐地，老扁担偏偏比谁都安心了，清早过来的时候，脚步比较流畅了，坐姿也不再那么僵硬。老扁担搜罗了许多报纸，当他坐定了台阶之后，他便开始认真阅读。没有谁与老扁担买卖破烂，老扁担也不吃中午饭，老扁担有的是时间，所有时间，老扁担几乎都在阅读。老扁担把报纸翻来覆去，字里行间，反复研究。老扁担不吃饭，却要吃香烟。老扁担把燃烧的香烟夹在手里，过一会儿才舍得去细细吸一口，一般就把手支在太阳穴那里，让青烟袅袅腾腾，他只是闻一个香烟的香气。过了许多天，花桥苑的人家，在自行车棚聊天，才恍然大悟地意识到：老扁担认得字! 他们说：哎，原来老扁担还认得字啊! 他们说：老扁担读报纸像在读博啊!

徐迪娜说："老扁担是很可爱的呀。"

依然没有人附和徐迪娜，气氛不对。徐迪娜环顾四周，好不愕然，末了还是要固执地为自己解释，说："穷人就是有质朴的一面，比起现在那些有钱人的恶俗，就是可爱!"

一场北风一场寒，隆冬季节已然来临。进入腊月，下了一场小雪，风就刺骨了，太阳也有一股干干爽爽的劲道了，晒什么，都留香。我们花桥苑人家，开始买肉买鱼腌制，公寓楼是拥挤狭小，可是我们多少也还是想做一点腊货。过年是要有味道的，卤菜里面放进了腊货，在深夜里咕嘟咕嘟地煮着，飘出来的气味，是很特别的香，一闻，就觉得新年到了，又是一轮的天增岁月人增寿了。就在这样的一天里，老扁担忽然就不见了。老扁担没有说不再来，可是就没有再来了。门房的屋檐下，长长一道石头台阶，忽然就冷清了，一阵风就落满了冬日的尘屑。片片的报纸被风卷过来，也没有老扁担去按住捡起来。两个门卫在台阶上斜站着，晃荡着身子，四处望望，把香烟叼上，再四处望望，疑惑道："该不是在哪里冻死了吧？"

门卫的话，传到自行车棚里，张华说："死了活该。好！很好！"

正在停放自行车的徐迪娜，却忍受不了了。徐迪娜的模样看上去比少女成熟，比妇女幼稚；结婚三月，与有钱的丈夫离异；之后，参与意识与博爱精神，就自由地表现出来了；养了一只鹦鹉，名叫波德，是英文"鸟"的音译。波德不住鸟笼，夜里睡沙发，白天在屋子里头随意飞翔。

徐迪娜谴责张华，道："人家老扁担又没有对谁不利，你这样说话！"

张华说："这有什么，毛主席都写过一首诗歌：梅花欢喜漫天雪，冻死苍蝇未足奇。"

徐迪娜说："毛主席给冻死的苍蝇取名叫魏竹奇？真的？"

张华一本正经地回答："真的。"

张华捧腹大笑。自行车棚里凡四十岁以上的人，都大笑。徐迪娜被笑得脸皮绛紫，无所适从，拂袖而去。时间最是无情物，一个时代就是一个时代了。从前流传下来的一切，都被时间之光普照，无不变形。可见青史留名，并不见得是好事，留下来的肯定不是本来的你；任人曲解、玩笑、糟蹋，这才是一种必然。

老扁担终于离去，在张华看来，老扁担算是得了生路，她这才彻底放松了，打趣徐迪娜，让人人都笑了一个痛快。

11

我们中国人，过年总是一桩大事，与别的节日都不同的。别的节日是节日，吃吃好东西，看看电视，打打麻将，也就是过节的意思了。过年却还要有许多的仪式，还要依赖许多仪式带来许多感觉：贴对联，放鞭炮，除旧布新，洗澡换衣，吃团年饭，给压岁钱，串门子走亲戚，三天无大小，人人都自由。忘不了我孩子两岁那一年，没有钱为孩子买新衣，翻箱倒柜找出一块红色大花布，熬了夜，在缝纫机上赶着做罩衣。初一早上，给孩子换上鲜艳的新罩衣，孩子兴高采烈跑出门去，一会儿又兴高采烈跑回来，说："妈妈，快出去看！过年天上下的是红雪，好好看啊！"我跟着孩子跑出去，原来满地落红皆是鞭炮的碎花，昨夜的鞭炮是我深更缝衣的激励与鞭策，看见了格外亲切；我们母女相拥，心里满是喜气与快乐，却不是平常的那种喜气与快乐，是火热的、有烙印的喜气与快乐；是在昏昏然漫长无际的日子里，忽然有一面红漆大鼓打出了一记节奏，咚的一声，山河震荡，便觉得人生有一刻的震动，日子有一刻的印记，叫自己牢牢记住了；而记住本身，何尝不就是一种喜悦呢？

过年是这样的大事，我们花桥苑人家，自然就把老扁担遗忘了。这种遗忘相当于删除，连一点印象都没有留下。我们花桥苑门房屋檐下的台阶，原本是空空荡荡，现在也是空空荡荡，从来没有任何人计较它为什么空空荡荡。大家出出进进，都是新鲜的行头，互相都要扫一眼，心里笑一笑别人，或者心里赞一赞别人。孩子们高兴得上了天，觉得自己可以神气过大人，便得意忘形的模样，口里吃着美食，神仙一样走路，飞飞腾腾的。春节就是这样的：满世界的风景，唯有我们自己与我们的孩子。

忽然有一天，老扁担又出现了。老扁担还是挑着他的那副箩筐，坐在我们门房屋檐下的台阶上，吸着香烟，看着报纸，还是那副没眼睛没耳朵似的模样，一声不吭。

老扁担一出现，令我们花桥苑的人家大吃一惊：原来正月十五已经过了，元宵节过了，又是平常日子了，虽说还是平常日子，但不是去年了，是新的日常，老扁担这个人，怎么不知道去年的绝望与悲哀，还来重蹈覆辙呢？被删除的记忆，自己强行地恢复，相信谁都会大吃一惊。这份吃惊又不比前次了，吃惊之下，我们心里，便生出了一些怜悯：不就是一些破烂吗？这个人却还可以这般屈辱地死死等候，也真是执著顽强啊。然后，我们心里，也还生出了一些羞惭：不就是家里的破烂吗？都是无用的东西，值不得几个小钱，干吗死活不卖给这个人呢？

春天确实是万物生发的季节，我们花桥苑的人们，在新的春天里，重新看见老扁担，心里便摇曳着，一些新的感觉如大地上生出了毛毛小草一般。对于老扁担，自然就与去年的冷漠疏远大不一样了。

张华停在老扁担跟前，欢欢喜喜的，无端地踢踢他的箩筐，说："过年好啊！"

老扁担平常不肯说话，拜年的问候是礼，不能不回礼的，便也连忙说："年好！年好！老板恭喜发财！"老扁担音低含糊，还是不抬眼睛。

286

张华说："我什么老板！和你一样，穷人！"

老扁担仍然是咕噜："老板发财老板发财。"老扁担对于我们花桥苑的人家，男女老少都只有一个称呼，就是"老板"。

张华再踢踢老扁担的箩筐，说："你倒是犟得可以了！看来只有佩服你了！"

张华一边踢箩筐一边朝大家做脸色。张华在高频率地舞动她的双腿。今年春节，张华买了一条新的花裤子，底色是深咖啡色，图案是红花绿藤；花枝透迤，好似凌霄花，紧紧绷在腿上，一点不打皱，裤口接上高靿皮靴，很是显得双腿修长；大家见了都称赞。张华的春节很开心，逢人便介绍莱卡氨纶，说是当今最时尚的一种面料，高科技含量非常高。张华郑重地感叹：世界就是在不断进步！因此老扁担的进步，张华发现得尤其迅速：老扁担戴了一条围巾！是一条时髦的超长围巾，在颈脖上绕了一圈，还有两截在胸前款款垂落；围巾是暖和的混合色，是最时髦的颜色，还是这样时尚的戴法，与老扁担一身臃肿破旧的棉袄棉裤配在一起，是这样的先锋，又是这样的滑稽。在张华的热烈号召下，大家都去打量老扁担。老扁担更紧地箍住胸，遮掩围巾，满脸的皱纹里，也透出红晕来了。张华用手指去挑了一下围巾，老扁担躲了一下，没有躲过张华。大家善意地笑闹起来，说：张华不像话！调戏人家老扁担做什么？叫花子也有三天年呢！老扁担就不可以戴条时髦围巾？大家拿老扁担说笑，老扁担倒是冬烘得很，抬起了头，感谢大家替他解围，说："谢谢老板，谢谢老板。"老扁担新年的面貌，就在这一刻被大家看清楚了，他胡子刮得光光，脸盘显露出来，帽子没有戴，头发理得齐齐短短，额头也还是比较开阔方正：原来老扁担倒也还算一个头面整齐的男人。

王鸿图与他儿子走过来，看见了老扁担，也惊讶，过来说："呀呀呀，老扁担哪！又来了？你还真是有点牛脾气啊！年过的好啊！"

老扁担赶紧说："老板过年好！"

王鸿图打哈哈说："同好同好！"便将口袋掏了一把，是一些糖果瓜子，送给了老扁担。

过年时候的人，都有一份慷慨大方，我们便也拿出手头的小零嘴，放在台阶上，要老扁担吃，也问问现在乡下怎么样，是不是乱收费太厉害——这是从报纸上读来的消息，报纸越来越成为城市人的日常生活。两个门卫踱过来，给老扁担香烟，他们一起抽烟。门卫说："你这个老狗日的，怎么说走就走了，还以为你冻死在马路上了。"老扁担只是微微地憨笑。太阳和暖。白头翁在枝头欢叫。碎冰在马路边的流水沟里漾着，泛着日光。过年的人心，玩野了，一下子收不回来，三三两两的人，在单位点了一个卯，都陆续地溜回来，吆三喝四地约对子打麻将；经过花桥苑大门，瞟瞟老扁担，眼睛里不再有警惕与愤怒，都是孩童般的贪玩和不介意。我们花桥苑大门出去，原本是一条马路接上大街，两侧有大树。去年大树都砍了，两侧都盖了简易的门面房，出租给了各种小生意人。砍大树的时候，我们花桥苑人家都不同意，这点环境意识，也都是有的。饶庆德教授还向市长写了请愿信。最后的结果，还是砍了大树。人家土地拥有单位，最需要的是经济环境，不是大树，斥责饶庆德教授不当家不知柴米贵。小门面一起来，墙壁都是劣质马赛克，我们花桥苑出门的一条街道，就很像小乡小镇了，本来是很没有品位的；春节的时候，红色的对联一贴，倒也平添喜气；小生意的店主大多数也是外地人，也是乡下出来的多，都随和、爱凑热闹，便也走过来，与大家拉家常，一起打趣老扁担的围巾：

你这漂亮围巾哪里买的？是老婆编的？还是"情况"送的？"情况"就是情人。武汉人嫌情人过于书面化，出口肉麻，便改为"情况"，"情况"说起来就比较含蓄大方，也比较谦虚谨慎，还有一些自嘲的勇气。说到"情况"，男人就可以只管猥亵，不用尊重。有的东西，就是让人找乐子的，好比酒，喝了便可以发酒疯。关于围巾的出处，老扁担是不言语的，他也不用言语。没有谁真的以为老扁担有"情况"，都只是要玩笑要开心。而老扁担，被人取笑也是很好的，好歹还有人取笑他，比起他去年受到的冷落，已经要让他受宠若惊了。

就这样，老扁担安适了，黄昏时候离开的背影，也直起来了许多，步调里也没有了落寞的寒意。老扁担这一次顽强地卷土重来，好像不是来收破烂的，倒是来走亲戚的了。

我们大家在自行车棚里，不免也议论了一番老扁担的围巾。饶庆德教授夫妇正好也在这里。一群干部和文化人，却不约而同地，也提出了与门口那些贩夫走卒同样的问题：老扁担怎么会突然戴上这么一条时尚的长围巾？他的围巾从哪里来？猜猜是他老婆织的？还是媳妇织的？还是相好织的？我们用词比较准确："相好"。张华断定老扁担有相好，这围巾一定是他的相好织的。张华说："人家乡下人也是人嘛。"在这一点上，饶庆德教授赞同张华的观点，他说："对啊！人都有七情六欲。七情六欲是应该受到尊重的。"

张华说："饶庆德教授，我请教您了，您看老扁担这人，还会不会生歹心?"

饶庆德教授认真回答:"一般有相好的人,就不太会生歹心了。要知道,爱情是天使,它的降临会使人变得善良。"

张华说:"饶庆德教授,您在花桥苑德高望重,这次就带个头,把破烂卖给他吧。"

饶庆德教授"啊呵"了一声,说:"这个嘛,我还要拭目以待,拭目以待。"

徐迪娜挺身而出,说:"我卖。"

张华说:"迪娜呀,我们寡妇人家,不可以这样随便说话的啊!"

气得徐迪娜,上去就给了张华一巴掌。在花桥苑两个单身女人的玩笑中,老扁担终于再次进入了我们花桥苑。一日,在广场上,徐迪娜勇敢地把她家的破烂,卖给了老扁担。

12

尽管徐迪娜带了一个头,我们花桥苑的其他人家,跟上来的,也只有一两户。大多数也还是没有动作,好像在拭目以待。其实冷眼一看,也算不上在拭目以待,因为谈不上拭目以待。老扁担不在我们大家的生活中,不在我们大家的话题中,老扁担其实不是一个事情。我们大家,都有自己的种种事情在忙碌,谁还会把在城市收购破烂的一个农民工当做一回事情?比如我就是。我家报刊杂志多,出的破烂也就多,只是我没有时间去理会那些过期的报刊杂志,任它们胡乱堆放着,当然也不会想到这些破烂对于靠破烂为生的人,是多么重要。由老扁担引起的惊讶,那是我们生活里许多惊讶之中的一个，区区的、无伤大雅的一个，转瞬就过去了。老扁担用了相当的时间和代价，让我们花桥苑人家接受了他；而我们花桥苑人家，接受了他也就放下了他；知道老扁担温和老实，会与我们相安无害，这就行了。老扁担反而就成了一尊石头的雕塑，摆在我们花桥苑大门一侧的台阶上，大家日日过去，便熟视无睹了。生活就是这样微妙，也就是这样的无情；无数的因素，无时无刻离间着人们；个人的命运，都埋藏在这无数因素之中，自己都无从感知，何谈去把握？直到张华提醒我。

我用张华的气筒给自行车打气。张华过来，笑一笑，说："你很忙吧？"

我说："不忙。"

张华说："假话。"

我说："真的。我忙不忙，看对什么人。你有什么事情尽管说。"

张华说："够意思啊，谢了！我倒没有什么事，还是替人瞎操心。你要是不太忙，可以不可以抽个时间，把你家成堆的那些报刊杂志清理出来？老扁担又开始省掉午饭了。"

"当然。"我连忙说，"当然当然。早想过是要把破烂给老扁担的，不知道怎么一晃，又给忘记了。"忽然发觉自己忽略的破烂，竟是一个人的午饭与生计，心里一阵难过，有心酸也有歉意。

张华也连忙把话题岔开，说："喂喂，我给你讲一个故事：徐迪娜这个女人很有意思，她讲离婚是很好的，很可以教育人。徐迪娜的前夫，是一个千万富翁，徐迪娜刚刚搬来，不是骑自行车的，开的是一辆宝蓝色宝马车；现在骑自行车，倒说很安逸了。刚才她站在这里，望着花桥苑人家阳台上堆放的破烂，念了一句诗，说是：朱门酒肉臭，路有冻死骨啊。"

我说："有意思。"

张华说："有意思吧？我为什么要给你讲这些故事？因为你是一个——作家。"张华说到"作家"就要放低声音，就要掩护我，我真是没有办法了。

几天以后，我让胖丫叫来了老扁担。老扁担上到了我们八楼。我把房门敞开，让他自己把书报杂志统统搬出来过秤。书报杂志一一都搬出来了，沉重的几大捆。面对这么多书报杂志，老扁担禁不住面有喜色，一面打包加固，一面期期艾艾地说："怎么过秤哩。怎么过秤哩。"最后还是下了决心，对我说："老板，我要用你家的秤。"

我说："我家哪里有这么大的秤？你不是有秤吗？"

老扁担坦白地说："我是七两秤。"

闷了一会儿，又说："现在都是七两秤。我无办法的。"

我说："七两就七两吧。现在连卖秤都卖这样的秤，我们有什么办法。"

老扁担一一地称过，然后计算，付钱，他认真给我计算了一遍，说："老板再计算一遍，看对不对？我都是按一斤计算的。"

我没有再计算。我知道没有这个必要。老扁担已经把事情做得十分公道了。老扁担显然十分在意自己是否公道。一个破烂，把一点小生意，做得这么恭敬郑重，小心谨慎，也是令人肃然起敬的；何况我暗暗喜欢老扁担对于书报杂志的态度，他不像其他破烂那样，把过了秤的书报杂志，随意踏踩，撕扯，窝卷，净往编织袋里乱填乱塞；老扁担待书报杂志不像是待破烂，当是有用

292

的物品，他要一堆堆摞齐，码平，捆好，再往箩筐里齐整地放；我便一相情愿地认为这是一份对于文字的尊敬，我便也要尊敬人家。于是我告诉老扁担，以后我家的破烂，都是他的了。至少一两个月，要出一次书报杂志的。

老扁担再一次面露喜色，说："谢谢老板。"

当晚，聂文彦就敲了我家的门，找我谈话。

聂文彦说："你把破烂卖给老扁担了？"

聂文彦说着就激动起来："为什么？啊？为什么？"

聂文彦说："你怎么这么快就好了伤疤忘了痛？"

聂文彦说："这些人怎么可以信任？一个农民工入室杀人，抢劫了四十二块钱，今天的晚报你可看了？仅仅四十二块钱，就可以把人杀了。现在的人，还有什么道德良心可言？现在知识分子，教授专家，也就是那德性，还谈这些没有文化的农民工？"

聂文彦说："我们是这样的好邻居，我还是有责任提醒你。不管怎么样，我是坚决不和老扁担打交道的。我坚决不再允许任何农民工接近我的家门！"

我一个字都没有说，唯有流露歉意。老扁担接近我家，也就等于接近了聂文彦家，我非常抱歉。我却又觉得无法应答聂文彦的质问；虽是平常琐事，也无从交流。有时候，人对面相坐，双目相看，忽然就相隔河汉，想敷衍都难，真正是无奈了。

老扁担的形势，却也逐渐逐渐好了起来。老扁担向花桥苑人家坦白他是七两秤的，的确其诚可嘉，打动了我们花桥苑的许多人家。再加上我们花桥苑人家里头，有张华与徐迪娜一唱一和，热心快肠帮困扶贫，就容易影响更多的人。胖丫常常也就直接去叫老扁担了。天气晴好的星期天，老扁担也在广场上铺开了摊子，也有好几户人家，都来卖破烂。老扁担不用自己的秤，用人家的体重秤，人家说重量是多少，老扁担也不去盘查计较。以往的破烂们，来到广场上收破烂，都要借用张华的一只塑料水桶。他们要找一处低洼地面，倒进水，然后把收购过去的纸箱与书报杂志，都铺在低洼处湿一湿，以增加重量，转头到了废品收购站，便可以多赚一点。因这样的做法十分普遍，何况又不是与我们搞巧，是与废品收购站搞巧；我们花桥苑人家，对于这些破烂的做法，一贯都持无所谓的态度；反正现在全社会的人，都是设法在弄钱，大家早就见怪不怪了。老扁担却不借用张华的水桶，不湿书报杂志，我们花桥苑的人家，默默看在眼里，倒觉得老扁担有点憨傻，但是，这种憨傻又还是会让人心里生出好感来。老扁担的生意，慢慢兴旺了起来，老扁担却没有丝毫的得意忘形，他的脸，还是木然的，眼睛也还是不看人，多余的语言也还是没有，到人家家里拎破烂出来，绝对不往破烂之外的地方瞟上一眼，还不因为生意多了，就兴奋得手忙脚乱。老扁担总是不会手忙脚乱，他总是慢腾腾的，把事情一件一件地做完。事情做完，破烂担走，他还会回来，拿起那把大竹扫帚，把广场打扫干净；然后就退出花桥苑，绝不在院子里多待。老扁担的自爱与条理，与一般破烂完全不同，也是我们花桥苑人家，以前不曾料到的。大家在自行车棚说闲话，都说："哎呀，这个老扁担，还真是看不出来的，还是很有一点教养的啊。"

最得意的是张华了。张华说："我说过要你们放心把破烂卖给他吧。我这个人，别的优点没有，就是有一副火眼金睛。"

大家就说："吹牛啊！那么，张华你说，老扁担是一个什么人？"

张华说："什么人？一个破烂呗。这年头，像这种穷得要死的农村老头，还能咸鱼翻身？再怎么也就是一个破烂了！"

大家听了，一起默然。张华语气苍凉，直指时代；这年头，这社会，大家都有目共睹，谁还有道理战胜张华？便一阵嗟叹，都联想起了各自的不顺与无奈，怏怏散去。

因老扁担与花桥苑人家的关系日渐融洽，花桥苑人家发生的故事，也就把老扁担波及进去了。这是又一年的初夏了，有几日，天气突然暴热，满大街梧桐花迷目扎眼，一条狐狸犬跑到我们花桥苑院子里，玩耍了一天，黄昏以后，悄悄钻到了门卫的床铺底下；夜里走了出来，舔喝门卫凉在碗里的茶水，再到电扇跟前卧下吹电扇，把门卫吓了一大跳。这只小小的狐狸犬，瘦尖脸，四只利索的小蹄子，水灵灵黑眼睛，一身华丽松软的棕色背毛，尾巴翘起，颜色洁白如雪，翻卷出一朵蓬松的花；好生俊俏的一只狐狸犬。徐迪娜一见就爱，走不动了。这狐狸犬，也乖巧，跟着徐迪娜脚边散步，寸步不离，还与她眉目传情地亲热。徐迪娜因为家有波德，与狗不肯通融，她只好央求门卫，暂时收留狐狸犬，由她每日送来狗粮。狐狸犬夜里与门卫同住，白天玩耍累了，便爬进老扁担的笭筐里睡觉，到了下午下班时间，它就知道在大门口迎候徐迪娜；张华上午骑自行车去买菜，它也进进出出地献媚撒娇；张华也就忍不住，时常买一根火腿肠送给它。如此，一连过去十几天，也不见狐狸犬的主人寻来。两个门卫，死活不能再接受，因为这狐狸犬也是狗，也有守夜的本能，夜里但凡有人出入院子大门，它都要吠叫扑咬；闹得两个门卫皆眼睛红红，都欠瞌睡。两个门卫一起来找张华和徐迪娜，商量这狐狸犬的去向。

徐迪娜说："最重要的是，我们首先得给它起个名字，它需要找到自己。"

张华就说："叫魏竹奇吧。"

徐迪娜："呸！"

张华说："好吧，说正经的。我不养动物，我想不出什么名字，你给取一个。"

徐迪娜说："看来这小东西走失了，是一条流浪狗了，那就叫三毛吧。"

当时电视连续剧一股风气，许多旧戏新编，什么《新白娘子传奇》之类。张华便说："好吧，《新三毛流浪记》。三毛，三毛，过来，你就叫三毛了。"这狐狸犬，一听就摇头摆尾，娇滴滴往张华怀里扑；倒是把张华难为情了，两只胳膊多撒着，抱也不是，不抱也不是，慌慌地说："这可怎么好？这可怎么好？狗怎么可以这样肉麻？"

徐迪娜慌忙摸出餐巾纸，捂着鼻子要哭，说："人都是不懂这样的依恋和情意的啊！"

最后，商议的结果，却是要老扁担暂时收养三毛。张华对老扁担一说，把老扁担吓得一个哆嗦。老扁担惊慌失措，急不择口，说："我没有电扇。"

张华说："我给你一只鸿运扇。"

徐迪娜说："我付电费。"

张华说："你还有什么话说！"

老扁担依然是说："不成啊，不成啊。"老扁担再说不成，也由不得他了。

从此，三毛就跟着老扁担上班下班了。三毛的一日三餐，皆由我们负担。我们花桥苑好几户养狗的人家，都自愿提供了三毛的伙食。三毛的日常洗澡梳理毛发之类，由张华提供空间，也就是在自行车棚里，摆出大盆来，烧好热水，具体由徐迪娜操作。三毛成为我们花桥苑集体豢养的小狗，但是它与老扁担同住。

此后好几个月，老扁担衣衫破旧，步态蹒跚，表情木然，挑着一副箩筐收购破烂，胸前挂着一条时髦的围巾，身边追随着一条华贵的狐狸犬。

13

终于有一天，该发生的事情发生了，三毛的主人寻来了。三毛的主人寻来，我们花桥苑人们并不意外，且也算是我们盼着的事情；三毛总是这样跟着老扁担，到底也是太滑稽；几次引起路人怀疑，一直跟踪到花桥苑大门口，询问门卫之后才放心。但是，三毛的主人是打将上门的，这就在我们意料之外了。看来和平的日子，理解和安稳也还是最难得的。

这是一个下午，一辆面包车，凶凶的，径直就往我们花桥苑大门开过来；看见车牌号码陌生，门卫正要拦阻，面包车却一打方向盘，侧身停到老扁担跟前。车一停下，急急出来五六个男人，个个酒气熏天，由一个肥硕的妇女率领，不由分说，上前便围殴老扁担。

肥硕妇女是三毛的主人，三毛本名约翰，有户口簿作为证明。最近，肥硕妇女偶然发现了她家小狗的踪迹，一看就认定是农民工乡下拐骗小狗以图倒卖；便约请几个朋友，在附近吃喝一顿，然后实施打击和抢夺。这场袭击突如其来，几个男人排山倒海，一下子就把老扁担闷在里头了。等两个门卫叫来张华一伙人，老扁担已经被打得头破血流，三毛当然已经被肥硕妇女紧紧抱在怀里。

张华叫道："三毛！"

肥硕妇女道："约翰！"

把这狐狸犬急得不知道怎么才好，眼泪汪汪，朝老扁担嗷嗷叫，朝张华嗷嗷叫，也朝它的老主人嗷嗷叫；人都处于紧急状态，皆不肯去理解狗的心情。老扁担坐在台阶上，背靠着墙，摊手摊脚的；两个门卫拿着餐巾纸，在伤口处蘸血。面对我们花桥苑人们的质问，妇女没有一点好气，喊道："我能怎样？好多农民工到处捂狗卖给餐馆，我能怎样？我知道是怎么回事情呢？"又喊道："你们这些人倒是有意思，我看见了我的狗，当然要抱回去；有什么好调查的？我去向这个破烂调查不成？又不是故意打他的，也没有打成什么样子，只是教训一下而已；误会了，说清楚就行了；还要么样？你们这些人，吵什么吵？怎么一点道理都不讲！"妇女一边叫喊，一边退到面包车上；车门哐当一关，发动机就响了，面包车就要离开。

几个月前，三毛莽撞地来到我们花桥苑，被我们大家收留，怜悯，喂养，每日都悉心照料，到头来却落得这么一个结果。我们花桥苑一群人，站在马路上，气得发抖，却只是会说："谁不讲道理啊？真是太不讲道理了！太不讲道理了。"

关键时刻，还是张华厉害。张华拖过一把椅子，当面坐在了面包车的车头前。面包车不敢开车了，只好停下。肥硕妇女没有出面，只是一个中年男人，摇开车窗，探出身子，问张华："你要么样？"

张华逼视着他半天，才反问："你要么样？"

男人说："对不起，好不好？"

张华说："现在才说对不起，已经迟了。"

男人说："那你要么样？"

张华捶了一把椅子背，说："我要你下来！"

男人迟疑了一下，开门下车了，提了提皮带，走到张华面前，说："你到底要么样？"

张华说："我不要么样。你自己把手摸着胸口，凭良心想想，三毛是怎么来我们花桥苑的？想就这么抱走吗？几个月的时间，它是么样过来的？还有那个破烂，他是一个农民工，难道他就不是一个人？你们打人就白打了？他流血就白流了？他照料三毛几个月就该得到这样的下场？这社会，个婊子养的！到底怎么回事情！你还问我要么样？"

男人听了，翻着眼睛，望望天，看看地，弹了弹自己小拇指的长指甲，把香烟拿出来，点一支，吸两口，再从鼻子里重重出了一口气，便把钱包掏了出来。

张华道："别忙！"

张华正色告诉男人："钱不钱的，那都好说；只要你们有诚意，老扁担的医疗费和三毛的抚养费，你们看着给就行了。我们唯一的要求就是：你们放三毛出来，让它和我们告别。"

男人愣了愣，脸色和缓了，去面包车上抱三毛。车里头女人不肯，一阵叽咕。三毛到底还是被男人抱了出来；一放在地上，它便撒开四只小蹄子，飞奔到老扁担身边，去亲吻和安慰老扁担。老扁担的巴掌一落到三毛身上，就颤抖起来，眼睛也死死闭住不肯睁开。我们花桥苑大家，从来也没有见过老扁担这个模样，也都不忍多看，只管闪开目光，去叫三毛：三毛！三毛！三毛这小家伙，应声就颠颠地跑，与这个人亲亲，与那个人亲亲；到张华这里，使劲地跳，要舔张华的脸，张华也只好把脸给了它。徐迪娜赶回来了。她一接到电话，就打的往花桥苑赶；到底也还是赶上了。红色的士一个急刹车，徐迪娜的高跟皮鞋便落了地，的的笃笃地碎步跑过来；未曾开口叫三毛，便已经是泪流满面；待三毛被强行抱离徐迪娜的怀抱，三毛发出来的声音，竟然也是呜咽了。

我们大家回到花桥苑，聚集在自行车棚，心情久久不能平静，反复地热烈谈论。话题及至古往今来，世态人情，道德良心，善恶妍媸，动物世界。我们大肆夸奖张华，说她临危不惧，足智多谋，为花桥苑争得了公道；夸得张华飘飘然满场飞。我们又慰问了一下老扁担，问他是否能够确定不需要去医院。老扁担坐在一个角落里，抱自己的双膝，迷迷糊糊的没有明确的眼神，好像还在忍受疼痛之中；不过他还是可以肯定地摇头，拒绝去医院。大家喝着茶，畅谈着，发现平素并不多说话的人，聚在一起，就这么喝茶畅谈，竟然有不亦乐乎之感。

刚才为了正义，据理力争，对方赔偿了五百元钱，张华当即收下，理直气壮。现在，五张钞票却变得烫手，不知道怎么处理。于是集体商议，举手表决，少数服从多数；便将其中一百五十元，当场给了老扁担；因为老扁担又是被迫照顾三毛，又是为此挨打受伤，如不赔偿补贴，天理不容。剩余的三百五十元，便在今天晚上实现共产主义——大家今夜欢聚一场！

心血来潮的决定是这样鼓舞人心，人人都兴高采烈，各自立刻进入角色。几位男性负责外出叫大排档，另几位去叫啤酒；女性则去张罗桌椅板凳。不大一会儿的工夫，两家大排档的饮食车来了，老板娘也骑载重自行车，跟在后面，自行车上载着种种食物，尽是武汉人爱吃的凤爪，软骨，肉筋，鸭舌，鸭蹼，鸭下巴，臭豆腐串，土豆片串，莲藕串。烧烤架子迅速地支起来，木炭立刻神奇地燃烧起来，芭蕉扇轻轻一扇，通红透亮；形形色色的食物，一旦放上架子，香味就冒出来了；再一把把地抓孜然撒上去，抓小茴香撒上去；撒一层再撒一层；滋滋一响，红油灼亮，青烟便忽地一飘，风就把青烟顺势扯了过去，煞是生动活泼；人们鼻子一香又一酸，畅快的喷嚏就打出来了。只听张华"千岁！万岁！"地叫着，这是喷嚏的吉祥语。民间体恤人，都是小处见智慧，怕打喷嚏的人尴尬了，便随即附和一声"千岁"，变成音乐的复调一般，既是解围又是祝福。每张桌子上，花椒粉一碟，辣椒粉一碟，野山椒一碟，四川老坛子泡菜再倒出一盘；再是味碟，豆瓣，蒜泥，香葱，麻油，酱油，醋，味精，一一排开，也真是排场。我们花桥苑小区，顿时有了新疆的气味，四川的气味，湖南的气味，云贵高原的气味，叫人好不五湖四海，豪情万丈。烧烤是要等一会儿的，武汉人性急，绝不耐烦闻着香气慢慢等食物。真正是武汉人开的大排档，便是不用说话也知心，自然是伺候爽快绝不煎熬人的。烧烤那边上了架；这边桌子上，老板娘赤红着脸蛋、乱着鬓角，再忙也要抢先上一盘鸭颈。鸭颈却不烧烤，是卤制的成品，精武路的货，味道好到了武汉人的心坎上。眨眼的工夫，享受就开始了；各人都就位，喝啤酒吃鸭颈，一边等热腾腾的烧烤端上来，女人小孩子不喝酒的，早已经有许多人家奉献出了各种饮料，堆在自行车棚，任人取用。

忽然间，不见了老扁担的人。张华快手快脚，带一个门卫跑出去，老扁担已经埋头走到大门口了，腿脚还不利索，一拐一拐的。

门卫把老扁担拦住。张华呵斥道："老扁担！"

老扁担这才说："我拿钱了嘛。"

张华说："你这个老苕啊！钱是钱，聚餐又是另外一回事啊；是大家的心情，是一场热闹啊。"

老扁担说："我不会吃这些东西。"

张华说："学呀！吃都学不会，还活着做什么？"

张华说完，自己反身径直地去了。后面由门卫拖了老扁担回来。大家正吃香喝辣，看着老扁担被拖着，心里油然生出一些歉意与怜意，觉得这个老扁担倒是知道自己的身份，也不冒功，也不僭越，也不与大家平起平坐，便越发有了呵护弱者的意气，故意要与他说一些平等的话，便道："这边来，坐下坐下，好好地吃，可怜你平日天天咸菜大馒头；可是我们武汉也没有什么好吃的；大鱼大肉好营养，都是给北京上海广东的；轮到我们的都是边角余料，你不要见怪，这就是历史的选择。我们就是要把边角余料吃得香香的，吃出妙处来。毛主席你是知道的，那是伟人吧？连毛主席都说：湖南火宫殿的臭豆腐好吃得很！武汉的臭豆腐，那就更好吃了——只是毛主席还没有来得及说而已；你吃吃看嘛。"

老扁担频频点头了，却还是没有真的过来与大家坐一张桌子。他放下箩筐，坐了一只小板凳；老板娘立刻给他送来鸭颈和烧烤，啤酒也砰地用牙齿咬开了，连同一只一次性塑料杯，放在他的脚跟前。老板娘百伶百俐，知道老扁担是一个破烂；看了我们花桥苑人家的眼色，也伺候，却是不亲不疏，不卑不亢。老扁担大约是不懂得这样的老板娘的，也只管频频点头致谢，吃东西却谨慎与文雅得出奇，一点点地咀嚼，似乎牙也不好；喝了几口啤酒，脸和脖子都像晒熟的酱了，便不住地挪挪小板凳；终于移到阴影里，把自己躲了，去慢慢吸烟。为了不让老扁担尴尬，我们也都装出不注意他的样子，再也没有故意与他说话。

14

烧烤之夜，我吃了一会儿就上楼回家了。然后伏在阳台上，俯瞰楼下自行车棚的风景。我这个人不行，大众的热闹总是参与不进去。这样热烈的吃法，我也只能浅尝辄止；太浓烈太辛辣太烟火气了，我受用不了。我学医出身，养成了讲究卫生的习惯，以前去食堂吃饭，自己的饭盒，都是要用酒精棉球消毒的；见这样的烧烤，食物都是用手摆弄调理；啤酒瓶来不及就用牙齿咬；你兄我弟，四海一家，唾沫星子横飞；我的食欲就很难保持。我这样的毛病，自己也惭愧，但是也没有办法。我知道大众好，知道世俗有味有趣有智慧，却就是不可以太亲太近；若亲近得身在其中，只有昏头昏脑，迷蒙一片了；若隔了一定距离，我反而清楚分明；好像在最恰当的座位上看戏，台上的喜怒哀乐，我皆有共鸣并可以让感觉深入，剥笋抽丝，曲径通幽，更得到许多意外的感觉。

就这样，我一直待在阳台上，看着楼下人人心满意足，杯盘阑珊。大家互道再见，愉快回家。张华与大排档结账付钱，一脸的斤斤计较和精明能干。老扁担却又早已不见了，只见他的那条宝贝围巾，被主人不小心遗忘在自行车棚的栏杆上，长长地挂着，与花草树木一起，在风中摇摆晃荡，让人感触万事无不有因，这条围巾，又是怎样的因呢？夜更深了，长江上，轮船的呜呜声，在夜里总是荡气回肠；这是大江大河与大船的音乐，是码头城市一种永远的感叹；这感叹是太浩大了，使你只可意会不可言传。我听着轮船的汽笛声，在对人世的敬畏中慢慢睡去。

又是一度秋风寒，饶庆德教授与王鸿图的马拉松诉讼，峰回路转，法院不给饶庆德教授判决了，倾向了王鸿图一边，建议他们庭外和解。于是，饶庆德教授与王鸿图，时不时就要去法院协商；两人都穿了西装革履，前后从花桥苑出门，打的去法院；又前后从法院打的回到花桥苑，各人再恼火地脱去西装革履；多次协商，皆不成功，还花费了许多冤枉钱。

该庭庭长，原是饶庆德教授夫人过去的一个女学生，同时自己还爱好文学，平日也写写文章，与报纸有热线联系，因此她受理了饶庆德教授的案子之后，还给报纸写了消息，大有谴责学术剽窃与抄袭行为的意思。不料后来，女庭长的态度渐渐变化；饶庆德教授不断催促夫人出马，去看望她的女学生。教授夫人为人老实，不善交际，每出门一次，都觉得羞辱；可是既然诉讼缠身了，不出面帮助一下丈夫，也说不过去。这个晚上，教授夫人提了一只单位里发的电饭煲，再次看望自己的女学生。女学生正在吃饭，家里使用的却是一只很高级的日本电饭煲。教授夫人一见，就畏畏缩缩地拿不出手了。老师的礼物，女学生果然也是坚辞不受的；谈到案子，口气也原则淡然。在回家的路上，教授夫人倍觉难受，又被一口秋夜逆风灌入，咳嗽不止；咳嗽了几天，转为肺炎，送到医院的当天便去世了。

花桥苑已经有过几回丧事了。我们这一栋公寓，还是第一次。胖丫与小孩子觉得好玩，都来聚集，跑来跑去，无故欢叫，我们一楼的门洞里，顿时一派热闹气象。门洞旁边，八字排开，摆了两路花圈。我们这才由花圈的挽带上知道，饶庆德教授夫人的名字叫德馨。殡仪馆的仪仗队来了，穿着潦草却花哨的制服，是寥寥三五人的管乐队；反复吹奏了哀乐，之后是流行歌曲，《月亮代表我的心》和《真的好想你》，只是把节奏变缓拖长，把欢乐拖成哀伤。殡仪车缓缓开出花桥苑，饶庆德教授身穿黑色西装，戴了墨镜，步态呆滞，由张华搀扶。饶庆德夫妇的儿子捧母亲遗像，哭了几声就收了，好像也是觉得因为应该哭哭而已。媳妇没有哭，只做出了悲伤的神态，牵着蹦蹦跳跳的儿子。单单张华不住地擦眼泪甩鼻涕。

我们花桥苑几次丧事，人家都请了张华帮忙，张华每次都哭得赛过孝子，让人家好生感动和感激，没有人哭的丧事总归不显得隆重。回头张华坐在自行车棚里，自己冰敷红肿的眼睛，也懊丧，道："我哭个鸟！又不是我什么人？怎么就这么没有出息？"之后，又为自己找理由，说："我这是当寡妇坐下毛病了，看见人去了就替活着的人难受；就想到哪天我去了，我的胖丫怎么办？"说着又是泪如泉涌。两个门卫在门房，呆头呆脑地看着。马路两边的小店铺，老板们都把脖子伸长了，望着灵车过去，再发出自己的叹息与议论。老扁担在台阶上坐着，慢慢吸香烟，也张望，却到底还是平时的木然。聂文彦在她家阳台上，对我发表了感想，说："其实我们也很痛心；其实老太婆还是相当有人品的；世道总是好人无好报；该死的不死，不该死的死了。"

一场文字官司，打到这种地步，真的可以你死我活，也是叫人意外。至于社会体制问题研究，是饶庆德教授权威，还是王鸿图老师有理；到底谁首创，谁抄袭，其实我们花桥苑大家，真是没有任何人在意。从历史的抽象意义来说，也只是理论本身有意义，而研究理论的人或多或寡，或争论或分歧，或剽窃或抄袭，都是正常现象。所有一切，怎么抵得过一条活活的性命？送殡之时，天低云暗，秋霖又起，寒意格外刺人，城市生活小区的丧事，空洞潦草又寂寥，我们花桥苑大家，人人都看得心惊而无言了。

老扁担倒是经得起踹。他受了这次围殴以后，当时以为只是外伤，后来却胸口发闷，还吐了几口血；也不肯去医院，舍不得钱，就自己在药方买了止血药吃，再躺几日；又起床了，又挑起箩筐收破烂了。

再几个月过去，老扁担看来确实没有大碍；倒是因祸得福，收购破烂的生意，更上了一层楼；我们花桥苑的人家，已经只愿意叫老扁担进来了。老扁担过去的生意，可以算是红火的；现在就可以称为垄断了。老扁担自己没有要求垄断，是我们花桥苑人家主动，我们愿意被垄断。因为与破烂打交道，其实是一件麻烦的事情：跑出去在大街上等候，宁可多费一点时间，要等一个面善的进来；面善也还是生人生面，又要谈一番价钱；许多破烂是不肯承认七两秤的；还压价，报纸涨价到五毛一斤，他只说四毛。买卖破烂，总是一桩没有斤两的小买卖，却还要弄得人心里不舒服，还要大费口舌，更让人还觉得委琐无趣；有时候还会恼火地大叫：不卖了！不卖了！现在好了，一切都理顺了，自然就是老扁担了。现在我们卖破烂，简单到可以就站在阳台上，叫唤胖丫一声，胖丫就去把老扁担带进来了。

随着时间的过去，老扁担收购我们花桥苑人家的破烂，差不多变成了天经地义的事情；到后来，谁要是不叫老扁担，倒是叫旁人惊奇了，觉得事情怎么就怪怪的呢。饶庆德教授的家庭有了重大变故以后，原本由他夫人处理的破烂事宜，现在交由张华处理了。张华便拎出破烂来，自然就是老扁担接了。只有聂文彦，她是坚持不接受老扁担的。与其说是她与老扁担拧住了，还不如说是她与自己的观念拧住了。聂文彦索性不卖破烂了，她把破烂一一归类整理，都堆积在通向顶楼平台的过道上。为自己的观念受难，总是大有人在，聂文彦算是让我认识了这种执著的人。

　　这是1998年的夏天了。又是几场泼天的大雨，一下就是几天几夜。然而，这一次我们小家庭遭受的破坏与损失，被大破坏与损失掩盖了。洞庭湖涨水，鄱阳湖涨水，中原大片地域的千湖万泊都水满为患，长江的大小支流都涨水，都在倒灌长江；上游的洪峰还一趟趟赶来，长江便成了我们城市的一道悬河。我们花桥苑人家，天天去江边看水；长江宽阔气派得一塌糊涂，果真叫人气短眼晕。我们是不怕大水的，只是被大气象震慑。抗洪救灾开始以后，人人都上堤去了，花桥苑只剩下老弱病残。大事件就是这样的风起云涌，一呼百应；人人随着潮流说话和做事，身不由己地亢奋；到处看见英雄包括自己也是，振臂一呼，都气壮山河；日常的那个自己，连自己也都找不到了。

　　老扁担也急急赶回家乡了。老扁担的家乡在汉川，也倒了好几个小口子，村庄淹了不少。大水退下之后，我们花桥苑人家，开始捐献救灾物资；一拨一拨地捐献，从棉被棉袄到毛衣毛裤，再从毛毯秋衣到床单衬衣；捐献到单位，也捐献到居委会；街头的捐献站，也跑去捐献；家里翻了一个底朝天，陈芝麻烂谷子都翻出来了；几十年前的呢子中山装，绣花棉袄，还要它做什么

307

呢？如果这一次长江真的倒了，武汉淹了，还要什么东西？物质果然就是不重要的，果然就是生不带来死不带去。大事件带来了大气魄，我们花桥苑人家，捐献热情持续高涨，接近疯狂。老扁担回来以后，大家也把衣服鞋袜被子枕套什么的，纷纷地抱了出来，塞满了老扁担的箩筐，再要他赶紧挑回乡下去；老扁担赶紧又往家乡跑，整日里嘴巴里像在念经，净是"谢谢"两个字。

大事件终于慢慢隐退，人们的非常热情也慢慢平复，日常生活又慢慢主宰了岁月，不过，日常生活不再是往日重现，是新的日常生活了，经历总是有用的。老扁担再从乡下回来，与大家熟人熟面地有一点像亲戚了，他的目光不再死死盯在地上，也可以与大家一问一答地对话了。老扁担箩筐里还挑来了一个小男孩，黑得泥鳅一般，精瘦，脖子格外细长，浑身都是野兔的机警与惊悚。我们花桥苑的人，看见了小男孩，觉得有趣，就问老扁担："你孙子？"

老扁担答："我孙子。"

"几岁？"

"三岁"

"三岁最好玩了。"

"三岁是好玩。"

"孙子叫什么？"

"都叫黑泥鳅。"

三天以后，黑泥鳅就和胖丫熟了。胖丫牵着黑泥鳅的小手，逢人就说："黑泥鳅还会唱《走进新时代》呢！"人说："黑泥鳅唱一个。"胖丫就说："唱！黑泥鳅，唱了给你喝可乐。"黑泥鳅就绞一绞小手，忽然昂头，开口便十分地高亢气壮："我们唱着东方红——当家做主站起来——我们讲着春天的故事，改革开放富起来。继往开来的领路人——率领我们走进那新时代，高举旗帜开创未来——"黑泥鳅舌头有一点大，偏是要努力吐字；还受自己气韵的感染，最后要握起小拳头，举起胳膊向天空，拖腔一直要拖到气尽。把我们听歌的人们心疼得，直抢过去搂在怀里，笑得死去活来。然后就纷纷送给黑泥鳅可口可乐、雪碧或者果冻。

蒙童的无知就是天趣。黑泥鳅人见人爱。世上或许有天使，那它们一定只是孩子了。

15

正如孙子黑泥鳅所唱，他的爷爷老扁担，在这改革开放的年头，终于有一点富起来的意思了；虽然顿顿还是馒头就咸菜，毕竟一天吃三顿饭了；也买上贵一点的香烟了；还主动给两个门卫香烟抽；也给过王鸿图，王鸿图笑而不要，老扁担也就明白他的香烟还是比较劣等，但是他自己已经非常满足了。每日里，老扁担皆是坐在花桥苑门房的台阶上，吸烟，阅读，有人叫，就进去收购；收购完毕就出来，再吸烟，阅读，吃大馒头就咸菜，喝自来水。冬天到了，老扁担也肯恳求"老板"了，说："老板，如果你家有富余的，就凑合我一件棉袄毛裤。"大家都愿意给，于是，老扁担就成了我们花桥苑人家的拼凑，羽绒袄，毛衣，裤子，皮鞋，手套，皆是我们熟悉的，我们看了就眼熟和亲切，包括他的宝贝长围巾。来年正月十五前后，我们花桥苑就有人念叨：老扁担该回来了。果然不久，老扁担就回来了；大家就要大卖一通破烂，把春节产生的大量破烂都清理出去。春天草木疯长，胖丫忙不过来，叫老扁担进去帮忙除杂草，老扁担也进去；除完，也就退出来。张华开始还有担心，她怕大家对老扁担好了，老扁担会狎昵，会不知轻重；却原来老扁担也还是自甘卑贱，对于我们花桥苑的人家，一律尊敬得郑重，无论男女老少，都喊老板；走道沿着马路边缘，相逢总是退让，言语也总是没有多余。张华也就放心了。

女人总要说私房话；好像怕心思发霉，太阳合适的时候，就要端出来照一照日光。与几个密友一起，张华也会悠悠一叹，道："唉，真是没有想到老扁担是这样一个男人。"徐迪娜接口说："要是城市人就好了。"又说，"要是没有老婆就好了。"张华说："呸呸！就你能！就你会胡说八道？"徐迪娜说："我替大姐着想嘛。"张华说："你先替自己着想吧。"好像是日光太强烈，耀了眼睛，心思又收回去了。女人心思的纷纭杂乱，永远都含糊，永远都没有一个痛痛快快，黑白分明。

打开《三国演义》，当头一棒，说是：天下大势，分久必合，合久必分。30年代流行到如今的歌曲，也是当头一棒，唱道：好花不常开，好景不常在。听家里老人讲家史，好光景从来都不长，都是辛辛苦苦做牛做马地积攒了资本，便又是下坡路，三天两头跑兵荒，躲日本鬼子，淹大水，拖儿带女，颠沛流离，一只包袱跑丢了，里头有两副翡翠镯子；又两只箱子在荒野被土匪劫了，是老太太出嫁的全套金银首饰，包括三副金纽扣。不知道这是中国哲学还是中国宿命？好东西总是留不住，就像银子有脚，我家老人遭逢乱世的时候，抬了一坛银元，埋在卧室的地下，从门槛开始，正正地朝东方迈了三步，深埋下去，多年之后，遇上60年代大饥荒，说是挖出银元来救命，却是怎么也挖不着了。居安思危，原是警句，让人知道未雨绸缪的，可也让人没有安稳妥帖的一天，每一天都是心下惴惴。近年来，商厦里出售一种英国皮鞋，说明书上有介绍，说是百年老店，父兄传承，日益做大做好，如今行销全世界。我就不明白英国的这一家人，怎么百年来都可以专心致志地做他们的皮鞋？第二次世界大战，他们家就不跑兵荒？没有遇上土匪？英国屡次的改朝换代，不搞公私合营？不搞国家没收？他们不闹革命？他们不杀富济贫？

老扁担也就是应了中国老话：好花不常开。他的花开也是极其不易，暗算也来得无法躲避。一日，老扁担歪在台阶上打盹，两个破烂，挨挨蹭蹭的，靠近了，从怀里掏出半块红砖来，照着老扁担的脑袋就劈，老扁担顿时发出非人的号叫；眉骨就已经被劈开，鲜血哗哗地涌流；裤腰带也被扯走，里头掖着他全部的钱。号称"世纪梦音像"的，是一间小小影碟出租店，守摊子的女孩子，天天看 VCD，武打与仇杀司空见惯；这时候，面对真实的打杀，却还是声音都变调了，恐怖地尖叫："杀人哪！杀人哪！"开发廊的扬州姑娘，开杂货铺子的温州夫妇，开洗衣店的黄陂佬，都跑了出来。两个破烂，凶狠地跑过，还朝大家扬扬带血的砖头，以示威胁；因为这些小店铺，也随花桥苑一起，把破烂都卖给老扁担了。唯有开餐馆的小四川，最近心情烦闷，乡下家里的妻子，带着娃儿跟人走了，想要妻子回来，少说也得上万元的钱；小四川没有这么多钱，这天就在自己的餐馆里喝高了，正好伸出头去看究竟，碰上两个破烂朝他举砖头威胁：怎么谁都敢欺负他呢？小四川一下子发了狠，跑到厨房抓了一把菜刀就杀将过去。川人号称川老鼠，跑得快，两个破烂眼见跑不脱，慌张极了；小四川便得意，追得越发兴起，双目猩红，大喊大叫："杀嘛！杀嘛！个龟儿子都杀了嘛!"几个人死命奔跑，咚咚乱响，额头青筋横扯，双目放射强光，目光里都没有理智了；大街顿时硝烟滚滚，他们所奔之处，人皆兴奋，又怕又想看。警察赶来，首先就抓了小四川，缴了他的刀；这小四川，竟然忘记警察是谁，用刀指了警察，指挥他们抓破烂。两个破烂倒是也抓住了，老扁担的钱袋却已经不在他们身上。破烂们承认他们是忌妒，是想警告老扁担，但是不承认他们抢了老扁担的钱，也无钱支付老扁担的治疗费，他们躺在地上不起来，只是说：警察，你把我们抓去坐牢吧，我们要钱没有，要命有一条。

也还不止是老扁担一个人背时，我们花桥苑也不例外。几日里，我们花桥苑的自行车，接连被盗三辆。三辆车都是一个不当心，没有停入自行车棚，只是上楼取一点东西，人再下来，车就没有了。老扁担和我们花桥苑的遭遇，激起了我们花桥苑人家的义愤，大家都说："现在真是搞邪了!"饶庆德教授的字好，他主动写了一张宣言，白纸黑字，当头贴在花桥苑的布告栏里。饶庆德教授严厉地写道：警告小偷！你这个猖狂的小偷，连日来，竟敢在光天化日之下，连偷三辆自行车。我们均已报警。并且，我们花桥苑人民，已经提高了革命警惕，在小区四周布下了天罗地网，只要你胆敢再投罗网，一定要你有来无回！署名是：花桥苑全体居民。

一个多月以后，老扁担才伤愈归来。两个门卫不由分说，就把老扁担带进了花桥苑，要求老扁担以后就在院子里头蹲点，不管有没有生意，都帮忙盯着一点，我们花桥苑也安全一些，你也安全一些，两好合一好。老扁担错着身子往后赖，门卫很生气，说老扁担你怎么就不讲一点义气？我们花桥苑人家对你这么好，我们最近一连被盗三辆自行车了，哦，你以为小偷进来偷盗，还真的会先去读读饶庆德教授的警告书？写那东西，只是给自己壮胆罢了，都比不过一个大活人整天戳在这里。这样，老扁担也就进了院子，在自行车棚旁边蹲点。没有台阶可坐了，张华给了他一只小板凳。老扁担倒是按照门卫的话，做得一点不含糊，只要有自行车不进自行车棚，停在门洞前；老扁担就认真盯着看，直到人家出来把自行车骑上。

谁料想，平地里也会起风波。这个时候，刚刚兴起物业管理公司，花桥苑也进驻了一家，与大家都还陌生得很。大家都弄不明白，这物业管理公司从何而来？是谁的主意？我们大家刚刚花钱把住房买下来了，怎么还要每月交钱给这个公司？自古以来，皇粮国税，百姓买房住房，都是交了税的，交税了国家就应为纳税人管理住房，怎么又跑出来一个非国营的公司强来收钱？因此这天，物业管理公司的经理来找张华谈话，张华很是不给脸。经理却照样大口大气，说："老扁担是一个破烂，破烂是不能在我们院子上班的。"

张华说："你们院子？"

经理说："我们院子！"

张华说："拿国家红头文件来看，看谁说是你们院子。"

经理说："莫急，文件是要有的。现在我们已经在开展工作，老扁担必须清理出去，他是破烂，是不安全因素。"

张华说："我还认为你们公司应该清理出去，你们是不安定因素。"

经理说："张华，我是认真的啊！你是烈士遗孀，有头脸的人，我是为你好，老扁担在你这里，关系很庸俗。"

张华说："你这是放屁。"

经理说："我不是放屁。我有住户的投诉。"

张华说："拿投诉给我看看。"

张华根本不相信我们花桥苑的住户会向这个什么公司投诉。经理却真的掏出了住户的投诉信。信是打印的，落款是"若干住户"，信中确实提及张华与老扁担的男女关系，说是一个看自行车棚，一个守候在自行车棚门口，孤男寡女，拉拉扯扯，这样庸俗，对花桥苑影响很不好。张华看了，一把将信纸挥在经理脸上，说："你有病啊？早把信给我不就结了！"经理辩解："既然人家是匿名，就是希望保守秘密。我怎么可以随便辜负住户的信任呢？"张华再也懒得理睬经理，立即就跑过去，要老扁担站起来，还给她小板凳；又拖起老扁担的箩筐，一路走出去。张华把箩筐拖到广场，朝四周大声喊道："尊敬的写匿名信的若干住户们，你们看好了，现在我把老扁担赶走了。花桥苑干净了。我也清白了。你们也不用偷偷摸摸写匿名信了。你们不怕累，我还怕累呢！"

老扁担跟在张华后面，无话，耷拉脑袋，一步三拖的，复又回到我们花桥苑大门口的台阶上，坐在那里。张华呵斥了两个门卫，说："就你们多事！自行车不存放，被盗活该！我告诉你们，以后就是小轿车被盗了，也与你们无关。你们若是男子汉，就应该去找物业管理，去把写匿名信的人揪出来！"

两个门卫也是蔫耷耷的，无话；递了老扁担一支香烟。三个男人，皆是面黄肌瘦，胸部瘪塌，见人让三分的；这里没有男子汉，没有英雄。男人们打了火，互相递去，吸烟了；关键时刻，男人们只有吸烟。

16

这是春节前夕了。大年三十的中午，路上行人稀少，人们纷纷回家，准备吃团年饭。我偶然地来到菜市场，是来看看还有没有小葱卖。卖小葱的女人正在收摊子。她一边卖给我一捆小葱，一边搜罗烂菜叶子，装进塑料袋。她向我申明，她自己是不要这样的烂菜叶子的，毕竟是过年了，她家也是有志气的，也是要万物皆新，喜气洋洋的。女人说这些烂菜叶子，是给老扁担的；老扁担其实没有回乡下，躲在他的"老鼠洞"呢；老扁担今年不敢回去过年了，乡下有人逼债，没有钱就要取他性命。女人说今天我在做好事，收拢一些菜叶子送给老扁担过年，但愿老天爷看见我做了好事。咳！女人说：如今啊！农民真是穷啊！

老扁担早几天就说回家过年去了。老扁担怎么可以不回家过年呢？他家里有妻子儿女等着他，还有他那么可爱的孙子黑泥鳅。一年四季的辛劳奔波，就只有这几天的放松与快乐；就只有这么一刻，迎接春的消息，是大自然给我们的一个赏赐；年年的农民工，把春运的火车挤得满满当当，所有的辛苦钱都花在路上也在所不惜，不也就是为了这大自然的赏赐？怎么可以不回家过年？怎么可以清冷地独在异乡？我的行为，没有更多的想法支配，就是觉得老扁担应该回家过年，而我的手里，正好有足够他来回的车费。

万万没有想到，我的突然出现，并不是好事。老扁担简直不敢相信自己的眼睛。他不是不相信看见了我，是不相信我会出现在他的出租屋。老扁担的眼睛，一贯浑浊，没有光芒，像是涨水时节的长江，只见浓稠，不见深浅；这个时刻，那浓稠居然顿时变得清亮，有光，有明，有光明的锋芒；那是一种说不出的羞愤！老扁担下意识地张开双臂，想遮挡什么，马上又意识到无济于事，便悲哀地垂下了胳膊。出租屋是太狭小了，我只是人一出现，目光里就有了毛笔，墨水，用废旧杂志写的成本成本的字；成摞的杂志：《收获》、《当代》、《十月》、《钟山》、《花城》、《长江文艺》、《芳草》、《读书》、《文学自由谈》……一律齐齐整整，挨着四壁堆放；还有许多的书籍；还有一本我的作品，是一本厚厚的盗版文集；翻开，扣在床板上。

猝不及防地面对这么一个人在阅读我的盗版文集，我也感到了那说不出的羞愤。

真实竟然是这样一种东西，有着无法面对的冷酷；当你还没有来得及辨析这种真实的时候，人就已经遭到了对方的冒犯。老扁担是一个农民工，从前做扁担，后来做破烂，这是事实；但是在冒犯和被冒犯的一瞬间，我只看见了两军的对垒；中国古典的两军对垒，可以鸣金收兵的那种君子战争；净是人与人之间的平等与尊重。原来冒犯之中也会有起敬，也会有神圣感。

我连忙放下了一只信封，信封里头是几张钞票，我听见一个很不像我的声音的声音说了一句话："有钱无钱，回家过年。回家吧。"

说完，我即刻离去。

是夜，我不能平静；久久地独自坐在自己的小书房。我认识到，人的外在形状，是命运安排的，没有地位，没有钱财，没有事业成就，那都是由不得人自己的；唯有人本身的内容，可以自己决定。人本身的内容，主要是志与气；有志可以帅气，有气可以帅体；这便是为什么有些位高权重声名显赫的人，有时候，你冷不丁一看，他毫无内容，一无所有；而一个老扁担，你冷不丁，便看见了他的一身威严，凛然不可侵犯；这就是他有内容了。这么一想，老扁担在花桥苑几年的固执几年的坚守几年的辛苦努力，都得到了解释。老扁担不仅仅只为讨一口饭吃，他还要表达他正直不苟的立身，要守护他作为人的自尊；他要向花桥苑的人们证明，他是一个知错即改的人，是一个有道德廉耻的人；如此，他也自然就有了凛然不可侵犯的一面。

于芸芸众生中窥见老扁担这个人，对我是有巨大震撼的。我确实不能想见，在现在这样的社会里，一个穷困至极的人，还能保持他的志气。老扁担居住的出租屋，实在比老鼠洞好不到哪里去，却是书香满屋。我辈惭愧，虽有书房，毕竟掺杂了许多功利因素；因要用书，故而有书；若讨饭食的本领完全无须用书，我是否还会有书？我不敢假设。游目四顾，现在的世道，上上下下人物，大大小小人家，凡家室里最大空间，必定是供电视机的；电视机却实在是一件无气无味的实用品而已，何香之有？夜深人静，窗外又是麻将声声。电视机与麻将，都属于个人爱好；我固然可以不爱，别人爱不爱却实在是我不能有好恶的；但若比较一下老扁担，我却还是忍不住感慨万千。

这个冬天很冷，滴水成冰。盼望大雪纷飞，却又没有。干冷，无比枯燥。孩子问："妈妈，冬天怎么可以不下雪？"

我说："当然可以。"

天也有自己的秘密，也有自己的随意。天无情无义，无兴亡存败，无艰难曲折，因此，天宏大，永恒，波澜不惊，岁月无恙，可望而不可即。

我是世俗之人，这个我很明白。从我祖上到现今，我们世世代代都想过好日子。我们世世代代都在努力，都在辛苦劳动，却已经经历了太多次的失败。到我这里，我已经是在一个打倒了富人的社会里，大家都是无产阶级，我完全可以混日子，但在一定范围内，也还是可以坚持个人劳动与创造，哪怕是不足为道的个人劳动与创造。我还是选择了劳动。我总是认为，用自己的劳动换取享受，是一种体面而优美的生命姿态。花桥苑的房子，装修之后，又年年被酷暑寒冬损坏，房梁骨架都开裂了，无法再装修；国家政策已经改变，单位不再进行福利分房，个人劳动变得重要起来。这个夏天，我寻到汉阳，找从前的亲戚，一个篾匠，打了一张竹床。夜里，我把它扛上顶楼平台，让孩子睡上竹床。孩子望着漫天的星斗，指指点点，寻找银河；牛郎星与织女星的离愁别恨，吸引了孩子的注意力，孩子带着满头的汗珠进入梦境。我是不能进入梦境的；神仙故事再凄惨，我也知道是假的，只有现实是真的。现实的顶楼平台，被暴晒了一天，腾腾热气蒸人；孩子一阵阵被热醒，嗯嗯地难受，要哭；竹床上洇出一趟趟汗水，后背都是密密麻麻的痱子；让人看着，心里痛惜得不行，便赶紧摇动蒲扇，给孩子扇风；连续多少个夏夜，夜夜无眠，双手轮流摇动蒲扇，精疲力竭；迷蒙面对星空，那还是有恨的，恨不得立刻就可以去奋力工作，赚钱，买空调，买房子。我恨不得马上离开花桥苑，我要自己的孩子能够有安睡的住房。人生一场，上有祖宗下有子女，总是想在人世间得到庇护，想安稳，想风雨无侵；想睡有好梦，吃有香馨，心有远意；想无论春夏秋冬的季节，都与我相好无恶，都有一份默契的亲切。在花桥苑的顶楼住房里，面对风雨侵蚀，我是一个怒而奋起的青年；也还认为这种怒而奋起，是天地正道，是人的志气。

但是，我何曾意识道，如若命运不佳，一切都不能是自己所想，最后还是落到一箪食，一瓢饮，在陋巷的处境，我也能够不改其乐吗？一个人，究竟怎么才算得有志气？

17

生活不可假设。

我们只能一边活着一边摸索；一边参悟一边改造自己。

王鸿图终于调动成功，到国税局办公室当干部去了。似乎是饶庆德教授夫人的去世，促使王鸿图痛下了决心，他坚决不与饶庆德教授耗了。王鸿图不在社会主义教育学院当教师了，他不研究社会体制了，不写论文了。他要让饶庆德教授失去敌人，看他还能怎样战斗不息？国税局是现在中国最好的单位，还是分配住房的，住房还铺设了中央空调的，还二十四小时供应热水的，宿舍院子里还有集体食堂的，食堂还是包餐制的：交一点象征性的钱，一日三餐随便吃！如果说体制优越，在国税局，那才完全体现了社会主义的优越性。人往高处走，水往低处流；王鸿图就是理直气壮地要择良木而栖，那又怎样？那就是一个物欲横流的卑鄙小人吗？

王鸿图说："好吧，就算我是一个物欲横流的卑鄙小人吧，现在我要搬到国税局去住了，要和花桥苑说再见了，我很高兴我得到了这样的可耻下场。"

王鸿图在自行车棚和张华他们大声说笑，权当告别，这便是王鸿图的风格。

聂文彦开始收拾整理东西，从顶楼楼道上搬出来各种包装箱，里头居然还存放着 80 年代时兴的麦乳精和上海蜂王浆口服液。聂文彦累坏了，却也累得笑吟吟。聂文彦坐在楼梯口，对我说："我把顶楼的东西搬走之后，那里就归你放竹床了。别人家又不住八楼，没有资格使用我们八楼的顶楼空间。"

我打趣她，说："我也要搬家了。"

聂文彦说："真的？什么时候？哪里的房子？"

我说："还不知道什么时候，也还不知道房子在哪里，但是人总是要有理想。"

聂文彦笑了，说："倒是和你做邻居很好，以后不知道有没有这么好的邻居。"

我说："莫愁，有的。天涯处处有芳草。"

聂文彦坐下来，用手帕扇风，认真地说："我们要走了，我给你提一点希望好不好？"

我说："很好。我就是想要希望。"

聂文彦用手帕打我一下，说："严肃一点。真的。你是一个作家，还在德国开了小说朗诵会，我看你很有前途的。你家里的氛围，应该是谈笑有鸿儒，往来无白丁；莫要总是和张华那样的人说话；徐迪娜也不行，也还是一个小市民，充满爱心的样子很造作。"

我说："恐怕我要辜负你的这个希望了，怎么我就是喜欢白丁，不喜欢鸿儒呢？怎么我就是觉得高贵者最愚蠢，卑贱者最聪明呢？当然，这可能因为我本身就是一个小市民。"

聂文彦说："你莫和我痞好不好？你才多大年纪？你经历了多少中国的事情？你对饶庆德和老扁担那两种截然不同的人，又了解有多深?"

聂文彦眼波一横,神态变得重重的,冷冷的,坐姿也调整了一下,居然有一种不怒自威了;这女人忽然就变了,并不只是我平常认识的那个中年妇女了。

果然,聂文彦说了一番非比寻常的话。聂文彦说:"中国曾经有一个著名诗人叫聂绀弩,想必你是知道的。你可知道他是我们湖北京山人?湖北京山就是我的老家,聂绀弩就是我本家的一个爷爷。他是才子,又是革命先辈,学问渊博,人品高洁,是我们家族的无上光荣和骄傲,也是我们从小就被教导要好好学习的榜样。可是,1955 年,牵涉胡风反党事件,挨整;1958 年,被划右派,劳改;1967 年"文革"被划现行反革命,无期徒刑,坐大牢。最后虽然得以平反昭雪,哪里还有元气起死回生?当然出狱之后,不几年就病逝了。这是大才子大意了,若是懂得小处见大,及早认识中国现实和种种人,或许就不会这么悲惨。"

我自然是目瞪口呆了。聂文彦看着我,眉眼里有慈悲,循循善诱地举例说明中国文人的悲剧。她说:"其实新中国刚刚成立,他们就在互相掐了。1949 年,聂绀弩发表了一首诗歌,题为《山呼》,面对新中国的一派新气象,诗人很冲动和感慨嘛,因此诗里面就有这样的句子:'抱起随便一个街上的孩子,要吻就尽量地吻吧;他不会是地主的儿子,因为地主已经没有了。'马上就遭到了批判,一个名叫邵燕祥的年轻诗人,说这首诗歌,除了小资产阶级的狂热,还有思想上的毛病。而不久,邵燕祥的一首诗歌,又遭到了别人的批判,1958 年也被打成右派。他的诗写道:'党,你是太阳,我是星,我发热,我发光,都是由于你的力量。'批判的理由是你太狂妄了吧?党是太阳你就是星星了?"

我不禁叫起来:"我认识邵燕祥啊,他人很好的啊!他这句诗也不错啊!"

聂文彦说:"我一点不怀疑你对邵燕祥个人的判断。他的诗是不错,可是被其他文人一分析就出了错,因为党是太阳我们只能是小草,最多也只能是花朵;这可是天上地下的差别啊。聂绀弩的诗难道就大错了吗?"

我又是只能目瞪口呆地看着聂文彦了。聂文彦无奈地轻轻摇头,说:"你不能理解和相信这样一些细节吧?可惜这不是小说,就是中国的现实,一直在我们眼皮底下发生。你以为我们与饶庆德仅仅只是一己私怨吗?你错了!你以为我过于警惕他人吗?你错了!你是没有真正懂得中国的现实,不知道害怕。我是真的替你担忧啊!"

我再也不敢嬉皮笑脸了。我一腔由衷的谢意,却不好意思说"谢谢"了。

聂文彦一席话,令我对她刮目相看。我的隔壁邻居,一个不起眼的中年妇女,却是著名诗人的后代,心中藏满历史风雨与处世哲理;民间处处,真是藏龙卧虎啊!我轻浮浅薄,小觑他人,也算自取其辱了。聂文彦这般待我,实在是有慈悲之心;在人情淡漠的今天,我得万般珍惜;文坛前辈们的教训,也值得我万般珍惜。我是小市民,就好好地生存于市井之中吧,好好地靠劳动过活吧;也许只有这样,才能够不战而胜;即便命运让人穷困潦倒到某一田地,也可以做到孔子赞赏的境界:一箪食,一瓢饮,在陋巷,不改其乐。中国的为人处世,原来却是这么的不单纯,这么的奥妙,这么的玄虚,一定要把直线型的生命,开放成一朵重瓣的花,好比中国洛阳姚黄牡丹,瓣瓣色色,重重叠叠,哪里都是春。

2001 年年底，老扁担回家过年了。之后，却没有再来。老扁担去世了。他的儿子来了，模样长相与老扁担一个模子倒出来似的，只是皮肤舒展，笑意轻率，年轻许多。年轻人挑了老扁担的箩筐，坐在了我们花桥苑大门口的台阶上。老扁担的去世，没有详细过程。任人怎么询问，也没有详细过程。无非就是老扁担有病，长年过度劳累，早就是一身的病；大年三十，吃了年饭就倒头睡觉；初一早上没有起来，一看，人已经死在床上了。年轻人叙述他父亲的死，好比叙述春种秋收，是一桩大自然的事情：人老了，又穷，又累，又病，熬不过去，便死了。

张华很生气，说：“你这个年轻人！怎么话也说不好？”

年轻人便怯怯；再叙述，还是大笔书法，寥寥飞墨；看似薄情，却也自有乡下人的拙朴大气；人死如灯灭，灯灭了，他的那一个世界就黯淡了，消失了；活着的人，还能怎样？

只有老扁担的围巾，是一点人工色彩，是一段春种秋收之外的童话。

老扁担非常喜欢俄国作家托尔斯泰，有一天，不知道他从哪份报纸阅读到这么一个消息：老年的托尔斯泰，最后离家出走，只是围了一条他喜爱的长围巾。于是，老扁担也就给自己弄了一条长围巾，常年地戴着，还要求他死了以后给他陪葬。老扁担的古怪行为，在乡下十分扎眼，惹得村里人人嘲笑，他的妻子为此与他多次地大吵大闹。老扁担去世以后，他妻子立刻将那条围巾拆了，让媳妇给黑泥鳅织了一件毛衣。

这真是尘归尘，土归土，绒线归于毛衣，温暖归于孩子。童话是凄凉了一点，倒也挺好，老扁担的围巾，也不可能有更合情合理的结果。老扁担的围巾，不是妻子、爱人、相好织的，是他自己买的；看来并不是所有的故事，都与女人有关系，那是一条托尔斯泰围巾。

18

那么，老扁担的围巾，在我们这里，便是不可以嘲笑的了。老扁担孤身一人在这个巨大的城市谋生，实在不是一件容易的事情。一个人，若实在活得一无所有了，也许就是要依靠一点信念。信一点什么，这是至关重要的。1949 年前后，我祖父的家道，已经落魄得无可奈何了。十二个子女，死的死，枪毙的枪毙，遭横祸的遭横祸，只存活了三个。屋子失火，箱子失窃，刚刚在乡下置买的田地，必须全都放弃，不然就会被划成很坏的阶级成分。在这样的日子里，我家祖母，还是和了黄泥巴，捏了一个土地菩萨，顿在灶头；只要家里揭得开锅，全当是在香火供奉。再穷的日子，再背的时运，心还是要往一处寄托，以便获得稳妥安静。人能够稳妥安静了，就大方了，喝稀粥吃咸菜，也十分泰然，不觉得颓废潦倒。我的记忆中，还有我祖母的印象，那时她早已过了古稀高龄，模样与家里那尊百子罗汉一样，胖胖的，瘪瘪嘴，总是一张笑脸；夏夜乘凉，喜欢把衣服脱了，露出背来，叫我们小孩子用指甲给她刮痱子；刮三颗痱子给一分钱。祖母的痱子一颗颗，米粒大，晶亮晶亮，用指甲一刮，就"别"地一响。刮完了痱子，便扑老马人和痱子粉；再转过身来，蹲在她膝前，领取工钱；她就往你的小嘴里抿进一粒生姜糖；小孩子不喜欢吃生姜，祖母就说："生姜糖又不是我给你们的，是灶上的土地菩萨给你们的，他还有一句经文，说是'冬吃萝卜夏吃姜，省了医生开处方'。"于是，我们便信了，便把生姜糖含在口里了，便也记住了土地菩萨的那句经文；后来当然也知道那是一句俗话；不经意间，也把这句俗话，传给了自己的孩子，孩子也一下子就记住了。人生代代的传承，代代的人生态度，都要在有信之中；有信之时，只觉得俗话是经文，经文便也是俗话。我们的宗教在自己心里，无论是一尊黄泥巴菩萨，还是一条托尔斯泰围巾，都是一种信。也正如释迦牟尼说的，不可以三十二相得见如来；法是无处不在的，但要你信。

我们凡人，小小的市民，日子是散在的珠子，信是线；用线穿了珠子，日子便才有了依托；任风雨怎样地变幻来去，日子也总会有秩有序地一粒一粒地过。

新年的三月，我买到新的住房了。我开始收拾整理，日日打包，准备搬家。

夜里，张华来，面容收敛，端端正正，是少有的稳重认真，说："我有个事情求你，随便你做不做；如果你不做，也不用多说，你摇头我就走人。"

我说："我做。"

张华把眼睛深深地看在我脸上，分明是欣喜我与她的好。张华拿出一条冥纸做的围巾，要我写上品牌名称，却是写托尔斯泰围巾。张华对托尔斯泰不熟悉，怕把名字写错。清明节快到了，张华还是要给老扁担做一做祭奠。不做她心里头怎么也过不去，这几天夜里老是有噩梦。老扁担这个人，清淡到了只是馒头就咸菜，因此张华也不打算扎元宝扎小轿车什么的，麻将电视机美元都不要，连冥币大钞都免去，只是几沓清水纸钱，几本书报，一盒香烟和一条托尔斯泰围巾。张华问我："这是他的风格了吧？"

原来我以为，只有我窥见了老扁担隐藏很深的一面，现在才发现，人家张华仅凭直觉，早就知道了老扁担的品格。张华是这样的肃然，我自然是不可打趣取笑的了。清明节的扫墓，我只觉得是民间风俗，一向没有当真；一年一度，举行一些祭奠仪式，也是寄托哀思，也算踏青赏春。张华说她也一样，对于清明节和各种仪式，平常也不认真的；只是可怜老扁担这个人，几年来，在花桥苑，受的委屈真是海也似的深，还不谈在他们乡下是如何忍辱负重了；其实年纪也才五十出头，算什么老？这人还是走得太早了，走得又这样孤单与凄苦，一条喜欢的围巾都没有给他陪葬的，不祭祭他，不给他送点东西去，那就是天理不公啊。张华这个张花裤子啊，她的道理，说得我还真没有办法不服气，我也真是不能不陪同张华去做祭奠。说实话，看着张华如此举动，我忽然有一点自惭形秽。人家张华，与老扁担非亲非故，不仅清明节惦记得到，般般细节也都准备得周详，现在还有几个人能够为别人这么着想呢？而且是为一个捡破烂的老扁担。

我便陪着张华下楼了。我们一起，把祭奠物品一一取出来，放花桥苑大门外的台阶上；张华用粉笔将这些祭品画了一个圈，然后点火焚烧。面对缥缈的火焰，张华说："老扁担，这是给你的东西，你来拿走吧。"张华把这句话，一连说了几遍，遍遍都像是在对真的人说话，平静和坦然。我们守候着这堆祭品，直到它们全部化为灰烬，再守候着灰烬，看着一阵阵小风，无声地把它们卷走。月华在地，城市朦胧；四周公寓楼传来麻将声声，哗地推倒，嗒嗒嗒地码牌；再哗地推倒，再码牌；随之而起的欢声笑语里头，总让人感觉出今朝有酒今朝醉的急躁与感伤。怎么说呢？人总要玩一点什么吧？怎么说都无可奈何，一个民族，千秋万代的江山，就会这么一天天地过下去的，过成一段又一段的历史。

花桥苑的人家都看见，老扁担的儿子站在台阶上，看人打牌，人们在打"斗地主"。年轻人满脸都是急于参与的表情。年轻人也吸烟，吸的姿势却与他父亲截然不同。他用嘴角叼香烟，脑袋歪着，眼睛也斜，一只眉毛高，一只眉毛低，这是不正经的抽烟相。即便抽烟，也是有品相的。做什么都有品相，都有高低贵贱之分；都可以做得下贱下流，也可以做得端然有品——无论三百六十行，无论行走坐卧吃，无不都是这一个道理。

花桥苑人家又开始去大街上叫破烂了。谁也不肯轻易相信他人。老扁担用七年时间建立起来的信赖，都随老扁担去了。老扁担的儿子没有获得大家的信任。他也许是年轻不懂事，他不懂得品行不可世袭，信赖也不可世袭，财富也传不过三代。他就这么贸然来到花桥苑，以为可以像他父亲那样靠收破烂为生，他一定没有想到他是否吃得了他父亲吃过的苦，他知道和明白他父亲的苦吗？

张华送我。我们坐在自行车棚喝茶话别。徐迪娜抽泣着跑来，说真是不幸，她的波德也死了。波德一个不当心，欢快地飞进了她家沸腾的排骨藕汤汤罐里。

张华说："哭什么！死也有死的不同，有的重于泰山，有的轻于鸿毛；有的那么痛苦，有的这样幸福；波德就是一只幸福的鸟。"

张华还是习惯毛式语气，徐迪娜却反感，明明接受了张华的安慰，还是要生气地说一声"讨厌！"，质问张华，当朋友遭遇了不幸的时刻，她的语言是否善解人意委婉可爱一点？张华立刻回敬道：我可没有那样小资！可见人人都在自己的历史之中了。不过事实上，波德的确是一只幸福的鸟，它获得了太多自由，自由往往也是要付出代价的。我总结了这么一句话，徐迪娜赶紧用笔记了下来，准备写进波德的悼词中。我们都笑了起来。之后，我们不说话了，大家慢慢喝茶，慢慢经过我们眼前的，大约都是各自的印象与记忆还有感慨。花桥苑的九年，我没有白白度过，处处都大开我的眼界，人人都是我的大世面。生活无处不在，世面也无处不在，一切尽在不言中。终于，我要搬家了。

2002 年的元旦，一个朋友来电邮，写道：这个年份好，如此对称与平衡，百年难遇，是数字的好品相，我们应该有一个好心情。

朋友的话，说得何其好！任何好品相，都是难得。我摊开一张金色的贺年卡，用手指，轻轻抚摸 2002，一遍又一遍，轻轻地抚摸，心里想着：好品相当然是难得了！

《金盏菊与兰花指》记忆：初稿于 2003 年 9 月 18 日，二稿于 2003 年 10 月 11 日，首发于 2003 年第 12 期《北京文学》。这是我头一次用四岁小孩子作为小说主人公，且不是写儿童文学，是写到了我这个年龄会时常思考的问题：人生修炼。关键在最后一句话：孩子，我们要做个欢喜的人，对吧？

金盏菊与兰花指

——谨以该小说作为一个纪念

1

清晨，虞硕果醒了。虞硕果就这么醒了，一种恬静的醒，纯净的醒，一种身体的融化，从遥远的初蒙状态，渐渐走向现在。她的眼皮，轻轻地动弹着，开初是慵懒而酥软的，接着是有了劲道的模样，再一努力，眼皮一睁开，人就彻底地醒过来了，虞硕果来到了现在。

2

这样的醒来，是欢喜的醒来；这样的欢喜，绝不是每个人都能够获得的，因为欢喜是一种境界，要么存在于天真未凿之中，要么获得于修持解悟之中。也许是虞硕果现在才四岁的原因吧，四岁是人生最宝贵的第一个年龄阶段，在这个阶段里，人的智性开始苏醒，所有的人性本能都被智性点拨着，提拔着，微风鼓吹火苗苗一般，在大自然的风中起舞，自然天成，信马由缰，婀娜多姿。你就这么远远地看看吧，你就这么闭目想想吧，一个四岁小姑娘恬静地醒来，该有多么的美丽。

3

天气好的时候，虞硕果根本无须出门看天气。好天气的日光是亮亮堂堂的，精神抖擞的，又勇敢，又大胆，又有冲击力，又有感染力，让整个房间与满屋家具，都是亮亮堂堂和精神抖擞的，它还会在穿透窗帘每一缕纤维的同时，把织物的原始气息携带出来，灌注在房间的空气里，让户外的清新气息直接铺撒到床上，虞硕果怎么能够不知道今天是好天气呢？

虞硕果醒了，好天气让她赏心悦目。小姑娘舒适又安详地躺了片刻，然后大声地宣称："果果醒了！"

虞硕果醒了，她就不叫虞硕果了。虞硕果是她父母为她取的名字，三个字，很正规，以姓氏打头，首先表达一种家族继承关系。小姑娘是不肯理睬这些意义的。她从来都称呼自己为"果果"。社会还另有一种约定俗成，远在虞硕果尚未出生之前，就已经存在，即：每一个人的第一人称都应该称"我"。待虞硕果出生，她竟然丝毫不与约定俗成通融，她认定自己只是"果果"。在她人生第十一个月的某一天，她开口就自称"果果"。

"妈妈，果果要抱抱。"

"果果来了。"或者，"果果要走了。"

从此，无论大人们怎么教导和纠正，或声色俱厉地呵责，或苦口婆心地诱导，对小姑娘都无济于事。小姑娘一坚持，就是漫长的三个多春秋，以至于她那性格强硬的父亲，专制独裁的幼儿园班主任，以及她所居住的一碗汤住宅小区的所有邻居，都在不知不觉中，顺从了小姑娘的个人意志。

"果果醒了！"虞硕果又一次宣布了自己的醒来。

在这一次宣布的时候，小姑娘感到了自己声音的空荡荡。她的眼珠立刻炯炯发光，充满了对现实的质疑、猜测与警觉。难道果果身边会没有任何人吗？难道爷爷奶奶会同时不在家吗？对于虞硕果来说，一觉醒来，发现自己独自处于一个空荡荡的家中，这个世界顿时就变得不可解释了，因为这是一种从来没有过的状况。

世界一旦变得不可解释，立刻就会滋生一种不可捉摸的惶恐。虞硕果一骨碌坐了起来，开始使劲地揉眼睛和鼻子。惶恐常常依附在小孩子的眼睛和鼻子里，虞硕果使劲地要把它们驱逐出去。然而虞硕果是一个喜欢说话的孩子，语言是她最强大的武器。她开始自言自语地说话。

"爷爷，果果醒了。你还在菜市场吗？还是在花鸟市场？我知道了，你又在花鸟市场逗那只鹩哥了。鹩哥会不会告诉你，说果果醒了——噢，不会。"

"奶奶，果果醒了。你还在广场上跳舞吗？太阳出来了，你们还跳吗？还跳就会很热的，你应该回家了，再不回家果果就饿肚子了。"

"妈妈，果果醒了。果果知道妈妈在香港，很远，要坐飞机。妈妈要生小宝宝了，生了小宝宝，才可以回来，要不然肚子太重了。"

"爸爸，果果醒了。你一定在上班的路上。果果也知道，爸爸很忙很忙很忙，总是要工作呀要工作呀，果果醒了应该自己管理自己。"

"弟弟，果果醒了。你醒了没有？起床了没有？香港今天有没有太阳？我们一碗汤花园今天出太阳了。好了，弟弟，果果不需要你回答。果果的弟弟不说话。果果知道弟弟只听别人说话，自己不愿意说话。可是，你为什么不愿意说话呢？果果愿意说话。"

虞硕果坐在床头，大声地说话，说得非常认真。她用语言把自己的亲人都寻找了出来，感觉着他们真实的存在。这么一来，虞硕果就踏实了一些。小姑娘依赖这种踏实感，努力保持着一种体面的平静。她一本正经地绷着小脸蛋，向这个异常的世界发出了她豪迈的宣言："果果不怕，怎么样？果果也不哭，怎么样？"

4

好天气给了虞硕果莫大的安慰和胆量。亮亮堂堂的房间和光艳灼灼的窗帘，都使惶恐无处藏身，它们从虞硕果心眼里钻出来就没有了，再钻出来又没有了。情绪稳定了一会儿，虞硕果忽然发现自己的小手可以捏成拳头了。它们在刚刚醒来的时候，总是又松软又怠慢，不听人的指挥，好像不是小姑娘自己的手。这种状况，最初吓坏了虞硕果，后来就变成了她的人生经验，她就不害怕了。人生就是一个把害怕变成经验的过程，生活在默默教导虞硕果，而虞硕果居然心领神会，她就是这么一个聪慧的小姑娘。

虞硕果低头看着自己的手，试试探探地捏了几次拳头，越捏越有劲。于是小姑娘宣布："果果要起床了。"

虞硕果说完就掀开毛巾被，屁股一撅，爬了起来，再哧溜下床，光脚丫子急急忙忙触摸地板，生怕摔跤，之后噔噔跑过去，刷地拉开了窗帘。金色的阳光和浓郁的新鲜空气一下子涌了进来，虞硕果呵呵笑着跑开了。小姑娘躲在窗帘下，鼻孔夸张地呼吸着，眼睛也夸张地眨巴着，太阳照花了它们。细碎的泪珠子，从毛茸茸的睫毛里被挤出来了。泪水滋润了眼睛，她的视力很快就恢复了。小姑娘根本无暇也根本无意要去擦掉欢喜的眼泪，她就这么挂着闪闪的泪珠子，跑到餐桌旁边，拽了一把靠背椅。沉重的靠背椅在地板上肆无忌惮地横行，划出一道道让爷爷奶奶心疼的划痕，小姑娘却浑然不觉。她使出了吃奶的力气，终于成功地把靠背椅拖到了窗台边。虞硕果迅速地爬上椅子，一下子就看见了花园。她家窗户的外面，是走道，走道那边，就是一碗汤花园小区里最大的一个花园。花园里砌了一只巨大的花坛，花坛四周全部都是金盏菊。金盏菊一簇一簇的，正在盛开。这花是那种火热而袒露的风格：橙黄色的花瓣，深棕色的花芯，从花芯里颤巍巍探出金色的花蕊；每一种颜色，每一叶花瓣，都是厚厚的、稠稠的、推到了极致的丰满浑圆，赤裸裸地展示着一种耀眼夺目的浓妆艳抹，是不由你忽略的。才四岁的小姑娘，就与采蜜的小蜜蜂一样，面对金盏菊，感受到的，那就是致命的诱惑了。

"果果要出去玩!"看着金盏菊，虞硕果坚决地宣称。

虞硕果溜下了靠背椅，勇敢地去穿衣服。在今日之前，虞硕果还不曾完全独立自主地为自己穿过衣服。都是爷爷奶奶为虞硕果穿衣服。爷爷奶奶为孙女穿衣服，首先要根据天气预报气温冷暖，其次要根据衣服的花色品种。衣服的花色品种，主要是给人们看的。虞硕果虽然暂时生活在内地的一碗汤花园小区，她毕竟还是一个香港居民。香港再怎么回归祖国，那还是要比内地发达和繁华，香港人还是要与内地人有所不同。毕竟，邻居们的眼光是很毒的，每时每刻，他们都会从虞硕果的衣着上，判断她父亲的经济实力与事业成就。爷爷奶奶做人低调和收敛，轻易不肯炫耀儿子，但是儿子值得炫耀的地方，还是要让人看出来的，果真不要让人们看出来的话，人们就会欺负你了，因此也就只好让人们看出来了。人欺穷的，狗咬贫的，叫花子出门要带棍的——世界就是这样的一个世界，你能够怎么办? 因此爷爷奶奶为虞硕果穿衣服，一向都是不肯有半点马虎的，每天都要换款。今天爷爷奶奶不在家，今天虞硕果就没有换款，她还没有意识到这个世界是一个马虎不得的世界。虞硕果非常马虎地扯过昨天夜晚脱下的T恤衫，把它又套在了身上。T恤衫是反的，反面的T恤衫到处是缝口和线头，胸脯上"史努比"的图案反着，模模糊糊很像是衣服脏了。

衣服脏了，对于小孩子，也没有意义。顺利地穿上了衣服，虞硕果很有几分得意，原来穿衣服并不是那么困难的一件事情，大人们的包办因此显得多余和愚蠢。踌躇满志的虞硕果一副驾驭生活的模样，穿好衣服之后，她就去了卫生间。她踮着脚尖，自己挤了牙膏。在刷牙的时候，自来水的水声激起了她的尿意，她便赶紧夹起双腿，放下牙刷和杯子，去马桶上撒尿。从墙上的镜子里头，虞硕果看见一个小姑娘，头发蓬乱，口边沾满白色泡沫，她知道这就是自己。她对镜子叫道："果果。"她朝镜子噗了一口泡沫，笑了，笑的同时打了一个尿噤。可是，四岁的小姑娘哪里知道，生活绝对不是一帆风顺的。在任何人的生活海洋里，都可能布满暗礁险滩，哪怕是四岁的虞硕果。果然，暗礁险滩说来就来了。虞硕果在撒尿之后继续洗脸梳头，这时候，她发现了问题：卫生间里有一种声音久久不肯停息！已经有不少人生经验告诉虞硕果，许多事物的正确与否，都是由时间来界定的。比如幼儿园里上课的迟到与早退；比如一天要在早中晚的时间吃三顿饭；比如飞机到了它规定的时间就一定要起飞。那么，为什么他们家的卫生间里，有一种声音响了很久很久呢？虞硕果机警地举目四望，郑重地搜寻和判断着，问题很快就被她查找出来了，这就是：马桶还在冲水。在虞硕果使用了马桶以后，它的冲水就再也没有停下来。虞硕果返回马桶身边，倾听着冲水的声音，眉头渐渐地皱了起来。

"马桶，你怎么哪？"虞硕果问道。

马桶没有回答，却还在继续冲水。虞硕果拍拍马桶又摸摸马桶，与马桶进行着友好的交涉。她说："马桶，你已经把果果的尿冲走了，你可以不工作了。"然而，马桶还是哗哗地冲水。虞硕果小心翼翼地揭开了马桶盖，把脑袋探过去观察，她发现在马桶的边沿，水在不断地涌流出来。这无穷尽的涌流，会导致什么结果呢？虞硕果不得而知。新的惶恐降临了。

虞硕果忐忑不安，问："马桶，你坏了吗？"

虞硕果恍惚中也感到马桶可能不会与她对话，现实生活与动画片大约还是有区别的。问题是，虞硕果必须对马桶说话，她可以依靠和使用的只有语言。虞硕果换上了威胁的语气，她说："马桶，你要是不听话，果果就让爷爷奶奶不要你了！他们会砸掉你，换上一只新马桶！你不相信我的话吗？果果的弟弟两岁了，一直不肯说话，患了自闭症，果果的妈妈就又要生一个新弟弟了。果果的妈妈肚子很大，这是你看见过的。她的肚子里面装的就是新弟弟。"

等待了一刻，虞硕果没有得到理想的效果。小姑娘再也没有办法了。可怕的后果出现在她的眼前。她焦急地问："马桶，你这样下去，会发洪水吗？就像电视里面的那样。你会淹掉果果和果果的房子，还有花坛和房子，是吗？"马桶置若罔闻，只管无情地流水。惶恐渐渐地强大起来，一朵乌云遮住了太阳。虞硕果的眼睫毛上面，再一次挂满了细碎的泪珠。这哀伤的泪珠与先头那欢乐的泪珠是那么不同，它们打湿了小姑娘的睫毛，粘合在一起的睫毛成了泪珠灰暗的阴影，使小姑娘的眼睛变得那么绝望和无助。

突然，虞硕果夺路而逃。难道她不是可以跑到屋子外面去吗？难道她不是可以远离空荡荡的房间和可怕的马桶吗？难道外面不是有太阳和许多大人吗？可是，虞硕果猛力地一拉，并没有打开他们家的大门。大门从外面锁上了！小姑娘诧异地大叫一声："锁了！"顿时，世界又变得无法解释了！爷爷奶奶怎么会把小孩子锁在一个封闭的空间呢？他们为什么要这样做以至于马桶出了问题小孩子无法逃离马桶！先前虞硕果是那么的勇敢，自己起床，自己穿衣服，兴兴头头的，那是因为，她从来都没有想到自己竟然会在一个不自由的空间里！原来大门早就被锁上了！大人们剥夺了她自由活动的权利！小姑娘的脖子涨红了，青色的血管受惊的小动物一样不断悸动，意想不到的屈辱感使她的眼睛再度被泪水模糊。

"果果不哭！果果就是不哭！"虞硕果倔犟地叫着，她不肯让泪水流出自己的眼眶，她要用某种行为表达自己的愤怒和反抗。

马桶还在哗哗流水，大门锁得牢牢的，屋子里头险象环生，现实是如此严峻！虞硕果跑到窗前，攀缘着靠背椅，磕磕绊绊地爬上了窗台。他们家居住在一楼，窗户外面安装着粗壮的金属防盗网。虞硕果站在窗台上，双手紧紧抓住防盗网，对着户外高声叫道："救命啊！救命啊！果果要求救命啊！"

5

"果果要求救命"是一个特别的句式，是虞硕果独特的语言。一个四岁小姑娘，奶声奶气高喊救命，成年人都会感到十分有趣。一个路过的邻居，已经用遥控器把他的小汽车"叽"的一声打开了，听到虞硕果的呼喊，他笑了。他立刻转身回头，来到了果果的窗前。

虞硕果说："叔叔好，果果要求救命！"

我知道果果要求救命了——男人开心地说。男人手指上甩着车钥匙，泰然自若地与虞硕果说话。男人非常肯定地告诉果果：果果没有丝毫的生命危险。马桶冲水装置的坏掉，是一件日常小事。她被爷爷奶奶锁在家里，更是日常生活的常识，现在坏人很多，果果还太小，小到完全不足以判断和抵抗坏人的欺骗和伤害，只有锁上，才能保证她的安全。明白了吗？

虞硕果回答："果果明白了。果果谢谢叔叔！"

男人说：不用谢，果果真棒！

世界被解释了。惶恐消散了。得到有能力解释世界的成人的夸奖了，虞硕果的屈辱感被自豪感替代了。原来这个世界是可以瞬息变化的啊。虞硕果透过防盗网，看着眼前的一切，许多新的感受，从她熟悉的环境里生长出来。小姑娘目送叔叔开车远去，四岁的瞳孔定定的，纯纯的，一片月白风清，这月白风清里却蕴涵着悲喜交加的感慨，这感慨竟然就来自早上这短短的一个多小时。虞硕果非常明确地喜欢上了这位叔叔。刚才，这个男人对她说话的时候，小姑娘一直注视着他。这个男人的喉结锐利有力，牙齿与鼻梁坚实英武，他开朗的大笑，胸有成竹的轻松，那么简洁那么合理地解释马桶与门锁的道理，简直就像完全把握了这个世界。成年人的成熟、强大与浩然的风度就像金盏菊一样，在小姑娘面前粲然开放，催生了小姑娘心田里对于成长的无比羡慕与渴望。

一只名叫笨笨的狗，看见了虞硕果，便来到窗前，抬起后腿，朝一棵遮阴树的树干反复撒尿。虞硕果说："笨笨，你可以去广场上找果果的奶奶吗？"笨笨看了看虞硕果，目光是柔和的，但却也是糊涂的，它犹豫了半天，还是围绕树干撒尿去了。虞硕果说："笨笨，笨笨，你可真是笨啊！"

尽管不再惶恐，尽管不再屈辱，尽管不再有生命之虞，但是时间的概念，是虞硕果已经懂得的客观标准。现在时间又过去了半个多小时，已经是上午九点多了，爷爷奶奶是不应该还不回家的。以前他们总是在七点半与八点之间就回家，从来不会超过这个界限。焦急与烦躁，开始让虞硕果不安起来。又过了一刻，小姑娘在窗台上跺脚了。跺跺，再跺跺，以期引起人们的注意。她高声道："果果急了！"

在一些人万分焦急的同时，另一些人却优哉游哉，生活就是这样，永远都没有绝对的公平。一个年轻女人，从楼房的门洞里出来了，她一手端着茶杯，一手握着手机，目光散漫地看了看天气，伸了一个很懒的懒腰。虞硕果说："阿姨好！"年轻女人吓了一大跳，寻着声音找过来，发现了窗台上的虞硕果。虞硕果又说："阿姨今天好漂亮。"年轻女人一下子就来劲了，跳起来，热情地摸了摸小姑娘的脸蛋，说："咿——果果。你这个小八哥，嘴巴越来越巧，越来越甜了！真是小孩说实话，糯米打糍粑。果果的确是个讨人喜欢的小八哥。"

虞硕果说："果果急了！"

年轻女人说："果果，你再说说，阿姨今天手气好吗？"

虞硕果说："当然好。"

年轻女人说："当然！果果居然还会说'当然'！当然好！太好了！阿姨今天借果果的吉言，要是赢了，就请果果吃麦当劳！"

虞硕果说："阿姨，阿姨，果果急了！"

年轻女人说："急什么急，小孩子，幸福的童年，果果好好待着，阿姨要去打牌了。"

虞硕果跺脚了，说："果果真的急了！"

一个中年妇女过来了，手里也端着一只茶杯，另一只手里捏着一只小钱包，手腕上缠着一条擦汗的毛巾，这也是一副打麻将的行头。她斜眼看着年轻女人，老大瞧不上的模样，说："果果急了。你听见还是没有听见？也不问问孩子急什么。还没有上桌，魂都不在了，这德行，还想赢!"不等年轻女人回嘴，中年妇女与虞硕果说话了，十分慈祥地问："果果，小乖乖，急什么呀？告诉伯伯好不好？"

虞硕果说："果果的爷爷奶奶到现在还没有回家！果果给锁在屋子里头了!"

年轻女人撇撇嘴，嘲弄道："看看，小孩子，有什么急事？什么事情，总是被你说得过分严重。果果听话！你爷爷奶奶肯定马上就会回家。大人不在家，小孩子当然要被锁在家里，免得被人贩子哄走，免得遭坏人绑架。"

中年妇女又斜了年轻女人一眼，说："你有没有脑子啊？看看现在几点了啊？果果在家里，他们老两口什么时候超过八点回家的？果果当然要着急了。一个四岁的小姑娘都知道着急，你就不知道？"

虞硕果说："果果真的急了。请伯伯去找果果的爷爷奶奶好不好？"

"好!"年轻女人快嘴接话，说，"果果放心，伯伯肯定会帮助果果的。"年轻女人幸灾乐祸地对中年妇女说，"去吧，去给果果找人吧，你有脑子，有思想，有灵魂，赶快去为孩子找爷爷奶奶吧。"

中年妇女又狠狠地横了年轻女人一眼，说："你少将我的军！哦，你以为我舍不得麻将啊？你以为我不是真心地想帮助小孩子啊？那你就错了！我走了，三缺一，你也玩不成，还乐什么乐？"

年轻女人说："咳，三缺一怕什么，找人凑角呗，这小区多的是闲人，你吓我?"

虞硕果说："伯伯，果果快要急死了!"

中年妇女恼了，冲着年轻女人说："我吓你? 你这种人，还值得我吓你? 好吧，今天我不打牌了，你去找人凑角吧。你走吧走吧! 当我死了! 今天我不打牌!"

不打牌的宣言到底吓唬住了年轻女人，三缺一的凑角有时候不是那么好解决的，麻将瘾来了，难熬得很呢。年轻女人妥协了，露出讨好的笑容，说："哎呀哎呀，一大早，人没有到齐，无聊，斗斗嘴罢了，还搞得像真的了? 对不起，好不好?"

虞硕果摇撼防盗网了，叫道："果果急死了! 果果急死了!"

年轻女人提高声音说："对不起了! 好不好啊?"

中年妇女鼻子里哼道："我也不需要你道歉。你逢到我的脾气就行了。我这个人，连蚂蚁都怕，还就是不怕威胁。"

防盗网纹丝不动，倒是虞硕果自己的身体，就像狂风暴雨中的垂柳枝，胡乱地摇摆。坐在树下的笨笨受了感染，站了起来，汪汪地叫唤。虞硕果用恼火至极的尖嗓子叫起来："不要吵架了! 果果不要听! 不要! 不要! 果果急了! 果果要爷爷奶奶——!"

年轻女人捂了耳朵，一个大步跑开了，站在马路上，说："这小东西被娇惯坏了! 小人精，管大人的闲事，发人来疯。哎呀一个小孩子，锁锁算什么，哪个孩子不是锁大的。走，我们走了，不理睬她。"

中年妇女偏是要与年轻女人不同的，她说："你这个人哪! 半点爱心都没有吗? 大人与一个小孩子计较什么? 就是我们要走，也要给孩子一个说法，让她安心嘛。"中年妇女转向虞硕果，表情就十分慈祥了，她说："果果，小宝贝，果果是个聪明孩子，你想想，城市这么大，街道这么长，果果的爷爷奶奶在哪里，我怎么能够知道？我不知道他们在哪里，怎么去找他们？"

小姑娘对两个妇女已经失望了。她们的对话与争吵，小姑娘不完全懂得，但是她懂得了她们要去打麻将而不会去为她寻找爷爷奶奶。

小姑娘不理会中年妇女的慈祥了。她使劲叫唤："果果急了！果果急了！爷爷——奶奶——你们在哪里——"

中年妇女有一点尴尬。年轻女人见状，在一旁低头暗笑。中年妇女说："现在的小孩子怎么这个样子呢？这么不讲道理，这么凶啊！"

老黄黄过来了，推着她的清洁车，接上了中年妇女的话，说："果果这脾气，是有钱人家小孩子的脾气啊。"老黄黄是"一碗汤"的保洁员，负责这一片花园的清洁卫生。老黄黄的短发稀稀疏疏，毛毛糙糙刺愣着，一看就是一个为生活所迫放弃了体面的粗糙女人；加上她脸上的肉往下垮了，颧骨那里的肉却又横着走了一道，这就显出她性格里头的蛮横来了。老来发胖，是大多数女人必然的趋势，这胖却是可以截然不同的，有人胖得温暖可爱，有人就胖得蛮横颓废了。虞硕果不喜欢老黄黄。四岁的小姑娘，凭天然的直觉，就不喜欢老黄黄。可是老黄黄上来就说："果果，我知道你的爷爷奶奶在哪里。"

虞硕果没有办法了。她急了。她是一个乖巧的小姑娘，马上就对老黄黄说："伯伯好。"

老黄黄说："果果叫得不对。"

虞硕果马上增加了内容，说："老黄黄伯伯好。"

老黄黄嘎地粗声笑道："小东西的确是精怪啊。还是没有叫对！你应该叫我奶奶。"

虞硕果愣住了，虞硕果说："你不是奶奶。"

老黄黄说："你不叫奶奶，我就不告诉你你的爷爷奶奶在哪里。"

虞硕果说："可是你不是奶奶，你是伯伯。"

年轻女人喝彩道："好！果果真是一个巧嘴小八哥！果果会看人的年纪。"

老黄黄嗤之以鼻，说："会看年纪有屁用，她要知道辈分才算聪明。我就是她的奶奶。你们哪里知道，当年我和她奶奶同一个车间，同一个师傅，她是大姐，我是小妹，我们长期都是姐妹相称的，大家公认我比她心灵手巧。还不是后来她的运气好，我的运气不好。她摊了一个好丈夫，是离休干部；又摊了一个好儿子，分明也就是在公安厅做做事情的，可是一搞改革开放，不知道怎么的，就混成了一个香港居民，还娶了香港老婆，还大把捞钱，还可以生三个孩子。搞得高人一等，好像不是中国人了。我呢？自己下岗，丈夫下岗，儿子也下岗，快三十岁了也还没有媳妇。到如今，她的奶奶做太婆，住在儿子给她买的高楼大厦里，我呢，给她打扫花园做老妈子。这小东西还势利得很，还不肯叫我奶奶。"

虞硕果生气地说："你就是不是奶奶！"

年轻女人"嗤"了老黄黄一声，说："果果把你叫年轻了还不好啊？真是不知好歹。"

中年妇女看出了问题的严重性，立刻劝阻说："老黄黄，老黄黄！当着孩子的面，就不要说这些事情了。果果可是个人精，会听话的，你看她眼睛鼓得圆圆的，生气呢。"

老黄黄说:"她把眼睛鼓成蛤蟆,我也不怕。"

虞硕果把胳膊叉了腰,说:"果果不怕大人!"

老黄黄说:"我还不怕小人呢!又不是凭本事发家致富,靠的是混乱,腐败,拍马屁,靠钻政策的空子,这种运气给我,我还不一定敢要呢。三十年河东,三十年河西。我倒要看他能够得意多久,现在抓腐败干部,省长都被枪毙了,我倒是要等着看看。"

中年妇女说:"老黄黄你胡说什么呢!果果才四岁呀!你看你怎么是这么一个人!"

年轻女人说:"让她胡说吧。她心里窝火,你不让她发泄,说不定哪一天她憋急了,给咱们公寓放一把火,咱们都遭殃。"

老黄黄倚疯作邪地说:"那是啊!托生做了中国人,就是有革命性。再要发生革命,我就把你们的楼房烧了,把你们都砍了。"

虞硕果突然叫起来:"老黄黄——果果的爷爷奶奶在哪里——"

虞硕果连声叫道:"告诉果果!告诉果果!告诉果果!"

"小东西!"老黄黄也嚷起来,"你也敢叫我的绰号!看我不整死你!我就是不告诉你!就是不告诉!"

虞硕果叫道:"告诉!告诉!告诉!"

虞硕果拿脚踢防盗网了,冲着老黄黄的方向。老黄黄下意识地躲闪了一步,操起一只大大的竹扫把,去横扫防盗网。中年妇女拽住了老黄黄。中年妇女说:"你干什么?今天疯了?果果才四岁,四岁!才多大的孩子啊!就算她爸爸是贪污腐败分子,四岁的孩子总是无辜的吧。"

老黄黄龇着她的大黄门牙，眼冒精光，说："才四岁又怎么样？革命来了，鸡犬不留。几天没有闹革命，你们就忘记了！"

年轻女人从清洁车里捡起一块抹布，对准老黄黄扔过去，打中了她，说："讨厌！这才过了几天安逸日子？一口一个革命，一口一个革命，真是够戗！老黄黄你是不是有毛病啊？"

中年妇女越来越严肃了，她正色道："喂，老黄黄。你今天到底是真是假啊？你是不是忘记了我是业主委员会的成员？住户就是上帝，你忘记我们的服务宗旨了？我们为什么叫'一碗汤'花园小区？温馨·爱意·奉献是我们'一碗汤'的关键词啊，我们要提倡的是大家彼此关爱，互相送一碗热汤啊。看来，你大概不适合我们小区的工作吧？再说，你懂不懂人到了这个年纪人应该熄熄火，做人莫造孽，你懂不懂啊？"

老黄黄厚着脸皮笑笑，说："懂啊懂啊。早就熄火了。我这人不过是喜欢开开玩笑，图个嘴巴快活。"

不远处的文化室门口出现了两个老男人，朝这边拍巴掌。年轻女人兴奋地叫道："喂，他们来了！我们走吧。"

中年妇女脚是动了一下，显然又觉得不妥，停下脚，瞪着老黄黄；老黄黄看了看中年妇女，又看看虞硕果；虞硕果瞪着老黄黄，又看看中年妇女。三个人忽然都顿住了，都不知道对对方说什么才好。就在这个时候，果果的爷爷奶奶出现了。

果果的爷爷奶奶回来了。他们好好的，什么意外也没有发生，只是在银行办一点事情，需要排队。他们没有想到会排这么长时间的队。气氛一下子松动了。老黄黄一脸谄笑地与老人打招呼，立刻就去打扫卫生了。中年妇女告诉老人，说果果今天急坏了，说她们正在劝慰果果，正要替她想办法。中年妇女是一言难尽的模样，最终还是咽下了话头。年轻女人已经在去文化室的路上，步态也不是太急，却把一切都甩在了身后，她懒得操心，一切都是与她不相干的。

爷爷奶奶再三地感谢中年妇女和老黄黄。虞硕果不说话了，她紧紧咬住嘴唇，低下脑袋，眼睛往上翻起来，狠狠看着所有人。

爷爷叫道："果果！"

奶奶叫道："果果！"

虞硕果就是不吭声。就是狠狠看着所有人。

奶奶好像忽然才发现孙女站在窗台上，惊呼道："果果啊，你怎么爬上窗台了？"奶奶又进一步发现孙女的衣服穿反了，奶奶对爷爷说："看来我们果果今天的委屈受大了。"

奶奶的话音未落，虞硕果的痛哭决堤而出。她哇啊一声大哭起来，滚滚泪水哗哗地奔流。

"果果要哭了！果果就是要哭！"虞硕果抽噎着，宣布了她此时此刻的唯一决定，然后再也说不出任何话来，只是一味地大肆号啕。小姑娘的哭，就成了她内心深处的全部表达。

6

虞硕果一口气痛哭了一个半小时。爷爷拿过手表，守在她身边，不时地看表，看看果果痛哭的时间，是否会超过她的历史纪录。虞硕果站着哭，蹲着哭，伏着哭，坐着哭，哇啦哇啦哇啦，不说话，纯粹地哭。她嘹亮的哭声响彻一碗汤花园小区。虞硕果哭得红了眼睛，红了眉毛，红了脸蛋，红了脖子，四肢却苍白冰凉。在这个过程中，无论爷爷奶奶如何劝慰，道歉，许诺或者打屁股，都不管用。小姑娘一直哭到累坏了自己。很突然地，小姑娘的哭声就哑了，这种情形酷似一只高声鸣叫的知了猝不及防地掉下了树。紧接着，小姑娘就坠入了睡眠。从痛哭到睡眠，中间基本没有过渡。小小的细细的幼稚的鼾声，随后就升起来了，小姑娘脸上的颜色正常了，粉白粉白，唯有嘴唇是红艳艳的，手脚也暖和红润了起来。小姑娘睡得是那么投入和深沉，不一会儿，一挂晶莹的汗珠子就披上了鼻头。

经过一个香甜的长长的睡眠，今天上午所有的经历，都被沉淀在历史中了。虞硕果的眼睛一睁开，就在欢快地忽闪忽闪。爷爷奶奶守候在虞硕果身边。虞硕果心满意足地宣称："果果醒了。"小姑娘撒娇地搂住爷爷亲了亲，又搂住奶奶亲了亲，然后便理直气壮地出门玩耍去了。今天没有谁再敢用繁文缛节来要求虞硕果了。奶奶没有要求虞硕果不许弄脏衣服，爷爷没有要求虞硕果半个小时之内回家背诵唐诗。虞硕果出门的时候，爷爷在看报纸，他装得好像什么都没有看见。奶奶看着虞硕果，微笑着，是非常信任甚至有点怂恿的眼神。受了大委屈的虞硕果今天就是应该好好地玩！虞硕果仿佛明白她获得了某种赔偿，出门的时候，她理直气壮地宣称："果果玩去了！"

午后的一碗汤花园小区，四处都是静悄悄的。在好天气里，这静悄悄更显出一种特别的安谧，与它的关键词比较吻合。微风和煦，阳光普照，虞硕果出门就展开双臂，鸟一般地飞了几圈。笨笨在花坛的阴影里趴着，很慵懒，似睡非睡，看见虞硕果来了，尾巴殷勤地摇了摇，上午发生在果果家窗台边的激烈场面，它也许已然忘却，也许并不在意；到底是狗，很幸福，再亲近人，也不用体验人类的痛苦。花园里不见老黄黄的踪迹，她一定和往常一样，躲在哪里休息去了。好时机终于来临！虞硕果蹑手蹑脚地接近了金盏花。虞硕果早就想摘一朵金盏花了！今天她尤其想要一朵金盏花！

虞硕果知道花园里的花朵是不可以摘的，但是她不明白为什么不可以摘。花朵看过了还不可以摘吗？花朵快谢了还不可以摘吗？花朵这么可爱，为什么永远都不让摘？虞硕果的问题很多，没有人认真对待她的问题。花坛旁边竖着一块木牌，木牌上面的回答是：严禁摘花 摘花罚款。老黄黄的回答是：如果我看见你摘花，我就会打断你的手。然而今天，就不是普通的一天了，四岁的小姑娘一任性，就不会被问题缠绕了。今天的金盏菊，一直盛开在虞硕果的痛苦经历之中，它一直在窗台对面晃呀晃呀，实在太诱人了。

今天虞硕果一定要摘一朵金盏菊。

虞硕果蹑手蹑脚的，蹑手蹑脚的，还左顾右盼着。她的手伸出来了。就在她的手指碰上花茎的一瞬间，小姑娘猛然收回了胳膊。小姑娘停下了她的采摘动作，注视着面前的金盏菊，脑袋歪了过来，又歪了过去。小姑娘羞怯地说："果果要摘你，好不好？"一会儿，她自己回答说："好！果果你摘吧。"小姑娘的脸蛋上泛起了欢喜的神情，露出米粒一般的小牙齿，还娇娇扭了扭身子。小姑娘闪开了。她闪开了，远离了花坛，跑到花园出口处，探出脑袋，四处张望；四处都没有人，整个一碗汤小区是静悄悄的。小姑娘又跑到另一个出口处，又探出脑袋，四处张望；当然，也还是没有人。小姑娘在故意了。她在故意铺排一个过程，在故意渲染一种紧张，在故意酝酿醉意的浓度，一个四岁的小姑娘，在无意中懂得了故意。她要把幸福铺垫得厚厚的，她要把味道调得足足的，她要让气氛充满了私密与危险。最后，她来到笨笨身边，伸出一根指头，按在笨笨的嘴唇上，警告道："嘘——"根本就不打算叫唤的笨笨趁机伸出舌头，如愿以偿地舔了虞硕果的手指。西边天空的晚霞，从楼房的缝隙里，洒了些许在花坛上，有几朵金盏菊，镶上了晚霞的金边。小姑娘终于选中了一朵闪耀着金光的金盏菊，她终于要得到金盏菊了。小姑娘的小手云一般地飘移着，飘移着，落在了金盏菊的花茎上，然而，在最后的时刻，小姑娘忽地打了一个哆嗦。小姑娘发现了自己的手指，她那正要采摘金盏菊的手指，居然是一朵花的形状！这是新的发现，崭新的发现！小姑娘的手，原来是胖嘟嘟的，肉乎乎的，无论如何，也做不成兰花指。爷爷是个戏剧迷，他认定天底下最漂亮的指形，便是兰花指，爷爷曾经多次掰过孙女的小手，却掰不成兰花指，小姑娘的手太小太肉了。而现在，虞硕果的大拇指与中指贴在一起，其他的三根指头，都翘翘地开放着，细嫩，修长，纤细，俏丽，小巧而椭圆的指甲盖，光泽温润，粉妆玉琢，在晚霞与金盏菊的映照下，一朵漂亮的兰花指赫然在目，小姑娘被自己惊呆了。小姑娘被自己惊呆了，又被自己鼓舞了。金盏菊很漂亮，而她的兰花指也很漂亮。时间才过去了多久？日子才过去了几天？怎么小姑娘的手指，在悄然之中，已经出落得如此精致了？生命之如此美丽，这是怎样的奇迹呢！

虞硕果呆了一刻，便开始了手的舞蹈。小姑娘把她的兰花指挽呀挽的，一会儿迎着晚霞，一会儿环绕金盏菊，她专心致志，欢喜无比，完全进入了另外的空间与境界，在这个空间与境界里，今天所有的痛苦与不幸，都被彻底遗忘。

7

入夜,在虞硕果的床头柜上,一只小花瓶,半瓶清水,插了一枝金盏菊。一个渴望幸福与美丽的未来女人,正在成长。一个探索幸福与美丽的未来女人,正在成长。无论你相信与否,这枝仰望夜空的金盏菊,它都是一个虔诚的祈祷:善于创造与发现的孩子,善于执著和努力的孩子,你必定获得欢喜,必定获得今夜的安睡与祝福,以及往后无数个夜的安睡与祝福。

孩子,我们要做个欢喜的人,对吧?

《香烟灰》记忆：写于2007年7月—10月，首发于2007年第6期《收获》杂志。这是被《收获》编辑频频催稿逼出来的一部小说，本来不想写。只因近年沉醉于写长篇和诗歌，将中篇放下了。诗歌率性，长篇从容，短篇酣畅，唯有中篇，想要兼备诸种优势，是个苦活。再苦，我还是喜欢。

香 烟 灰

1

一夜成名对人的影响非常之大。少年得志对人的影响也非常之大。尽管这影响大到何种程度无法量化，总之应该可以说是大到了足以使这个人成为成名之后的那个人。总之，成名与不成名，那终究是不一样的。

詹国滨一夜成名的时候是一个少年，就几天工夫，眼看着他就器宇轩昂与众不同了。成名对于一个人的长相，那就是有着神奇的作用，它会让人的模样舒展开来，会让一个蔫耷耷的人从身心里头往外面透出精神和光彩，从而一举跃出普通大众的层面。

此前的詹国滨是个什么模样？几乎没有人确切地记得。这也难怪，一个十四五岁的毛头男孩：精瘦，黑黄，耸肩膀，垂脑袋，眼睛躲躲闪闪阴气沉沉不讨人喜欢，好挨着墙根走，无事生非地用脚尖踢路边电线杆，店铺的墙基和人家的门板，一直要到那些壮年男子出来大喝一声："你生得贱啊？"这才悻悻走开。像这样的半糙小子，在汉口一抓一大把好比夏天的蚊子，都一个尿样，谁会注意到他呢？然而就在詹国滨从十五岁过渡到十六岁的某一个时刻，他一举成名了。

2

汉口江汉路的红旗大楼，在著名的 1966 年，成为汉口最重要的标志性建筑。那是因为 1966 年 5 月 16 日，毛泽东主席亲手发动了一场史无前例的无产阶级"文化大革命"。武汉这座具有悠久革命斗争传统的城市，立刻风起云涌，热烈响应。几百万武汉人民顿时分裂成为两大派别：保皇派和造反派。两大派别的宗旨完全一样，都是"誓死捍卫毛主席的革命路线和无产阶级红色司令部"。两个派别都必须在揭露并证明对方是假忠于假爱戴假拥护的同时，又对社会各阶层包括从中央到本省市，以及武汉军区，乃至本单位，甚至是自己家庭内部的走资派，进行揭露和批判。因为这样，大革命就变得格外复杂激烈和诡秘多变。在众人大辩论中有许多恼人的问题导致人们不得不用武力解决。当人们成功地哄抢了军队的枪械之后，战争的形式感便立刻唤醒了人们的想象力：那就是要夺取制高点。于是，矗立在汉口江汉路的红旗大楼，以其雄伟壮丽的外观，成为造反派亟待攻占的目标。他们高呼革命口号，用他们响彻云霄的口号声向武汉人民宣告：红旗大楼应该成为武汉地区革命造反司令部，成为革命火炬、战斗旗帜和历史丰碑。

围攻的战斗打响了。从清晨到傍晚，激昂的革命歌曲、口号声伴随着刀枪棍棒，发起一次又一次冲锋。出乎意料的是，大楼里面的人们坚决不肯退出。他们放出话来，说除非党中央毛主席亲自下令征用这栋大楼，否则任何人都无权随便抢占国家财产。大楼守卫者在暗处，就跟据守碉堡那样，居高临下瞄准目标，颇有效率地投掷砖块、瓦块或者办公桌椅的残肢。冷不防就有被击中的红卫兵战士，在高高的台阶跌倒，径直滚落下来，年轻的头颅在马路牙子上磕得鲜血直流。焦急的造反派不断增加兵力，枪支也越来越多，冒失的子弹嗖嗖飞过，在红旗大楼的窗户玻璃上创造出浑圆的弹孔，同时也走火和误伤了不少的人，观战的市民推攘踩踏，大呼小叫，整条江汉路混乱不堪。

詹国滨就在这混乱之中，自发地为造反派呐喊助威。整整一天，詹国滨紧紧跟随著名的红卫兵小将鲁火种，午饭只吃了两块烧饼，持续兴奋，东张西望，急切地期待战斗出现更高的高潮或者震撼人心的结果。鲁火种则沉稳得多，对这种带有武斗性质的围攻战，他采取了旁观的审慎态度。他将追随身后的一伙毛头初中生，牢牢控制在马路边缘的安全地带，最冲动的时刻也就让他们呐喊助威。鲁火种的弟弟鲁燎原及其几个死党，有的因为腹中饥饿，有的嫌战斗拖沓不够好玩，早就流窜到别的地方去了，反正"文化大革命"中热闹的地方多得是。只有詹国滨一个人坚守在鲁火种身边直到最后。这是因为，詹国滨发自内心地佩服鲁火种。

鲁火种如何就是一位著名的红卫兵小将呢？首先，他的出身门第就高不可攀，他是武汉市唯一的重点中学——市一中的高中应届毕业生。全武汉市的人，如果听说谁家孩子考取了市一中，那是没有不仰视的。市一中培养和造就出来的党和国家各级领导人以及科学家文学家工程师，在中国，那都是赫赫有名。像詹国滨这种普通中学成绩平平的小子，如果不是凑巧和鲁燎原同班同桌，哪里有可能跟在鲁火种后面玩？"文化大革命"迅猛来潮，像詹国滨鲁燎原这帮男孩，纯粹就知道罢课和打倒校长老师最是有趣，图的就是热闹好玩，成天大街小巷乱窜，一窝蜂地赶时髦，不管有嗓子没有嗓子，都要高唱革命京剧《红灯记》，互相扯着胳膊高喊妈妈："谢谢妈！临行喝妈一碗酒，浑身是啊胆——雄赳赳！"而鲁火种呢，他不搞这一套小把戏。他写出了一张长达十二张纸的大字报，题为《如果马克思参加了文化大革命》，张贴在武汉展览馆的广场上。他写道：文化大革命运动的本质就是要建立破与立的关系。中国文化几千年来到如今，已经沉积了太多的封建主义资产阶级和修正主义糟粕，以至于共产党内的一些高官也受到腐蚀蜕化变质，那么现在到了清除的时候。脸不洗不会干净。灰尘不扫不会自己离去。没有大破就没有大立。马克思主义的道理千条万绪，归根结底就是一句话：造反有理。这个造反，就是洗脸，就是扫地，就是要破除一切封资修的东西，建立我们真正的美好的社会主义制度，奔向更加美好的共产主义。这次的文化大革命，我们就必须舍得一身剐，敢把皇帝拉下马！要把那些蜕化变质的反革命的官僚——从他们的高官厚禄中揪出来，批倒批臭再踏上一只脚让他们永世不得翻身。中国是中国人民的！我们中国人民要成为国家真正的主人。我们要建立一个民主自由平等的社会主义社会，人人劳动按需分配，再也没有任何特权，再也没有穷人和乞丐，我们的党员和干部无论职位高低都是人民的勤务员。只有这样，我们才能国富民强，才能履行对世界人民的承诺：打倒美帝国主义以及一切反动派，解放全人类。

鲁火种的大字报轰动了武汉三镇，人们从各个角落赶过来，如饥似渴地阅读并一字不落地抄录。大街上的高音喇叭反复播送这张大字报。尤其是夜晚的播音，女播音员柳燕妮那一口抑扬顿挫的普通话，特别清亮圆润，仿佛来自于天庭，大街上的人们不禁驻足聆听，仰望北斗星，心潮起伏，潸然泪下。詹国滨首先在某个夜晚的街道上被播音所震动，接着他也跑到展览馆的广场上，挤在人群之中，抄录了鲁火种的大字报。詹国滨忽然感觉自己有一点严肃起来，对眼前的"文化大革命"有了一种切实的理解。詹国滨佩服地想：到底是市一中的学生啊！于是就跟定了鲁火种。好在鲁火种大字报写得多，特别需要有人提着糨糊桶紧随左右到处张贴。詹国滨心甘情愿为鲁火种提糨糊桶。

红旗大楼的围攻战久战不决，眼看太阳西下了，造反派们越来越急躁，大呼小叫地调兵遣将，居然有一架机关枪被运送过来，围观的老百姓吓得纷纷后退。鲁火种皱紧了他的愁眉。这一天的夕阳是格外的明亮多彩，落日余晖把红旗大楼涂抹得金光耀眼。就在这某一刻，詹国滨那双四处游弋的眼睛忽然落在了红旗大楼后侧的梧桐树上。这是一棵巨大的法国梧桐，生长在紧邻红旗大楼的长江日报社院子里，是詹国滨非常熟悉的一棵大树，因为詹国滨的父亲是长江日报社的校对员，出于对工作的认真负责，也出于尽量节省自家电费水费墨水纸张等等，詹家父子几人长期以社为家，詹国滨从小学到初中所有的家庭作业，几乎都是在报社完成的。他和弟弟趴在树上，掏屋檐里头的麻雀窝，次数多得简直数不胜数。就是这一刻！这一刻金光闪闪的落日余晖光临这棵法国梧桐，使它浅绿泛银，生机勃勃，满树荣光，耀人眼目，詹国滨年轻懵懂的眼睛，突然惊醒了。他直直盯着这棵大树，瞳孔深处放射出比阳光更为强烈的光芒。

詹国滨的眼睛极为短促地眨动，气喘吁吁，心在激烈地往喉咙外面跳跃。他对鲁火种说"你——看——看看我的"詹国滨都结巴了。鲁火种还没有反应过来发生了什么事情，詹国滨急煎煎一头扎进了人群。

冒险过程正如詹国滨平常掏麻雀窝一样顺利。他眨眼之间就上了树，然后吊在梧桐树的一支巨臂上，晃悠了几下，脚尖便钩住了红旗大楼三楼的一个狭小通风口。心想事成的童话发生了：通风口的百叶窗被詹国滨的脚尖一踹就应声垮掉；而詹国滨精瘦的身体，居然还可以缩小到不可思议的程度；再凭借两只墙钉的抓力，他就壁虎一般灵巧地滑进了红旗大楼。

一面造反派的鲜红旗帜，突然出现在红旗大楼的楼顶。詹国滨高举旗帜，挥舞跳跃，朝下面拼命叫喊了一声："鲁火种！"

身处密集人群之中的鲁火种，与其说他是听见了詹国滨的叫喊倒不如说他是感应到了詹国滨的存在。他应声抬头，发现了楼顶的詹国滨。他立刻意识到：一个历史机遇出现了！这不再是一个男孩子的儿戏了！一个伟大的时刻必将被历史铭记！鲁火种踮起脚尖，用双手做成喇叭筒，指挥詹国滨："喊——口号——"

应该说，詹国滨也无法确切听到鲁火种的声音，但是，他与鲁火种有感应。他立刻就明白了自己应该怎么做，平日学校组织观看的电影发挥教育作用了。詹国滨完全模仿了英雄人物的动作，振臂高呼："毛主席万岁！""无产阶级文化大革命万岁！""毛主席的无产阶级革命司令部万岁!""革命无罪造反有理!""我们胜利了!"

与此同时,鲁火种以所向披靡的姿势,拨开人群,冲上红旗大楼台阶,放倒机关枪,说:"战友们! 广大革命群众! 我们不需要流血! 我们已经胜利了!"鲁火种刷地伸出他的手臂,直指楼顶。人们在抬头的那一瞬间惊呆了。一种绝对的静穆迅速笼罩了长长的江汉路。唯有詹国滨的声音,他那尚未发育成熟的男孩嗓音,一声声,声嘶力竭,呼出响彻云霄的革命口号。晚霞斑斓的蓝天,是詹国滨宏大无比的背景,造反派的大旗在他手中猎猎招展。胜利的热泪淌下了无数红卫兵造反小将的脸颊,他们立刻士气大振,力量倍增,以势不可挡的威力冲倒大门,守卫者在不知所以的惶惑中志气松懈溃不成军。红旗大楼成为武汉地区革命造反司令部。詹国滨一举成名。

3

马上,詹国滨就不是昨天的詹国滨了。昨天之前,他只能鞍前马后为鲁火种提糨糊桶。当欢呼的人们把他从红旗大楼楼顶扛下来之后,他与鲁火种肩并肩受到造反派头面人物的亲切接见。头面人物亲自把造反派的一只红色袖标,戴上了詹国滨的左胳膊。这种庄严肃穆的仪式,令詹国滨深信这只袖标和鲁燎原他们自己用裤衩改做的袖标完全不一样,这真正是国旗和党旗的一角,真正是无数革命先烈用鲜血染红的。拥有了这样一种深信,詹国滨的头颅,在不自觉中,就高昂起来了,顽童的表情和动作,就像影子一样从正面退却到他的身后。

在接下来的日子里，詹国滨见到了各级别领导，各阶层以及各造反组织重要人物。他们都要与他握手。很多人还喜欢在他头上摸一把，或者喜欢拍拍他的肩。他们说："好小子!"而他们其中有些人的手，是和伟大领袖毛主席，敬爱的周恩来总理等中央领导握过的。这是一种不敢过多的联想，但是又不得不发生的联想，而一旦联想，詹国滨就会感到窒息的幸福。大会小会地作报告。数不清的记者采访。有些记者甚至千里迢迢来自其他省市。所有一切活动，都让詹国滨逐渐意识到了自己的与众不同。

　　成为名人之后的好处，还不仅仅是许多人认识他和想要认识他，也还不仅仅是在隆重的场合被造反组织正式接纳，还有完全让詹国滨意想不到的实惠，那就是：詹国滨留城了。

　　城市里足足积累了三届初高中毕业生，他们都被取消城市户口下放农村接受贫下中农的再教育，变为农村一个新的阶层：知识青年。鲁火种和詹国滨，却因为对"文化大革命"的积极贡献而成为特殊人才。作为对特殊人才的奖励，他们的户口被保留在城市。他们将一边进行"文化大革命"一边等待分配工作单位，之后就可以直接上班拿月薪了。消息传来，詹国滨哪里敢相信。他一口气跑到鲁火种家里，把他叫出来，在滨江公园的一个偏僻角落，面对面问鲁火种："真的吗?"

　　鲁火种回答："当然。"

　　"大哥你千万不要骗我! 你肯定是没有问题的。但是肯定有我吗?"詹国滨说，"我真的可以不下放了? 我真的还可以在不久之后得到分配，然后就可以上班拿工资，就和我爸爸一样成了赚钱的大人? 一辈子都是?"

　　诲人不倦的鲁火种肯定地郑重地点了点头，慢条斯理地教导慌乱的詹国滨，说："城市总归是需要年轻人的。国家政策也总是会开口子留一部分人在城市的。能够留城的人需要运气或者机遇。而我们两人，正是抓住了机遇。你，把旗帜插上红旗大楼就是抓住了机遇，懂吗？"

"懂了。"詹国滨说。

詹国滨一把握住鲁火种的手，激动得差不多要流出泪来。鲁火种把詹国滨由于冲动而乱抖的手拍了拍，稳妥地放下。他用十分警惕的眼神示意詹国滨平静下来，那意思是一个人如果获得了别人不可能获得的好处就得保密，谨慎，不事张扬。

在鲁火种的领引下，詹国滨也凝然伫立于杂树丛中，远望长空云卷云舒，聆听江水浪花拍岸，无声地畅想美好未来，默默品味他们享有的特权。他们这份特权被成千上万下放知青的绝望与悲哀衬托着，已经显得格外恩宠和遭人嫉妒。鲁燎原们含着眼泪的悄悄歌吟是："武汉武汉美丽的江城，让我怎么舍得离开你！"

也就是几个月之后，下放的行期到了。鲁燎原一伙同学好友就要打起背包奔赴农村了。在鲁火种的倡议和主持下，他们十二个好友，在人民照相馆拍了一张合影。有四个女的，柳燕妮，姚丽，谢霞芳和杜明芳。四个女的之中唯有柳燕妮不属于谁的同学，她也不下放农村，她早就在武汉市参加工作了。柳燕妮这个姑娘绝非等闲之辈。她在小学就以标准的普通话闻名遐迩。因为一般说来，地道的武汉人绝对不可能说标准的北京普通话，而地道的武汉姑娘柳燕妮，却就是会说一口标准的北京普通话。这是一个谜。这个谜让柳燕妮在初中毕业之后，就被皮影戏剧团特招当了配音演员。更让她引人注目的是改名事件。柳燕妮本名叫柳汉桃，"文化大革命"一来，她就戴上自制的红卫兵袖章，怀揣毛主席的红宝书，走上大街，造了自己名字的反，宣布她从此就是"柳燕妮"而非"柳汉桃"。借"文化大革命"破旧立新东风改名的人很多，多到形成了一种时髦。但是一般人的想象力都有限，不过改成"新宇、革命、卫东、文革、红红"之类。唯独"燕妮"这个名字突破了国界和时空，是马克思夫人的名字。所以尽管这个名字很女性化很柔美又很洋气，却是任谁也不敢指责这个名字有资产阶级情调。由于柳燕妮在自己的改名事件中表现出了聪明才智和政治觉悟，也由于他们家一家三代城市贫民的无产阶级家庭成分，她被挑选出来，成为市里专职宣传"文化大革命"的播音员。年轻姑娘柳燕妮，身材适中，肤色白净，一张鹅蛋形的椭圆脸，眼神活泼俏皮，额头弯着一排丝绒般的刘海，在盛大集会中的频频出场，整个城市哪个男的不想接近她啊！其实詹国滨紧紧跟随鲁火种，也不排除有随时接近柳燕妮的个人动机。因为只有鲁火种出现，柳燕妮才会主动现身。

　　从前柳燕妮一贯不把詹国滨放在眼里。"小屁孩"是她对詹国滨的惯常称呼。可是，在他们合影留念的这一天，柳燕妮不再叫詹国滨"小屁孩"了。见面第一眼，她就无法掩饰她的吃惊。大家蓦然发现，詹国滨变了。成名之后就几个月时间，詹国滨已经出落成了一个英俊小伙。他的个子忽然蹿高，变成了他们八个男生中最高的。他穿着一套最流行的真正的军装，包括军帽和腰间的武装带。他五官成熟分布均匀：鼻子是鼻子，眼睛是眼睛，喉结鼓突尖锐，在军装的风纪扣那里利索地滑动，嗓音也基本沉稳下来。在大家说说笑笑打打闹闹拉拉扯扯的过程中，柳燕妮几次调换位置，最后挨在了詹国滨身边，还在他耳边低声命令道："不要动，就挨姐姐站。"詹国滨一下子心跳紊乱，热血冲头，快要站不住了。他哪里受得了这个啊！何况他还生怕鲁火种觉察出什么来。詹国滨一把拉住了姚丽的衣袖，悄悄央求她"站我这边吧"。姚丽喜出望外。她撩起眼帘，小脸蛋立刻飞了红，急忙又把那一叠眼帘重重垂下。原来姚丽和詹国滨的距离是如此之近，他们脸对脸，仿佛她就要贴进詹国滨怀中。随后他们俩竭力假装无辜，傻呆呆并肩站着，任摄影师摆弄。最后照片出来，还是詹国滨和姚丽挨得比谁都紧密，而与另外一边的柳燕妮，则有一个明显缝隙。照片上的柳燕妮，是明知道在拍照而特意做出的丰富表情，笑得像一朵盛开的牡丹花。姚丽呢，却是那样一种娇弱的秀美天真的羞涩，绝对楚楚动人。姚丽是詹国滨他们学校毛泽东思想宣传队队员，喜儿、吴清华、李铁梅、小常宝的角色她都扮演。在现实中她第一眼看上去并不醒目，她脑袋要比常人小一个尺寸，脸上只有鲜明的五官没有肉，有点皮包骨的感觉，而化妆以后在远远的舞台上很是漂亮，在照片上没有化妆居然也是很漂亮。事后詹国滨无数次端详照片，还真的对姚丽动心了。可惜她已经远在农村某地，算不得城市人了。

　　合影中还有两个女生谢霞芳杜明芳，她们也不是普通人，两人都有体育专长。她们脸蛋红扑扑，嘴唇鲜亮，爱说爱笑，旁若无人，也都是那么好看。在合影结束之后，她们说是要拍单独的照片。她们要求詹国滨把军装脱下来，借给她们穿上拍照。她们在穿上带着詹国滨体温的军装的时候，偷眼望着詹国滨哧哧地笑。

　　拍合影的这一天，是詹国滨从来没有的好感觉。四个非凡漂亮女青年的青睐，让詹国滨受到了莫大的鼓舞。他人生的自信和得意，从那一天开始，获得了绝对的肯定和大大提升。这一点，在当时的照片中就显露了出来。他们取到照片，当场就看，柳燕妮一看到照片就说："詹国滨拍得最好了！"

正是。就是詹国滨拍得最好。在八个男生当中，就数詹国滨眉清目秀英气勃勃。就连他们的领袖鲁火种，大脑袋四方脸在平时是那么凝重威严，在照片里却显得土气老实。詹国滨年轻的眼睛睁得大大的，明朗朗劲抖抖，眼眸中含着一滴晶亮的光彩，嘴角眉梢都微微上翘，那是春风得意的一种自然表情。

这张照片，是詹国滨十七年人生最精华的提炼。十七年里头再其他什么故事都不会更说明他了。

4

摄影这个东西是很神秘和怪异的。除了极少数会照相——也就是说有能力反过来控制摄影镜头的人，比如演员或者政治人物等等之外，绝大多数人都会发现摄影镜头改变了他们。在刚刚拍摄出来的照片中，那个自己，似乎不是自己。但是，过了一些年以后，再拿照片出来看，你会惊奇地发现，那个自己其实还是自己，那是你诚实地回想起往事来了。在往事中，你正是照片上的模样。当年你觉得不像自己，是因为当时的现实对你来说，实在不尽如人意，你心里不想承认那个现实。或者，你还没有能力清醒地认识自己。要么，你对自己的期望值更高。照片虽然是一种平面的现实，却就地隐藏了立体的现实。而立体的现实则是更加真实的一面。就在摄影师按动快门的一刹那，闪光灯以撕心裂肺的强光穿透肉体，肉体则在刹那间不得不放弃对灵魂的监守，这是光的神秘威力。许多照片，都是一个人的灵魂真实裸露的一刻，不管你自己认为像你还是不像你。所以，詹国滨并不喜欢拍照。

除了送别上山下乡同学的那一次合影，詹国滨是自愿的之外，后来的照片都是为情势所迫不得不拍。后来的照片，在洗印出来的当时，詹国滨都觉得拍得不好，不像他自己。只有那位十七岁的少年完全是他自己。这是因为，光也会屈服于真理。天真就是一种灵肉合一的真理。天真的孩童们，任你怎么拍摄都怎么酷肖他自己。詹国滨的十七岁，是他保持天真的最后一刻。

在留城四年之后，詹国滨还是被迫选择了下放。

当鲁火种和詹国滨留城之后，仅仅两个多月，鲁火种就被如愿以偿地分配到了武汉重型机械厂。这是一家中央在汉大型企业，级别高，待遇好，能够进去的人那是相当神气的。詹国滨的分配不仅迟迟不来，来了之后竟然只是星火糨糊厂。这是一家街道小工厂，收容了一群军烈家属，大多是婆婆妈妈们，整天在一起制作星火牌糨糊。詹国滨生气地拒绝了。他对劳动局的人说："哦，我冒着生命危险把革命造反大旗插上红旗大楼，难道只配到这种婆婆妈妈的小工厂上班吗？"

一晃又是几个月过去了，劳动局终于再次安排了詹国滨的工作单位。这次是武汉星火文具厂。詹国滨一看又是"星火"什么厂，火就冒出来了。当时就在劳动局劳动人事科科长的办公室怒目喷火，詹国滨双手撑在办公桌上，把脸一直顶到科长面前，吼叫道："哦哦哦！我积极参加文化大革命几年了，我冒着生命危险把革命造反大旗插上红旗大楼，难道只配到这种婆婆妈妈的小工厂上班吗？告诉你，我绝对不去！"

科长只说了一句话。他说："詹国滨，你把唾沫喷到我脸上了。"

　　从此，詹国滨就被劳动局遗忘了。每次讨音讯，得到的回答都是同样的：领导正在研究，请你耐心等候。很久以后詹国滨才知道，武汉市星火文具厂其实是一个相当著名的好单位。是中南五省唯一一家最有规模设备先进的企业，连钢琴配件都能生产，据说国家正在考虑批准他们生产整架钢琴。到了这个时候，詹国滨后悔就来不及了。其实几年来鲁火种屡次教导和提醒詹国滨，要他注意谦虚谨慎戒骄戒躁，注意谈话的方式和技巧，比如说不想去那些小工厂，千万不要直接说，而要说"我太年轻了需要到大风大浪中去锻炼"。不要说"你们什么时候再给我消息"，而要说"我什么时候来听消息比较合适"。一个年轻人，言谈举止中最忌讳的是：以"文化大革命"的功臣自居，开口闭口红旗大楼什么的，因为事实上"文化大革命"又不是你一个在搞，多少人都在抛头颅洒热血坐牢杀头离婚，咱们算什么呢？就算个人有功劳，那功劳也永远属于党和毛主席，属于集体属于大家，而我们自己则往往是渺小和幼稚可笑的。

　　然而，鲁火种对詹国滨的教导和提醒，更多的是促进和加固了他自己的爱情。柳燕妮在一旁听得连连点头佩服不已，爱情的火花在她眼睛中越烧越旺。詹国滨却完全无法按照鲁火种的话去做。詹国滨一离开鲁火种就回到了自己的生活习惯中，他的嘴巴在说出话来之前，还是不懂得讲究技巧。要他不提红旗大楼那简直没有可能性，不提起红旗大楼谁知道詹国滨是谁呢？他就是在红旗大楼出名的呀。詹国滨就是詹国滨。这个人不可能完全学习另外一个人。人生的某个时期就是这个时期，不可能变成其他时期。

364

当詹国滨被冷落和闲置到他自己都嫌弃自己的时候，他的弟弟詹国邦初中毕业面临下放。

国家有一项政策，这就是：一对父母可以留一个子女在身边。詹国滨的父母选择了第二个儿子。他们在找詹国滨谈话之前就已经做好了女儿詹国秀的思想工作。詹国秀也已经给学校和居委会送交了她亲笔书写的保证书。她保证"在明年的初中毕业之后，立刻奔赴农村。因为她，作为毛泽东时代的革命青年，迫切地希望到农村那个广阔天地去改造思想炼红心"。詹国滨被找回家的时候，母亲给他特意做了一碗红烧带鱼，这是詹国滨特别爱吃却又是武汉市特别难以买到同时又很昂贵的海鱼。詹国滨警惕地问："你们有什么事吧？"詹国滨已经在社会上混得很有经验了。他的父亲，一位业务精湛的老校对员，似乎有点怕儿子，不过还是鼓起勇气，把詹国滨从来没有清晰了解过的家庭问题，一一摆在了他的面前：父亲早年患过黄疸型肝炎，一直都没有力气做家务重活。母亲有肾病，长期贫血和腰疼。这几年来，詹国滨几乎都在外面闹革命，家里买米买煤疏通管道修理桌椅等所有的事情，都是詹国邦在承担，这个家里已经离不开他。更加上詹国邦这小子远远没有哥哥的政治觉悟和社会责任感，就知道调皮打群架，拉帮结伙在街巷玩耍，到处招惹女孩子，如果脱离了父母的严格管教，那将来的结果很可能不是坐牢就是杀头。现在家中的情形就是这样没有办法。对于父母来说，三个孩子他们都喜欢，手心手背都是肉。如果詹国邦留城，詹国滨和詹国秀则都必须下放农村。如果后二者主动申请下放，那么詹国邦肯定就得以留城。

带鱼卡在喉咙里吃不下去了，詹国滨放下筷子，坐在那里发窘。发窘的感觉很不好受。

"好!"他说,"我下放就是!"他干笑了两声,说,"反正我也待腻了!"

就这么一下子,詹国滨把自己推上了没有选择的选择。话出口的一瞬间,他的脑筋开窍了。他想:自己这么年轻已经有了一定的政治资本,如果他在已经获得留城的情况之下还主动要求下放,那么很可能会获得更大的政治资本。通过他这几年在社会上闹革命,他已经知道一个人的政治资本是最有用的。

詹国滨自己悟出了道理,思想一通,行动就配合上来了。他的下放请战书写得特别积极特别狂热,以至于鲁火种看了以后都忍不住提出了商榷,说是否需要含蓄一点收敛一点以达到更好的效果。詹国滨表面答应说好,结果还是一字不改地送交到革命委员会。因为詹国滨还是詹国滨自己。他已经是一个名人。他已经有自己的看法和主见。在他看来,千穿万穿马屁不穿。你用多夸张的词语歌颂知青运动也不会有人感觉过分。

就在越来越多的青年学生死气白赖留在城市大伤知青办领导脑筋的时候,那些领导唯恐没有人挺身而出做榜样。这一次詹国滨判断准确。他立刻又被市里的大领导召见。作为积极投身于知青运动的典范,詹国滨的大幅照片和请战书被报纸刊登出来,报社不吝溢美之词,浓墨重彩地写了编者按。欢送会在规格最高的大会场所武汉剧院举行。詹国滨披红戴花,生平第一次站在麦克风前面,亲口朗诵自己的请战书。詹国滨还没有到达农村,就作为知青的优秀代表,被结合到某公社革命委员会。

结果,詹国滨是作为知青下放农村了。但是他并没有去做面朝黄土背朝天的农民。他直接去公社机关上班,成为全公社最年

366

轻的农村基层干部。詹国滨的主要任务是在知青工作中深入进行"文化大革命"，把"文化大革命"进行到底。这个任务对詹国滨来说太简单了，农村到底孤陋寡闻。他把《如果马克思参加了文化大革命》一文抄录出来，张贴在公社机关院子里，同时把它们用蜡纸刻钢板，油印以后装订成小册子，分发给每个知青点。就这一个举动，足以轰动全公社。于是詹国滨的来历和他十六岁在红旗大楼的壮举，也随着到处传颂，越传越惊险和神奇。詹国滨很快就站稳了脚跟，获得当地贫下中农的极大信任和好感，当之无愧地成为他们公社最著名的知青。

詹国滨又经历了一次大悲大喜和因祸得福的转变过程，他感觉自己这次是真正成熟了。他开始确信自己果真具备政治头脑和政治水平，正如他父亲在哀求他下放的时候恭维他的那样，也许父亲不是恭维而是知子莫如父。和绝大多数知青一样，詹国滨当然也不会是真心实意愿意扎根农村一辈子。农村绝对是一个跳板，是一个镀金的革命熔炉。詹国滨计划自己首先应该光荣入党，其次再上大学；只要成功地被贫下中农推荐上了大学，将来就不愁回到城市，不愁没有最好的工作单位。

在乡村宁静的夜晚，詹国滨有许多时间考虑自己下一步的人生计划。农村的季节因为一茬一茬庄稼的不断生长和收获，更替得特别快。詹国滨在飞快的日子里每时每刻都感觉自己的青春在流逝，年龄在增长。此前的挫折和教训历历在目，詹国滨已经二十多岁，他不可再错失良机。由于詹国滨除了自己个人的政治资本以外，从公社到县城到省市以及北京，完全没有亲朋好友之类的人际关系。这样就迫使詹国滨拿出了最客观的现实态度和最大的狡诈。于是，贾春娇进入了詹国滨的视线。

联姻是一个古老却依然行之有效的最佳方式。乡村女教师贾春娇，公社贾书记的宝贝女儿，有一张绯红的大大的圆脸盘子，嘴唇的色素沉淀显出一口雪白的牙齿，这样的雪白牙齿在村姑中是十分罕见的美丽。她特别爱笑，动不动就要笑，笑容里焕发出一种聪明机灵和洋洋喜气。就乡村姑娘来说，贾春娇各方面都是最好的。詹国滨喜欢贾春娇的笑。

　　贾春娇在下午放学以后经常来公社食堂吃饭。有一次，詹国滨就主动端着饭碗走了过去。他们坐一个桌子吃饭。詹国滨吃相文雅，需要咳嗽他就扭过脸低下头用手遮住嘴巴，然后再说声"对不起"。贾春娇乐得呵呵直笑，却原来城里人连咳嗽一声都是要道歉的。贾春娇马上就喜欢上了詹国滨。她说你看你们城市人。她说你看你的皮肤。贾春娇热辣辣盯着詹国滨，悄悄地飞快地用筷子在他手臂上划拉，说："你们城里人主要就是一个皮肤好。你这还不光是白，还发亮，跟绣花绷子绷出来的一样，紧紧的滑滑的，这说明里头的肉色好。"贾春娇原本已经与公社民兵刘连长订了婚。刘连长当然也还是一个农村青年，农忙时节照样要回家插秧割谷。贾春娇有她客观的比较。她认为主要是刘连长从小就让毒辣的太阳晒到肉里头去了，晒干了，晒裂了，汗水又长年流淌，手伸出来像乌龟壳子，关节皱纹深厚得像鸡屁股。生活习惯也不好，咳嗽就咳出痰来，打喷嚏就打出鼻涕来，吃饱了就放出屁来。贾春娇告诉詹国滨，说："我想给你说掏心窝的话，就凭我这样一个人，我真是不甘心跟刘连长这样的乡下人过一辈子。"

　　詹国滨说："那就跟他退婚我们谈对象。"

　　"真的？"贾春娇说，"如果你戏弄我你会不得好死。"

詹国滨说："我怎么敢戏弄公社书记的女儿？"

贾春娇说："要是你将来回城了变心呢？"

詹国滨说："那不可能！我是一个什么人？我又不是一个普通知青，我还能没有道德？不信你可以去调查一下，公社有这么多女知青，我有任何不道德的行为吗？"

贾春娇满意地笑起来。显然她已经调查过了。显然她已经非常相信詹国滨。事情就这么顺利，他们俩好了。有公社贾书记出面主持调解，贾春娇和刘连长的婚约很快解除了，多年吃茶的礼品钱也退掉了。贾春娇公开成为詹国滨的女朋友。她每天放学以后都来公社食堂，和詹国滨坐一桌子吃晚饭，也和公社其他干部说说笑笑，笑得满脸都是艳阳天，詹国滨凭空也会被她笑得心里头高高兴兴。他们订婚以后，詹国滨马上光荣入党，招生名额来了就被招了生。唯一的美中不足，是詹国滨没有能够进入中国最著名的高等学府。精明的贾书记多了一个心眼，他答应过詹国滨上最好的大学但是他送詹国滨去的却是荆州师专。贾书记认为荆州师专就是最好的。因为荆州师专离江陵非常近，这样他的女儿贾春娇每个星期天都能够到师专去与未婚夫相会。

三年的师专一晃就过去。公社贾书记在荆州也很有门路，詹国滨毕业后得以留校当政工干部，很快贾春娇也调来荆州。他们结婚，生子，儿子取名詹宏伟。他们一家三口在荆州城里拥有了一个美满的家。贾春娇把他们的结婚照放大了，挂在他们幸福的家里，贾家的亲朋好友人人羡慕。

这是詹国滨的第二张重要照片。结婚照总归是没有办法拒绝拍的。照片上，圆头大脸的贾春娇整个一副无限幸福的笑模样。她按照摄影师的要求，把脑袋生硬地歪向丈夫的肩头，致使粗到被激烈编起来的小刷子辫子，有一只横突突翘起来仿佛有爆裂的可爱危险。詹国滨却比较严肃，他呈现那种精干的瘦削，眼窝深深眼珠蒙眬，嘴唇过于紧闭导致嘴角出现明显的八字形，这不是喜气模样，他的喜气模样是嘴角眼角都往上挑，这是有了心思的表情。詹国滨拿到照片就说一点都不像他。贾春娇也说不像。她认为生活中的詹国滨显得更好看，也显得更年轻。

5

詹国滨的结婚照，似乎有洞见之明，把他婚姻生活中的阴影，已经暗示了出来。几年之后，詹国滨再一看照片，心里头什么都明白了。贾春娇也有感觉，她时常会惊异于詹国滨对这张具有伟大纪念意义的照片完全无动于衷。

在婚后相当长的时间里，令詹国滨无动于衷的并不仅仅是他们的结婚照，而是生活本身。在乡村宁静夜晚的许多次周密思考与密谋式的设计，冒险的假设，焦灼的冲动，强大的个人意志压迫同样强大的个人感情：为了前途理想必须放弃城市女孩而选择乡村姑娘！用滚烫的蜡烛在胳膊上浇烫。熬夜到黎明摸黑去井边。把火热的脑袋和猩红的眼睛整个浸到水桶里，冰冷的井水寒彻骨髓。这些时刻是多么令人难以忘怀啊！可惜后来的计划似乎辜负个人意愿。一切都进行得太顺利了。顺利到似乎并不是詹国滨一个人的秘密战斗，而是当地土皇帝贾书记在操纵一切。当詹国滨一旦有了被操纵的感觉，此前的紧张过程和特别私人的记忆都失去了意义。按说詹国滨如果继续坚持做知青，就他的个人业绩和政治资本来说，他是完全有资格被推荐进入中国最好的大学的。他怎么就接受了荆州师专呢？他怎么就会鬼使神差地围绕公社贾书记的意图潦草地完成他的人生计划呢？

好吧计划很快就完成了，一晃儿子都满地跑了，有许多知青还在农村受煎熬呢。按说詹国滨应该满足和高兴。他的确满足和高兴。可是，一口气冲到了目的地以后，他再做什么呢？每天上班，看报纸，喝茶。寒暑假回武汉探望父母。再返回江陵乡下陪伴岳父。詹国滨好歹是一个名人，他感觉自己已经混同于一般老百姓了。

贾春娇生养了一个儿子，便日益居功自傲不再那么在乎詹国滨。在婚前连裙子都不好意思穿出去执意要穿长裤子的贾春娇，生养之后，判若两人，居然在学校宿舍大门口哺乳，坐一只小板凳，面对大操场，敞胸露怀捧着雪白的大奶子。身穿运动背心的体育教师，粗短的脖子挂着口哨，抖动堆在前胸和膀子上的梭状肌肉，走过来走过去，一个小跑步把篮球带到贾春娇跟前，眼睛直直地往她怀里瞅。贾春娇咯咯笑着说："滚开去！想吃奶吗？想吃奶的就是我儿子。"

詹国滨生气极了，又不好当着全校师生的面公开发作。到夜里詹国滨对贾春娇发脾气。贾春娇却还是咯咯笑，说："好吧好吧，我的奶是你一个人的好不好？来来来，给你吃。"贾春娇以她的认识能力把詹国滨的生气理会成爱意的醋劲并借机调情，詹国滨实在大感意外。原来乡村女教师贾春娇和所有农村妇女没有什么本质的不同，在她们的意识中，女人一旦敞开双腿生养之后就完成了替女性保密的任务。在对贾春娇的无奈之中，柳燕妮姚丽以及许多漂亮女知青的文雅，矜持，娇俏和含蓄，以前所未有的鲜明生动，闪耀在詹国滨的夜空。而詹国滨发现自己叫做已婚男

371

人了！他此生此世再也与他所向往的城市女性无缘了。天啦！生活原来是如此残酷，婚前他怎么一点都没有想到？然而，贾春娇嘻嘻哈哈地把她的大奶子塞进了詹国滨的嘴巴。詹国滨被窒息在浓烈的奶味和女人腋窝的汗味之中，他本来是想愤怒的，但是他的下面却极其不理智地砰然勃起。愤怒功亏一篑。

有什么办法呢？贾春娇简直和她以前订婚的那个刘连长是绝配，在平日的生活中，她一样也是咳嗽就咳出痰来，打喷嚏就打出鼻涕来，吃饱了就放出屁来。不管任何场合，她都可以随便擤鼻涕，擤了之后就地一甩，再跷起一只鞋来，在鞋帮上擦干净手指。就在武汉，就在詹国滨父母家里，就在詹国滨弟弟妹妹全家人团聚的饭桌上，贾春娇就这样的行若无事。詹家所有人也都假装没有看见。但是是假装。大家对自己无法容忍的现象能够假装就不错了。这就是亲情在起作用了。好在詹国滨在社会上闯荡多年，也算比较世事洞明。他愿意默契地接受家人的假装。他只是在春节不得不团聚的情况之下才把妻子儿子带回武汉来。他们在大年三十与全家人吃一个团年饭，初一上午詹宏伟给爷爷奶奶叔叔姑姑一一拜年，然后他们一家三口就乘坐长途公共汽车，返回乡下的岳父家。一到乡下，詹宏伟就跟村里的孩子欢闹去了，贾春娇也立刻舒展腰肢，笑逐颜开，如鱼得水，詹国滨继续假装礼貌，继续假装对一切视而不见，不闻不问。

贾春娇每次到詹国滨家都感觉别扭，她说："他们不喜欢我吗？"

詹国滨说："哪里。"

她说："那他们是不喜欢你？"

詹国滨说："哪里。"

她说："难道他们不喜欢我们的儿子？"

詹国滨说："哪里。"

贾春娇最后叹口气，说："你们城市人啊，一家的亲人都是这样清汤寡水的，日子过得有什么意思？"

詹国滨说："又不光是我们家，一般家庭不都是这样吗？有什么必要搞得那么甜蜜腻人？"

贾春娇说："还是我们乡下好。你看我们家，亲亲热热欢欢喜喜的。"

詹国滨不再接妻子的话茬，漆黑的瞳孔定定嵌在黄眼珠中间，一动不动，是男人不屑琐碎家务事的那种空远木然，是女人碰不过去的软钉子，纵然女人有多少心思也只好就此罢了。贾春娇哪里想得到，詹国滨是移栽的树木，终究没有生根长在这里。她家里的亲亲热热欢欢喜喜是属于她和儿子的，不属于詹国滨。詹国滨空远木然的眼神，就是那无根之木难以言说的落寞。

不过没有关系，因为詹国滨并不真的喜欢农村，他从来没有真的想要融入他们的愿望。斜着肩膀，披着衣服，嘴角含着香烟，在村庄泛着尘土的路上，一边松垮地行走一边呼呼吸烟，一边咳嗽吐痰一边和乡亲打招呼，他是绝对不想成为这么一个乡村男人的。所以面对妻子和家里的亲亲热热欢欢喜喜，他不会叹气，不会质问，他会假装。他个人无所谓。只要他的妻子和儿子都能够获得发自内心的高兴，他就有了作为丈夫和父亲的一种轻松和满意。

不过，作为动物本能，人人都会在自己的生活中找到平衡。詹国滨倒不用特意去找。鲁火种就是他的平衡。他们依然是好朋友。

与詹国滨的曲折跌宕再度辉煌以及大专毕业成为干部最后娶妻生子的生活相比，鲁火种多年来，不仅原地踏步，还不断背时。他在武重宣传部门兢兢业业工作十多年了，无数后生小子都纷纷提干升官了，他还是一个以工代干身份。住房和工资的待遇都是普通工人的。作为有目共睹的造反派名将加上那一张铭刻在许多人心里的大字报，鲁火种在"文化大革命"后期和结束之后，更是受到了无情的清查和清算，好在他只是热衷于马克思主义理论，手上并无血债，没有坐牢和开除工作籍，似乎还是他的幸运。每次詹国滨回汉探亲，鲁火种只有条件请他在他们家聚会。这是工人村一间狭小的宿舍，由鲁火种自己动手做菜，与詹国滨小酌两杯。当然从个人生活方面来说，鲁火种与柳燕妮的婚姻，的确是一段佳话，不过婚后鲁火种每月的薪水都必须如数交给柳燕妮掌管。柳燕妮也的确是一位时髦洋派的城市女人，毕竟她也敌不过岁月的侵蚀，慢慢显出老相来了。尤其近年，从近距离细看，柳燕妮的眉眼倒是没有大的改变，稍稍远几步，光线一充足，就不难发现，柳燕妮面部皮肤就像隔夜的饭菜，不新鲜了，颧骨上下现出横肉了。当年的柳燕妮，无论是人的模样还是声音，出现在哪里都是闪闪发光令人不敢正视的，现在她身上的光环彻底消失了。詹国滨已经可以心平气和地与柳燕妮单独说话了。他可以一口一个"嫂子"地叫她，眼睛里头雾雾的尽是日常倦怠，大家一心一意就是单纯的朋友了。

　　詹国滨总是执意回请鲁火种夫妇或者鲁火种一个人。他的地点都是冠生园粤菜馆或者芙蓉酒楼或者德华楼。汉口的这几家馆子是有名的馆子，很是昂贵，是一般成家立业了过日子的人都不舍得经常进去的，但是詹国滨舍得。过一段时间，詹国滨必须找机会真诚地告诉鲁火种：相对大城市严格的票证供应制度来说，农村还是松散得多。一个公社书记家里的肉食与禽蛋还有豆制品，那是一年四季都吃不完的。而詹国滨小家庭的日常生活，不仅不缺乏票证而且还不用花钱，有岳父不断的供给嘛。詹国滨的工资都由他自己存在银行生利息，农村妇女就有一点最好：贤惠。尽管贾春娇是公社书记的闺女，也绝对不会像武汉市妇女那样掌管丈夫的工资。因此詹国滨口袋里有的是钞票。在"文化大革命"中最早火热流行的革命京剧样板戏《红灯记》里头的字字句句，那是他们谁都不可能忘记的。熟知中国文化的日本军官鸠山先生不是这么说的吗："人生如梦转眼就是百年啦！""正所谓对酒当歌人生几何。"鲁火种说："呸！"这是革命先烈李玉和的态度，并不代表他们现在的态度。詹国滨鲁火种便都哈哈大笑起来。

从前的中药铺子，柜台上有一架精致的小天平。詹国滨经常跑到铺子去玩。那天平的架子小小的，肢体细细的，砝码细腻到需要镊子才能够夹起来，分量的轻重都只是体现在微妙的起伏之中。詹国滨须得趴在柜台上，屏住呼吸，定睛细看，才看得出来。现在詹国滨更喜欢趴在一只无形的柜台上，细细观看一架无形的天平。他觉得就他们这一生来说，鲁火种明显在低沉下去，而他明显在高扬起来。

直至1985年。

6

1985这一年，也就是詹国滨三十五岁这一年。他偶尔拍了一张照片，是与鲁火种一家几口人的合影。本来他也是拒绝进入画面的。本来是他在用傻瓜照相机，给鲁火种一家人拍照。是柳燕妮他们一定要他进来。柳燕妮的小妹妹柳熹跑去请了一个路过的行人。这个不知道是何方神圣的游客，竟然抓住了詹国滨最生动的一刻。这张合影里头的詹国滨，完全突破了平面画面和平面光线的限制，非常具有立体感。他在草地上还没有坐稳，一只胳膊酷似扑扇的翅膀，头是侧面仰起的，下巴因此显得骨感和果断，他的视线斜向天空，眼波流荡近乎纨绔子弟，上扬的眉毛表现出一种有成就男人的自信与骄傲。

大家一起看照片的时候，詹国滨成为众人热烈评论的对象。他简直不敢相信自己有如此的不羁和倜傥，他谦虚地说"变形了变形了"。柳熹却喜欢得不得了，"这是多么富有神韵的成熟男性之美啊！"柳熹连连发出微叹。

这张意外得来的神奇照片，是将詹国滨变形了。但是，这又是事实。詹国滨自己心里有数，旁人心里也有数：詹国滨人生的一个巨大变形，正在发生。

1985 夏季的暑假，詹国滨因母亲病重住院在武汉市待了近两个月，大大超过了以往多年的暑假惯例。詹国滨母亲的肾病综合症又新添乙型肝炎，乙肝有严重的传染性，自然，为了保护下一代的健康，贾春娇母子就没有到武汉看望老人。而詹国滨独自坚守武汉则是义不容辞。在武汉期间，詹国滨除了与弟弟妹妹轮流照顾母亲之外，还有大量时间走亲访友，感受时代新潮。

中国人的生活就是这个样子的：家人之间，也许疏淡；整个社会却都是一家人。人们对社会这个大家庭形势的变化非常敏感，生怕自己落后，生怕跟不上或者被淘汰。詹国滨当然也不例外。从荆州到武汉的这条公路，他往返跑了好些年了，跑得后来都能认出路边小镇的哪条狗是哪一家供销社的。再以后跑得无趣至极，上车就睡觉。这两年就不同了，长途公共汽车刚刚离开国道进入武汉区域，以往偏僻的马路两边，出现了简单搭盖的小棚子，都是私人的小餐馆，他们在卖靠杯酒。大胆的城市人，对于此前违法乱纪的某些经济活动跃跃欲试，车上车下都弥漫着发烧一般的混乱与兴奋。和其他乘客一样，詹国滨也伏在长途公共汽车的窗口观看沿途的新鲜事物。所不同的是，许多人的眼睛是热切的，惊愕的，羡慕和渴望的，詹国滨却热中有冷，他审视与怀疑的成分多。詹国滨到底不是一般人，他成名那么早，亲睹过历史的反复与波折，自己的人生也几起几落，他再也不会随便狂热了。

这一天，鲁火种柳燕妮一家三口加上柳熹，他们邀请詹国滨一起去滨江公园。说是新的春天终于到了，他们要带着怀旧的心情，去恢复久违了的放风筝活动。詹国滨赶到的时候，他们已经围坐在草地上，身边是他们带去的各种吃食，还有一台崭新的收录机，他们十三岁的女儿鲁柳柳在熟练地操作，播放着最时兴的台湾校园歌曲。一部日本的傻瓜照相机，也是最时髦的东西，柳熹找同学借来的。唯有鲁火种在一边专心专意地摆弄风筝。令詹国滨意外的是，滨江公园的游人是这样的多，草地上布满大大小小的圈子，一看就知道都是本市的人。大家都在吃吃喝喝，播放港台歌曲和拍照。人们的穿戴，神态，语言和举手投足之间，都是新时代的絮语。一个时代总是在用各种语言方式宣告它们的出现。比如柳燕妮居然烫发了。她大方轻松的模样肯定是不再害怕自己打扮得像旧社会的太太而遭受非议或者批判了。柳熹是柳燕妮最小的妹妹。在詹国滨下放初期，她才刚刚开始换牙，是一个羞怯的小姑娘，现在已经是新时期的大学毕业生，满口新词谈论中国经济体制改革的必要性以及社会民主进程，与持慎重观点的姐夫鲁火种争论得面红耳赤。

放一会儿风筝之后，詹国滨懒散地半躺着，任温暖的春风吹拂他的身体。他眯着眼睛看那些风中杨柳和香樟，它们都寓言一般瑟瑟作响和猎猎疾动。詹国滨不知不觉就打开了自己，迎来了他自己从来不曾爆发过的激情：既然中国进入了新的春天，为什么他不可以大胆改变生活一次呢？

在大家吃吃喝喝说说笑笑的快乐时刻，柳熹不停地为大家拍照。躲避开去的詹国滨被柳燕妮和鲁柳柳母女追上给拽了回来。多年的朋友詹国滨被鲁家视为自家人。柳熹跑过去，请一个游客模样的男人替他们全体拍了合影。大家开心地笑成一团。

这是柳熹成年以后，第一次与詹国滨近距离交往。三十五岁的詹国滨正是青年男子最为成熟健美的时期，他骨骼舒展，肌肉结实，皮肤具有黑丝绒一般的质感，胡楂子是那样乌黑浓密坚硬。他长时间静默，而一旦开口说话，必是情绪饱满，饶有风趣。他善于体贴，每个女人包括少女鲁柳柳，需要什么，他就会主动递上来什么。男人的体贴总是百发百中地打动女人的心，柳熹平常见惯的是她的少男同学们，他们老鼠胡须，纸一样苍白的皮肤，单薄的背脊，在女性的需要面前，是不可想象的迟钝和羞怯。对于詹国滨，柳熹并不陌生，他是大姐柳燕妮无数次故事中的少年英雄。正当少女到了怀春的时刻，少年英雄从远方归来。他个人的传奇经历与他不得不说是英俊的外貌相得益彰。柳熹很快就向自己倾慕已久的史诗般的英雄，发出了爱慕的信号。她在姐姐哥哥们的四周端茶倒水，她默默倾听他们笑谈往事。她躲藏在大家的背后或者倚在不远处的树干上，朝詹国滨发出谜一般的微笑。他们几乎在同一时刻知道：柳熹所有的动作，单单只是发生在他们两人的隐秘世界里，旁人看不到，看到也不可能懂得，就是他们俩，她给他，他接收，这是一种奇迹。柳熹有柔柔的扁扁的薄薄的细腰，从侧面看去竟然就是一片微风中的青青苇叶。她静静站立在防浪林的杨柳树丛里完美得像一个童话。在长江的波浪退开的一刻，她弯下腰，用树枝在沙滩上飞快地写上"詹国滨"三个字，刚刚写完，细碎的浪花就涌动上来，顽皮地把他的名字掳走。詹国滨的心都醉了。

当他们第一次有机会单独在一起，两人的性欲居然毫不陌生地同时来潮热烈如洪水猛兽，一种极致的快感是詹国滨的婚姻生活中前所未有的，就这一下子此前的婚姻遭到了瓦解。柳熹凝视詹国滨的眼睛，轻轻地坚定地说"我爱你"，詹国滨仿佛被三颗火热的子弹当场击中。"我爱你"在 1985 年之前，一般不会出现在中国人面对面的口头表达上，大多都是写在书信里通过邮差转达。这种绝大多数人不曾拥有的浪漫，却幸运地落在詹国滨头上。詹国滨的新的春天也来到了。

詹国滨不可救药地陷入了恋爱和婚变。这场恋爱和婚变再一次激发出詹国滨强烈的野兽般的革命性。从前的既得利益全部变成背叛的理由，日常生活中所有的缺憾和压抑统统转化为反抗的力量。惊回首，真不敢相信，他詹国滨，一个如此优秀的男人，却被一个公社书记掌握了命运，仅仅只读了一个荆州师专，被迫娶了一个农村姑娘，在巴掌大的一个小城市，做一个饱食终日庸庸碌碌的师专小官僚。农民真是太自私和狡猾了。也许他们打算围困他一辈子的，幸运的是时代终于变了。中国人从前的户口和个人档案这样一些铁的枷锁，现在终于松动了，人才可以全国流动了，詹国滨有选择余地了。

面对贾春娇的一哭二闹三上吊，詹国滨豪迈地说："你知道，红旗大楼我十六岁就爬上去了，我还离不了你这个婚！"

贾春娇最后的杀手锏是带走他的儿子。贾春娇把喉咙都喊出了血，她号叫："我要把你的儿子改姓，我要把他改姓贾，他叫贾宏伟了！我要你们家断子绝孙！"

"很好。谢谢！"詹国滨说。乡村女教师出身的贾春娇还是太不了解她的丈夫了。经过了破四旧立四新的"文化大革命"运动洗礼的詹国滨，还怎么会把家族香火当一回事情呢？

离婚与调动，折腾了整整两年时间，最终成功。詹国滨留下已经姓贾的儿子和所有财产，只身一人，提着自己当年下放的一只木箱，返回武汉市。

对于偷情和相思来说，两年是非常漫长难熬的。但是对于离婚和调动这两桩最最难办的事情来说，两年时间就已经是非常高的效率了。在这两年里，詹国滨动用了他全部的人际关系，不知疲倦地跑路，找人，请客，送礼，他真的是完全豁出去了，他的聪明才智，他的凶狠勇猛，他的奸诈狡黠，他的体力和精力，都发挥到了极致。为了柳熹的爱情，詹国滨付出的代价，恐怕只有他自己心里知道，这是无法用语言描述的。

最后离开荆州的那一天，当长途公共汽车经过詹国滨下放的那片土地，他流下了泪水。这是特别复杂的泪水，一方面，他的战斗青春和丰功伟绩包括儿子，都留在了这里；另一方面，他终于解脱了。詹国滨瘫软在座位上，再也没有一丝气力。许多事情想起来都令他后怕，一个瓢泼大雨的深夜，贾春娇喝了剧毒农药。詹国滨背着她跑步去医院。那狂风，那暴雨，那昏暗的夜，那一段又一段坑坑洼洼的泥泞土路，昏迷女人的身体尸体一样的沉重，不停地下滑，詹国滨咬紧牙关那完全就是在拼命！拼命地跑啊跑啊！万一贾春娇救不过来，那就是他亲手杀死了儿子的母亲，那贾家就是绝对不肯放过他死活都要拿他抵命的。然而，抢救过来以后，贾春娇回家的第一句话却是："尽你的义务吧。"浮肿憔悴的贾春娇，躺在床上，掀开了自己衣襟，蹬掉裤子，对詹国滨说："来，尽你的义务吧！"

贾春娇死死盯着他："你为什么救我的命？"

詹国滨不敢开口。

"你不想让儿子知道你害死他娘是不是？"女人说，"你是男人你有责任和义务是不是？"女人把腿叉开，说，"来，尽你的义务吧！"

贾春娇大腿上是一块块插管抢救的淤斑，脚踝的针眼还带着鲜血的痕迹，仇恨在她眼里熊熊燃烧，她说："插进来！"她说，"如果你不肯插进来就是承认了你有别的女人！肯定是城市女人！告诉我，你这个畜生！她是谁——你给我插进来！"

这才是真正的噩梦。

谢天谢地，詹国滨终于解脱了。

7

詹国滨的最后一张照片是身份证登记照。

这是他回到武汉市上班以后，为办理武汉市的居民身份证而拍摄的。还是在专门的指定的照相馆，拍出来的画面却完全像一个判了无期徒刑的囚犯。他面部线条一律下垂且十分僵硬，目光呆滞如死鱼。且没有背景。背景只是一种浑浊的不干净的颜色，就是这个世界的颜色。

惊人的现实是：事实就是如此。

詹国滨成功返回武汉市以后迅速和柳熹结婚。婚后柳熹很快怀孕产子。这次是个女儿。

女儿尚在襁褓，柳熹就开始抱怨詹国滨。生活再次以它具体的严峻破灭了爱情幻觉。在柳熹看来，詹国滨居然满足于一个普通技术学校的行政工作，满足于一杯茶几支烟，一张报纸混半天的状态，尤其满足于那区区薪水，甚至连进口婴儿奶粉都不够买的那一点点薪水。这使她万分惊愕并且深感失望。詹国滨不是一个有理想有才智充满革命激情的男子汉吗？那么他为什么不积极投身于改革开放的大潮？此时此刻的中国大地到处是黄金，就看你个人是否主动把握机会。詹国滨为什么不去把握机会呢？

詹国滨则认为柳熹作为一个好女人应该懂得自己身心疲惫的男人首先需要休养身心。为了和她在一起，詹国滨经历了多少痛苦，她应该明白。柳熹不是清新脱俗的新一代大学生吗？怎么这点文化教养都没有呢？怎么就这么鼠目寸光唯利是图，只是看重金钱和物质呢？詹国滨可是一个经受了"文化大革命"洗礼的男子汉。她可知道在当年，一个十六岁的男孩子，需要多少智慧和勇气，才能把造反大旗插上红旗大楼！这样的男人，你了解吗？你急什么？时机一到，他照样会显出英雄本色。

在翻来覆去的争吵中，柳熹终于忍不住捅破了那层温情脉脉的窗户纸，她柳眉倒竖，义正词严地告诉詹国滨："请不要再提你十六岁的辉煌了好不好？他妈的文化大革命早就成为历史了。

我不管你是否爬上过红旗大楼，现在，此时，在新的时代里，你应该有志气出去创业，去赚钱让你的老婆孩子早日达到小康。小康不是什么俗气的金钱和物质。小康就是我们中国要在本世纪末达到的目标，就是现在全国人民每一个人的使命和任务，就是有中国特色的社会主义！你老人家省省吧你！"

年轻稚嫩的柳熹，如此冒失和唐突地用她的伶牙俐齿奚落嘲笑和打击男人，詹国滨由此断定：他们的爱情还是太草率了！草率的爱情是经受不住金钱物质的压力的，同时他们还有明显的代沟，代沟也是很难逾越的，那么由此不难断定：这桩爱情已经注定失败。

柳熹完全同意丈夫的分析和结论。她伤心地抽泣，用噩梦初醒的眼神看着詹国滨，说她在整个怀孕期间看到詹国滨一天到晚睡懒觉，看到他呵欠连天老气横秋，看到家里如此清贫简陋潦倒，厨房和卫生间臭气熏天肮脏不堪，她就已经感觉到，爱情开端的奇迹再也不会重现。

最后的结果，却是由襁褓里的婴儿决定的。因为她太弱小了，因为她如此无辜，她不能发表自己的意见，她只是一刻也不能离开父母的照料，因此，父母双方都没有权力离她而去。詹国滨和柳熹最终达成协议，看在女儿的分上，至少让她在婴幼儿时期得到父母双亲的疼爱和照料。由此，詹国滨进入漫长的刑期。

当他们达成共同照料女儿的共识以后。柳熹把他们夫妻二人在家庭日常生活中的责权利，一一拟成条款，抄写得庄严规整，张贴于客厅最醒目的墙面。这些条款大到财务开支小到洗碗扫地刷马桶，以及隔夜轮值女儿的把尿和喂奶。关于夫妻性事，柳熹认为也应该形成文字约定只是需要"隐晦"一些，否则她担心无法约束詹国滨死皮赖脸的骚扰。

柳熹问："好不好?"

詹国滨说："随便。"

柳熹便坦然地写了出来。条例规定：当一方因各种原因不合适做事，另一方都不得强行骚扰。在双方都自愿做事的情况之下，双方都必须尽力而为不得敷衍。若有违反，违反方每次罚款十元并包揽所有家务两周。

柳熹说："怎么样?"

詹国滨嘿嘿苦笑，说："随便。"

果然后来在这个条例上经常出问题。问题都出在詹国滨身上。头两三年，詹国滨在深夜难以抑制的生理冲动，被柳熹气愤地指责为违例骚扰。在詹国滨看来以为是开玩笑的罚款和劳役，柳熹却很认真地告诉他没有谁在开玩笑。后来两三年，詹国滨的违例表现为消极怠工敷衍了事。再后来，照章惩罚已经不能让柳熹解恨。有一个夜晚，正在他们做事的过程中，柳熹冷笑着发起了攻击，说："咿，我怎么一直都没有发现你这么小?"

詹国滨一听怒火中烧，反击说："我倒是早就发现你变大了。"

柳熹说："没有横向比较，你怎么知道我变大了?"

詹国滨说："没有横向比较，你怎么发现我小了?"

詹国滨说："我是结过婚的人，我有过女人你又不是不知道。你呢? 你给我老实交代：谁把我比出小来了?"

柳熹说："无耻!"

柳熹又说："无聊!"

柳熹又说："老人家啊，人老了大概所有器官都是要萎缩的，

384

请你正视这个客观现实，不要泼别人的污水好不好？下去下去，我要睡觉。现在是我违例了，我甘愿接受处罚。接受任何处罚都好过接受你这种没劲的男人。"

詹国滨又恼又羞，当即翻身滚落下来，侧身挂在床沿边，生平第一次整宿失眠，此后很长时间丧失生理欲望。柳熹在发现自己处于活守寡状态之后，就开始经常夜不归宿了。在这样一些夜晚，柳燕妮则会给詹国滨打电话，说柳熹住在他们家。詹国滨会"嗯"一声。但是他不相信。他更相信柳熹在外面找野男人，而柳燕妮无非是拙劣地为妹妹打掩护。有时候，柳熹也会直接来电话，她不回家的理由是：她的项目就在姐姐家附近，这样工作就方便得多。"你想象不出做这个项目有多累！"柳熹说。

柳熹所谓的"项目"，就是投资一个农贸市场。原有的国营菜市场出场地，柳熹出资金，在市场建成之后，他们出租给菜贩子，按每个摊位收取租金，然后合伙人坐地分红。这就叫做"项目"了。这就可以等着天上落钞票雨了。一个好端端在办公室上班写材料的文静女子，不知道从哪里弄到这么一个故事，忽然就不肯去上班了，就痴迷狂热地到处去借款子了。她也不想想万一这种随意的故事做不出文章，她怎么去还债主的巨款？太可笑了！詹国滨不仅感觉可笑，还认为荒诞。中国的事情，是那么好办的吗？詹国滨经历了那么多，他还不知道吗？即便是举办一个会议，都要老早就开始计划和准备：会议主题，会议规模，会议规格，请哪些领导，怎样协调各方面关系，主席台设置多少座位才能够摆平，茶叶需要几种，需要多少，以及茶叶的等级与产地，预算资金以及预算外资金如何安排，等等，都得一点一滴地做过来。忽然冒出来一个据说可以赚大钱的项目，柳熹就信，就立刻跑去到处借钱并且夜不归宿地跟那些三教九流的人吃吃喝喝，拉拉扯扯，胡吹海吹搞什么策划。完全荒诞不经！开始柳熹还想让詹国滨去做。还说是给詹国滨一个千载难逢大显身手的好机会。对不起，詹国滨一口就回绝了。在詹国滨看来，如果柳熹的"项目"不是她自己荒淫糜烂私生活的幌子，那么柳熹就变成了一个女拆白党。即便是为了女儿，詹国滨也愿意做一个正人君子。

不久，正如詹国滨预料的那样，柳熹的农贸市场项目夭折了。但是，她又弄到了另外的项目。据说这个项目有投资方，她可以用这笔投资首先还掉上一笔借款。当然，柳熹还是得夜不归宿辛辛苦苦地搞项目。"谁让她没有男人呢？"——荒诞的柳熹还狠狠地挖苦詹国滨。

詹国滨沉默。詹国滨已经不在意柳熹了，最可怕的问题是柳熹把女儿完全丢给了詹国滨。女儿半夜尿床了，女儿小裙子上的纽扣掉了，女儿要梳小辫子和扎蝴蝶结，女儿要去麦当劳跟着那里的大姐姐跳舞。女儿可怜兮兮找妈妈，哭哭啼啼要去动物园。等等。詹国滨到处找不到柳熹。詹国滨在这个家庭的囚牢一关近十年，他得越狱了。

詹国滨把他的身份证放在了法院的办公桌上，他强烈要求离婚。他的照片是那么醒目地证明了他囚徒的身份，詹国滨看着自己身份证上的照片，悔之晚矣地老泪纵横。听了詹国滨一番诉苦，调解法官当天就同意了詹国滨的要求。

但是离婚的协议却迟迟不能成立。法院和柳熹都认为，既然是男方主动要求离婚，又不愿意监护小孩，那么男方就应该给予女方补偿和孩子的抚养费。

詹国滨不承认这种混账法律条款。如果这么说的话，"那么试问，"詹国滨质问法官，"近十年来我带小孩做家务守空房吃尽千辛万苦，她是否也应该补偿我呢？是否这十年小孩的抚养费她也应该付给我二分之一呢？"

詹国滨决心吸取惨重的教训。前一次离婚他把所有财产都留给女方直接导致了他后来的经济拮据，也直接导致了柳熹看他不起。他再也不会那么傻了。谈什么都可以，"钱"字坚决免谈。

柳熹被詹国滨的一次次起诉搅得实在受不了，她全权委托了大姐柳燕妮。柳燕妮还不明白，说一夜夫妻百日恩你们当初还那么相爱有什么不好谈的呢？柳熹苦笑一声对大姐说了一段话。这段话后来成为了大家对詹国滨最后的印象。柳熹说："詹国滨他是那种人，是香烟灰，他自己还以为自己有火，其实连他自己都照亮不了，他就是一段香烟灰而已。你跟他一谈话，你会明白我的意思了。"

柳燕妮不太相信小妹妹的话。柳燕妮自认为她更了解詹国滨。鉴于鲁火种在姨妹和好友的离婚大战中坚守中立立场，柳燕妮责无旁贷地独自挺身而出。

柳燕妮和詹国滨还是约在滨江公园见面，各自带了一瓶矿泉水。已经奇胖的柳燕妮因浓妆显得艳俗，脸庞松垮下来，好像一张没有戴正的脸谱。唯有她的嗓音是不变的。她那易于咄咄逼人的普通话，令詹国滨十分反感，他坚决地故意地使用最土的武汉话，从而对一场严肃的谈话进行了彻底的瓦解。

柳燕妮说："我了解你詹国滨。你其实是一个非常有责任心的人。不管怎么样，法律和人情常理都摆在这里：一个父亲必须支付女儿的抚养费。柳熹一直在努力但是她一直没有大的起色，经济也不宽裕，你肯定是不愿意看到女儿受苦受穷的。我想这里头一定有什么误会对吗？"

停了半天，詹国滨说："冇得误会。"

柳燕妮说："既然没有误会或者你愿意把房子给她们？"

停了半天，詹国滨说："我冇得房子。"

柳燕妮说："那就给一笔钱。"

停了半天，詹国滨说："我冇得钱。"

"那就还是给房子比较简单。"

"我冇得房子。"

"那就给钱！"

"我冇得钱。"

"房子和钱，你总得给一样啊！你这是离婚啊！离婚有离婚的规矩啊！"

还是停了半天，詹国滨说："我冇得规矩。"

把个柳燕妮恨得牙齿咬得咕咕响，她叫喊起来："我受不了了詹国滨！你怎么这样啊！你变成这样的人了啊！你真他妈的是香烟灰啊！"

詹国滨也不恼也不怒，蔫耷耷地站起来，蔫耷耷地走了。柳燕妮呆在原地，出神半天，泪水却排山倒海地滚落下来。

8

接下来社会的急剧变化就不是詹国滨能够应付的了。五花八门的说法，提法和做法，在詹国滨还没有弄清楚的时候，城头已经变换大王旗。他们技校先是变成第三产业，后来又被私企兼并，詹国滨刚到五十岁，他们就请他提前退休了。

身份证更换再次拍照，这次的照片还是像囚犯，只是一个更老的囚犯了。现在是电子闪光灯柯达相纸，科技的进步，毫不留情地把人心底里的沧桑反映在人脸上。詹国滨的脸上现出骨头架子来了。注定要速朽的皮囊，干燥地黏附着骨头架子，忽打眼一看，詹国滨活脱就是一具骷髅了。

退休以后的詹国滨，全部生活内容都局限在他的小屋里，的确像个囚徒。因为他从来不打扫，他的卫生间和厨房都奇臭无比。他每天长久地坐在马桶上看完当日小报。很久以来报纸的印刷质量逐步下降使他恼火。有一天，他终于肯定是自己的眼睛老花了而不是报纸印得模糊了。在去配老花镜的路上，詹国滨遇见玻璃窗就要停下脚步照一照好像一个过气的自怜的演员，顿时他觉得自己老迈得连路都走不动了。好在眼镜店的售货员善意地告诉了詹国滨一个常识性的人体生理知识：四十四，眼长刺。售货员热情鼓励詹国滨，"您一点都不老。一般人四十四岁就老花了，您现在才老花这说明您身体好，年轻！"

眼镜店里的谈话，总算给了詹国滨不小的安抚，却同时也打开了魔鬼潘多拉的盒子。既然詹国滨比一般人都年轻，那么他想他应该抓住这衰老进程中最后的年轻，尽情享受生活。几乎没有经过认真考虑，单单只是需要放开本能，詹国滨的生活享受就首选了吃喝。詹国滨平常就喜欢吃火锅，以前是一直不太舍得在餐馆花冤枉钱。现在他舍得了。试问把钱攒起来做什么？可不正是人生如梦转眼就是百年。当然应该是对酒当歌人生几何。

詹国滨迈着方步，神气地步入各种餐厅大吃大喝。他三天两头必定要吃一顿肥牛或者肥羊火锅，因为他差不多热烈地爱上了火锅的慷慨方式：只要一份钱，却随便你一份一份的牛羊肉尽管端来吃。不仅如此，这样的吃喝还给詹国滨带来了难得的好感觉，那就是餐馆对于吃客的曲意奉承。一家大型火锅城，在认熟詹国滨之后，派最漂亮的女孩子过来对他手把手进行亲切辅导，替詹国滨填写表格办理了贵宾卡，还把他的个人资料输入了火锅城的会员资料簿。从此除酒水之外，詹国滨任何时候都可以享受八八折优惠。更有意义的是，逢年过节，火锅城还会邀请贵宾顾客光临他们的演唱晚会和抽奖活动。詹国滨曾经在这些活动中获奖多次，奖品有春联也有过洗衣粉。穿旗袍的年轻女孩子扬着她们粉扑扑的笑脸，跑过来把花环戴在詹国滨的脖子上，真是令他豪情万丈异常开心。詹国滨认为：关键并不在于奖品大小多少，而在于他参与了社会生活。他与这个社会的关系是如此融洽和亲密，那么退休又何妨呢？退休以后，詹国滨还是成功开辟了自己的社会生活空间，拥有了受人尊重的愉快的生活方式，这就证明他是一个人物。詹国滨十六岁就成为武汉市的名人，那不是开玩笑的，更不是浪得虚名的。于是，詹国滨索性更进一步，大胆投入社会时尚和风潮，购买了手机和电脑。回头就很是潇洒地，把自己的手机号码留给了火锅城的漂亮小姐。

在情绪饱满乐陶陶到处吃吃喝喝的日子里，詹国滨选择了一个晴朗的天气，去看望他那棵梧桐树。在出门之前，詹国滨兴冲冲把自己收拾打扮了一番。人是提前退休了，反而要打扮得好好的，免得碰上熟人，被人看出落魄来。詹国滨把头脸刮得干干净净，仔细剪了鼻毛。特意找出他第二次结婚的时候，柳熹在白海记服装店为他定做的中式丝绵袄子，箱子底下还有一条熨烫笔挺的毛呢西裤，细格子长围巾围在脖子上，再戴一顶无檐绒线帽，以免稀疏头发在江风中乱了阵脚。打扮停当的詹国滨，在大衣柜的镜子面前挺胸收腹做亮相状，他觉得自己像个教授。

詹国滨来到了江汉路。红旗大楼依旧在，却被围了脚手架正在装修，问了好几个人，没有谁知道它要装修成什么模样和将来要派什么用途。罢了。就这样看一看吧。长江日报社早已经搬迁，现在是一个服装商场。而那棵巨大的法国梧桐树，正在被砍伐。詹国滨一发现这个，方寸就乱了。詹国滨在附近踱来踱去，踱了很久直到自己的心情平静下来，待他一步一步接近伐树现场的时候，便有了一股忧郁的静谧的学者风格。

詹国滨问一个民工："请问你们为什么要砍这棵树？"

民工摇摇头。不过他立刻自告奋勇替詹国滨把这个问题传给了下一个民工。下一个民工抬头看了看詹国滨，好像还想了想，最后却还是摇了摇头。砍树的民工们都不知道这棵树为什么要被砍伐掉。

詹国滨默默地站在一旁，一会儿，他又上前问民工："请问你们为什么要砍这棵树？"

詹国滨谦恭的态度使民工感到不好意思推搪了。这样，一个小工头就从工棚里走出来了。他手指夹支香烟，一看神色就比砍树的民工狡猾和不怕事。他警惕又唐突地向詹国滨提出了一连串反问："你问这个做什么？"

"你是什么人？"

"你知道了又怎么样？"

詹国滨拒绝回答小工头的任何问题。如此粗鄙无礼的质问，詹国滨难道也会答理吗？这小工头算什么鸟？当年詹国滨由这棵大树攀上红旗大楼的时候，他在哪里？钻出了娘胎没有？知道不知道"文化大革命"？呸！文盲！詹国滨白了小工头一眼，拂袖而去。

不过詹国滨并没有走远。他只是在江汉路上徘徊，然后倚靠一栋大楼的墙体小憩。一会儿，詹国滨复又走近大树，和善地征求民工的意见，说："我可以带走一片树叶吗？"

民工们面面相觑随后连连点头。詹国滨优雅地弯腰，优雅地捡了一片树叶，离开了。詹国滨来到滨江公园，在公共长椅上坐下。见四下无人，詹国滨泪眼模糊地抚摸了这片树叶。之后他回忆自己十六岁那年这棵法国梧桐满树金辉的情形。渐渐地，他在反复的回忆中打起了瞌睡。少顷，一个瞌睡醒来，树叶碎了。是的，一片枯叶是易碎的，它连夹在书本里当做书签都是经受不起的。詹国滨再一次回到原长江日报社院子。

这一次民工看见他走过来，纷纷直起身，退在一边，满眼都是惊疑。可是詹国滨只不过和善地要求他们允许他剥一块树皮带走。詹国滨的要求让民工们更加惊疑。小工头跑过来大声说："老头，你剥你剥你尽管剥！只是拿够了就赶快走开！不要耽误我们做工！"

詹国滨再一次以优雅的态度弯下腰，用抚摸般的动作慢慢剥了几块树皮。只有他知道，他这是在和这棵树告别。别了他亲爱的树，他的成名之树，他的辉煌之星，从此他们将再也没有见面之日了。这些年里，詹国滨也经历了父母先后的去世。他也和他们默默告别过，却都没有此时此刻的伤心欲绝。

回家以后，詹国滨脱下一身行头，从此再也没有打扮自己。

9

最后彻底断送詹国滨生命的，正是在餐馆的胡吃海喝。医生的诊断证明了这一点。医生从詹国滨的血管里头抽血检查的时候，普通针管都抽不动，他的血液脂肪浓度高到变成了粥。全血检查结果出来：严重的三高。医生都不用询问詹国滨，就可以替他说出他的生活方式：长期在餐馆大鱼大肉，重油大荤。詹国滨用眼皮眨眨表示了认可。但是他认为他的发病是有诱因的，只是他不想再说话而已。

在发病的前一刻，詹国滨人是好好的。他收到了柳熹的一则手机短信："经法律许可，女儿已改姓，她现名叫柳杨杨，特此告知。"

詹国滨反复地看这条信息。这个时候他正在吃一碗面条。这天他的晚饭酒肉多了，腹中发热，夜里看完电视，自己就给自己下了一碗清汤面。詹国滨一边看信息，一边冷笑。他嘀咕道："我不在乎。"

他嘀咕："我不在乎。"

他嘀咕："我一点不在乎！"

突然，詹国滨筷子上的面条筛糠起来。他不知道这是为什么。他吃惊地看着从筷子上滑落的面条，像一个在考试中回答不出问题的学生。很快地，面条从筷子上全部滑落。紧接着，筷子也从左手掉了下来。他想挣扎却使不上力气。他的左半边身体被分割了，分割得麻麻酥酥的。詹国滨拼命做了一个动作，却没有使他自己的身体从椅子上站起来，反而不听话地倾倒下去。他中风了。

可恨的是，詹国滨还没有突然中风就随风逝去的幸运。他在医院里治疗了多日。然后，在生活小区拖着脚步，走来走去，流着口水，饭菜吃不到嘴里。詹国滨的眼睛越发孤傲起来，浑浊，阴暗，定定的，目光缓慢地移动或者完全不移动，也不再与人打招呼，都是世间景物围绕着他流动。繁华美景流经他的视线，不进入，径直流走，远去。波浪欢腾，都不是他的。就这样，詹国滨被疾病折磨了一年多以后，在一个闷热的夏夜去世，第二天尸体就糜烂腐臭了。

柳熹代表詹国滨的财产继承人——他的女儿柳杨杨，出面处理了他的后事。詹国滨也就剩下他居住的一小套房子了。可是一个男人出现，向柳熹出示了抵押借据。原来詹国滨早在三年前，就把自己的住房作了借款抵押了。债主是姚丽夫妇。詹国滨的确还是很有心计和魄力的，他用自己的住房找老同学预支了经费，开辟了自己的社会生活空间，拥有了受人尊重的愉快的生活方式，让自己跟上了时代步伐，与时俱进，玩火自焚。

在詹国滨生病期间，鲁火种看望了他好几次。鲁火种还是穿着80年代初期时兴过的丝光袜子和小方头皮鞋，在二十多年的时间里，它们都被柳燕妮细心地保存着，樟脑丸的气味若隐若现。鲁火种好心地绝对不谈他们的过去，生怕加重詹国滨的病情。加上鲁火种本来就是一个特别知趣的人，更是懂得"好汉不提当年勇"的意思。可是男人相见总是要谈点什么话题吧，鲁火种就大谈社会保障体系，臭氧空洞对于地球和人类的威胁，恐怖主义和精确制导导弹，地面与空中军事科技的最新发展。

詹国滨的口齿已经不利索，他主要是听。但是他已经不想听鲁火种说话了。他已经瞧不起鲁火种了。他歪斜的眼睛，一直盯着鲁火种过时的丝光袜子和小方头皮鞋，突然挣扎着，说："就你，现在，还，还穿成这样，来跟我谈这些?"詹国滨粗暴无礼地说："你，你就不要给我上课了!"詹国滨竭力笑出了一种很痞的模样，这也是在网络文化中学来的酷，他说："我会电脑，你不懂，所，以，你不知道这些杂货，网上多的是。"

鲁火种只是稍微意外地变了变脸色，立刻就平和地认可了詹国滨所有的粗暴无礼。人病了，性情就会大变。对于一个来日无多的病人，你还能要求他什么呢? 自然不能。鲁火种迁就小孩一般地说："是啊是啊。你是对的。你都是对的。"

然而，鲁火种离开病房之后，没有直接回家，在医院的花园里头坐了好半天。詹国滨病房的窗户遥遥对着鲁火种，鲁火种自己的这一生，也由不得人地一一浮现，这是鲁火种也不能面对的凄凉。在这凄凉之中，他喃喃自语，最后与詹国滨告了一个别，"兄弟走好，再见!"他说。他知道这是他对詹国滨的最后一句话了。

正如鲁火种所料，柳燕妮就不能够迁就詹国滨到这种程度了。柳燕妮认为詹国滨这是在故意欺负自己丈夫。他是俗话说的"人死三年作恶"了。柳燕妮绝对不让鲁火种再去看望詹国滨了。她认为"咱们已经仁至义尽了"。

唯有姚丽。一听说詹国滨死了，眼圈立刻就红了，豆大的泪珠子纷纷泼洒，眼神里头的震惊山一样高海一样深，仿佛詹国滨是最不可能死掉的人。姚丽找柳熹讨要一样詹国滨的遗物。一张照片。那张他们十二个同学好友的合影，她说她自己的那张弄丢了。柳熹本来嫌烦要拒绝，话到嘴边又改成了"好的"。因为她看到了姚丽眼睛里头的清亮和孩子般的天真。柳熹简直想象不出这么个年纪的女人了，凭什么还会保持这样的神情？而詹国滨这种香烟灰，凭什么还有这份清亮的眼水对他闪耀？

柳熹回家清理遗物找出了照片，这是她从来没有在意过的照片。原来，当年的詹国滨是多么英俊的小帅哥啊！而姚丽的小模样，完全是现在的章子怡嘛。从姚丽含羞带怯紧紧依偎詹国滨的情状看来，那天他们一定有故事发生。柳熹心里一动，来了兴趣，请姚丽见面喝茶。喝茶的时候，连同那张合影一起，柳熹乐得把詹国滨个人的所有照片都送给姚丽。

柳熹故意问："您愿意保存吗？"

姚丽说："我不胜荣幸。"

柳熹笑了。她有点倚小卖小地问："我能知道你们当初发生过什么有趣的故事吗？"

姚丽说："没有发生任何故事。"

柳熹无奈地摊了摊手，就那样有一点嘲讽和轻薄地摊摊巴掌，准备撤退。

没有想到姚丽不依不饶。

"那么，"姚丽字斟句酌地说，"既然你向我提出了一个这么私人的问题，我应该也可以向你提一个小小的要求吧？"

柳熹再也想不到的是，这个眼水依然清亮的女人，她的要求居然是："请你不要再说詹国滨是香烟灰！"

"什么？"

好久好久，柳熹依然是一头雾水。她雾着脸，不能言语，她无法与姚丽对话。姚丽也什么都不说，朝后生晚辈，凝重端着她的架子。这世上有什么话，还可以从头说起呢？还可以从头说起而不失真呢？

后　记

　　这套文选，本是没有后记的。当选编过程长达十七个月的时候，就不能没有后记了：我必须感谢十月文艺出版社的从容和守信，必须感谢责编王德领的耐心和等候。

　　花费十七个月选编自己的一套文集，相对于当下超高速运转的写作与出版行业，我肯定是过于拖沓了。不过作家这个行当真的不适合速度与数量这些概念。从作家这个身份来说，我是我的唯一。在选编这套书的过程中，阅读从前使我频频发现新感受，每当这种时刻，我会立刻放下手中的事情，不惜时间地作延续性思索并写下笔记。我还坚定不移地拿出整块时间，通读了我一直想读完而未能如愿的几本书。我还行走了我想要认真看看的几个国家、族群和他们的宗教文化。我还特意断离自己习惯的生活方式在香港大学住校了两个月。自然，同时我还担当着生命自身的责任、义务和日常的艰难以及努力发现它们对于写作的影响和意义。如此，我对自己作品的选编不再是单纯的案头工作，而是边走边唱，是温故知新，是打开烧好的砖窑，筑砌自己的思想与生活。生命与写作共生——这就是我此生想要的和正在坚持的个人方式。自 2000 年以来，我就像一个中国盲人，在仓促铺设起来的很不规则的时断时续的盲道上战战兢兢地探索，竭力打开所有感官来判断自己是否走在回家的路上。终于我明白了：如果没有革命性的思维，没有颠覆性的意识，没有真正清醒的感觉，小说，也就没有什么可写性了。在一个年份与另一个年份之间的时间空格里填写不同的社会现象和流行词语，而写作者失去内心真正的激情和欢愉，这断然不是我的回家之路。从自省到决断，来之不易，我心深获踏实与欢喜。这十七个月，于我也就是一刹那。但是我的一刹那世上已千年。对于出版社来说，拖沓毕竟就是拖沓，拖沓毕竟会耽误既定的出版计划，为此，我歉意深深。老话说的有：赶得早不如赶得巧。但愿我这套文选，面世的时间能够恰到好处。

池莉

2009 年 12 月 8 日星期二

图书在版编目(CIP)数据

看麦娘/池莉著. —北京:北京十月文艺出版社,2010. 11
(池莉经典文集)
ISBN 978 – 7 – 5302 – 1049 – 9

Ⅰ. ①看… Ⅱ. ①池… Ⅲ. ①中篇小说 – 作品集 – 中国 – 当
代②短篇小说 – 作品集 – 中国 – 当代 Ⅳ. ①I247. 7

中国版本图书馆 CIP 数据核字(2010)第 189188 号

池莉经典文集
看麦娘
KANMAINIANG
池 莉 著

*

北 京 出 版 集 团 公 司
北 京 十 月 文 艺 出 版 社　出版
(北京北三环中路 6 号)
邮政编码:100120
网　址:www. bph. com. cn
新 经 典 文 化 有 限 公 司 发 行
新 华 书 店 经 销
北 京 汇 林 印 务 有 限 公 司 印 刷

*

850×1168　32 开本　12.75 印张　280 千字
2010 年 11 月第 1 版　　2010 年 11 月第 1 次印刷
ISBN 978 – 7 – 5302 – 1049 – 9
Ⅰ · 1021　定价:29. 80 元
质量监督电话:010 – 58572393